古典文獻研究輯刊

五 編
曾 永 義 主編

第 18 冊

杜宇神話與唐詩中杜宇意象之研究

許 秀 美 著

國家圖書館出版品預行編目資料

杜宇神話與唐詩中杜宇意象之研究／許秀美 著 — 初版 — 新
北市：花木蘭文化出版社，2012〔民 101〕
目 4+282 面；19×26 公分
（古典文學研究輯刊 五編；第 18 冊）
ISBN：978-986-254-939-1（精裝）
1. 中國神話 2. 唐詩 3. 文學評論
820.8   101014723

ISBN-978-986-254-939-1

9 789862 549391

古典文學研究輯刊
五　編　第十八冊   ISBN：978-986-254-939-1

杜宇神話與唐詩中杜宇意象之研究

作　　者　許秀美
主　　編　曾永義
總 編 輯　杜潔祥
出　　版　花木蘭文化出版社
發 行 所　花木蘭文化出版社
發 行 人　高小娟
聯絡地址　新北市永和區中正路五九五號七樓
　　　　　電話：02-2923-1455／傳真：02-2923-1452
網　　址　http://www.huamulan.tw 信箱 sut81518@gmail.com
印　　刷　普羅文化出版廣告事業
初　　版　2012 年 9 月
定　　價　五編 20 冊（精裝）新台幣 33,000 元

杜宇神話與唐詩中杜宇意象之研究

許秀美　著

作者簡介

許秀美，1970 年生，澎湖人。國立臺灣師範大學中國文學學士、碩士，國立政治大學中國文學博士。曾著《歷代文學家小檔案》（與張錦婷合著），發表過〈燭之武退秦師篇旨探析〉、〈敘論法的理論及其在高中國文教材裡的運用〉、〈桃的民俗信仰及其文化意義〉、〈晏子傳一文的篇旨及章法探析〉等單篇論文。現任教國立三重商工。

提　　要

　　本論文以「杜宇神話」為主題，既探究神話的文本生命，明晰其情節變化、形成背景與內在意涵，又以「唐詩」為範疇，細究杜宇意象的文學生命。故本論文分成兩大部分：上篇「杜宇神話研究」，下篇「唐詩中杜宇意象之研究」。上篇先整理古代典籍中杜宇神話的相關記載，以明瞭情節的變化與取捨；接著進入口傳文學蒐羅從古籍杜宇神話發展而出的民間故事，探究從古籍本到民間文學的流傳過程中，杜宇神話的傳承性與變異性。上篇最後一章則深入杜宇神話，探析其形成背景與內在意涵，先從蜀地的時間、空間與人文背景尋訪其形成因素，再就「鳥崇拜」、「農神信仰」、「死而復生」三方面探詢其豐富的神話思維。下篇以唐詩中杜宇意象為研究主體，依主體思想的表現分成「托物詠懷——個人情志之寄託」、「思人（友、親）懷鄉——相思離愁之觸媒」、「借古諷今（借事諷喻）——時代控訴之載體」三章，為方便作品之分析，各章均分「盛唐」、「中唐」、「晚唐五代」三節詳加探討。最後比較出不同主題思想與不同時期杜宇意象使用機制的變化與書寫策略的改變，並明晰唐代詩家對杜宇意象的開發與貢獻及杜宇意象四川文化意義的深層內蘊。

目
次

緒　論

一、研究動機

　　若說神話是化妝的歷史，那麼文學便是化妝的神話。神話從原型出發，以不同的面貌活躍於文人筆下，於是一段沈睡的美麗傳說被喚醒，經過解構重塑，賦予了創作者的感情生命，粘附了時代氛圍、文化場域，而以多彩之姿呈現世人面前。其內蘊的生命力綿延不絕，正是神話動人之處，是神話與文學相依相存，共生共鳴的神秘契合。

　　「一叫一回腸一斷，三春三月憶三巴」，啼鳴的子規，盛開的杜鵑，為何令太白斷腸呢？「我見常再拜，重是古帝魂」，子美又因何跪拜禽鳥，以為帝魂呢？「莊生曉夢迷蝴蝶，望帝春心托杜鵑」，何以義山的痴迷悵惘藉杜鵑與望帝表露？其背後隱藏的「杜宇神話」原貌為何？「杜鵑」這種與蜀地有著深厚淵源的鳥類，在文人筆下竟披著一層朦朧面紗，隱隱的哀愁瀰漫其間，究竟是什麼樣的原型，什麼樣的背景思維，什麼樣的信仰與民俗，孕育出這一段「杜鵑啼血」的神話傳說呢？又為何經常與「春天」、「蜀地」、「農神」、「含冤」、「不如歸去」等互相指涉，其中究竟有何關聯呢？一個充滿神秘色彩的蜀地神話何以化入唐詩與唐人生命互動，逐漸發展為古典文學裡非常重要的象徵符碼？究竟是什麼樣的魅力，讓它在文學典故的運用上從西漢沈睡到初唐，甦醒後卻撼動了唐代詩家？究竟是何許大家的法力，一經點染，便賦予「杜宇」新的生命力，活躍在中國文學的歷史長河之中。

　　郭沫若曾說：「杜鵑，在文學上所占的地位，恐怕任何鳥都比不上。我們一提起杜鵑，心頭眼底便好像有說不盡的詩意。它本身不用說，已經是望帝的化

身了，有時又被認為是薄命的佳人，憂國的志士。聲是滿腹鄉思，血是遍山躑躅，可憐，哀惋，至誠……在國民的心目中成了愛的象徵，這愛的象徵似乎已經成為民族的感情。」〔註1〕徐志摩〈杜鵑〉亦歌詠：「多情的鵑鳥，他終宵聲訴，／是怨，是慕，他心頭滿是愛，／滿是苦，化作纏綿的新歌，／柔情在靜夜的懷中顫動；／他唱，口滴著鮮血，斑斑的，／染紅露盈盈的草尖，晨光……」〔註2〕蔣勳〈前生的記憶〉：「好像／前生是一個憂傷的君王／變作禽鳥／啼瀝了鮮血／尋找春天的精魂」〔註3〕橫越歷史長河，杜鵑還是以其深邃的美學內蘊，開啟現代文學與古典文學的對話，它的生命力的確綿延不絕。

　　在學術研究上，袁珂《古神話選釋》首將「杜宇」神話獨立探討，他說「杜宇是古蜀國第一個治水的英雄，至今四川民間還流傳著關於他的一些神話傳說。」〔註4〕王孝廉《花與花神》亦指出杜宇和鱉靈神話的流動變化情形以及與水的密切關係是相當值得注意的。〔註5〕蕭兵《太陽英雄神話的奇蹟（四）》在〈巴蜀治水故事及其關聯〉裡亦提到「這個神話是『開明決玉壘山以除水害』的歷史事實在民間傳說中的反映。」〔註6〕他們都關注到了杜宇神話的特殊性，崔榮昌〈蜀王望帝與杜宇化鵑〉〔註7〕進一步單篇獨立探討其歷史背景、傳說及異名，王曉維〈「望帝啼鵑」故事溯源〉〔註8〕則就民間傳說探討望帝化鵑的原因。

　　由於杜宇意象文學魅力甚大，已有學者談及它的文學意蘊，如張高評《宋詩之傳承與開拓》一書中探討「禽言詩」時已注意到元稹、白居易的〈思歸樂〉，並羅列「不如歸去、歸去樂」運用杜鵑聽覺意象之宋詩十六首。〔註9〕另單篇論文有吳學良〈略論中國古典詩詞中的杜鵑意象〉〔註10〕、李亮偉〈論

〔註1〕黃曼君：《郭沫若作品欣賞》，（廣西人民出版社，1986年），頁252。

〔註2〕楊牧編校：《徐志摩詩選》，（洪範書店有限公司，1987年），頁257。

〔註3〕蔣勳：《多情應笑我》，（爾雅出版社，1989年），頁28。

〔註4〕袁珂：《古神話選釋》，（長安出版社，1982年），頁483。

〔註5〕王孝廉：《花與花神》，（洪範書店有限公司，2003年），頁23。

〔註6〕蕭兵：《太陽英雄神話的奇蹟（四）》，（桂冠圖書股份有限公司，1992年），頁25。

〔註7〕崔榮昌：〈蜀王望帝與杜宇化鵑〉，（四川：《文史雜志》，1997年5月），頁9～11。

〔註8〕王曉維：〈「望帝啼鵑」故事溯源〉，（山東：《語文知識》），頁9～10。

〔註9〕張高評：《宋詩之傳承與開拓》，（文史哲出版社，1990年），頁141～146、185～189、239。

〔註10〕吳學良：〈略論中國古典詩詞中的杜鵑意象〉，（《六盤水師範高等專科學校學報》，1995年01期），頁33～35。

中國文學傳統景物題材——「杜鵑啼血」之審美底蘊〉〔註11〕、瞿澤仁〈「杜鵑啼血」和「飛越瘋人院」——關於「杜鵑」的東西文化符號的對話〉〔註12〕、韓學宏〈漢詩中的「杜鵑」〉〔註13〕、蒲生華〈杜鵑：中國古典悲情詞中的一個顯性情感符號〉〔註14〕、閻品芹等〈千古鄉思之魂——杜鵑——漫話杜鵑詩〉〔註15〕、楊智慧〈漫話「杜鵑」〉〔註16〕、武文玉〈杜鵑與古典詩詞〉〔註17〕、顧友澤〈試論杜甫杜鵑詩意蘊的拓展及其影響〉〔註18〕、趙庚奎〈詩化的「子規鳥」〉〔註19〕、侯美靈〈杜宇聲聲憶思歸——李白與黃庭堅詩淺論〉〔註20〕、戴偉華〈唐詩中「杜鵑」內涵辨析——以「杜鵑啼血」和「望帝春心托杜鵑」爲例〉〔註21〕、羅澤賢〈杜鵑鳥別名考——兼論杜鵑與古代詩詞的關係〉〔註22〕、謝旻佳〈唐宋詩詞中杜鵑的象徵意蘊〉〔註23〕、等十四篇，然均是單篇期刊論文，尚未有較深入探求之專著與長篇論文，故筆者以「杜宇神話」爲主題探究，作爲學術研究之首篇長篇論著。

〔註11〕 李亮偉：〈論中國文學傳統景物題材——「杜鵑啼血」之審美底蘊〉，（《自貢師專學報》，1995 年第 3 期），頁 29～33。

〔註12〕 瞿澤仁：〈「杜鵑啼血」和「飛越瘋人院」——關於「杜鵑」的東西文化符號的對話〉，（四川：《文史雜誌》，1996 年 4 月），頁 37～38。

〔註13〕 韓學宏：〈漢詩中的「杜鵑」〉，（《中華民國野鳥學會年刊》，1998 年 4 月），頁 109～121。

〔註14〕 蒲生華：〈杜鵑：中國古典悲情詞中的一個顯性情感符號〉，（《青海師範大學民族師範學院學報》，2001 年 01 期），頁 12～14。

〔註15〕 閻品芹、張勇：〈千古鄉思之魂——杜鵑——漫話杜鵑詩〉，（江蘇：《語文知識》，2001 年 07 期），頁 18～20。

〔註16〕 楊智慧：〈漫話「杜鵑」〉，（湖南：《語文天地》，2001 年 09 期），頁 21～22。

〔註17〕 武文玉：〈杜鵑與古典詩詞〉，（湖北：《財政監督》2003 年第 9 期，總第 27 期），頁 63～64。

〔註18〕 顧友澤：〈試論杜甫杜鵑詩意蘊的拓展及其影響〉，（《杜甫研究季刊》，2005 年第 3 期），頁 78～83。

〔註19〕 趙庚奎：〈詩化的「子規鳥」〉，（山西：《中學課程輔導》，2006 年 11 月），頁 5。

〔註20〕 侯美靈：〈杜宇聲聲憶思歸——李白與黃庭堅詩淺論〉，（山西：《滄桑》，2007 年 1 月），頁 180～181。

〔註21〕 戴偉華：〈唐詩中「杜鵑」內涵辨析——以「杜鵑啼血」和「望帝春心托杜鵑」爲例〉，（《華南師範大學學報》，2007 年第 3 期），頁 63～68。

〔註22〕 羅澤賢：〈杜鵑鳥別名考——兼論杜鵑與古代詩詞的關係〉，（湖南：《株洲師範高等專科學校學報》第 12 卷第 4 期，2007 年 8 月），頁 70～72。

〔註23〕 謝旻佳：〈唐宋詩詞中杜鵑的象徵意蘊〉，（《問學集》，2008 年 4 月），頁 297～312。

　　以一種尋幽訪勝的心境，筆者擬於浩瀚文海中爬羅傳世文獻以梳理故事梗概、文化意義，並探其意象的生成演變，明晰其在不斷的再創造中衍化出的文學生命，本以「杜宇神話及其意象之研究」為題，於探究神話「原型」後，從唐宋元明清以迄民國相關作品中瞭解其「置換」脈絡。然由於作品甚多，欲剖析的作家甚夥，跨越時代與文類殊為龐大，於是作品分析縮減以唐代為主。大體而言，明瞭唐代作品，幾可探究杜宇意象生成演變的十之七八，宋元明清至民國諸作大抵承繼唐代而稍異之，故本論文以「杜宇神話與唐詩中杜宇意象之研究」為題，期能在「杜宇神話」研究的荒漠中走出小徑，點綴於學術殿堂之一隅。

二、研究範圍與方法

　　本論文分為上篇和下篇兩大部分，上篇以「杜宇神話」為研究主題，下篇以「唐詩中的杜宇神話之文學意象」為研究主題。上篇於研究範圍與方法必先釐清「神話定義」和「傳世文獻」所跨越之時代分界，下篇於研究範圍與方法上則必先明瞭「唐詩範疇」。以下分三點敘述之：

（一）神話定義

　　最早從魯迅《中國小說史略》開始便對「神話」的意義作了界定，鍾宗憲先生在《中國神話的基礎研究》一書已將魯迅、范煙橋、孟瑤、劉大杰、袁珂、譚達先、劉葉秋、王孝廉、玄珠、林惠祥、印順、陳天水、李達山等學者對神話之定義以表格整理出來，〔註24〕甚為明瞭。

　　傅師錫壬在《中國神話與類神話研究》一書中提到「神話也即是『神的故事』」〔註25〕而「神（天神、地祇）」乃指不具備「人」的三項基本質性（人是父母生的、人會死亡、人有能力極限），或超越這三種極限的人物。這些特殊人物的故事才可能是「神話」，而僅超越其中一項屬性的，如鬼話、仙話、狐、妖……等，或其他物類，均屬「類神話」。〔註26〕其說簡明扼要，且富新意。

　　眾說之中，袁珂「廣義神話」之說在研究上較能弭平「神話」與「類神話」、傳說與仙話、夢話與鬼話……等之分界問題，故廣受引用。他將神話定義分「廣義」和「狹義」二者，「狹義神話」是將神話與傳說、仙話、鬼話、

〔註24〕鍾宗憲：《中國神話的基礎研究》，（洪葉文化事業有限公司，2006年），頁50～54。
〔註25〕傅師錫壬：《中國神話與類神話研究》，（文津出版社，2005年），頁4。
〔註26〕同上註，頁4～7。

夢話等區分開來，認爲神話是生產力低下的原始社會的產物，到奴隸社會初期登峰造極，自是而後便走下坡，乃至於逐漸消亡、熄滅。〔註27〕由於其區分上仍存在諸多爭議，在研究上易落入無法細分的模糊界線，爲了擴充研究的視野，袁珂認爲「神話」應作「廣義」的理解。其「廣義神話」的七要素有：（1）以前萬物有靈、萬物有靈等信仰觀念作爲主導思想；（2）以變化、神力與法術作爲表現形式；（3）以人神同臺演出作爲中心主題；（4）有意義深遠的解釋作用；（5）對現實採取革命的態度；（6）時間與空間的視野寬廣（7）流傳較廣，影響較大。〔註28〕其七要素已能總括前人對神話定義的重點，亦可將傳說、仙話、鬼話……等「類神話」歸入神話的大範疇之中，避免細分問題造成研究上的困擾。

　　本論文以袁珂「廣義神話」定義詮釋傳世文獻「杜宇」故事之記載，較能蒐羅齊備，盡可能避免遺珠之憾。蓋「杜宇神話」中之「杜鵑鳥」體現了萬物有靈的信仰觀念，杜宇「自天墮」、「死化爲鳥」與「鼈靈復生」均以變化、神力爲表現形式；故事以杜宇和鼈靈的政權轉移爲時代背景，凸顯的主題思想因人詮釋而異，具有意義深遠的解釋作用；鼈靈的治水亦有現實的革命精神，杜宇的化鳥超越了時空的有限，且故事的流傳對後代民間傳說與文學創作產生了極大的影響。此均符合袁珂廣義神話的七要素，且袁珂於《古神話選釋》一書亦蒐羅了〈杜宇・開明・李冰〉〔註29〕，由此可見袁珂亦將之以「廣義神話」角度視之。

　　另外，本論文於文獻的蒐集上，從漢魏古籍以迄現代流傳的民間故事定本，若不以「廣義神話」角度視之，於資料的篩選上，恐會面臨神話、傳說、仙話……等細分上的問題。筆者以爲口傳文學的研究上，由於文字定本的零星疏散，蒐羅的齊備完整尤其重要，以廣義的角度理解，方可將全部資料納入討論，對神話研究而言，至少奉獻蒐羅保存之功。

（二）傳世文獻

　　本論文傳世文獻從西漢揚雄《蜀王本紀》迄當代《四川民俗大典》，甚至是〈四川新聞網〉〔註30〕之電子資料，其跨越時代甚爲長遠，故在古代典籍上

〔註27〕袁珂：《中國神話傳說》，（里仁書局，1987 年），頁 61。
〔註28〕袁珂：《中國神話史》，（時報文化出版社，1991 年），頁 17。
〔註29〕袁珂：《古神話選釋》，頁 481。
〔註30〕http://big5.cri.cn/gate/big5/gb.cri.cn/3601/2004/08/15/342@266587.htm

以《文淵閣四庫全書電子版》〔註31〕和《中國基本古籍資料庫》〔註32〕為索引範疇，當代口傳文學則以四川文化相關記載與研究書籍、刊物為搜尋對象。

在古代典籍上，蒐羅不寡，載有「杜宇神話」相關引文的古籍，兩漢魏晉有揚雄《蜀王本紀》、許慎《說文解字》、李膺《蜀志》、來敏《本蜀論》、常璩《華陽國志》、闞駰《十三州志》，唐宋有《史通》、《成都記》、《禽經》、《太平御覽》、《太平寰宇記》、《埤雅》、《事物紀原》、《證類本草》、《西溪叢語》、《海錄碎事》、《路史》、《爾雅翼》、《剡錄》、《記纂淵海》、《古今事文類聚》十五處，元明清則有《史通通釋》、《春秋戰國異辭》、《明一統志》、《蜀中廣記》、《四川通志》、《大清一統志》、《蜀故》、《蜀水經》、《蜀典》、《漢唐地理書鈔》、《說郛》、《玉芝堂談薈》、《厄林》、《疑耀》、《通雅》、《萬姓統譜》、《天中記》、《説畧》、《山堂肆考》、《御製淵鑑類函》、《格致鏡原》、《本草綱目》二十二處。

民間口傳文學的故事集，在袁珂《古神話選釋》、陶陽等《中國神話》、《金牛掌故》、《四川民俗大典》、《四川民間文學資料彭縣集成卷》及〈四川新聞網〉之網站蒐集到八則杜宇及其相關之神話傳說資料。

（三）唐詩範疇

本論文下篇「唐詩中杜宇意象之研究」，以唐詩為研究範圍，故凡唐代文人引用「杜宇」及「杜鵑」相關意象之詩作，不論古詩、樂府、近體詩均屬之。由於資料龐大，以《四庫全書》集部為檢索對象，大抵以《全唐詩》、《全唐詩錄》輯本為主，輔以詩人個集為參考。

由於杜宇（杜鵑）異名甚多，文人詩作為求新求異，往往不以杜宇（杜鵑）之名入詩，改以異稱化入。故於唐詩的蒐羅上除以杜宇（杜鵑）檢索外，亦需以唐代異稱「蜀魄」、「杜魄」、「蜀魂」、「蜀鳥」、「思歸」、「思歸樂」、「謝豹」、「催歸」、「田鵑」檢索之。

檢索之大量詩作，依作者時代先後分類，考訂成詩大略時間、繫合其生平遭遇、文化場域、政治氛圍，以明晰其主題思想而歸類之，並探究其意象生成演變之脈絡。

由於下篇「唐詩中杜宇意象之研究」收錄作品甚多，為分析資料、明其流變，於第四章、第五章、第六章均以盛唐、中唐、晚唐五代各分三節。

〔註31〕《文淵閣四庫全書電子版》，（迪志文化出版有限公司，1999年）。
〔註32〕《中國基本古籍資料庫》，（北京愛如生文化交流有限公司，1997年）。

三、研究進路與論述結構

　　筆者於論文撰寫之初，從古代典籍中蒐羅杜宇事蹟及杜鵑鳥之相關記載，依時代先後分節，若資料過多再依經、史、子部細分，以明晰著錄觀點不同輯錄情節之異。（由於集部多爲詩人文學作品，已涉文學意象，故暫不作討論。）從古跨越今，作爲一個蜀地神話，亦需尋訪其在民間傳說中的故事發展，故進一步從白話文本蒐集杜宇相關傳說，探索其傳承性與變異性。

　　神話既是民族的夢，是先民經驗的體現，是他們企圖認識自然的詮釋，故其文字與情節中隱含豐富的文化意涵，故本論文亦需深入杜宇神話內蘊探求蜀民內心的願望、思想與文化表徵。

　　從原型到象徵，本論文另一重點乃企圖探詢神話與文學間的奇妙關聯，故以「唐詩」爲範疇，瞭解杜宇神話如何化入唐詩，成爲一種或多種文學意象，成爲文人表達情感、寄託願望時特殊的抒情範式。故本文的論述結構如下：

（一）緒論：說明研究動機、研究範圍、研究進路與方法，並探討杜宇之異名，以方便下篇唐詩意象材料之索引，最後則對「意象」之定義作深入的探討，以明晰下篇唐詩文學意象研究的方向。

（二）上篇「杜宇神話研究」：以杜宇神話之原型爲研究主體，分三章論述。

1. 第一章「古代典籍中的杜宇神話」，從古籍中杜宇神話相關記載，瞭解它始於何時何書，並整理兩漢以迄元明清典籍之記載，探析其在古籍中情節之變化與取捨。第一章「古代典籍中的杜宇神話」，由於跨越時代長遠，典籍甚富，故分三節探討，第一節「兩漢魏晉古籍中之杜宇神話」，第二節「唐宋古籍中之杜宇神話」，第三節「元明清古籍中之杜宇神話」。

2. 第二章「民間文學的杜宇神話」，口傳資料爲神話研究的第三重證據，然由於無法劃分它的時代，再加上後人以白話文方式寫成定本，文字敘述模式明顯不同於古籍，故單獨羅列一章。由於其變異性甚大，故在蒐羅的故事中，依其主題思想分爲三節，第一節「英雄化的杜宇神話」，第二節「政治化的杜宇（或鼈靈）神話」，第三節「愛情化的杜宇（或鼈靈）神話」，分別探討這些故事與古籍本的傳承與變異程度。

3. 第三章「杜宇神話形成之背景及其內在意涵」，在整理古籍本與民間傳說的定本，瞭解杜宇神話的原貌與流變後，則深入剖析杜宇神話形成

與蜀地的關聯及其內蘊之文化意涵，分四節探討。第一節「杜宇神話之形成背景」，從時間（歷史）、空間（地理）、人文（農業）三個背景探詢此神話之形成因素；第二節「杜宇神話中的鳥崇拜」，從圖騰信仰到自然崇拜，探求「杜宇化鳥」的鳥崇拜淵源；第三節「杜宇神話中的農神信仰」，從杜宇「教民務農」到蜀民奉爲「杜主君」、「川主」的農神形象探討鳥與農神、農神與蜀地的特殊關係；第四節「杜宇神話中的死而復生」，從杜宇的死後變形、啼血、鼈靈水中轉生情節剖析神話中死而復生所透顯的原型回歸課題。

（三）下篇「唐詩中杜宇意象之研究」：以杜宇神話在唐詩中文學意象的表現爲研究主體，蒐羅一百八十首唐詩中，依作者主題思想的呈現分成三章。爲方便材料之分析，各章均分「盛唐」、「中唐」、「晚唐五代」三節探討。

1. 第四章「托物詠懷——個人情志之寄託」，盛唐詩作較少，以「悲啼意象」、「化鳥意象」論之；中唐詩作稍多，以「含冤意象」、「啼血意象」、「花鳥意象」、「悲啼意象」論之；晚唐五代詩作最多，以「含冤意象」、「啼血意象」、「花鳥融啼血意象」、「悲啼意象」、「植物意象」、「化鳥意象」、「飛鳥意象」論之。

2. 第五章「思人（友、親）懷鄉——相思離愁之觸媒」，盛唐詩作以「悲啼意象」、「夜啼意象」、「花鳥意象」、「悲啼融文化意象」論之；中唐詩作以「夜啼意象」、「悲啼意象」、「悲啼融文化意象」、「暮啼意象」、「花落鵑啼意象」、「啼血意象」、「植物意象」、「含冤意象」論之；晚唐五代詩作則以「悲啼意象」、「雨景融悲啼意象」、「花落鵑啼意象」、「夜啼意象」、「植物意象」、「周蝶與杜宇並列意象」、「湘妃與杜宇並列意象」論之。

3. 第六章「借古諷今（借事諷喻）——時代控訴之載體」，盛唐詩作以「帝王意象」、「含冤意象」論之；中唐詩作以「悲啼意象」、「啼血意象」、「思歸意象」論之；晚唐五代詩作則以「啼血意象」、「帝王意象」、「含冤意象」、「亡國意象」、「悲啼意象」論之。

（四）結論：對本論文之上篇與下篇作一綜論，總結本文研究成果，並提出檢討、省視與未來展望。

四、杜宇異名之探討

關於杜鵑鳥的生態記錄，明代曹學佺《蜀中廣記》引《禽經》記載：

> 江左曰子規，蜀右曰杜宇，甌越曰怨鳥，又云杜鵑。出蜀中，今南
> 方亦有之。狀如雀鷂，而色慘黑，赤口有小冠，春暮即鳴，夜啼達
> 旦，鳴必向北，至夏尤甚，晝夜不止，其聲哀切。田家候之，以興
> 農事，惟食蟲蠹。不能爲巢，居他巢生子，冬月藏蟄。〔註33〕

足見杜鵑鳥出自四川，身體黑灰色，紅色嘴巴，暮春至夏常晝夜不停地啼叫，
是一種有助於農事的益鳥。周鎮《鳥與史料》談到杜鵑鳥，說牠全長二十六
公分，全身石板灰色，胸、腹部有若干黑色橫斑，尾羽黑色。雌鳥呈銹赤色，
有黑色橫紋。〔註34〕後世有以爲杜鵑與布穀、公孫極似，周鎮《鳥與史料》
認爲雖同屬杜鵑科，但三者有別：布穀，全長三十五公分，羽毛色紋幾乎和
杜鵑相同。公孫，全長三十三公分，牠與布穀幾乎同大，而且姿態、色紋、
生態習性等均很相似，唯公孫胸、腹之橫條紋較粗大而已。〔註35〕是以周鎮
認爲三者外型上最大的差別在身體長度，杜鵑最小，公孫次之，布穀最長。
一般認爲古籍中杜鵑鳥最像今所謂之「四聲杜鵑」：

> 「四聲杜鵑」，體長 30～33 公分，雄鳥頭頸部爲灰色，背、翼褐色，
> 尾端具黑色橫斑，下體白間黑色橫斑；足部四趾前後各二；飛行急
> 而無聲。其鳴聲四音一節，聲如「不如歸去」或「光棍好苦」。杜鵑
> 性怯，常匿於繁枝密葉中，故而每聞聲不見鳥。主食昆蟲，爲農林
> 益鳥。它們從不築巢，而產卵於其他鳥類巢中，是典型的巢寄生者，
> 棲於山地或平原的深林中；廣佈於我國沿海各省，我國常見的尚有
> 鷹頭杜鵑、大杜鵑、小杜鵑等。〔註36〕

「四聲杜鵑」是若干種杜鵑科中的其中一種，以其叫聲四聲一節，最常出現
在巴蜀地區，聽起來像是「不如歸去」或「光棍好苦」也有認爲像是「關公
好哭」、「快快收割」〔註37〕、「布穀布穀」〔註38〕、「栽秧打穀」、「么姑包腳」、

〔註33〕（明）曹學佺：《蜀中廣記》卷五十九，輯入《景印文淵閣四庫全書》總 592
　　　　冊，頁 3。

〔註34〕周鎮：《鳥與史料》，（台北：中國保護動物協會，1990 年），頁 130。

〔註35〕周鎮：《鳥與史料》，頁 132、133。

〔註36〕張秉戌、張國臣主編：《花鳥詩歌鑑賞辭典》，（北京：中國旅遊出版社，1990
　　　　年），頁 840。

〔註37〕武文玉：〈杜鵑與古典詩詞〉，（湖北：《財政監督》2003 年第 9 期，總第 27
　　　　期），頁 63。

「火燒包穀」〔註39〕。古籍《本草綱目》早有記載：「其鳴若曰：『不如歸去！』」〔註40〕是以杜宇極似今所謂之「四聲杜鵑」。如上所述，則無法確知杜鵑與布穀之別。不過周鎮就生態學角度視之，與神話傳說中就文學角度視之，是不能相提並論的。

關於杜鵑鳥的異名，有子規、杜宇、望帝、鶗鴂、蜀魂、謝豹、陽雀、子嶲、買䨥、催歸、怨鳥、冤禽等，共達四十二種之多。〔註41〕周鎮《鳥與史料》列了三十七種，並將杜鵑鳥異名分爲三大類別：「神話上的名稱」、「擬是鳴聲，以及聲音之訛轉名稱」、「其他俗稱」。第一類「神話上的名稱」，主要因杜宇神話的流傳才有的異名，如杜宇、子嶲、子規〔註42〕、子鵑〔註43〕、嶲〔註44〕、嶲周〔註45〕、杜魄〔註46〕、蜀魂〔註47〕、蜀鳥〔註48〕、蜀魄〔註49〕、鵑〔註50〕、望帝〔註51〕、怨鳥〔註52〕、冤禽〔註53〕。第二類「擬是鳴聲，以

〔註38〕 崔榮昌：〈蜀王望帝與杜宇化鵑〉，（四川：《文史雜誌》，1997年五月），頁11。

〔註39〕 劉弘：〈《華陽國志》品物圖考〉，收入段渝主編：《巴蜀文化研究——巴蜀文化研究新趨勢國際研討會論文集》第三輯，（巴蜀書社，2005年），頁253。

〔註40〕 （清）張英、王士禎：《御定淵鑑類函》卷四二八引《本草綱目》，輯入《景印文淵閣四庫全書》總993冊，頁394。

〔註41〕 柴扉：〈杜鵑鳥的鳴聲〉，（《禽鳥天地》第21期，1996年9月），頁3。

〔註42〕 許慎《說文解字》：「嶲，蜀王望帝，化爲子嶲，今謂之子規也。」頁143。

〔註43〕 （晉）常璩撰、劉琳校注《華陽國志校注》：「杜宇之魄化爲子鵑。」頁115。

〔註44〕 （晉）常璩撰、劉琳校注《華陽國志校注》：「子鵑鳥，今云是嶲，或曰嶲周。」頁645。

〔註45〕 同上注。

〔註46〕 （唐）武元衡詩：「望鄉臺上秦人在，學射山中杜魄哀。」清聖祖御製：《全唐詩》卷三一七，頁3572。

〔註47〕 武元衡〈夕次潘山下〉：「旅情方浩蕩，蜀魄滿林啼。」清聖祖御製：《全唐詩》卷三一六，頁3552。

〔註48〕 司空曙〈送柳震入蜀〉：「夷人祠竹節，蜀鳥乳桐花。」清聖祖御製：《全唐詩》卷二九二，頁3313。

〔註49〕 李商隱〈燕臺四首——夏〉：「蜀魂寂寞有伴未，幾夜瘴花開木棉。」清聖祖御製：《全唐詩》卷五四一，頁6232。

〔註50〕 （元）陶宗儀《說郛》卷六十上：「望帝自逃之後，欲復位不得，死化爲鵑。」，輯入《景印文淵閣四庫全書》總879冊，頁263。

〔註51〕 （宋）羅願撰《爾雅翼》卷十四：「子規，亦曰望帝。」輯入《景印文淵閣四庫全書》總222冊，頁373。

〔註52〕 （明）曹學佺《蜀中廣記》卷五十九引《禽經》：「嶲周，一名怨鳥。苦啼啼血不止，夜啼達旦，血漬草木。」「江左曰子規，蜀右曰杜宇，甌越曰怨鳥。」輯入《景印文淵閣四庫全書》592冊，頁3。

〔註53〕 （清）陳元龍：《格致鏡原》卷七十八引《格物總論》：「冤禽，三四月間夜啼

及聲音之訛轉名稱」，乃就杜鵑鳥的鳴叫聲及其訛轉而來，如秭歸〔註54〕、鶗鴃〔註55〕、買𩾏〔註56〕、秭鴃〔註57〕、鷤𪃲〔註58〕、鶗鴃〔註59〕、不如歸〔註60〕、鸅𩾏〔註61〕、子鶮〔註62〕、思歸〔註63〕、思歸樂〔註64〕、催歸〔註65〕、子歸〔註66〕、鸅𩾏〔註67〕、子規〔註68〕第三類「其他俗稱」，是在以上兩類原因之外而有的異稱，如盤鶬〔註69〕、鶪〔註70〕、周燕〔註71〕、田鵑〔註72〕、謝豹

達旦，其聲哀而吻血。」輯入《景印文淵閣四庫全書》總1031冊，頁462。

〔註54〕　宋玉〈高唐賦〉：「秭歸思婦，垂雞高巢。」（南朝梁）蕭統編、（唐）李善注：《昭明文選》頁475。

〔註55〕　屈原〈離騷〉：「恐鶗鴃之先鳴兮。」洪興祖：《楚辭補注》，（台北：漢京文化事業有限公司，1983年），頁39。

〔註56〕　洪興祖《楚辭補注》：「鶗鴃，一名買𩾏。常以春分鳴也。」，頁39。

〔註57〕　（漢）司馬遷：《史記·曆書》：「百草奮興，秭鴃先滜」，瀧川龜太郎：《史記會注考證》，（台北：洪氏出版社，1986年），頁457。

〔註58〕　（漢）揚雄〈反離騷〉：「徒恐鷤𪃲之將鳴兮，顧先百草而不芳。」（漢）班固撰：《漢書》，輯入《景印文淵閣四庫全書》總251冊，頁68。

〔註59〕　（漢）張衡〈思玄賦〉：「恃已知而華予兮，鶗鴃鳴而不芳。」（南朝梁）蕭統編、（唐）李善注《昭明文選》，頁364。

〔註60〕　揚雄〈蜀王本記〉：「蜀人見杜鵑鳴而悲望帝，其鳴如曰，不如歸。」

〔註61〕　（魏）張揖撰《廣雅》卷十：「鸅𩾏，一作䳡珺。」輯入《景印文淵閣四庫全書》總221冊，頁204。

〔註62〕　（梁）顧野王撰《重修玉篇》：「子鶮，子鶮。」輯入《景印文淵閣四庫全書》總224冊，頁200。

〔註63〕　（唐）白居易〈和思歸樂〉詩：「人心自懷土，想作思歸鳴。」清聖祖御製：《全唐詩》卷三九六，頁4449。

〔註64〕　（唐）元稹〈思歸樂〉：「山中思歸樂，盡作思歸鳴。」清聖祖御製：《全唐詩》卷四二五，頁4680。

〔註65〕　（唐）韓愈〈贈同遊〉：「喚起窗前曙，催歸日未西，無心花裏鳥，更興盡情啼。」清聖祖御製：《全唐詩》卷三四三，清聖祖御製：《全唐詩》卷三四三，頁3851。

〔註66〕　（元）楊維楨〈五禽言〉：「子歸，子歸，子不歸，白頭阿婆應且悲。」（元）楊維楨撰、（清）樓卜瀘注《鐵崖古樂府注》卷七，（新興書局，1960年），頁170。

〔註67〕　（魏）張揖《廣雅》釋鳥：「鷤𪃲，鸅𩾏，子規也。」輯入《景印文淵閣四庫全書》總221冊，頁204。

〔註68〕　（魏）張揖《廣雅》釋鳥：「子鶮，子規。」輯入《景印文淵閣四庫全書》總221冊，頁204。

〔註69〕　（梁）顧野王撰《玉篇》：「盤鶬，杜鵑。」今本《玉篇》殘卷不見此說，此轉引周鎮《鳥與史料》，頁129。

〔註70〕　（宋）丁度《集韻》卷十：「鶪，杜鵑。」輯入《景印文淵閣四庫全書》總236冊，頁777。

〔註73〕、仙客〔註74〕、陽雀〔註75〕。

　　而羅澤賢先生在〈杜鵑鳥別名考──兼論杜鵑與古代詩詞的關係〉一文中則將杜鵑鳥命名方式歸納為六種：一、根據杜宇化為鳴禽的神話故事，如杜鵑；二、模擬牠的啼聲或其諧音，如布穀；第三、依牠對人民所做的貢獻，如布穀；第四、依據牠的容貌特徵，如戴勝；第五、依據啼鳴聲的感情色彩，如怨鳥；第六、依照啼鳴時對當地農事的特點，如蠶鳥。〔註76〕羅澤賢先生將杜鵑和布穀視而為一。不過在生物學上看來，杜鵑鳥和布穀鳥是有差別的的，兩者雖同屬杜鵑科，四川的杜鵑鳥為「四聲杜鵑」，布穀鳥為「大杜鵑」，但文人筆下因其啼聲引發聯想，是有可能誤合為一的。四聲杜鵑的啼叫聲好比「快快收割」、「布穀布穀」，又加上杜宇「教民務農」的農神形象，以及正值「田家候之，以興農事」的暮春時令，後人將之合而為一是有其依據的。

　　另外，也有認為謝豹就是布穀的諧音〔註77〕，更將兩者視為一體。「戴勝」〔註78〕之名出自《山海經》，無法直接與蜀地杜鵑鳥作合理解釋。而「蠶鳥」〔註79〕之名出自兩湖，也不足和蜀地杜鵑作聯想。

　　無論命名原因為何，茲將歷代首見杜鵑異名，依時代先後排列如下表：

〔註71〕　（宋）羅願撰《爾雅翼》：「子規，亦曰周燕。」輯入《景印文淵閣四庫全書》總223冊，頁373。

〔註72〕　（唐）歐陽詢《藝文類聚》卷三引《臨海異物志》：「鶪，一名田鵑，春三月鳴，晝夜不止，音聲自呼。俗言取梅子塗其口，兩邊皆赤。」輯入《景印文淵閣四庫全書》總887冊，頁180。

〔註73〕　《禽經》：「杜鵑，啼苦則倒懸於樹，自呼曰『謝豹』。」輯入《景印文淵閣四庫全書》總847冊，頁683。

〔註74〕　（清）汪灝、張逸少編《御定廣群芳譜》卷三十九引（宋）程棨《柳軒雜識》：「杜鵑，為仙客。」輯入《景印文淵閣四庫全書》總846冊，頁255。

〔註75〕　（明）李時珍：《本草綱目》：「杜鵑，其鳴若曰不如歸。諺云，陽雀叫。」同註41。

〔註76〕　羅澤賢：〈杜鵑鳥別名考──兼論杜鵑與古代詩詞的關係〉，（湖南：《株洲師範高等專科學校學報》第12卷第4期，2007年8月），頁72。

〔註77〕　羅澤賢：〈杜鵑鳥別名考──兼論杜鵑與古代詩詞的關係〉，頁71。

〔註78〕　袁珂《山海經校注·西山經》：「西王母其狀如人，豹尾虎齒而善嘯，蓬髮戴勝」，頁50。

〔註79〕　（清）李光地等編《御定月令輯要》卷三十九引（明）謝肇淛《西吳枝承》：「吳興以四月為蠶月……是月也，有鳥飛，其聲曰『著山看火』，湖民謂之蠶鳥。」輯入《景印文淵閣四庫全書》總467冊，頁351。

時　代	異　稱
先秦	秭歸、鵜鴂、買鵯
兩漢	杜宇、子巂、秭鴂、鷤搗、䳏鴂、不如歸
魏晉南北朝	子鵑、巂、巂周、䕭䳇、子鴂、盤鵑、鷶鵯、子規
隋	
唐	蜀魄、杜魄、蜀魂、蜀鳥、思歸、思歸樂、謝豹、催歸、田鵑
宋	望帝、怨鳥、周燕、仙客、鴂、鵑
元	子歸
明	陽雀

依上表整理可知，較常見的「杜宇」、「子巂」、「不如歸」之名在漢時均已出現，魏晉南北朝時亦已有「子鵑」、「巂周」、「子鴂」、「盤鵑」、「子規」之異名；唐代詩人較爲感性，大部分以充滿神話色彩的「蜀魄」、「杜魄」、「蜀魂」、「蜀鳥」、「思歸」、「思歸樂」、「催歸」、「田鵑」爲名，又擷取民間傳聞增添「謝豹」之名；宋人綜合前代之說而有「望帝」、「怨鳥」、「周燕」、「仙客」等異名。至此，杜鵑鳥之異名大抵定型，元明僅新添「子歸」、「陽雀」二名。

五、意象之探討

（一）中國之「意象」

意象一詞，在中國文學的發展史上，萌芽於先秦，成詞於漢代，六朝才開始用於文學，唐宋沿用，明清大行。《易・繫辭上》：「子曰：『書不盡言，言不盡意。然則聖人之意，其不可見乎?子曰：『聖人立象以盡意，設卦以盡情僞，繫辭焉以盡其言，變而通之以盡利，鼓而舞之以盡神。』」〔註 80〕針對《易經》之說，王弼進一步解釋言、意、象三者之間的關係，說：「夫象者，出意者也；言者，明象者也。盡意莫若象，盡象莫若言。言生於象，故可尋言以現象，象生可尋象以觀意。」〔註 81〕「言」不能明白曉暢地將「意」表達出來，必須藉助「象」來傳達，讀者必須透過「象」的觀察才能解其「意」。此雖有藝術意象的雛形，但尚未提出完整的意象概念，亦未涉及文學意象的詮釋。〔註 82〕

〔註 80〕（魏）王弼、（晉）韓康伯注：《周易註》卷七，《景印文淵閣四庫全書》總 7 冊，（台灣商務印書館，1986 年），頁 544。

〔註 81〕（魏）王弼：《周易略例》，《景印文淵閣四庫全書》總 7 冊，（台北：台灣商務印書館，1986 年），頁 592。

〔註 82〕卜慶安：〈詩歌的靈魂——意象淺析〉，（《小說評論》，2008 年 5 月），頁 103。

東漢王充《亂龍篇》：

> 天子射熊，諸侯射麋，卿大夫射虎豹，士射鹿豕，示服猛也。名布
> 爲侯，示射無道諸侯也。夫畫布爲熊麋之象，名布爲侯，禮貴意象，
> 示義取名也。〔註83〕

首次將「意」與「象」組合成詞，但這裡記載的是古代的射箭禮儀，畫布爲
「侯」就是在布上畫動物形象當作箭靶。《白虎通義・鄉射篇》解釋這種射箭
儀式表象後面的文化象徵意義，說：

> 天子所以射熊何？示服猛，遠巧佞也。熊爲獸猛巧者，非但服猛也，
> 亦當服天下巧佞之臣也。諸侯射麋何？示達迷惑人也，麋之言迷也。
> 大夫射虎豹者何？示服猛也。士射鹿豕者何？示除害也。〔註84〕

以熊、麋、虎、豹等圖像作爲貴族官員地位的象徵物，在射箭的行爲表現裡，
隱含著政治文化符碼。〔註85〕這裡的「意象」指的是特定物的象徵，尚不具
文學意象的審美功能。

晉代的摯虞才將卜筮、哲學、禮法中的「意象」引入文學領域並實現了
涵義的轉化。他說：

> 文章者，所以宣上下之象，明人倫之敘，窮理盡性，以究萬物之宜
> 者也……情之發，因辭以形之；禮義之旨，須事以明之。故有賦焉，
> 所以假象盡辭，敷陳其志。〔註86〕

劉勰在其基礎上，作爲完整提出文學上「意象」說的第一人，他在《文心雕
龍・神思》說：

> 是以陶鈞文思，貴在虛靜，疏瀹五臟，澡雪精神。積學以儲寶，酌
> 理以富才，研閱以窮照，馴致以繹辭。然後使玄解之宰，尋聲律而
> 定墨，獨照之匠，闚意象而運斤。此蓋馭文之首術，謀篇之大端。
>
> 〔註87〕

劉勰此以《莊子・天道》的典故，輪扁斫輪時，腦中應先有車輪的具體形狀，
然後依意中的形象運斧，作家創作時亦然，腦中應先有鮮明的形象，然後依

〔註83〕（東漢）王充：《論衡》，（台北：世界書局，1962 年），頁 158。
〔註84〕（東漢）班固：《白虎通義》，輯入《景印文淵閣四庫全書》總 850 冊，頁 31。
〔註85〕楊義：《中國敘事學》，（嘉義：南華管理學院，1998 年），頁 291。
〔註86〕（唐）歐陽詢：《藝文類聚》卷五十六，輯入《景印文淵閣四庫全書》總 888
　　　冊，頁 318。
〔註87〕（梁）劉勰著、王更生注譯：《文心雕龍讀本》，（台北：文史哲出版社，1991
　　　年），頁 3～4。

此「意象」行諸文字。自此「意象」成爲一個文學術語，對文學創作與詩歌理論產生了巨大的影響。

唐宋以降，審美意象理論成爲詩、書、畫論中相當重要的課題。除了發揮意象構成的心物關係、形神關係、情理關係等原理外，還進一步開展了虛實關係的探討，〔註 88〕如晚唐的司空圖就把「物象」和「心象」聯繫起來，從詩學角度標舉「意象」之說：「是有眞迹，如不可知。意象欲出，造化已奇。」〔註 89〕此說明了詩的創作在意象細緻綿密的運作中，眞迹便顯現出來了。

明清時意象理論趨於成熟，以意象論詩時，理論上作了拓深和系統化。〔註 90〕何景明：「意象應曰合，意象乖曰離，初不相離，唯意所適。」〔註 91〕指出詩歌創作需意與象合，達到象中有意，意中有象，才能顯示作品的審美意蘊。葉燮論詩，講究理、事、情三者的結合，而以意象的巧妙採用達到三者完美結合的重要方式。其《原詩・內篇下》：

> 子所以稱詩者，深有得乎詩之旨者也。然子但知可言、可執之理之爲理，而抑知名言所絕之理之爲至理乎？子但知有是事之爲事，而抑知無是事之爲凡事之所出乎？可言之理，人人能言之，又安在詩人之言之？可徵之事，人人能述之，又安在詩人之述之？必有不可言之理，不可述之事，遇之於默會意象之表，而理與事無不燦然于前者也。……要之，作詩者實寫理、事、情，可以言言，可以解解，卽爲俗儒之作。惟不可名言之理，不可施見之事，不可徑達之情，則幽渺以爲理，想象以爲事，惝恍以爲情，方爲理至、事至、情至之語，此豈俗儒耳目心思界分中所有哉？〔註 92〕

葉燮不專門論述意象概念，但對意象概念內涵的揭示，有高程度的綜合性。他說明經過意象組合起來的理、事、情，已非俗世層面認知的理、事、情，

〔註 88〕　趙國乾：〈論中國古典意象的美學意蘊〉，《東岳論叢》，第 26 卷第 6 期，2005 年 11 月），頁 120。

〔註 89〕　（唐）司空圖撰、（清）鍾寶學課鈔：《司空圖詩品詩課鈔》，（台北：廣文書局，1982 年），頁 4。

〔註 90〕　趙國乾：〈論中國古典意象的美學意蘊〉，《東岳論叢》，第 26 卷第 6 期，2005 年 11 月），頁 120。

〔註 91〕　（明）何景明：《大復集》卷三十二〈與李空同論詩書〉，輯入《景印文淵閣四庫全書》總 1267 冊，頁 290。

〔註 92〕　（清）王夫之等：《清詩話》下冊，（上海：上海古籍出版社，1978 年），頁 585～587。

而是融合詩人獨特體悟、聯想、變異和點化的理、事、情。意象聚合中把常理、常事、常情加以交融變異，使昇華而出的「幽渺之理，想象之事，惝恍之情」能夠在一個新穎的審美複合體中獲得了新的形態和意義。〔註93〕

由此可知，就詩人的藝術思維來說，「象」是客觀物象，包括自然界、人以及人身以外的其他社會聯繫的客體；「意」是作者對現實人生以及外在環境的深切體認，包括思想、感情、觀點、意識、慾望及志趣等，是思維的內容。「意象」便是客觀物象經過了詩人主觀情感的深化與變異，使之成為主體性鮮明、象徵性豐富的審美情志。楊義考察中國詩文中意象概念的變遷，將其領會分析如下：

1. 意象是一種獨特的審美複合體，既是有意義的表象，又是有表象的意義，它是雙構的，或多構的。

2. 意象不是某種意義和表象的簡單相加，它在聚合的過程中融合了詩人的神思，融合了它的才學意趣，從而使原來的表象和意義都不能不發生實質性的變遷和昇華，成為一個可供人反覆尋味的生命體。

3. 由於意象的綜合多端，形成多構，它的生成、操作和精緻的組構，可以對作品的品味、藝術完整性及意境產生相當內在的影響。〔註94〕

楊義此三點不僅說出了意象的定義，更將中國文學中意象使用的內涵與手法呈現而出，從而彰顯意象對文學作品之美感效果的深刻影響。

（二）西方之「原始意象」

「原始意象」乃針對神話而言，西方學者榮格（Jung）說：

原始意象或者原型是一種形象，它在歷史進程中不斷發生，並且顯現於創造性幻想得到自由表現的任何地方。因此，它本質上是一種神話形象。這些意象為我們祖先的無數類型經驗提供形式。可以這樣說，它們是同一類型的無數經驗的心理殘跡。它們為日常的、分化了的、被投射到神話中眾神形象中去了的精神生活提供了一幅圖畫。……每一個原始意象中，都有著人類精神和人類命運的一塊碎片，都有著在我們祖先的歷史中重複了無數次的歡樂和悲哀的殘

〔註93〕楊義：《中國敘事學》，頁296～297。
〔註94〕楊義：《中國敘事學》，頁298。

餘，並且總的説來始終遵循著同樣的路線。〔註95〕

他認爲許多古代神話、部落傳説不約而同地反覆出現同樣的形象，叫做「原始意象」或「原型」。之所以反覆出現的緣故，是基於彼此共同的心理基礎，反映出人類深層共同的經驗。榮格將這種集體無意識的原型發掘出來，加以人工化，賦予意識的價值，才被同時代人的心靈所理解並且接受，並形成一種特殊烙印的形式。〔註96〕

將原型與文學進一步綰合的大師莫德・博赫金（Maud Bodkin）説：

> 我所要用的「原型模式」一詞指的是在我們心中對古老的詩歌主題
> 的情感表現能激起反應的東西。〔註97〕

他將詩歌與神話原型激動人心的本質視爲一體，不過他認爲這種「無意識的力量」來源和榮格不同，而是一種社會性傳承的力量，即共同性交往活動塑造和影響了一種具有特殊的普遍意義的心態。換言之，一種神話意象的傳承與轉變乃是社會化的結果，是受傳承過程中接受者創作意念以及文化場域、社會結構的交互影響。

神話意象之傳承與轉變受社會化影響的現象，弗萊稱之爲 Displacement，或譯爲「移位」〔註98〕，或譯爲「移置」〔註99〕，這種反覆出現的意象，有助於整合統一我們文學經驗的象徵，正是原型的「置換」連接了不同時代的同類敘述。他説：

> 我所説的原型（archetype），是指將一首詩與與另一首詩聯繫起來的
> 象徵，可用以把我們的文學經驗統一並整合起來。而且鑒於原型是
> 可供人們交流的象徵，故原型批評所關心的，主要是把文學視爲一
> 種社會現象、一種交流的模式。這種批評通過對習俗慣例
> （conventions）和體裁（genres）的研究，力圖把個別的詩篇納入全
> 部詩歌的整體中去。〔註100〕

〔註95〕卡爾・古斯塔夫・榮格原著，馮川、蘇克編譯《心理學與文學》，（台北：久大文化股份有限公司，1990 年），頁 91。

〔註96〕丁寧：《接受之維》，（天津：百花文藝出版社，1990 年），頁 213。

〔註97〕Maud Bodkin：《Archetypal Patterns in Poetry》，（LONDON OXFORD UNIVERSITY PRESS，1963 年），頁 4。

〔註98〕弗萊著、陳慧等譯：《批評的解剖》，頁 193。

〔註99〕丁寧：《接受之維》，頁 215。

〔註100〕弗萊著、陳慧等譯：《批評的解剖》，頁 142。NORTHROP FRYE：《ANATOMY OF CRITICISM》，（普林斯敦大學，1971），頁 99。

弗萊觸及了原型的接受問題，它在被接受的過程中，可以是一個人物，可以是一個意象，也可以是從範疇較大的同類敘述中抽取出來的思想，甚至是敘事定勢。是以神話作為一個母題反覆出現在後代文學作品中，它的指涉是豐富的，有可能是人物精神典範，有可能是另一種象徵和隱喻，也有可能是思維模式，甚至是敘事策略。

丁寧引述萊斯禮・費德勒（Leslie Fiedler）的言論，指出：

> 原型作為心理母題，其被掌握的形式存在於無意識的普遍性中，因而往往不是通過間斷、懸置或其它中介手段而使人得到「分享」，於是曖昧性、模糊性以及神秘等是隨之而來的必然特徵。〔註101〕

原型正是因為這種曖昧、模糊和神秘的特質與詩歌不謀而合，故常被接受者引用於詩歌中，使接受主體和藝術對象之間的深刻對應更為貼切密合。於是作品才能呈現「一種奇異的、未來得及分析的震撼力，一種希冀、恐懼和情緒的潛流，一種長期沈睡而又永遠令人親近的體驗。」〔註102〕也正如榮格所言，原型之所以具有強大的審美感召力，就在於它們是「同一類型的無數經驗的心理殘跡」即集體無意識深深地扭結在一起。正因「每一個原始意象中都有著人類精神和人類命運的一塊碎片，都有著我們祖先的歷史上重複了無數次的歡樂和悲哀的殘餘」，其鎔鑄文學作品所形成的震撼力及張力才會如此之巨。試看中國文學作品中，如精衛填海、夸父逐日等神話不斷反覆被引用，再看李白、李商隱等詩中反覆化用各種神話故事，都使作品予人的震撼力和內蘊的張力在同類作品之上。

（三）「神話意象」

西方學者論「原始意象」（原型）多從神話出發，以民族傳承的普遍經驗為其心理基礎，強調其在文學作品中所呈現曖昧、模糊、神秘感，以提供象徵性、多義性的詮釋空間。中國論「意象」，不涉及神話，直接在詩學理論中進行闡述。兩者出發點不同，卻有匯歸之處。神話作為一個原型，常在抒情文學的創作中透過傳承、增飾、昇華、變異，而成為文學意象，楊義將之稱為的「神話意象」，他說：

> 進入敘事文學的神話意象，已不屬於原始神話，而是藉神話的由來或某種神話素，對人間意義進行特殊的象徵或暗示。在這裡，所謂

〔註101〕丁寧：《接受之維》，頁218。
〔註102〕Maud Bodkin：《Archetypal Patterns in Poetry》，頁2。

　　神話已經被哲理化和詩化了。作者用他對社會經驗的獨特理解和對
　　文化意義的特殊處理，過濾、演繹或重構了原始神話的某些因素，
　　藉神話色彩來增強意象的神聖感、神秘感和象徵的力度。它們是和
　　神話有聯繫的自然物與文化思考的結合物，它們所展示的不是神話
　　本身，而是神話的「外傳」。〔註103〕

神話意象作為眾多意象類型（自然意象、社會意象、民俗意象、文化意象、
神話意象）之一，他從原始神話中脫胎而出，經文人的抒情手法與心理機制
而賦予了新的意義，在漫長的文學史中積累、變化著。

　　一個神話進入文學創作而成為神話意象後，其類型並非永遠不變，它可
能落入民俗之後，成為民俗意象；也有可能成為一個社會共同的記憶，而成
為社會意象或歷史意象，更有可能薈萃古人的文化觀念，而成為文化意象。

〔註103〕楊義：《中國敘事學》，（嘉義：南華管理學院，1998年），頁324～325。

上篇　杜宇神話研究

第一章 古代典籍中的杜宇神話

　　神話來自民間口傳，最初並無定本，隨著個人詮釋或地域文化的不同而產生變異，必須被書寫成文字後，其流傳始有定本。然而文化的發展與時更替，神話的符碼與話語也會轉變，甚至在情節上亦略有更動；隨著時間的流逝，神話情節可能擴張，角色、元素可能添入，但也可能歧出或轉型，旁生出不同的情節。欲探求神話之流變，必須從有文字記載的古代典籍中，梳理出一條脈絡，找出縱的繼承與橫的移植，方能探尋其蹤跡。

　　杜宇神話是一則充滿蜀地色彩英雄神話，蜀王杜宇統治蜀國，立下愛民的英雄典範，然而他的隱退，以悲劇作結，使故事籠罩悲愁的氛圍中；他的死化為杜鵑鳥，以變形的生命型態，化有限為永恆，使其意志可以無限延伸。這個悲劇英雄的神話故事於是撼動了文人的內心，以諸多不同的面貌活躍在千百年來的文學作品裡，而究竟它的原貌為何？必須從歷代古籍中一窺它的流變，以下茲依時間先後說明之。

第一節 兩漢魏晉古籍中的杜宇神話

　　中國神話最早的底本大多見於《楚辭》、《山海經》、《莊子》、《韓非子》或《淮南子》等著作，然而這充滿蜀地色彩的杜宇神話卻從未在這些典籍中現身，這當然與巴蜀在先秦時仍為獨立王國，未與中原有太多的交往有著很大的關係。據古籍所載，最早在漢時才有此則神話記載，西漢揚雄《蜀王本紀》和東漢許慎《說文解字》、李膺《蜀志》，至三國來敏〈本蜀論〉、西晉常璩《華陽國志》、北魏闞駰《十三州志》的揭示，更為杜宇神話揭開神秘的面紗。大抵此六書便是後代典籍之底本，以下分別敘述之。

一、揚雄《蜀王本紀》

杜宇神話的記載最早見於揚雄《蜀王本紀》，其文曰：

> 時蜀民稀少，後有一男子名曰杜宇，從天墮止朱提山，有一女子名
> 利，從江源井中出，爲杜宇妻。乃自立爲蜀王，號曰望帝，治汶山
> 下邑曰郫，化民往往復出。望帝積百餘歲，荊有一人名鼈靈，其尸
> 亡去，荊人求之不得，鼈靈尸隨江水上至郫，遂活，與望帝相見。
> 望帝以鼈靈爲相。時玉山出水，若堯之洪水，望帝不能治，使鼈靈
> 決玉山，民得安處。鼈靈治水去後，望帝與其妻通，慚愧，自以德
> 薄，不如鼈靈，乃委國授之而去，如堯之禪舜。鼈靈即位，號曰開
> 明帝；帝生盧保，亦號開明。望帝去時，子鵑鳴，故蜀人悲子鵑鳴
> 而思望帝；望帝，杜宇也。〔註1〕

這則神話包含了一個離奇古怪又情節曖昧的故事，主角是遠古時蜀王杜宇，
從天而降的杜宇與井中而出名利的女子結合，立爲蜀王，號望帝。望帝居王
百餘年，直到另一個奇特的人物出現後，他的人生有了重大的轉折。這位奇
特的人物便是鼈靈，鼈靈本是楚國人，死後屍體無端逆流而上到達蜀地，至
蜀地時，卻又神奇地復活了，並且擔任杜宇的宰相，協助杜宇治理當時一發
不可收拾的水患。鼈靈順利完成治水的工作後，杜宇卻因一時大意與鼈靈妻
相通，鑄成大錯。他感到十分慚愧，遂將王位禪讓給鼈靈，自己離開故國。
因爲望帝離開時，正好是農曆三月，子鵑鳥正悲鳴地叫著，所以每年子鵑（杜
鵑鳥）鳴叫時，蜀國人民便會悲傷地想起杜宇王。

整個故事當中，神化了蜀王杜宇的一切，從一開始的「從天墮止朱提山」，
到「望帝積百餘歲」，都是超乎常人的神性特質。古神話中，部族首領往往有
不平凡的出生與事蹟，這是原始民族祖先崇拜的表現。然而關於「望帝與其
妻通」一句，一般認爲情節前後交代不清，僅短短一句，留給後人無限揣測，
並有醜化主角之虞，或以爲不足採信，或以爲有政治迫害的嫌疑〔註2〕。故在
後代典籍記載中發展兩條分歧的路線，在情節發展中有取之，有不取之。

揚雄雖爲西漢蜀郡人，然所著《蜀王本紀》卻不見於漢代古籍，最早
稱引於常璩《華陽國志・序志》：「司馬相如、嚴君平、揚子雲、陽成子玄、
鄭伯邑、尹彭城、譙常侍、任給事等各集傳記，以作《本紀》，略舉其隅。」

〔註1〕 （清）嚴可均：《全上古三代秦漢三國六朝文》卷五十三所輯《蜀王本紀》，（北
　　　 京：中華書局，1958 年），頁 414。
〔註2〕 袁珂：《古神話選釋》，（台北：長安出版社，1982 年），頁 489。

〔註3〕交代揚雄寫過西蜀本紀之類的書，不過常璩認爲《蜀王本紀》怪誕不經，談不上信史，據此提出諸多疑難，並認爲此書非揚雄所著，而是後漢祝元靈之僞託。〔註4〕近人徐中舒則於〈論《蜀王本紀》成書年代及作者〉一文中力證作者爲蜀漢譙周〔註5〕。但顧頡剛先生堅持認爲：「揚氏所錄固多不經之言，而皆爲蜀地眞實之神話傳說」〔註6〕，「（常璩）以爲此等不合理之故事皆出於滑稽之流之信口編造，揚雄之書或經其竄亂。此則表示常氏全不認識神話傳說之本來面目。」〔註7〕且揚雄爲辭賦大家，以辭賦家手筆記載淺顯的掌故，屬意怪誕不經的神話傳說，更能證明爲揚雄所著。〔註8〕

　　《蜀王本紀》是一部記載古代蜀中掌故的書籍，對研究巴蜀上古的歷史文化有非常重要的文獻價值。該書最早見諸史志爲《隋書·經籍志》，著錄一卷，《新唐書》、《舊唐書》沿襲《隋書》，但《宋史》以後不見史志著錄，故推斷至宋末已經佚失，明人鄭樸輯《揚子雲集》始爲之輯錄，清人嚴可均《全上古三代秦漢三國六朝文》收錄最爲詳備，輯錄了二十六則，其中二十一則出自《太平御覽》。〔註9〕在體裁上，《蜀王本紀》的性質歸屬有兩種分歧的意見，因《隋書·經籍志》收在地理類，故將歸入「史部地理類」；有將之歸入「史體志怪小說」，如魯迅先生，他說：「漢之前的《燕丹子》、漢揚雄的《蜀王本紀》、趙曄之《吳越春秋》、袁康、吳平之《越絕書》，雖本史實，並含異聞。」〔註10〕今人李劍國亦持此論，他說：「《蜀王本紀》在隋唐《志》中皆列入史部地理類，這是看到它記載了一些蜀地地名、古蹟的緣故，但它並非

〔註3〕（晉）常璩撰、劉琳校注：《華陽國志校注》卷十二，（台北：新文豐出版公司，1988年），頁644。

〔註4〕（晉）常璩撰、劉琳校注《華陽國志校注》卷十二〈序志〉：「祝元靈，性滑稽。用州牧劉焉談調之末，與蜀士燕胥，聊著翰墨，當時以爲極歡，後人有以爲惑。恐此之類，必起於元靈之由也。惟智者辨其不然，幸也！」頁644。

〔註5〕徐中舒：《徐中舒歷史論文選輯》（下），（北京：中華書局，1998年），頁1319～1328。

〔註6〕顧頡剛：《論巴蜀與中原的關係》，（四川人民出版社，1981年），頁78。

〔註7〕同上註，頁79。

〔註8〕王春淑：〈揚雄著述考略〉，（《四川師範大學學報》，第23卷第3期，1996年7月），頁121。

〔註9〕周生杰：〈《蜀王本紀》文獻學考論〉，（《四川圖書館學報》，2008年1期，總第161期），頁65。

〔註10〕魯迅：《中國小說史略》第二篇「神話與傳說」，（風雲時代出版股份有限公司，1990年），頁22。

地書，實際上是史體志怪小說。」〔註11〕從兩種不同的角度切入，「史部地理類」與「史體志怪小說」均可成立。

就內容上來看，《蜀王本紀》對蠶叢、魚鳧等只作了簡介，對杜宇禪讓，秦滅蜀後伐楚、禹廟、青羊觀等，及李冰治水寫得亦不甚詳細。重點在寫秦王伐蜀，秦王送五個美女給蜀王與石牛便金之計都是想取得入蜀便道以滅蜀，此凸顯了秦王的狡詐與蜀王的貪財好色。就一個辭賦家創作的立意來看，揚雄對帝王是有儆誡的用意的。〔註12〕

若從揚雄「儆誡帝王」的立意回頭審視《蜀王本紀》中杜宇神話的記載，故事中「鱉靈治水去後，望帝與其妻通，慚愧，自以德薄，不如鱉靈，乃委國授之而去，如堯之禪舜」一段足堪玩味，「望帝與其妻通」又是蜀王因好色而亡國的例子，抑或在「禪」字對杜宇人格的肯定中，對其遭受的「迫害」予以無限的同情呢？不論從何角度視之，「儆誡帝王」的意味是甚為濃厚的。不過李劍國卻有另一番見解，他說：

> 古民未必會有什麼禪讓的觀念，看來是鱉靈居功，又抓住望帝私通
> 他老婆的把柄，把望帝攆走奪了帝位。所謂禪讓可能是揚雄忌諱王
> 莽篡位有意作的改動。〔註13〕

李劍國將揚雄所處的時代置入《蜀王本紀》創作的機制中，對「禪讓」一詞的直接否定，在故事的詮釋中，自又掀起了文本解讀上的小小波瀾。

二、許慎《說文解字》

許慎《說文解字》佳部「雟」字注云：

> 雟，一曰蜀王望帝婬其相妻，慙，亡去，化為子雟鳥，故蜀人聞子
> 雟鳴，皆起曰「是望帝也」。〔註14〕

許慎承繼《蜀王本紀》「婬其相妻」的說法，但許慎有沒有看過《蜀王本紀》卻不得而知，因為其「亡去，化為子雟鳥」卻迥異於《蜀王本紀》的說法。徐中舒認為這是《蜀王本紀》的錯誤，因為「望帝化為子規鳥，是蜀人歷代相傳的神話故事，早已流傳於中原」，且「漢魏時人稱蜀人為叟，叟即雟、周的合音。後人或省稱為雟，又稱為子雟，即子規，因其為杜宇所化，所

〔註11〕李劍國：《唐前志怪小說史》，（天津：南開大學出版社，1984年），頁184。

〔註12〕唐驥：〈略論兩漢雜史雜傳體志怪小說〉，（《寧夏大學學報》第20卷，1998年第4期），頁102。

〔註13〕李劍國：《唐前志怪小說史》，頁182。

〔註14〕許慎：《說文解字》，（台北：書銘出版事業有限公司，1986年），頁143。

以又稱爲杜鵑或子鵑。」〔註 15〕不過他卻否定許愼「憨，亡去」的記載，
他說：

> 杜宇化鵑本是一個優美的愛情故事，許愼是經學家，「淫其相妻」不
> 合於儒家倫常道德，所以稱其「憨，亡去」。點金成鐵，實在是糟蹋
> 了這個故事。〔註 16〕

徐中舒也認爲杜宇若因爲違反儒家道德倫常，慚愧自以爲德薄而禪讓鱉靈，
是對「禪讓」的譴責。的確，若以原始神話角度視之，儒家道德倫常觀念不
會是故事人物去捨抉擇的評判標準的。當然，許愼也有可能是直接擷取民間
傳說材料詮釋的，並無加入太多臆測。

　　關於此則神話在東漢時是不是早已流傳中原，《史記》、《漢書》中不見著
錄，亦無其他資料顯示，但東漢應劭《風俗通義》卻曾提到鱉靈，他說：

> 楚辭云：「鱉令屍亡，泝江而上到崏山下，蘇起，蜀人神之，尊立爲
> 王。」〔註 17〕

《楚辭》中並無這段文字，應劭之言或可視爲《楚辭》注文之佚文。而張衡
〈思玄賦〉亦有：「鱉令殪而尸亡兮，取蜀禪而引世。」〔註 18〕不過這只可證
明東漢時流傳鱉靈故事，卻不知有無杜宇神話。若就揚雄〈蜀都賦〉中：「昔
天地降生杜鄩密促之君，則荊上亡尸之相。」〔註 19〕或可證明之。注云此即
《蜀王本紀》所載，杜鄩即杜宇，但此段文字最早見於唐代《古文苑》，論證
亦不足。《蜀王本紀》在揚雄之後，《隋書》之前均不見於任何典籍，相形之
下，許愼的記載更顯得無比重要了。

　　可喜的是，許愼人化爲鳥的記載開啓了此則神話最動人之處，以「死而
復生」的變形母題，使主角生命無限延續，並深植蜀地人民心中。《蜀王本紀》
只言「望帝去時，子鵑鳴，故蜀人悲子鵑鳴而思望帝；望帝，杜宇也。」望
帝與杜鵑鳥的關係只是睹物思人，藉景傷情。而許愼之說使杜宇從人化爲鳥，
使之成爲一則變形神話，其內蘊更形豐富。

〔註 15〕　徐中舒：《徐中舒歷史論文選輯》（下），頁 1321。
〔註 16〕　同上注。
〔註 17〕　（東漢）應劭：《風俗通義》卷九，（台北：世界書局，1963 年），頁 13。
〔註 18〕　（南朝宋）范曄：《後漢書》卷八十九，《景印文淵閣四庫全書》總 253 冊，
　　　　　頁 243。
〔註 19〕　（唐）不著作者、（宋）章樵註：《古文苑》卷四，《景印文淵閣四庫全書》總
　　　　　1332 冊，頁 607。

三、李膺《蜀志》

東漢李膺《蜀志》記載：

> 望帝稱王於蜀時，荊州有一人化從井中出，名曰鼈靈。於楚身死，
> 尸反泝流，上至汶山之陽，忽復生，乃見望帝立以爲相。其後巫山
> 龍門壅，江不流，蜀民墊溺；鼈靈乃鑿巫山，開三峽，降丘宅，土
> 人得陸居。蜀人住江南，羌住城北，始立木柵，周三十里，令鼈靈
> 爲刺史，號曰西州。後數歲，望帝以其功高，禪位於鼈靈，號曰開
> 明氏。望帝修道處西山而隱，化爲杜鵑鳥。或云化爲杜宇鳥，亦曰
> 子規鳥，至春則啼，聞者悽惻。〔註20〕

畢竟是神話傳說，流傳過程中，故事情節、地點皆略有差異。相較於《蜀王
本紀》所載，其中最大的不同在於「令鼈靈爲刺史，號曰西州。後數歲，望
帝以其功高，禪位於鼈靈，號曰開明氏。望帝修道處西山而隱，化爲杜鵑鳥」，
沒有「望帝與其妻通」的情節，也不是在鼈靈治水後直接禪讓，而是先任刺
史，幾年後再讓位於鼈靈。而「化爲杜鵑鳥」處，則與許愼死化爲鳥的說法
相類。

另外，《蜀王本紀》稱其妻「從江源井中出」，李膺《蜀志》則載鼈靈「化
從井中出」，著筆於鼈靈身世之不凡，揭露了此一蜀地治水英雄的神格形象。
鼈靈是此故事最重要的配角，他的來歷，他的死而復生，他的治水有功，都
充滿神性。另外，「化從井中出」亦透顯出水爲生命之源的神話思維。

李膺此段文字的記載不見史傳，而見於子部《禽經》。《禽經》舊本題師
曠撰，晉張華註，但是漢隋唐諸志及宋《崇文總目》皆不著錄，其引用最早
見於宋代陸佃《埤雅》〔註21〕，紀昀認爲《禽經》應是後人之作，而僞稱師
曠之名，至南宋末已流傳數百年。〔註22〕

四、來敏《本蜀論》

來敏《本蜀論》：

> 荊人鼈靈死，其尸隨水上，荊人求之不得。令至汶山下，復生，起

〔註20〕唐宋人僞託（周）師曠撰、（晉）張華注：《禽經》，輯入《景印文淵閣四庫全
書》總847冊，（台北：台灣商務印書館，1986年），頁683。
〔註21〕唐宋人僞託（周）師曠撰、（晉）張華注：《禽經‧提要》，輯入《景印文淵閣
四庫全書》總847冊，頁671。
〔註22〕同上注，頁674。

　　　見望帝。望帝者，杜宇也，從天下。女子朱利自江源出，爲宇妻，

　　　遂王於蜀，號曰望帝。望帝立以爲相。時巫山峽而蜀水不流，帝使

　　　令鑿巫峽通水，蜀得陸處。望帝自以德不若，遂以國禪，號曰開明。

　　〔註23〕

《本蜀論》久已亡佚，此段文字最早見於《水經注》。來敏曾爲劉焉賓客，劉
焉爲益州牧時，曾帶一班文人隨之入蜀，又有一班賓客陪他談宴尋歡，經常
以蜀中掌故舊聞作爲劇談的資料。來敏《本蜀論》應作於此時，書名乃探詢
先蜀本原而次第論述之。〔註24〕

　　大抵有揚雄、許愼、李膺之說在前，來敏《本蜀論》中之杜宇神話情節
跳脫不出前人說法。鱉靈尸水復生爲蜀相之說，一如《蜀王本紀》至李膺《蜀
志》之一脈相承，杜宇之妻爲江源女子朱利亦同《蜀王本紀》。然杜宇禪位之
由同李膺《蜀志》，以鱉靈治水功高，不若其德遂禪讓。將「淫其相妻」說法
拿掉，似乎更符合儒家道德標準之人物典型。來敏《本蜀論》亦無交代死化
爲鳥的淒美結尾。

　　如此看來，蜀中鱉靈的神奇復生而爲蜀地治水英雄在漢末是早已流傳的
故事，但杜宇「淫其相妻」則逐漸泯其色彩，「死化爲鳥」的說法似乎有待後
世文人在詩作中極力吹捧，方得於古籍中大放異彩。

五、常璩《華陽國志》

　　西晉常璩《華陽國志》：

　　　後有王曰杜宇，教民務農，一號杜主。時朱提有梁氏女利遊江源，

　　　宇悅之，納以爲妃。移治郫邑，或治瞿上。七國稱王，杜宇稱帝，

　　　號曰『望帝』，更名蒲卑。自恃功高諸王，乃以褒斜爲前門，熊耳靈

　　　關爲後戶，玉壘峨眉爲城郭，江潛綿洛爲池澤，汶山爲畜牧，南中

　　　爲園苑。會有水災，其相開明決玉壘山以除水害，帝遂委以政事，

　　　法堯舜禪授之義，遂禪位於開明，帝升西山隱焉。時適二月子鵑鳥

　　　鳴，故蜀人悲子鵑鳥鳴也。〔註25〕

〔註23〕陳橋驛：《水經注校釋》卷三十三，（杭州：杭州大學出版社，1999 年），頁
　　　　580。
〔註24〕徐中舒：《徐中舒歷史論文選輯》（下），頁 1319～1320。
〔註25〕（晉）常璩撰、劉琳校注：《華陽國志校注》，（台北：新文豐出版公司，1988
　　　　年），頁 115。

常璩在〈序志〉中談到自己所著《華陽國志》是參考了諸多蜀地舊記,並「驗以《漢書》,取其近是」〔註26〕,將一些謬誤的說法作了修正的工作。他本著史書的記載模式,將古蜀傳說歷史化了,認為「荊人鱉靈死屍化,西上後為蜀帝,周萇弘之血變成碧珠,杜宇之魄化為子鵑」〔註27〕這些都是橫說,又說:

> 自古以來,未聞死者能更生。當世或遇有之則為怪異,子所不言,
> 況能為帝王乎?碧珠出不一處,地之相距動數千里,一人之血豈能
> 致?此子鵑鳥,今云是萇,或曰萇周,四海有之,何必在蜀?〔註28〕

是對萇弘化碧、杜宇化鳥的直接否定。關於蜀王杜宇的記載中,其神話性質泯然消除,不僅不提杜宇之神化,對於流傳甚廣的鱉靈復生亦隻字未提。若說常璩對杜宇神話有貢獻的話,大概只有在「教民務農」一句,這是後世蜀人奉他為「農神」非常重要的依據。另外較為特別之處,是明顯記載杜宇王國的版圖:「乃以褒斜為前門,熊耳靈關為後戶,玉壘峨眉為城郭,江潛綿洛為池澤,汶山為蓄牧,南中為園苑。」具體勾勒了一富足昇平的樂園國度,由此可見杜宇王所建立的蜀國版圖之大是前所未有的,且是獨立於中原文化之外的。

六、闞駰《十三州志》

北魏闞駰《十三州志》:

> 當七國稱王,獨杜宇稱帝於蜀,以褒斜為前門,熊耳靈關為後戶,
> 玉壘峨眉為池澤,汶山為畜牧,中南為園苑。時有荊地有一死者名
> 鱉靈,其尸亡,至汶山却是更生。見望帝,以為蜀相,時巫山蜀地
> 雍江洪水,望帝使鱉靈鑿巫山,治水有功,望帝自以德薄,乃委國
> 於鱉靈,號曰開明。遂自亡去,化為子規。故蜀人聞鳴,曰「我望
> 帝也」。〔註29〕

《十三州志》是一部地理書,早已散佚,今所見多為《太平御覽》輯錄,此段文字記載亦出自《太平御覽》。闞駰對杜宇神話的記載,明顯結合前面幾家

〔註26〕 (晉)常璩撰、劉琳校注:《華陽國志校注》,頁645。
〔註27〕 同上注。
〔註28〕 同上注。
〔註29〕 (宋)李昉:《太平御覽》卷一六六,輯入《景印文淵閣四庫全書》總894冊,頁613。

的記載，但獨不見《蜀王本紀》的影子，蓋因《蜀王本紀》早已亡佚致之。歸納之，「當七國稱王，獨杜宇稱帝於蜀，以褒斜爲前門，熊耳靈關爲後戶，玉疊峨眉爲池澤，汶山爲畜牧，中南爲園苑」出自《華陽國志》，鼈靈「其尸亡，至汶山却是更生」、「望帝自以德薄」則類李膺《蜀志》、來敏《本蜀論》，至於「遂自亡去，化爲子規。故蜀人聞鳴，曰『我望帝也』」無疑承自許愼之筆。

　　闞駰之筆使杜宇神話在被常璩歷史化後，重新復甦原貌，死化爲鳥的動人情節啓動變形神話的永生追尋，輕叩唐代詩人的筆觸，化爲內蘊豐富的文學意象。另外，闞駰是燉煌人〔註30〕，不用儒家「禪讓」之詞語，以「委國」、「亡去」之詞代之，凸顯內心的挣扎，或爲逃避臣民的不捨挽留，或使鼈靈繼位更無後顧之憂，形象更爲生動。

　　上叙六書便是最早紀錄杜宇神話的文獻資料，從揚雄《蜀王本紀》到闞駰《十三州志》大抵可看出此則神話從兩漢到魏晉之流傳脈絡：

1. 「神話」特質的發展與保留：杜宇神話從民間口傳性質，經蜀人揚雄寫入當地異聞，而成爲志怪小說。經許愼之筆，以詮釋「嶲」字而聯想到蜀地異聞，揭開其流傳民間的「死化爲鳥」的情節。經李膺《蜀志》整理了兩漢的傳聞，保留了《蜀王本紀》和《說文解字》中的神異情節。

2. 「淫其相妻」情節的泯除：最早的《蜀王本紀》和《說文解字》都有杜宇「淫其相妻」的記載，或由於東漢以來學者儒家倫常觀念的根深柢固，李膺《蜀志》、來敏《本蜀論》、常璩《華陽國志》、闞駰《十三州志》均一致認爲禪位的原因是因鼈靈治水功高，杜宇自以爲不若其德而禪讓的聖賢之風。此一方面反映杜宇形象在人民心中的完美不容詆毀，一方面也反映治水問題一直存在蜀地的長久困擾，治水英雄必得擁戴的訊息。

3. 神話歷史化的危機：當口傳文學寫成志怪小說，再被載入史書後，歷史化的結果必然使神話陷入危機。杜宇神話經許愼和李膺記載而保留的人鳥異變情節，在來敏《本蜀論》中避而不談，到了常璩《華陽國志》更直接予以否定駁斥，其神話特質泯然消除。幸而闞駰《十三州志》將許愼《說文解字》、李膺《蜀志》、來敏《本蜀論》中神話部分予以記載保留，方得化除此一危機。

〔註30〕　（唐）李延壽《北史》卷三十四列傳第二十二：「闞駰，字玄陰，燉煌人也。」輯入《景印文淵閣四庫全書》總266冊，頁702。

除此，非關杜宇神話的底本，卻對其後來的情節發展展生極大影響的是南朝宋劉敬叔《異苑》談到的傳說：

> 杜鵑，始陽相催而鳴。先先鳴者吐血死。常有人山行，見一群寂然，聊學其聲，便嘔血死。初鳴先聽其聲者，主離別，廁上聽其聲，不祥。厭之法，當爲大聲以應之[註31]

《異苑》將杜鵑視爲不祥之鳥，完全與蜀地杜鵑鳥的益鳥形象不同。當時傳聞杜鵑在太陽升起時會相催而鳴，最先鳴叫的會吐血而亡。連行山中之人，學其鳴叫聲，亦會有吐血而亡的下場。不幸先聽到初鳴聲，代表有別離之事將發生；如在廁所中聽到，更加不祥。邱夢在〈我國民俗中的鳥文化瑣談〉一文指出這是「鳥忌」的一種，鳥忌的遺留是一種特殊的民俗事象。[註32]宋代王安石變法時，反對派就曾利用這個典故攻擊改革派，說洛陽一帶聽到有杜鵑叫，這是變法活動會禍國殃民的預兆。宋邵伯溫《聞見錄》載：

> （邵雍）治平間，與客散步天津橋上，聞杜鵑聲，慘然不樂。客問其故，則曰：「洛陽舊無杜鵑，今始至，有所主。」客曰：「何也？」康節先公曰：「不二年上用南士爲相，多引南人，專務變更，天下自此多事矣。」客曰：「聞杜鵑何以知此？」康節先公曰：「天下將治，地氣自北而南；將亂，自南而北。今南方地氣至矣。禽鳥飛類，得氣之先者也。」[註33]

邵雍即將杜鵑聲視爲天下將亂的預兆，杜鵑來到北方，就把深怨的氣移過來了，自然是不祥之兆，以此作爲反對王安石變法的理由。

《異苑》之前，尚有三國時沈瑩《臨海異物志》提到杜鵑的紅喙，傳聞云：

> 鶗鴂，一名杜鵑。春三月鳴，晝夜不止，音自呼。俗言取梅子塗其口，兩邊皆赤，上天自言乞恩。至商陸子熟，鳴乃得止耳。[註34]

[註31] （南朝宋）劉敬叔《異苑》卷三，輯入《景印文淵閣四庫全書》總1042冊，頁507。

[註32] 邱夢：〈我國民俗中的鳥文化瑣談〉，（《青海民族研究》，1996年第2期），頁63。

[註33] （宋）邵伯溫：《聞見錄》卷十九，輯入《景印文淵閣四庫全書》總1038冊，頁829。

[註34] （宋）李昉：《太平御覽》卷九二三引《臨海異物志》，輯入《景印文淵閣四庫全書》總901冊，頁184。

沈瑩《臨海異物志》又作《臨海水土異物志》，所記多爲中國南部沿海一帶地理風俗。〔註35〕此言杜鵑鳥的紅喙乃因向上天乞恩，而以梅子塗其口使然，至《異苑》卻認爲是「吐血」，不同時地傳聞之異可見一斑。

　　《異苑》的傳說雖與杜宇神話杳無相涉，但有趣的是，「杜鵑啼血」的傳說卻在故事的流傳中無端滲入杜宇神話，後世杜宇傳說逐漸演變，而有杜鵑啼血、血染而成杜鵑花的情節。這在杜宇神話所呈現的文學意象發展上是非常重要的，使哀怨的象徵意義重重疊加，死後化鳥悲鳴不已是一層，鳴至啼血是二層，血漬草木是三層。再者，「主離別」的意蘊落到文學作品裡，正與友人贈別、懷鄉思歸的情緒不謀而合。

第二節　唐宋古籍中之杜宇神話

　　兩漢魏晉古籍中的神話記載，除了許愼《說文解字》和常璩《華陽國志》原書流傳外，其餘四處均見後代典籍之引文，其中又以出自唐宋典籍最多。唐宋古籍關於神話之記載或取之斷簡殘編，或取之街談巷語，對於神話不僅有著保存之功，更於梳理記載中，對情節的發展詮釋出新的意義。

　　另外，由於唐代詩人大量投入詩歌的創作，詩的體裁、內容、素材、意蘊、手法均不斷開拓，杜宇神話作爲一個詩歌典故在唐代已是家戶喻曉的事實，更不用說此則故事的流傳。文人創作對於古籍的記載勢必產生深遠的影響，例如李善注《昭明文選》〈蜀都賦〉中「鳥生杜宇之魂」時便引〈蜀記〉云：

　　　　昔有人姓杜，名宇，王蜀，號曰望帝。宇死，俗說云宇化爲子規。

　　　　子規，鳥名也，蜀人聞子規鳴，皆曰「望帝」也。〔註36〕

此段文字完全脫胎自許愼《說文解字》，李善卻云出自〈蜀記〉，此「蜀記」應指「蜀國的地方記載」，而非書名。又如杜甫〈杜鵑行〉：「君不見昔日蜀天子，化作杜鵑似老烏……其聲哀痛口流血……」〔註37〕杜甫將杜宇化爲鵑鳥的故事寫入詩中，有著保存流傳之功，而這也是杜宇神話中「杜鵑啼血」最早的出處，對故事的發展有著非常重要的意義。關於唐詩創作與杜宇神話的

〔註35〕　王晶波：〈漢唐間已佚之《異物志》考述〉，（《北京大學學報》，2000 年 1 期），頁 184。

〔註36〕　（南朝梁）蕭統編、（唐）李善注：《昭明文選》，（台北：五南圖書出版有限公司，1991 年），頁 109。

〔註37〕　清聖祖：《全唐詩》卷二一九，頁 2303。

關係，將在本論文的下篇作深入探討，暫不作太多陳述。現將唐宋古籍中之杜宇神話分「經部」、「史部」、「子部」三類探討（「集部」由於多為文人創作之詩文，已涉意象之演變，待下篇探討，暫不敘及）：

一、經部

　　神話傳說鮮少錄於經部，經部著錄大多為解釋名物之用，如北宋陸佃《埤雅》和南宋羅願《爾雅翼》，兩段記載分別如下：

> 杜鵑，一名子規，苦啼，啼血不止，一名怨鳥。夜啼達旦，血漬草木，凡始鳴皆北嚮，啼苦則倒縣於樹。說文所謂「蜀王望帝化為子雟」，今謂之子規是也。〔註38〕（《埤雅》）

> 子雟出蜀中，今所在有之，其大如鳩，以春分先鳴，至夏尤甚，日夜號深林中，口為流血，至章陸子熟乃止，農家候之。……亦曰杜宇，亦曰杜鵑。……望帝者，蓋蜀王望帝婬其相妻，慙亡去，化為此鳥，蜀人聞其聲，皆起曰「望帝」。自漢許叔重已有此說，望帝一名杜宇。故〈蜀都賦〉云「鳥生杜宇之魄」謂此也，唐杜甫詩曰「我見獨再拜，重是古帝魄」，雖感時之言，亦蜀之遺俗也。〔註39〕（《爾雅翼》）

兩書和《說文解字》在《四庫全書》中同列經部小學類，故於釋名物時採許慎之說，乃合理之至。《爾雅翼》所言較《埤雅》詳盡，其於情節上，仍取望帝「婬其相妻」、死化為鳥之說。而其「口為流血」的記載，是在《禽經》提到「夜啼達旦，血漬草木」〔註40〕和杜甫詩中「其聲哀痛口流血」後，再度提到杜鵑啼血之事。故從《禽經》、杜甫之詩，至《埤雅》、《爾雅翼》的進一步闡述，可以證明《異苑》杜鵑「吐血」的傳聞已滲入杜宇神話中，發展出哀鳴啼血的情節。當然也有認為，可能因為杜鵑鳥喙是紅色的，才予人吐血的聯想，但無論所本為何，此則神話談到啼血的意象，是在唐宋時產生的。

　　羅願的記載，也透露了見杜鵑鳥一再膜拜，乃是蜀中遺俗，是以杜宇故事在蜀中的流傳可見一斑。另外，他也談到雲安有「姊歸」縣，「姊歸」其實

〔註38〕（北宋）陸佃：《埤雅》卷九，輯入《景印文淵閣四庫全書》總222冊，頁135。
〔註39〕（南宋）羅願：《爾雅翼》卷十四，輯入《景印文淵閣四庫全書》總222冊，頁372～373。
〔註40〕唐宋人偽託（周）師曠撰、（晉）張華注：《禽經》，輯入《景印文淵閣四庫全書》總847冊，頁683。

就是「子規」，並非屈原之姊女嬃〔註41〕，杜宇形象在蜀民心中地位之崇高亦由此可見。

二、史部

此則神話著錄於史部有三處，即「史評類」、「地理類」和「別史類」，分別敘述之。

（一）史評類

劉知幾《史通》收入史部史評類，記載：

> 觀其《蜀王本紀》稱杜魄化而爲鵑，荊屍變而爲鼈，其言如是，何
> 其鄙哉！〔註42〕

劉知幾以史學家論證事實的角度看待此則傳聞，故批判「何其鄙哉」。其不瞭解神話，從誤以爲「杜魄化而爲鵑」出自《蜀王本紀》，可以看出。不過，從劉知幾的記載中可知，杜宇化爲杜鵑鳥的故事在唐代是廣爲人知的。

（二）地理類

北宋地理學巨擘樂史在其《太平寰宇記》談到杜宇神話，敘述十分詳細，他說：

> （魚鳧）其後有王曰杜宇，已稱帝，號望帝，自以功德高諸王，乃
> 以褒斜爲前門，熊耳靈關爲後戶，玉壘蛾眉爲城郭，江潛綿洛爲池
> 澤，以汶山爲畜牧，南中爲園苑。時有荊人鼈冷死，其尸隨水上，
> 荊人求之不得，鼈冷至汶山下，忽復生，見望帝，立以爲相。時巫
> 山壅江，蜀地洪水，望帝使鼈冷鑿巫山，蜀得陸處。望帝自以爲德
> 不如，禪位於鼈冷，號開明。遂自亡去，化爲子規鳥，故蜀人聞子
> 規鳴，曰是「我望帝也」。鼈冷或爲鼈多，子鵑爲子巂，或云杜宇死
> 子規鳴。〔註43〕

樂史說自己的記載是參伍揚雄《蜀王本紀》、來敏《本蜀論》、《華陽國志》和《十三州志》諸說，觀其其文字記載極似闞駰《十三州志》，其故事的一脈相承可以得知。樂史以「或云杜宇死子規鳴」交代有此一說，但其於「化爲子

〔註41〕　（南宋）羅願：《爾雅翼》卷十四，輯入《景印文淵閣四庫全書》總222冊，頁373。

〔註42〕　（唐）劉知幾：《史通》卷十八，輯入《景印文淵閣四庫全書》總685冊，頁134。

〔註43〕　（北宋）樂史：《太平寰宇記》卷七十二，輯入《景印文淵閣四庫全書》總469冊，頁589。

規鳥」著筆較多,是對浪漫的結尾的肯定。另外,《太平寰宇記》所載,也看出鼈靈又名「鼈冷」、「鼈多」之異名。

《四庫》館臣評價《太平寰宇記》說:「蓋地理之書,記載至是書而始詳,體例亦自是而大變。」〔註44〕錢大昕則認為:「有宋一代志輿地者,當以樂氏為巨擘。」〔註45〕是書備受肯定,亦有助於杜宇神話的流傳。

杜宇神話著錄於史部地理類還有南宋高似孫的《剡錄》卷十:

《成都記》曰:「蜀王杜宇稱望帝,死化為鳥,名杜鵑,一名子規。」

《爾雅》曰巂周,即此鳥也,越人謂之謝豹。〔註46〕

高似孫引唐代盧求《成都記》中記載望帝死化為鳥的典故,是在北宋高承《事物紀原》後,再度引用《成都記》。盧求《成都記》已佚,宋代典籍的引用使其重獲重視,蓋《成都記》所記成都一帶地理風物民俗,其文字更能反映流傳成都之異聞。

(三)別史類

南宋羅泌《路史》記載:

按諸蜀記,杜宇末年遜位鼈令,鼈令者,荊人也。舊說魚鳧畋於湔山,仙去。後有男子從天墮,曰杜宇,為西海君,自立為蜀王,號望帝。徙都於郫或瞿上,自恃功高諸王,乃以褒斜為前門,熊耳靈關為後戶,玉壘娥眉為城郭,江潛綿洛為池澤,岷山為畜牧,南中為園苑。時鼈令死尸隨水上,荊人求之不得,至蜀起,見望帝,望帝以之為相,後禪以國去之,隱於西山,民俗思之。適二月,田鵑方鳴,因號杜鵑以志其隱之期。一云,宇禪之而淫其妻,恥之,死為子巂,故蜀人聞之,皆起曰「我望帝也」……據《風俗通》等,鼈令化從井出,既死,尸逆江至岷山下,起見望帝。時巫山擁江,蜀洪水,望帝令令鼈之,蜀始陸處。以為刺史,號曰西州。自以德不如令,從而禪焉,是為蜀開明氏。〔註47〕

〔註44〕 (清)紀昀等:《四庫全書總目》卷六十八,輯入《景印文淵閣四庫全書》總2冊,頁453。

〔註45〕 (清)錢大昕:《十駕齋養新錄》卷十四,(台北:台灣商務印書館,1968年),頁315。

〔註46〕 (南宋)高似孫:《剡錄》卷十,輯入《景印文淵閣四庫全書》總485冊,頁617。

〔註47〕 (南宋)羅泌:《路史》卷三十八,輯入《景印文淵閣四庫全書》總383冊,頁566。

紀昀別史的定義：「以處上不至於正史，下不至於雜史者，義例獨善」、「蓋編年不列於正史，故凡屬編年，皆得類附。」〔註48〕《路史》以編年體裁將有關上古至兩漢姓氏地理名物之各種奇聞軼事一一收錄。在此創作立意上詮釋「杜宇鼈零」之名，必將前代不同說法均收錄，故有「一云」，以中立的角度，交代不同傳聞。

　　《路史》的記載，可謂集各家之大成。深究其文，可以看出杜宇「從天墮」的來歷出自《蜀王本紀》、《來蜀論》，其帝國版圖描繪仍與《華陽國志》、《十三州志》如出一轍，「隱於西山，民俗思之」亦前承《蜀王本紀》、《華陽國志》，而與同時代《爾雅翼》揭露的蜀中舊俗互相應照。「一云」之說則出自《說文解字》，保留了「淫相妻」的傳聞。不過在此也看到杜宇的新名號「西海君」，是前代底本所未見。〈成都記〉曾云：「昔江峽阻塞，蜀爲西海。」〔註49〕大概因爲如此，所以蜀王又曰「西海君」。

　　羅泌將鼈靈故事從杜宇神話中抽出，獨立記載。「鼈令」之名，在《風俗通義》引《楚辭》佚文即有之，其從井中而出，尸逆流復生的記載可謂前承《風俗通義》，但文字與《禽經》所引李膺《蜀志》幾乎相同。

三、子部

　　前文提到的《禽經》，即著錄於子部譜錄類，其在杜宇神話的貢獻，除了使東漢李膺《蜀志》所載爲人熟知外，尚有杜鵑啼血傳聞的記載。杜宇神話於宋時著錄於子部尚有多處，茲分以下三類敘述：

（一）雜家類

北宋姚寬《西溪叢語》卷下：

> 《華陽國志·蜀志》云：「蠶叢魚鳧之後有王曰杜宇，稱帝號曰望帝，更名蒲卑，自以功德高諸王，乃以褒斜爲前門，熊耳靈關爲後戶，玉壘峨嵋爲城郭，江潛綿絡爲池澤，汶山爲畜牧，南中爲園苑。會有水災，其相開明決玉壘山以除水害，帝遂委以政事，禪位于開明。帝升西山隱焉，時適二月子鵑鳥鳴，蜀人悲之，故聞子鵑之鳴，即

〔註48〕（清）紀昀等：《四庫全書總目》卷五十，輯入《景印文淵閣四庫全書》總2冊，頁111。

〔註49〕新文豐出版公司編輯部：《正統道藏》第八冊〈洞眞部記傳類〉之〈歷世眞仙體道通鑑〉卷十八「張天師」引〈成都記〉，（台北：新文豐出版公司，1985年），頁462。

曰望帝也。」左太冲〈蜀都賦〉云:「鳥生杜宇之魂」五臣注引〈蜀記〉云「有王曰杜宇,號望帝,俗說云化爲子鵑。」子鵑,鳥名也。

故鮑照杜甫皆云是古帝魂,其實非變化也。〔註50〕

《西溪叢語》列爲子部雜家類雜考之屬,主要在考辨,故其雖云有望帝化爲子鵑鳥的傳聞,但以《華陽國志》所載爲本,牽強地認爲子鵑是望帝之魂所寄,而非形化爲鳥。

(二)類書類

此神話著錄於宋代典籍,以子部類書類爲最多,關於類書的說明,紀昀等認爲:「類事之書,兼收四部而非經、非史、非子、非集,四部之內,乃無類可歸……其專考一事,如《同姓名錄》之類者,別無可附,舊皆入之類書,今亦仍其例。」〔註51〕故兼收四部,無類可歸者,或專考一事,均列於此。今將此類中關於杜宇神話的引文臚列如下:

1. (北宋)李昉《太平御覽》:

揚雄《蜀王本紀》曰:「蜀之先稱王者,有蠶叢、折灌、魚易、俾明。是時椎髻左衽,不曉文字,未有禮樂。從開明已上至蠶叢,凡四千歲。次曰伯雍,又次曰魚尾,尾田於湔山得仙。後有王曰杜宇,出墮天山,又有朱提氏女,名曰利,自江原而出,爲宇妻。乃自立爲蜀王,號曰望帝,移居郫邑。」《十三州志》曰:「當七國稱王,獨杜宇稱帝於蜀,以褒斜爲前門,熊耳靈關爲後戶,玉壘峨眉爲池澤,汶山爲畜牧,中南爲園苑。時有荆地有一死者名鼈靈,其尸亡,至汶山却是更生。見望帝,以爲蜀相,時巫山蜀地雍江洪水,望帝使鼈靈鑿巫山,治水有功,望帝自以德薄,乃委國於鼈靈,號曰開明。遂自亡去,化爲子規。故蜀人聞鳴,曰『我望帝也』。」又云:「望帝使鼈靈治水而淫其妻,靈還,帝慙,遂化爲子規。杜宇死時適二月而子規鳴,故蜀人聞之,皆曰『我望帝也』。」(卷一六六)〔註52〕

雟,《爾雅》曰雟周也,《蜀王本紀》曰:「望帝使臣鼈靈治水,去後

〔註50〕 (北宋)姚寬:《西溪叢語》卷下,輯入《景印文淵閣四庫全書》總850冊,頁956。

〔註51〕 紀昀等:《四庫全書總目》子部四十五,輯入《景印文淵閣四庫全書》總3冊,頁845。

〔註52〕 (北宋)李昉《太平御覽》卷一六六,輯入《景印文淵閣四庫全書》總894冊,頁612～613。

望帝以其妻通慚愧，且以德薄不及鱉靈，乃委國授之望帝。去時有子嶲鳴，故蜀人悲子嶲鳴而思望帝。望帝，杜宇也。」《臨海異物志》曰：「鶗鴂，一名杜鵑。春三月鳴，晝夜不止，音自呼。俗言取梅子塗其口，兩邊皆赤，上天自言乞恩。至商陸子熟，鳴乃得止耳。」《異苑》曰：「杜鵑始陽，相推而鳴，先吐聲者先吐血死。有人山行，見一羣寂然，聊學其聲，便嘔血死。」（卷九二三）〔註53〕

2. （北宋）高承《事物紀原》卷十：

《蜀王本紀》曰：「鱉靈死，其屍逆江而流至蜀，王杜宇以為相，宇自以德不及靈，傳位而去，其魄化為鳥，因名此，亦曰杜鵑，即望帝也。」亦見杜甫、李商隱詩。盧永《成都記》曰：「蜀王杜宇稱望帝，好稼穡，治郫城，死化為鳥，曰杜鵑。」〔註54〕

3. （南宋）葉廷珪《海錄碎事》卷二十二上：

杜宇：望帝禪位於鱉靈，升西山隱焉。時適杜鵑方鳴，俗思帝恩，號為杜宇，以誌其隱去之時。或曰杜鵑望帝精魂所化。〔註55〕

4. （南宋）潘自牧《記纂淵海》卷九十七：

杜鵑：傳記杜鵑，一名巂周，甌越間曰怨鳥。（爾雅注）杜宇亦曰杜王，自天而降，稱蜀帝，死化為鳥，名曰杜鵑，亦曰子規。（成都記）嶲，即杜鵑也；姊歸，子規別名也。（博物志）江介曰子規，啼苦則懸於樹，自呼曰謝豹。（張華注）杜鵑先鳴者吐血死，嘗有人行山中，見一羣寂然，聊學其聲即死。（雜俎）〔註56〕

5. （南宋）祝穆《古今事文類聚》後集卷四十四：

杜鵑：《羣書要語》一名巂周，甌越間曰怨鳥。夜啼達旦，血漬草木，凡鳴皆北向。江介曰子規，蜀右曰杜宇。（禽經）啼苦則自懸於樹，自呼曰謝豹。（張華注）杜鵑大如鵲，而羽烏，其聲哀，而吻有血。土人云：春至則鳴，聞其初聲則有離別之苦，人惡聞之。惟田家候

〔註53〕　（北宋）李昉《太平御覽》卷九二三，輯入《景印文淵閣四庫全書》總 901 冊，頁 260。

〔註54〕　（北宋）高承：《事物記原》卷十引（唐）盧求：〈成都記〉，輯入《景印文淵閣四庫全書》總 920 冊，頁 291。

〔註55〕　（南宋）葉廷珪：《海錄碎事》卷二十二上，輯入《景印文淵閣四庫全書》總 921 冊，頁 890。

〔註56〕　（南宋）潘自牧：《記纂淵海》卷九十七，輯入《景印文淵閣四庫全書》總 932 冊，頁 770。

其鳴，則興農事。（華陽風俗錄）

望帝化杜鵑：蜀之先肇於人皇之際，至黃帝子昌意娶蜀人女，生帝嚳，後封其支庶於蜀，歷夏、殷、周，始稱王者，自名蠶叢，次曰柏灌，次曰魚鳧。其後有王曰杜宇，杜宇稱帝，號望帝。自恃功德高，乃以褒斜爲前門，熊耳靈關爲後戶，玉壘峨眉爲池澤。時有刑人鼈靈，其尸隨水上，荆人求之不可得，鼈靈至汶山下忽復。見望帝，帝立以爲相，後帝自以其德不如鼈靈，因禪位於鼈靈，號開明。遂自亡去，化爲杜鵑。故蜀人聞子鵑鳴，曰是我望帝也。（寰宇記李膺蜀志大畧同）〔註57〕

上列五本，以《太平御覽》體製最大，故輯錄最爲豐富。《海錄碎事》雖無明言典出何書，但從文字可判斷出實爲《華陽國志》、《說文解字》之文。《記纂淵海》中所言出自《酉陽雜俎》之言，不知《酉陽雜俎》實本《異苑》。《古今事文類聚》「望帝化杜鵑」處，亦可看出乃揉合《華陽國志》、《本蜀論》、《說文解字》之說。綜上五本所記，其於杜宇神話所引前代之書的情況列如下表：

《太平御覽》	《蜀王本紀》、《十三州志》、《說文解字》、《臨海異物志》、《異苑》
《事物紀原》	《蜀王本紀》、《成都記》
《海錄碎事》	《華陽國志》、《說文解字》
《記纂淵海》	《成都記》、《禽經》、《酉陽雜俎》（《異苑》）
《古今事文類聚》	《禽經》、《華陽風俗錄》、《華陽國志》、《本蜀論》、《說文解字》

　　若再深究這些文本中杜宇神話情節，可依神話特質部分「杜宇從天墮」、「鼈靈復生」、「望帝化鳥」、「杜鵑啼血」，及爭議情節「淫其相妻」之取捨，羅列如下表：

情節　書名	杜宇從天墮	鼈靈復生	望帝化鳥	杜鵑啼血	淫其相妻
《太平御覽》	○	○	○	○	○
《事物紀原》		○	○		
《海錄碎事》			○		
《記纂淵海》	○		○	○	
《古今事文類聚》		○	○	○	

（畫○代表該書有交代此一情節）

〔註57〕　（南宋）祝穆：《古今事文類聚》後集卷四十四，輯入《景印文淵閣四庫全書》總 926 冊，頁 683～684。

　　依上表可看出《太平御覽》收錄之完整性，幾乎保留了這個故事中所有的神話特質，甚至連東漢以後被泯除的「淫其相妻」情節亦公允地予以保留。再者，「望帝化鳥」情節在宋代子部類書的接受性可說是一致的。而「杜鵑啼血」特性均以引書方式呈現，並未直接置於杜宇神話的情節演變中，所敘可謂客觀。至於「鼈靈復生」情節北宋子部類書仍予以保留，至南宋有逐漸抽離而出的趨勢。

（三）醫家類

　　北宋唐慎微《證類本草》卷十九：

> 杜鵑初鳴，先聞者主離別，學其聲令人吐血，於廁溷上聞者不祥。猒之法當爲狗聲以應之。俗作此說。按《荊楚歲時記》亦云：有此言乃復古今相會。鳥小似鷂，鳴呼不已。《蜀王本記》云：杜宇爲望帝，淫其臣鼈靈妻，乃亡去。蜀人謂之望帝。《異苑》云：杜鵑先鳴者，則人不敢學其聲。有人山行，見一羣聊學之，嘔血便殞。《楚辭》云：鶗鴂鳴而草木不芳。人云：口出血聲始止，故有嘔血之事也。〔註58〕

唐慎微引《蜀王本記》而保留「淫其相妻」的情節，引《異苑》、民間傳聞「啼血」之事，卻未交代唐宋時人普遍認知的「望帝化鳥」神話，蓋以醫家角度誌之，不錄神異之事。不過其「蜀人謂之望帝」，「之」乃指杜鵑，似乎有稍稍透露了此一訊息。

　　綜上唐宋古籍中所錄杜宇神話相關資料，以「杜宇從天墮」、「鼈靈復生」、「望帝化鳥」、「杜鵑啼血」、「淫其相妻」五個情節之取捨，依成書先後茲列下表：

書名 ＼ 情節	杜宇從天墮	鼈靈復生	望帝化鳥	杜鵑啼血	淫其相妻
《史通》			○		
《成都記》			○		
《禽經》	○	○		○	
《太平御覽》	○	○	○	○	○
《太平寰宇記》		○	○		

〔註58〕　（北宋）唐慎微：《證類本草》卷十九，輯入《景印文淵閣四庫全書》總740冊，頁829。

《埤雅》			○	○	
《事物紀原》		○	○		
《證類本草》				○	○
《西溪叢語》			○		
《海錄碎事》			○		
《路史》	○	○	○		○
《爾雅翼》			○	○	○
《剡錄》			○		
《記纂淵海》	○		○	○	
《古今事文類聚》		○	○	○	

　　依上表，可以清楚呈現杜宇神話在唐宋時人的接受與認知情形，其流傳脈絡如下：

1. 「望帝化鳥」之定型：魏晉時一度因著錄者歷史化思維影響，而使「望帝化鳥」情節消褪的情形，到了唐宋有了相當大的改變。民間傳說的不易泯滅，其存在四川當地流傳甚廣的民俗思維，加上文人創作的大量用典，「望帝化鳥」情節的廣爲熟知，已在這些典籍中呈現出來。即便是批評此種說法的書籍，如《史通》、《西溪叢語》等，在批判的言辭亦反映出其流傳的程度。「望帝化鳥」的情節在唐宋時已然定型。

2. 「鼈靈復生」的逐漸抽離：此故事呈現的兩位英雄人物，一是爲民愛戴的杜宇，一是治水成名的鼈靈。鼈靈屍體泝流復生的部分亦是此則神話十分特殊之處，然或由於著錄者以詮釋「杜鵑」爲主，爲凸顯杜宇的英雄形象，鼈靈復生的神異性逐漸從故事中抽離而出，北宋典籍尚有提及，至南宋則僅剩《古今事文類聚》和《路史》，《路史》更直接抽離而出，使此則神話一分爲二，一爲杜宇神話，一爲鼈靈神話。

3. 「杜鵑啼血」之加入：南朝《異苑》「啼血」之說本與此則故事杳無相涉，然或爲民間口傳的想像，或爲杜甫詩中「君不見昔日蜀天子，化作杜鵑似老烏……其聲哀痛口流血……」之串連，宋代典籍中即有六本將「啼血」特性與「望帝化鳥」之說並列。「杜鵑啼血」的情節是在唐代發展而出的，於此可以清楚呈現。

4. 「淫其相妻」的不被接受：「淫其相妻」的說法在東漢以後典籍早已泯除，唐宋十五本典籍中，亦只有四本提及，《太平御覽》以收錄資料的完整性提之，《爾雅翼》以經部小學類而前承許慎之說，《證類本草》或屬意外提及，

《路史》則以廣收奇聞軼事的態度輯之。足見這樣的傳聞普遍不爲大眾所
接受，故著錄者在引文中似乎刻意略而不談。

第三節　元明清古籍中之杜宇神話

宋以後，杜宇神話不再著錄於經部，而以子部和史部居多，蓋因其神話
特質歸入志怪小說，故列子部爲大宗；史部則於地理類中以輯錄四川一帶風
土民情的角度著錄，充滿地方文化色彩之杜宇神話其流傳自當不容忽視。下
文依元明清著錄的情形，分爲「史部地理類」、「子部雜家類」和「子部類書
類」三點敘述：

一、史部地理類

唐宋時史部史評類的《史通》裡提到杜宇化鳥之異聞，清人浦起龍在《史
通通釋》引《蜀王本紀》鼈靈復生之事及《說文解字》望帝化鳥之說詮釋「杜
魄化而爲鵑，荊屍變而爲鼈」之義〔註59〕。除此，未在史評類提到杜宇神話。
別史類亦僅於清人陳厚耀的《春秋戰國異辭》中引《華陽國志》和《說文解
字》陳述蜀王杜宇一代史事〔註60〕，陳厚耀著重於杜宇「教民務農」之事，
故文末「巴亦化其教，而力農務，迄今巴蜀民，農時先祀杜主君」，以當地民
間信仰反映蜀民對杜宇農神形象的推崇。地理類著錄的古籍較多，茲分別敘
述之。

（一）李賢等《明一統志》

明李賢等《明一統志》卷六十七：

> 仙釋杜宇：古蜀主也，蜀嘗大水，宇與居人避水於長平山。後鼈靈
> 開峽治水，人得陸處，宇禪位與之，自居西山，得道昇天。〔註61〕

此則記載文字較爲新穎，與前代底本有諸多不同。「宇與居人避水於長平山」
之記載此爲首見，前代底本皆未提及此事。另外，不記化鳥之聞，而以「得
道昇天」歸結杜宇英雄神靈的地位，道教仙化思想的影響至爲深厚。

〔註59〕　（清）浦起龍：《史通通釋》卷十八，輯入《景印文淵閣四庫全書》總685冊，
　　　　　頁419。
〔註60〕　（清）陳厚耀：《春秋戰國異辭》卷五十四，輯入《景印文淵閣四庫全書》總
　　　　　403冊，頁1041。
〔註61〕　（明）李賢等：《明一統志》卷六十七，輯入《景印文淵閣四庫全書》總473
　　　　　冊，頁437。

（二）曹學佺《蜀中廣記》

明曹學佺《蜀中廣記》也記載：

> 揚雄蜀記曰，望帝杜宇者，蓋天精也，稱王時，荊王有人化從井
> 出，名曰鱉靈，於楚身死，屍反泝流，上至汶山之陽，忽復生，
> 見望帝，立以爲相。其後巫山龍鬭，壅江不流，蜀民墊溺，鱉令
> 乃鑿巫山，開三峽，降丘宅土，民得陸居。蜀人住江南，羌住城
> 北，始立木柵，周三十里。令鱉靈爲刺史，號曰西州。後數歲，
> 望帝以其功高，遂禪位焉，號曰開明氏。望帝脩道處西山而隱，
> 化爲杜鵑鳥，或云化爲杜宇鳥，亦云子規鳥。至春則啼，聞者悽
> 惻焉。《酉陽雜俎》以杜鵑知陽，相推而鳴，先鳴者吐血死，初鳴
> 時，先聽者主離別。〔註62〕

曹學佺稱自己記載是出自揚雄〈蜀王本紀〉，但對照清嚴可均《全上古三代秦漢三國六朝文》所輯錄的〈蜀王本紀〉來看，其中出入甚大。嚴可均本認爲「井中出」的是杜宇妻，曹學佺本則不談杜宇妻，認爲鱉靈是「化從井出」。嚴可均本認爲望帝與鱉靈妻通，慚愧自己德薄，才讓位鱉靈；曹學佺本較似李膺〈蜀志〉，望帝因鱉靈治水有功，先令其爲刺史，數年後才讓位。嚴可均本未說明杜宇死化爲鵑，只是因杜宇離開時，子規鳥正鳴叫，故日後睹物思人，每逢子規啼，蜀人便思望帝；曹學佺本亦與李膺〈蜀志〉相似，認爲「望帝脩道處西山而隱，化爲杜鵑鳥」。是以曹學佺所本是否爲揚雄〈蜀王本紀〉，仍待商榷。不過，可以清楚的是，曹學佺所記仍不脫兩漢杜宇故事底本。至於其所引《酉陽雜俎》「杜鵑啼血」一段其實可以上推自南朝宋劉敬叔的《異苑》。在此，曹學佺一如宋人記載模式，均將此神話故事與「杜鵑啼血」之事並列，有意暗示其悲劇色彩。

（三）黃廷桂等《四川通志》

清代黃廷桂等《四川通志》談到杜宇有三處，一在卷二十九下以「今成都府北有昇仙山」開頭，下引《華陽國志》原文，以「帝升西山隱焉」作結，〔註63〕似有杜宇「昇仙」的暗示。一在卷三十八之三引《明一統志》之記載，

〔註62〕（明）曹學佺：《蜀中廣記》卷五十九，輯入《景印文淵閣四庫全書》總592冊，頁3。

〔註63〕（清）黃廷桂等：《四川通志》卷二十九下，輯入《景印文淵閣四庫全書》總560冊，頁592～593。

並點出杜宇「得道上昇」的仙化神格。〔註64〕一又在卷四十一陳皇之〈杜宇
鱉靈二墳記〉云：

> 戰國時蜀災昏墊，杜宇君於蜀不能治，舉荊人鱉靈治之，水既平，
> 乃禪以位，死皆葬於郫。今郫南一里，二冢對峙，若丘山。……昔
> 者七國相殘，生民肝腦塗地，獨杜宇亡戰爭之競，有咨俞之求，以
> 拯斯民。雖鱉靈成洪水之功微，宇不立。議其賢，則杜宇居多，載
> 其烈，則鱉靈爲大。〔註65〕

此論及杜宇鱉靈，一在濟民之賢，一在治水之烈，同樣反映出神話中兩位英
雄人物的功勳。然於杜宇對古蜀先民的貢獻透過「昔者七國相殘，生民肝腦
塗地，獨杜宇亡戰爭之競，有咨俞之求，以拯斯民」的文字記載將其描繪地
更爲生動。

（四）乾隆御製《大清一統志》

乾隆御製：《大清一統志》卷二九四：

> 杜宇：古蜀主蜀嘗大水，宇率居民避長平山，後鱉靈開峽治水，人
> 得陸處，宇禪位于靈，自居西山，得道上昇。時適二月子鵑啼，故
> 蜀人悲思曰吾望帝也，因呼爲杜鵑云。〔註66〕

《大清一統志》所記前半均採《明一統志》之材料，文字亦幾乎相同，均以
道教仙化思想詮釋杜宇之神格。後半得加入《華陽國志》之結尾，將望帝與
杜鵑鳥關係稍作交代。

（五）彭遵泗《蜀故》

清彭遵泗《蜀故》卷二提及王象之〈蜀國考〉參考《世本》、《山海經》、
《蜀王本紀》、《華陽國志》諸書，詮釋杜宇時提及「鱉靈復生」及「杜宇死
化爲鳥」之事，〔註67〕卷九〈杜鵑考〉卻云：

> 古來詩人皆傳杜鵑爲蜀望帝魂所化，左太冲〈蜀都賦〉云「鳥生望

〔註64〕　（清）黃廷桂等：《四川通志》卷三十八之三，輯入《景印文淵閣四庫全書》
　　　　　總561冊，頁214。

〔註65〕　（清）黃廷桂等：《四川通志》卷四十一，輯入《景印文淵閣四庫全書》總561
　　　　　冊，頁348。

〔註66〕　（清）乾隆御製：《大清一統志》卷二九四，輯入《景印文淵閣四庫全書》總
　　　　　481冊，頁85。

〔註67〕　（清）彭遵泗：《蜀故》卷二，（江蘇：江蘇廣陵古籍刻印社，出版年不詳），
　　　　　頁11。

帝之魂」。杜宇者，望帝名也。杜少陵亦云「古時杜宇稱望帝，魂化杜鵑何微細」，又「我見常再拜，重是古帝魂。」及觀云「蜀王杜宇號望帝，好稼穡，治郫城。會國有水災，其相開明決玉壘山以除水患，帝遂禪位於開明，升西山隱焉。時適三月。蜀人悲之，聞子規之鳴，即曰望帝，遂號子規爲杜鵑。」蓋鵑爲捐棄之意也，其實非魂化之謂。〔註68〕

彭遵泗於結尾大膽以「捐棄」之義詮釋「鵑」字，認爲與魂化毫無關係，否定杜宇化鳥的傳說，可謂言前人所未言。然彭遵泗此處是否否定了自己卷二的記載呢？且並未言明是「捐棄人民」或「捐棄帝位」，而這樣的詮釋方式如何解釋人民對杜宇王深切的思念呢？前後矛盾，似有不足之處。

（六）李元《蜀水經》

清李元《蜀水經》卷三：

周失綱紀，蜀先稱王有蜀侯。蠶叢，其目縱，始稱王，次王柏灌，亦作柏濩，亦作折濩，亦作伯雍，亦作伯禽。次王魚鳬，魚鳬畋於湔山，仙去。後有王杜宇，始稱帝，號望帝，實爲滿捍。更名蒲卑，治郫邑。娶梁氏女利爲妃，自以功德高諸王，乃以褒斜爲前門，熊耳靈關爲後户，玉壘峨眉爲城郭，江潛綿洛爲池澤，汶山爲畜牧，南中爲苑囿。時有荆人鼈令，亦云鼈靈，旣死，屍隨水而上，起見望帝。帝以爲相，會有水災，相決玉壘除害，蜀始陸處。帝遂以丁卯八月三日傳位於相，而升西山隱焉。〔註69〕

李元所記仍不出《華陽國志》底本，但比《華陽國志》多保留了「鼈靈復生」一段神話故事，且對杜宇稱帝之事，添加一句「實爲滿捍」之評論。

（七）張澍《蜀典》

清張澍《蜀典》卷二釋「朱提梁氏女」一條，云：

揚雄《蜀本紀》：「蜀有王者，出于天墮山，蓋天精也。朱提有梁氏女利，出自江源，宇納爲妃。宇王于蜀，號曰望帝，移居郫邑。」

《藝文類聚》引《蜀本紀》云：魚鳬始稱蜀，王都郫邑，又築杜宇城，因名杜宇。有朱提氏，一曰朱利，自江源出，都於玉尺墮山，

〔註68〕 （清）彭遵泗：《蜀故》卷九，頁35。

〔註69〕 （清）李元《蜀水經》卷三，（四川：巴蜀書社，1985年），頁12～13。

> 有女名望帝。美姿色，蜀王納爲妃，不習水土而卒，王痛之，遣五
> 丁力士於武都山擔土爲冢」與此舛乖，又以望帝爲杜宇之妻，皆諸
> 書所未言。來敏《本蜀論》云：「從天下女子朱利，自江源出，爲宇
> 妻。」〔註70〕

《蜀典》另於卷三「鼈靈爲刺史」條中提及鼈靈復生及治水之事，提及杜宇
一名，但並未對杜宇另立一條說明，故此書中未言杜宇神話。此處「朱提梁
氏女」，說明其爲杜宇之妻的身份，又引《藝文類聚》說朱提氏名爲「望帝」，
此說亦不見其他古籍，且今本《藝文類聚》亦找不到相關記載，不知張澍所
據爲何？不過既又引來敏《本蜀論》駁斥此說。

（八）王謨《漢唐地理書鈔》

清代王謨《漢唐地理書鈔》輯北魏闞駰《十三州志》云：

> 其後有王曰杜宇，稱帝，號望帝。……有一死者名鼈冷，其尸亡至
> 汶山卻是更生，見望帝，以爲蜀相。時巫山蜀地雍江洪水，望帝使
> 鼈冷鑿巫山，治水有功。望帝自以德薄，乃委國於鼈冷，號曰開明。
> 遂自亡去。化爲子規。故蜀人聞鳴，曰：『我望帝也。』望帝使鼈冷
> 治水而婬其妻，冷還帝慙，遂化爲子規。〔註71〕

此段文字似在第一節中敍闞駰《十三州志》見過，第一節中所引爲《太平御
覽》輯錄，兩相對照，《漢唐地理書鈔》多出「望帝使鼈冷治水而婬其妻，冷
還帝慙，遂化爲子規」三句，是王謨多輯錄了杜宇「淫其相妻」的說法，應
該是明清史部地理類中唯一保留此說法的記載。

由上諸本，可知明清古籍的記載上出現了不同的版本，其記錄的文字與
詮釋的方式有不同於前代底本之處。除了從《明一統志》新增「宇率居民避
長平山」、「得道昇天」外，尚有彭遵泗《蜀故》以「捐棄」詮釋「鵑」意、
張澍《蜀典》引古書言「望帝」乃杜宇之妻「朱提梁氏女」之名。其於故事
情節的保留與新增情形列表如下：

情節 書名	杜宇從天墮	鼈靈復生	望帝化鳥	杜鵑啼血	淫其相妻	宇率居民避長平山	得道昇天
《明一統志》						○	○
《蜀中廣記》	○	○	○	○			

〔註70〕（清）張澍《蜀典》，（線裝書，不著錄出版商、出版年），頁7～8。

〔註71〕（清）王謨：《漢唐地理書鈔》，（北京：中華書局，1961年），頁148。

《四川通志》					○	○
《大清一統志》					○	○
《蜀故》		○	○			
《蜀水經》		○				
《蜀典》	○					
《漢唐地理書鈔》		○	○		○	

依上表，可知史部地理類中，《蜀中廣記》、《蜀故》、《漢唐地理書鈔》與前代底本較為近似，其中以《蜀中廣記》於神話情節的保留最為完整。《明一統志》、《四川通志》、《大清一統志》等奉敕編纂的地理志均採新說，僅簡單交代，杜宇帶領人民避居水患，待其相鱉靈治水成功後，便禪位，隱於西山，最後得道昇天。

二、子部雜家類

子部雜家類收錄杜宇神話，在唐宋時僅見北宋姚寬《西溪叢語》一書，至元明清則有五家，分屬「雜纂之屬」、「雜考之屬」，分述如下：

（一）雜纂之屬

1. 陶宗儀《說郛》

元代陶宗儀《說郛》談到杜宇處，記載：

> 蜀之後主名杜宇，號望帝，有荊人鱉靈死，其屍浮水上，至汶山下有復生，望帝見之用為相，以己之德不如鱉靈，讓位鱉靈，立號開明。望帝自逃之後，欲復位不得，死化為鵑。每春月間，晝夜悲鳴。蜀人聞之曰：『我帝魂也。』名杜鵑，有名杜宇，又號子規。此揚雄應劭許慎說也。〔註72〕

陶宗儀大抵承繼前代說法，情節無大差異。文字記載上，可看出「以己之德不如鱉靈，讓位鱉靈，立號開明。」應出於來敏〈本蜀論〉：「望帝自以德不若，遂以國禪，號曰開明。」而「死化為鵑」、「蜀人聞之曰：『我帝魂也。』」明顯前承《說文解字》以來一貫的敘述模式。「望帝自逃之後，欲復位不得，死化為鵑」，既是自認為德不如鱉靈而「讓位」，為何又說是「逃」？既是「讓位」，為何事後又「復位不得」含冤而死，晝夜悲鳴呢？袁珂認為這才是望帝

〔註72〕 （元）陶宗儀：《說郛》卷六十上，輯入《景印文淵閣四庫全書》總 879 冊，頁 263。

傳說的本貌。〔註73〕他認為杜宇是這一場政治鬥爭的犧牲者，如同《蜀王本紀》中「淫其相妻」的指控，所以杜宇才需要「逃」，才需「復位」，才會含冤而死。

2. 徐應秋《玉芝堂談薈》

明徐應秋《玉芝堂談薈》卷十：

> 《水經注》：「蜀王開明故治也，荆人鱉令死，其尸隨水上，荆人求之不得，鱉令至汶山下邑，復生，起見望帝。望帝者，杜宇也，從天下。女子朱利，自江源出，為宇妻。遂王于蜀，號曰望帝。望帝立鱉令為相時，巫山峽壅而蜀水不流，帝使鱉令鑿巫峽通水，蜀得陸處。望帝自以功德不若，遂以國禪，號曰開明。」〔註74〕

此段與《水經注》中引來敏《本蜀論》相同，保留「杜宇從天墮」的身份、「鱉靈復生」的神異故事，卻無「宇化為鳥」之說。

（二）雜考之屬

1. 周嬰《巵林》

明代周嬰《巵林》：

> 蜀有王曰杜宇者，出于天隳山，蓋天精也。朱提有梁氏女利，出自江源，宇納為妃，遂王于蜀，號曰望帝。荆有人曰鱉靈，出自井中，身死泝流，而上至汶山復生，宇用為相。靈有開巫峽之功，刺史西州。望帝滛于其妻，慙而讓國焉，去隱西山，後以失勢悔恨而死，魂化為鳥，名曰杜鵑，亦曰子規。〔註75〕

周嬰取「杜宇從天墮」、「鱉靈復生」、「姪其相妻」與「死化為鳥」之說，並首度在典籍中「失勢悔恨」描述杜宇退位後內心的痛苦，前承《說郛》的「自逃之後，欲復位不得」的情節，其心靈刻劃更為細膩。而《巵林》採「姪其相妻」的說法，使杜宇的「失勢悔恨」顯得更理所當然。此多半受了唐宋文人詩詞作品賦予亡國之君意象的影響致之，否則細推漢以來古籍所載，對於杜宇的心理感受描述只有「慚愧」或「自以為德薄」二句，並未對其禪位之後的心理感受作任何描述，直到元明典籍的記載中才予以凸顯。

〔註73〕 袁珂：《古神話選釋》，頁489。
〔註74〕 （明）徐應秋：《玉芝堂談薈》卷十，輯入《景印文淵閣四庫全書》總883冊，頁257。
〔註75〕 （明）周嬰：《巵林》卷二，輯入《景印文淵閣四庫全書》總858冊，頁38。

2. 張萱《疑耀》

明張萱《疑耀》：

> 子規、子嶲、杜鵑、杜宇又名規，又曰周鷰，又曰催歸，又曰秭規，
> 皆一鳥也。來敏《本蜀論》有云：「荊人鼈令死，其尸隨水上，荊人
> 求之不得，至汶山下復生，起見望帝，立以爲相。」許愼註《說文》
> 云：「蜀王望帝，淫其相妻，以慙死，化爲子嶲鳥。」李義山詩曰：
> 「望帝春心託杜鵑」，余按常璩《華陽國志》：「杜宇稱帝，會有水災，
> 其相開明決玉壘山以除害，帝遂委以政事，升西山隱焉。時適二月，
> 子鵑鳥鳴，故蜀人每聞子鵑，輒悲而思之。」是子鵑之鳥非望帝所
> 化明甚。〔註76〕

張萱引《本蜀論》「鼈靈復生」之事及《說文》「宇化爲鵑」之說，再據《華陽國志》駁斥化鳥之說。蓋張萱以考證事實的態度駁化鳥之異聞，亦無不可，但何以僅駁斥化鳥之說，卻對「鼈靈復生」不作評論，其考證態度前後不一。

3. 方以智《通雅》

明方以智《通雅》卷四十五：

> 《蜀王本紀》曰：蜀王望帝淫其相臣鼈靈妻，亡去。一說以慙死化
> 爲子嶲鳥，一說杜宇稱帝化鳥，故稱杜宇。揚雄傳注：鶗鴂，一名
> 買　，即秭歸。按常璩曰：杜宇稱帝，會有水災，其相開明決玉壘
> 山以除害，帝遂委以政事，升西山隱焉。時適二月子鵑鳥鳴，故蜀
> 人聞鵑輒悲思之。按〈蜀志〉：宇悅朱提梁女以爲妃，移治郫或瞿上，
> 七國稱王，杜宇曰望帝，更名蒲卑。相開明除水害，帝遂禪授而隱。
> 蓋亦因取女事而訛，據此則鵑非帝化。君臣皆賢，可爲望帝白冤矣。
>
> 〔註77〕

據上文，可知方以智引《蜀王本紀》、《說文》，再據《華陽國志》否定「宇化爲鵑」、「淫其相妻」之說，故言「鵑非帝化」，又以爲此可以爲杜宇的冤情洗清。以《華陽國志》爲本，乃是神話歷史化危機之重現。

〔註76〕（明）張萱：《疑耀》卷一，輯入《景印文淵閣四庫全書》總 856 冊，頁
178。

〔註77〕（明）方以智《通雅》卷四十五，輯入《景印文淵閣四庫全書》總 857 冊，
頁 842。

上述五本，雖有駁斥，但在駁斥中亦對此則神話之底本有流傳之功，故列其情節保留發展如下：

情節 書名	杜宇從天墮	鱉靈復生	望帝化鳥	杜鵑啼血	淫其相妻	復位不得	失勢悔恨	駁化鳥之說
《說郛》		○	○			○		
《玉芝堂談薈》	○	○						
《卮林》	○		○		○		○	
《疑耀》		○	○		○			○
《通雅》			○		○			○

此與著錄於史部地理類的內容，明顯看出不同：一是幾乎提到杜宇神話中「望帝化鳥」之神話特質，不似史部地理類八本中僅三本提及；一是新添「復位不得」、「失勢悔恨」對其退位後之心理描述，是退位後、化鳥前之情節發展。另外，還可看出，子部雜家類「雜考之屬」，均引「淫其相妻」之說，可謂前承許慎《說文》，而三本中有二本駁斥化鳥的傳聞，與其著書性質有很大的關係。

三、子部類書類

宋代輯錄杜宇神話的古籍中，以子部類書類爲最多，元明清亦不少。茲分別敘述如下：

1. 凌迪知《萬姓統譜》

明代凌迪知《萬姓統譜》卷七十七釋「杜宇」一條云：

> 古蜀主也，蜀嘗大水，宇與居民避水於長平山。後鱉靈開峽治水，
> 人得陸處，宇禪位與之，自居西山，道成昇天。〔註78〕

凌迪知採官修地理志記載的內容，以「宇與居民避水於長平山」及「道成昇天」的仙化思想詮釋，與古本「杜宇化鳥」及「鱉靈復生」之說杳不相涉。

2. 陳耀文《天中記》

明代陳耀文《天中記》卷五十九釋「杜鵑」：

> 荊人鱉令死，其尸隨水上，荊人求之不得，鱉令至汶山下邑，復生，
> 起見望帝。望帝者，杜宇也，從天下。女子朱利自江源出，爲宇妻。

〔註78〕　（明）凌迪知：《萬姓統譜》卷七十七，輯入《景印文淵閣四庫全書》總957冊，頁139。

遂王於蜀，號曰望帝。望帝立以為相時，巫山峽而蜀水不流，帝使
鱉令鑿巫峽通水，蜀得陸處，望帝自以德不若，遂以國禪，號曰開
明。(《蜀論》) 望帝死，其魂化為鳥，名曰杜鵑，亦曰子規。(《說文》、
《成都記》) 蜀人聞杜鵑鳴，曰：「是我望帝也。」(《寰宇記》) 望帝
使鱉靈治水，去後與其妻通，慙愧，且以德薄不及鱉靈，乃委國授
之去。望帝去時，子規方鳴，故蜀人悲子規鳴而思望帝宇。(《蜀王
本紀》) 怨鳥，子規，甌越間曰怨鳥，夜啼達旦，血漬草木，啼苦則
倒懸於樹。〔註79〕

陳耀文所謂《蜀論》，對照其文字，當指來敏《本蜀論》。故其此引用所有相
關的記載，包括《本蜀論》、《說文》、《成都記》、《寰宇記》、《蜀王本紀》，關
於神話情節，在「杜宇從天墮」、「鱉靈復生」、「杜宇化鳥」、「杜鵑啼血」、「淫
其相妻」均予以收錄。

3. 顧起元《說畧》

明顧起元《說畧》卷七：

《蜀記》：杜宇末年，遜位鱉令。鱉令者，荊人也。舊說魚鳧畋於湔
山，仙去，後有男子從天墮，曰杜宇，為西海君。自立為蜀王，號
望帝，徙都於郫或瞿上。自恃功高諸王，乃以褒斜為前門，熊耳靈
關為後戶，玉壘峨眉為城郭，江潛綿洛為池澤，岷山為蓄牧，南中
為園苑。時鱉令死，尸隨水上，荊人求之不得，至蜀起，見望帝，
望帝以之為相，後以國去之，隱於西山。民俗思之，時適二月田鵑
方鳴，因號杜鵑，以志其禪隱去之期。一云：宇禪之，而淫其妻，
恥之，死為子雋，故蜀人聞之，皆起曰「我望帝也」。杜甫每每起歎，
所謂「杜宇曾為古帝王」者。据《風俗通》等，鱉令化從井出，既
死，尸逆江至岷山下，起見望帝，時巫山擁江，蜀洪水，望帝令令
鑿之，蜀始陸處，以為刺史，號曰西州。自以德不如令，從而禪焉。

〔註80〕

細究此文，發現顧起元的記載全與南宋羅泌的《路史》相同，將前代不同說
法均收錄，故「杜宇從天墮」、「鱉靈復生」、「杜宇化鳥」和「淫其相妻」之

〔註79〕 （明）陳耀文：《天中記》卷五十九，輯入《景印文淵閣四庫全書》總 967 冊，
頁 830。

〔註80〕 （明）顧起元：《說畧》卷七，輯入《景印文淵閣四庫全書》總 964 冊，頁 464。

事，均予以客觀保留。

4. 彭大翼《山堂肆考》

明彭大翼《山堂肆考》卷二百十四釋「杜鵑」：

> 《格物論》：「杜鵑一名杜宇，一名子規，一名雋周，三四月間始鳴，
> 夜啼達旦，血漬草木。凡鳴皆北向，啼苦則倒懸于樹。甌越間謂之
> 怨鳥。」按《寰宇記》：「蜀之先……其後有王者曰杜宇，號望帝。
> 自恃功德，乃以褒斜爲前門，熊耳靈關爲後戶，玉壘峨眉爲池澤。
> 時有荆人鱉靈死，其屍隨水上流，荆人求之不可得，鱉靈至汶山下，
> 忽復生，見望帝，帝立以爲相。後帝自以德不如鱉靈，因禪位扵鱉
> 靈，號開明，遂自亡去，化爲子鵑。故蜀人聞子鵑鳴，則曰『是我
> 望帝也』」……又按揚雄《蜀本記》：「有王曰杜宇，出天墮山，有朱
> 提氏女爲杜宇妻。」〔註81〕

彭大翼引《格物論》保留「杜鵑啼血」之說，引《太平寰宇記》取「鱉靈復
生」、「杜宇化鳥」之事，引《蜀王本紀》交代「杜宇從天墮」之來歷。

5. 清聖祖《御製淵鑑類函》

清聖祖《御製淵鑑類函》在卷四二八釋杜鵑時引了相當多的前代古籍記
載，包括《增本草集》、《荆楚歲時記》、《本草》、《禽經》、《爾雅》、《博雅》、
《閩中記》、《老學菴筆記》、《見聞錄》、《陶岳零陵記》、《異物志》，說明杜鵑
鳥的各種特性及其相關傳說，關於杜宇神話仍引《太平寰宇記》保留「鱉靈
復生」及「杜宇化鳥」兩大神話情節，《荆楚歲時記》、《禽經》引文中亦可見
其「啼血」之特質。〔註82〕

6. 陳元龍《格致鏡原》

清代陳元龍《格致鏡原》卷七十八釋「杜鵑」亦引《格物總論》、《埤雅》、
《說文》、《爾雅》、《禽經》、《禽經注》、《成都舊事》、《老學菴筆記》、《廣雅》、
《酉陽雜俎》諸書，說明杜鵑鳥的特性及其相關傳說，包括啼血、謝豹之名
等相關傳聞。於杜宇神話則引李膺《蜀志》記載「鱉靈復生」及「杜宇化鳥」
兩大情節，引《太平寰宇記》言「自逃後，欲復位不得，死化爲鵑」之事，

〔註81〕　（明）彭大翼：《山堂肆考》卷二百十四，輯入《景印文淵閣四庫全書》總978
　　　　　冊，頁301～302。
〔註82〕　（清）張英、王士禎等：《淵鑑類函》卷四二八，輯入《景印文淵閣四庫全書》
　　　　　總993冊，394～395。

引《蜀王本記》交代其「淫其相妻」之傳聞。〔註83〕不過，陳元龍稱引《太平寰宇記》之文，當是出自元陶宗義《說郛》，並非《太平寰宇記》。

比較上列六本子部類書類於杜宇神話情節的保留上，分析如下表：

書　名＼情　節	杜宇從天墮	鱉靈復生	望帝化鳥	杜鵑啼血	淫其相妻	宇率居民避長平山	得道昇天
《萬姓統譜》						○	○
《天中記》	○	○	○	○	○		
《說畧》					○		
《山堂肆考》	○	○	○	○			
《御製淵鑑類函》		○	○	○	○		
《格致鏡原》	○	○	○	○	○		

由上表，可以看出除了《萬姓統譜》受《明一統志》以來官修地理志記載的影響而取仙化思想外，餘皆保留兩漢以來古本的記載，於漢魏不離《蜀王本紀》、《說文解字》、李膺《蜀志》、《華陽國志》的底本，於唐宋則多取《太平寰宇記》、《路史》等較詳實記載之古籍。

元明清著錄子部除了上敘「雜家類」、「類書類」外，尚有明代李時珍《本草綱目》，與南宋唐慎微《證類本草》同屬子部醫家類，故其觀點頗為相似，同引《蜀王本紀》交代「淫其相妻」之說，引《異苑》提「嘔血」之事，卻不言杜宇神話中的其他情節，尤其是「化鳥」一事，唐慎微不明言，李時珍則直接否定，說：「蜀人見鵑而思杜宇，故呼杜鵑，說者遂謂杜宇化鵑，誤矣！」〔註84〕是醫家類與類書類輯錄者觀點不同。

綜上元明清典籍中對於杜宇神話之記載，其流傳脈絡如下：

1. 道教化之歧出：從《明一統志》開始，杜宇神話出現不同於前代古籍的道教版本，以「宇率居民避長平山」、「得道昇天」為故事重點，不談及「杜宇從天墮」、「鱉靈復生」、「望帝化鳥」、「杜鵑啼血」、「淫其相妻」等情節。明子部類書《萬姓統譜》承其說法，清官修《四川通志》、《大清一統志》等地理志亦取之。除《萬姓統譜》外，此似乎可視為官修地理志共同的版本。於是杜宇神話形成「望帝化鳥」與「得道昇天」兩個不同版本，蓋私

〔註83〕（清）陳元龍：《格致鏡原》卷七十八，輯入《景印文淵閣四庫全書》總1032冊，頁462。

〔註84〕（明）李時珍：《本草綱目》卷四十九，輯入《景印文淵閣四庫全書》總774冊，頁397。

人輯錄之地理志與子部類書類大多取前者，而官修地理志則取後者。

2. 「鼈靈復生」的回復定型：在宋代古籍中一度逐漸抽離的「鼈靈復生」情節，元明清古籍凡載「望帝化鳥」者，必不遺漏「鼈靈復生」情節，是回復此則神話最早的原貌，於是「鼈靈復生」與「望帝化鳥」在此則故事中的不可分割逐漸定型。

3. 杜宇退位後情節的添加：從兩漢到唐宋古籍中所載杜宇神話，均在杜宇退位後，或隱西山，或亡去，或化爲子鵑，對其禪位前或以「慚愧」，或以「德不如」刻描述其心理，然對其禪位後的內心感受卻無進一步延伸。元明清典籍中首度對其禪位後之心理作出描繪，子部雜家類《說郛》的「欲復位不得」及《卮林》的「失勢悔恨」均爲新的情節加入，給予後代流傳的杜宇神話新的闡發空間。

4. 「杜鵑啼血」的分歧看法：唐宋典籍輯錄杜宇神話的十五本中，計有七本提及「啼血」之事，然元明清二十幾本中，則只有六本提到，其中四本均屬子部類書類，地理志及雜家類大多不載，此似乎意謂「杜鵑啼血」在杜甫之後已逐漸走入文學，在詩人詞人筆下「啼血」之說接受度較大。除詩詞創作外，元明清則僅見子部類書，以輯錄杜鵑相關特質及傳說列出，並未將杜宇神話與啼血之說作出連結。

5. 「淫其相妻」的中立保留：在東漢後逐漸被泯除的「淫其相妻」情節，到唐宋典籍中仍普遍不被接受，然表現在元明清諸多典籍中，則反映出不同的情況。明代子部雜家類雜考之屬的《卮林》、《疑耀》、《通雅》及子部類書《天中記》、《說畧》均保留其說，清代《漢唐地理書鈔》、《格致鏡原》亦保留之。蓋明清學者以較中立的角度，詳實記載古籍資料有關。不過，地理志中普遍不收入此一情節，有兩個可能性，一個是官修地理志通常是爲了統治者統治初期安邦定國之用，其在所載材料的選擇上，以能豎立君王威望爲前提，故不載之；一個是私纂地理志多反映蜀中民俗特色，如《蜀中廣記》、《蜀故》、《蜀水經》、《蜀典》等，此正透露蜀民亦不接受杜宇「淫其相妻」的說法。

6. 大膽駁斥化鳥之說：「望帝化鳥」之說在唐宋古籍中已經定型，幾乎所有記載此則神話的典籍都會提到化鳥之說。然部分明清學者本常璩《華陽國志》痛斥化鳥之說的態度，更有劉知幾《史通》否定其說的前例，明代子部雜家雜考之屬的《疑耀》、《通雅》和醫家類的《本草綱目》均大膽駁斥

此說。這些學者秉著史實考據的態度為之，雖有科學精神，卻是對神話的一種扼殺。

另外，與杜宇神話無關，但在典籍中往往因其為杜鵑異名，而與「杜宇」劃上等號的「謝豹」頗值一提。「謝豹」一詞見於晉張華注之《禽經》杜鵑：「啼苦則倒懸於樹，自呼曰：『謝豹』。」宋代詩人陸游其晚年所著《老學庵筆記》記述謝豹初啼時，吳人稱當時所產物品亦以謝豹名，曰：

> 吳人謂杜宇為謝豹，杜宇初啼時漁人得蝦，曰謝豹蝦。市中賣筍，
> 曰謝豹筍。」唐顧況送張尉詩曰：『綠樹木中謝豹啼』，若非吳人殆
> 不知謝豹為何物也。〔註85〕

陸游不僅指出杜鵑鳥又名「謝豹」，當時所產之蝦為謝豹蝦，所賣之筍為謝豹筍外，更指出早在顧況的詩裡即已用此典故，稱杜鵑鳥叫為「謝豹啼」，則說明此一異名早在唐時已有，只是不多見，至元代此典故才獲得較多關注。元代伊士珍撰《瑯嬛記》有一篇戀情故事：

> 昔有人飲於錦城謝氏，其女窺而悅之。其人聞子規啼，心動，即謝
> 去。女恨甚，後聞子規啼，則怔中若豹鳴也，使侍女以竹枝驅之，
> 曰：『豹！汝尚敢至此啼乎！』名子規為謝豹，亦主離別也。〔註86〕

故事內容敘述很早以前有位書生到錦城（今四川省成都市）謝氏家作客，謝氏閨女經常偷窺這位書生，漸漸喜歡上他。沒想到這時正是子規鳥啼叫的季節，書生聽到子規鳥啼聲後，思念故鄉，便趕忙向謝家辭行返鄉。書生一去，謝女甚感惆悵。後來每次聽到子規鳥啼叫的聲音，有感於之前的悵惘，心頭一揪，就好像聽到山中野豹的鳴叫聲一般，心神更加不寧，便叫侍女用竹枝去驅擾，並罵說：「你這隻野豹，怎麼還敢再到這兒啼叫呢？」從此，人們又以「謝豹」之名來稱呼杜鵑。伊士珍所本應是陶宗儀《說郛》所引唐代劉燾《樹萱錄》之文字，其中內容完全相同。

由此可見，謝豹傳說與杜宇神話並沒有直接關係，是因杜鵑又名杜宇，且在此則典故裡結下謝豹之名，於是杜宇與謝豹才劃上等號的。故在元代以後著錄杜宇神話的典籍中，往往也會附帶一提謝豹傳說，如《說郛》、《蜀中廣記》、《通雅》、《御製淵鑑類函》、《格致鏡原》等。更有趣的是，到了清代

〔註85〕 陸游：《老學庵劉筆記》卷三，輯入《景印文淵閣四庫全書》總 865 冊，頁 25。

〔註86〕 （明）曹學佺《蜀中廣記》卷五十九引《瑯嬛記》，輯入《景印文淵閣四庫全書》總 592 冊，頁 3。

李西月《張三豐先生全集》裡，竟記載一個杜宇王與「謝報」（「謝豹」）有關的故事，卷八云：

> 三月三日，山中諸子浴乎錦水之湄，風乎青林之下，聽子歸啼，忽有木葉墜地，摺疊如函，啟視之，則有如魚子蘭者封裹其內。問之土人，曰：「杜宇珠也。」問有何用？曰：「弗知也。」適張子戴笠逍遙而來，與二三子言，曰：「汝欲知杜宇珠之故乎？蜀王入山之後，蜀人思之，故王命子歸賜蜀民以珠。子歸者，蜀王之鳥使，原名謝豹。王曰：『子歸吾國，慰我人民。』故謝豹又名謝報，杜宇命之報謝云。其珠或赤，或黃，或青，或紫，五色無定，可闢人家鬼祟。遇鬼祟者，暗舉此珠投之即散。但不可合人知覺，默念：『蜀王蜀王，珠光珠光，投鬼鬼去，殺鬼鬼亡。我持靈珠，作作生芒，無陰不盡，陰盡廻陽，吾奉九天元師命，急急如律令勅。』」又云以珠之多少，卜年之豐歉甚靈。〔註87〕

這是一則道教神話，以為杜宇王禪位歸隱山中之後，派遣其鳥使（謝豹）銜珠賜予蜀民，此珠可闢鬼驅邪，作用甚大，故謂此鳥為「謝報」，乃杜宇託之以靈珠代為報謝蜀民對其的愛戴與思念。這則故事，將杜宇王與謝豹之名合理地縮合在一起，應是從古籍中兩者經常並列的靈感而來的。

　　綜合兩漢至元明清古籍中所載杜宇神話，可看出其在這三個階段中的流變，雖然故事變異性不大的，但其情節的增減及添入的元素仍可清晰呈現，茲列四點陳述如下：

一、杜宇神話的記載最早見於西漢揚雄的《蜀王本紀》，首度提到杜宇「死化為鳥」則是在東漢許慎的《說文解字》，東漢李膺《蜀志》結合二者之說。兩漢在此本典籍中的初步記載，開啟杜宇神話的故事張本，使之活躍在唐宋文學作品及後代古籍中。魏晉時《華陽國志》增加杜宇功業的記載，確立王國的版圖，以及「教民務農」後世奉之為農神的傳說底本，但對於杜宇神話一度造成歷史化的危機，幸而闞駰《十三州志》保留神話情節，化解此一危機。

二、《異苑》提供杜鵑啼血素材，助於後代此則神話啼血染花情節的發展。其中最特殊的地方是杜甫〈杜鵑行〉一詩，將杜鵑啼血的意象與杜宇神話連

〔註87〕　（清）李西月著、方春陽點校：《張三豐全集》〈水石閒談〉，（浙江古籍出版社，1990 年），頁 177～178。

結，使此則神話情節更爲淒麗，宋代典籍遂將「啼血」之說與「杜宇神話」並列，予人無限的想像空間。甚至可以說，唐宋發展出的「啼血」情節遂存在文學作品中，古籍中僅以資料並列的方式呈現，並未將兩者聯繫，成一個故事。

三、此則神話在「婬其相妻」的取捨上，兩漢魏晉一度泯其色彩，唐宋時亦普遍不被接受，明清學者以較中立的角度，予以保留。其泯除是東漢以後學者受儒家道德觀念影響，以之詮釋中國英雄神所致。然若依西方神話學者角度來看，「婬其相妻」無損於杜宇的英雄神形象，反而更能彰顯其歷險過程。此恰符合坎伯（Joseph Campbell）的神話原型觀點中「啓蒙型」的神話故事模式。他在《千面英雄》裡提到主人公必須經歷啓程、啓蒙（變形）與回歸三個階段的啓蒙洗禮過程〔註88〕，象徵的表現出蒙昧無知的、非社會化的舊我的死亡與人格成熟的、社會化的新我的誕生。〔註89〕「婬其相妻」正說明杜宇在蒙昧無知的犯錯之後，經歷一段舊我的懺悔，愧而離去，是坎伯所謂「通過轉化變形之門」前需有的「淨化自我」的試煉〔註90〕。不管是依儒家道德典範或依神話原型觀點，兩者同樣有其意義。

四、唐宋時的典籍所載，大抵以《蜀王本紀》、《說文解字》、李膺《蜀志》及《華陽國志》爲本而文字稍異，大多保留化鳥的情節；元明清典籍承之，以承《太平御覽》、《太平寰宇記》、《路史》等書較多，使這則神話最動人之處得以彰顯。而「死化爲鵑」便是坎伯書中的「轉形」，他說：「當代人的英雄已死，然而作爲完美、不受限制、普遍不朽的他則已再生。他的第二項嚴肅任務和事蹟，便是回到我們的世界、轉形並教導我們他所學到的生命更新。」〔註91〕杜宇藉杜鵑鳥得以再生，予以後人莫大啓示，乃爲此神話最動人之處。更可以說，這則神話如果沒有人化爲鳥的結局，根本不會受到唐宋以來諸多文人的關注，而大量灌注於詩作中，甚至發展爲特殊的文學意象。

〔註88〕 Joseph Campbell 著、朱侃如譯：《千面英雄》，（台北：立緒文化事業有限公司，1997 年），頁 29。
〔註89〕 葉舒憲：《探索非理性的世界》，（四川：四川人民出版社，1988 年），頁 137。
〔註90〕 Joseph Campbell 著、朱侃如譯：《千面英雄》，頁 106。
〔註91〕 Joseph Campbell 著、朱侃如譯：《千面英雄》，頁 18。

第二章　民間文學中的杜宇神話

　　民間文學源遠流長，擁有旺盛的生命力，在流傳過程中情節內容不斷豐富，卻也產生極大的變異性。產生變異的原因，或由於流傳過程中，人們有意識的進行再創造；或由於民間創作者並無著作權觀念，僅是爲了娛樂或謀生需求等即興原因進行創作；或由於流傳地域、環境的不同，因地制宜，以當地人民喜聞樂見的形式呈現；或由於歷史發展變革，人們思維也隨之轉變，民間文學因而產生極大的變異性。於是一個神話母題變成民間傳說，往往也會有極大的變異。鍾師宗憲在《中國神話的基礎研究》一書中提到：

　　　　幾乎所有的民間文學研究者都同意民間文學有五個特質：自發性、
　　　　集體性、口頭性、傳承性、變異性。如果將「自發性」、「集體性」、
　　　　「口頭性」做一種簡單的綜合說法，就是指明民間文學就是民間自
　　　　發性的集體口頭創作；如果再加上「傳承性」，那麼民間文學就是一
　　　　種口傳文學，或稱之爲口承文學；因爲具有口耳相傳的特質，所以
　　　　民間文學的「變異性」就遠比書寫文學來得明顯。〔註1〕

鍾宗憲總括了民間文學的五個特質——自發性、集體性、口頭性、傳承性、變異性，再加上譚達先提到的「匿名性」〔註2〕，正道出了民間文學的特質。一個神話故事在民間流傳的過程中，經過集體自發性的再創造，雖無法探詢出真正的作者，雖產生諸多變異，分歧出不同的說法和故事，但是正因爲這種自由而開放式的創作，使得故事的生命力不斷延續，不斷擴張。

　　杜宇神話流傳的過程中，或以古書記載爲本，或以口傳文學爲輔，或妄

〔註 1〕　鍾宗憲：《中國神話的基礎研究》，頁 133。
〔註 2〕　譚達先：《中國民間文學概論》，（台北：貫雅文化事業有限公司，1992 年），頁 58。

加詮釋想像，也產生極大變異，發展出許多不同版本。除了立意、情節有別之外，杜宇、鱉靈的主次角色也被互換了。王曉維在〈「望帝啼鵑」故事溯源〉一文中將古今杜宇神話傳說的故事，依杜宇讓位的原因分為「慚愧說」、「讓賢說」、「亡國說」、「誤會說」、「附會說」、「勸農說」、「被囚說」七種〔註3〕，不過王曉維在此文中將古籍記載與民間傳說混和探討，且僅著意於「杜宇讓位」的原因，對於民間流傳的鱉靈故事或變異性較大的傳說均未探討，蒐羅的不夠完整。筆者在本章因以現代民間傳說為範疇，企圖蒐羅與杜宇神話有關的傳說，不論是較接近神話原貌的「望帝化鵑」故事、杜宇來歷，亦是從杜宇神話分歧而出的鱉靈故事，均在探討範疇之內，故依民間神話傳說流變中主題思想深化程度分「英雄化」、「政治化」、「愛情化」三節探討之。

第一節　英雄化的杜宇神話

作為古蜀帝王，在民間習俗中從西晉時即被奉為「杜主君」的杜宇，其帝王的英雄形象在古籍記載中已清晰可見，表現在對蜀民的貢獻上，一是「教民務農」，一是擴張領土，稱霸西土。後世口傳文學中的杜宇神話，基於人民崇敬的心理基礎與蜀地農業發達的地方特色，對其英雄形象的深化多表現在生前勸農與死後催耕的主題上，從以下兩則神話可窺其變異的程度。

一、成都市金牛區流傳的「杜鵑聲聲春啼血」故事

四川成都市金牛區現流傳一個「杜鵑聲聲春啼血」的故事：杜宇在蜀稱帝，教民務農，引導蜀民旱地種麥，水田種稻，在天隳山大獲成功。杜宇也教人民植桑養蠶，繅絲紡織；並捕殺侵擾人民的野獸，豢養牲畜；且每逢歲暮，帶領蜀民到羊子山祭祀天地。種植業不斷拓展，成就巨大，可是辛勤耕種的的莊稼，往往被夏天爆發的洪水毀於一旦。杜宇王一籌莫展，亟需治水的良方，正好這時有一個從荊地來的英雄，叫鱉靈，據說他是死後屍體隨江漂流，流到蜀地卻又復活。人們認為他是神靈的化身，有著非凡的本領。於是杜宇王以他為相，果然鱉靈找出解除水患的方法，劈開玉山，疏導洪水，治水成功。鱉靈治水成功，順乎民心，承繼王位是理所當然的事。可是這時宮中卻傳出一些流言蜚語，說杜宇王對鱉靈之妻有覬覦之心。此時鱉靈已手握大權，又自恃甚高，杜宇王擔心鱉靈興師問罪，發動戰爭。心想名譽受損

〔註3〕 王曉維：〈「望帝啼鵑」故事溯源〉，（山東：《語文知識》），頁9～10。

事小，社稷民生安危事大，反覆考慮，於是將王位禪讓給鱉靈。不久，杜宇
便仙逝了。死前，他要求部屬把他抬到天隳山上，看看自己親手開創的良田，
他不禁潸然淚下，並喃喃自語說：「該插秧了！該插秧了！」然後死去。此
時，一隻五彩羽毛的鳥正飛向山下，同時鳴叫著：「桂規陽！桂規陽！」從
此，每年陽春三月，就有五彩羽毛的鳥兒飛來飛去，日夜不停地淒惋地啼叫：
「桂規陽！桂規陽！」催促著農民即時播種插秧。這淒惋悲切的啼鳴，啼到
鳥兒喙上滴血，叫聲嘶啞，血滴把田邊的花朵都染紅了。蜀人便把這種鳥叫
桂規陽鳥，因牠叫到深夜，所以又稱子規鳥。人們懷念杜宇王就稱牠為杜鵑
鳥，傳說是杜宇的魂靈所化成；稱那紅色的花為杜鵑花，傳說是杜宇的心血
所染就。〔註4〕

　　此則故事前半部大抵依《華陽國志》所敘的版本展開，然而情節卻與古
本相異，其變異如下：

（一）勸農的主題思想深化：故事的主題著重於勸農的議題上，本著杜宇
　　　「教民務農」的農神形象推展開來，故在死前眷戀自己親手開創的
　　　良田，喃喃自語「該插秧了」，又在死後化為杜鵑鳥啼叫「桂規陽」
　　　（四川話意為該插秧了），始終圍繞勸農的本意。

（二）情節豐富感人：古籍中對杜宇神話在農業的貢獻，僅以「教民務農」
　　　四字帶過，然此故事中對其農業貢獻的刻畫極為豐富，描繪杜宇王在
　　　天隳山引導蜀民旱地種麥，水田種稻，大獲成功；並且帶領人們植桑
　　　養蠶，繰絲紡織，豢養牲畜，祭祀天地。舉凡農業社會一切經濟型態
　　　的開展都由杜宇王開始，對於蜀民的貢獻至鉅。這些情節的添入更將
　　　杜宇英雄神的形象具體刻畫而出。另外，以杜鵑鳥啼血染花結尾，認
　　　為杜鵑花是杜宇心血染就的，情節更為感人。彷彿杜宇王的愛民之心
　　　藉由杜鵑鳥傳到各處，更藉由杜鵑花渲染蜀地春天的鄉間山頭，杜宇
　　　王的愛散播蜀地的每個角落。

（三）推原性質濃厚：古籍中「望帝化鳥」，僅說明杜宇王死化為杜鵑鳥悲
　　　鳴，並未強調杜宇神話為杜鵑鳥起源之說，推原意味淡薄；然而此則
　　　故事末尾有明顯的推原意味。故事中說到五彩羽毛的鳥鳴叫著「桂規
　　　陽」，因牠叫到深夜，故名子規鳥，又因人民懷念杜宇王才叫牠為杜

〔註4〕　成都市金牛區地方志編纂委員會：《金牛掌故》，（四川：巴蜀書社，2004年），
　　　　頁246～250。

鵑鳥，明顯說明鳥有「杜鵑」之名始於此事。另外，古籍中亦從未明言啼血染花之事，此則故事中直接認爲杜鵑鳥啼到喙上滴血，血滴把田邊的花朵都染紅了，那花便是杜鵑花，亦成了杜鵑花的由來，推原性質甚濃。

若以弗萊（Frye）的神話理論來看，「杜鵑聲聲春啼血」的故事正符合其英雄神話原型模式的四個階段：（一）黎明、春天、誕生的階段、（二）正午、夏天、成婚、勝利的階段、（三）日落、秋天、死亡的階段、（四）黑夜、冬天、毀滅的階段。〔註5〕杜宇王在天隳山嘗試種麥種稻的大獲成功，是黎明、春天的階段；他進而推廣成都平原的農業，桑蠶紡織、畜牧祭祀，便是正午、夏天的階段；然而水患的來臨，鼈靈的出現，到流言蜚語的指控，使故事進入了日落、秋天的階段。弗萊說：「動物的生命和人的生命同樣都受到自然規律的制約，這一點尤爲經常地揭示生命過程的悲劇性：事故、祭祀、暴行或某種壓倒一切的需要，都使生命突如其來地中斷。」〔註6〕這一階段是悲劇與輓歌的原型。締造蜀國樂土的杜宇王，在蜀地水患的開始，治水英雄取代農耕英雄的需要性中，面臨覬覦鼈靈之妻的指控，悄然隱退，他的生命走入的悲劇的歷程，直到死亡。弗萊說：「悲劇是一種矛盾的結合：一方面是正義的恐懼感，另一方面是對失誤的憐憫感。」〔註7〕正義的恐懼感使然，杜宇王選擇不爲自己辯白；失誤的憐憫感所致，私揣民意，認爲人民需要一個克服困厄環境的新英雄來領導，於是他讓位了。杜宇的死亡，便是黑夜、冬天的階段。死前，他懷著無比眷戀的心情回到最初奮鬥的起點——天隳山，在生命結束的最後一刻仍不改愛民初衷，叫著「該插秧了」。

英雄神話的模式是這四個階段的循環，透過循環，形成永生的象徵，所以死後的杜宇化爲杜鵑鳥，在每年春天回到蜀地，提醒人民該插秧了；血染成杜鵑花，綻放蜀地的每個角落。故事的結束於是又回到了春天的階段，形成一個循環。此亦符合居因等「永生」的原型，居因等人在《文學批評方法要覽》歸納出「永生」原型，其表現的敘述形式之一便是：「神秘地加入到循環時間中：無窮盡的死與復活的主題 ——人通過化入大自然周而復死的神秘

〔註5〕古添洪、陳慧樺《從比較神話到文學》，頁301～302。
〔註6〕（加）弗萊著、陳慧等譯：《批評的解剖》，（天津：百花文藝出版社，2006年），頁227～228。
〔註7〕（加）弗萊著、陳慧等譯：《批評的解剖》，頁310～311。

循環節奏，特別是季節循環，而獲得一種永生。」〔註8〕是以杜宇的化鳥與杜鵑花的染就，即是永生原型的展現，只有透過候鳥的遷徙與植物的榮枯，將人化入大自然周而復始的循環時間裡，才能獲得永生。

二、袁珂《古神話選釋》輯錄的「杜宇與龍妹」故事

袁珂《古神話選釋》中輯錄一則現在還流傳四川民間的傳說，故事內容敘述很久以前，岷江上游有惡龍，常發洪水爲害人民。龍妹看見人民無辜受害，決定相助，於是赴下游決嘉定之山以泄洪水，解除了人民的水患。惡龍發現龍妹所爲，怒而將之關在五虎山鐵籠裡。當時有一獵人，名杜宇，到處尋訪治水之法，途中遇一仙翁贈以竹杖，杜宇手拿竹杖，與惡龍大戰。戰勝，入山中救龍妹，兩人於是結爲夫婦。治水有功，成爲國君後，開荒屯墾，安居樂業。後來被一惡臣陷害，騙至山中而遭禁鐵籠，鬱鬱寡歡而死，死後魂靈化成小鳥，飛回故國，向其妻悲啼「歸汶陽！歸汶陽！」龍妹傷心過度，相繼而死，死後亦化爲小鳥。從此，每年春天農忙季節，這種小鳥鳴叫，人們認爲是他們的國君杜宇回來催促他們趕快耕種了，便彼此勉勵：「是時候了，快插秧吧！」由於這種鳥是杜宇所化，所以便叫杜宇、杜鵑，或叫催耕鳥、催工鳥。〔註9〕

同樣的故事內容在流傳的過程中，情節稍有異動。此則故事在《四川民俗大典》中直接將惡臣角色換爲鼈靈，而杜宇死後的叫聲亦改爲「歸信陽，歸信陽，鼈靈眞是黑心腸」，來反映杜宇的冤屈。死後化鳥的杜宇夫婦叫聲也被改爲「春日忙，春日忙，快快播種好收糧！」〔註10〕以下將此則故事簡稱爲「杜宇與龍妹」。

相較於古籍所載杜宇神話，「杜宇與龍妹」故事的變異性極大，表現爲以下幾點：

（一）勸農主題思想深化：與「杜鵑聲聲春啼血」故事相同，主題思想一樣著重於農神形象的發揮，這是對《華陽國志》「教民務農」的傳承，所以死化爲鳥的杜宇仍催促著人民「是時候了，快插秧吧」或是「春日忙，春日忙，快快播種好收糧」，都是圍繞催耕的主題。然相較於「杜鵑聲聲春啼血」故事中杜鵑鳥「桂規陽」的叫聲，「杜宇與龍妹」故事

〔註8〕　葉舒憲：《探索非理性的世界》，（四川：四川人民出版社，1988年），頁139。
〔註9〕　袁珂：《古神話選釋》，（北京：人民文學出版社，1996年），頁483～490。
〔註10〕　四川省文聯組織編寫：《四川民俗大典》，（四川：四川人民出版社，1999年），頁207。

中的鳥叫聲較爲人性化，其狀聲性質薄弱，卻似一般農民說話的口吻，
藉故事而呈現農民的心聲。

（二）人物角色增加、情節變化豐富：從古籍本到「杜鵑聲聲春啼血」故事，
這則神話都只有兩個人物角色，一個杜宇，一個是鱉靈，對杜宇之妻
或鱉靈之妻都只是一語帶過，沒有任何描繪。然而在「杜宇與龍妹」
故事有了極大的變異，增加了兩個非常重要的角色，一個惡龍，一個
是龍妹。惡龍危害人民，龍妹挺身相救，因而被惡龍所囚。杜宇戰勝
惡龍，救了人民，並與龍妹結爲夫婦。後遭惡臣陷害，夫妻相繼而死。
這些新加入的情節都使杜宇更爲英雄化、悲劇化；故事添入愛情的元
素，龍妹相思而死，兩人同化爲鳥，更爲浪漫動人。

（三）杜宇身份下降：程薔在《中國民間傳說》提到民間傳說流變的表現之
一便是「人物身份的下降化趨勢」，他說：

> 原先的傳說對統治階層上層人物表現出一種崇拜仰慕之情，對他們
> 的權勢和力量更是敬畏慎怕，而流傳到後來，這些情感就逐漸轉移
> 到那些能爲人民利益著想、爲人們辦了好事因而受勞動人民喜愛的
> 人物身上。〔註11〕

「杜宇與龍妹」故事亦呈現出民間傳說「人物身份的下降化趨勢」變
異情況，從古籍本「杜宇從天墮」的出身來歷跳脫而出，以「獵人」
一般平民的身份取而代之。獵人杜宇需仙翁贈竹杖，始能打敗惡龍，
與一般英雄神話相似，主角需有特殊援助，方得戰勝惡勢力。

（四）英雄事蹟的改變：古籍本杜宇神話對其英雄事蹟多在教民務農和開拓
疆土，擴大杜宇王朝的版圖上，而「杜宇與龍妹」故事中將其英雄事
蹟著重在戰勝惡龍，治水成功上。此與古籍本變異極大，古籍本杜宇
因鱉靈的治水成功而退位，此卻完全改寫，杜宇反而因治水成功而成
一國之君。「杜宇與龍妹」故事似乎彌補了治水英雄取代杜宇王這件事
在人民心中的憾恨。

若以弗萊英雄神話原型模式的四個階段來看，「杜宇與龍妹」故事亦符合
其架構；戰勝惡龍，解除水患，是黎明、春天的階段；與龍妹結合，成爲國
君，安居樂業，是正午、夏天的階段；後遭陷害，囚禁鐵籠，是日落、秋天
的階段；杜宇、龍妹的相繼而死，則進入黑夜、冬天的階段；兩人的死化爲

〔註11〕 程薔：《中國民間傳說》，（浙江教育出版社，1995 年），頁 174。

鳥，啼叫「是時候了，快插秧吧」，則又回到黎明、春天的階段。如此化入時間的循環，成為「永生」。

「杜宇與龍妹」故事與蔡斯（Chase Gilbert）在《神話追尋》所揭示的「原型衝突」不謀而合，他說：「神話的世界是一個戲劇性的世界——行動、力量、衝突力量的世界。」〔註12〕表現在民間文學的原型衝突，往往是光明與黑暗、生與死、善與惡、男與女、天使與魔鬼的對立。「杜宇與龍妹」故事中，惡龍與龍妹與男與女、善與惡、天使與魔鬼的衝突，惡龍、惡臣（鱉靈）與杜宇是光明與黑暗、善與惡的對立。因為這些衝突存在，才構成戲劇性的世界，而成為民間文學的原型。

就坎伯英雄故事模式的原型來看，「杜宇與龍妹」故事亦符合其「探求型」的英雄模式，此種模式通常表現為：「主人公經歷一段漫長的旅行，克服許多艱難險阻，創下了豐功偉業，成為國家的救星，最後與某一位公主結婚。」〔註13〕坎伯指出英雄的「另一半」：「她是無數龍怪斬殺之少女……她是他命運意象，而他必須把命運從包裹他的情境中牢獄中釋放出來。」〔註14〕獵人杜宇四處尋訪治水之法，千辛萬苦後，才逢仙翁賜杖，並與惡龍大戰，戰勝後入山中救龍妹，兩人結為夫婦，此無疑為「探求型」英雄神話的必然模式。

第二節　政治化的杜宇（或鱉靈）神話

杜宇神話在古籍本中文字簡略的記載，於後人諸多揣測，如「自為德薄」是因與相妻通，還是因為鱉靈治水功高，古籍本有分歧的看法。若是因鱉靈治水功高，而法堯舜禪位，為何要憾恨而死，悲鳴不已。《說郛》的「欲復位不得」與《厄林》的「失勢悔恨」又如驚皺一池春水的投石，予人更多的遐想，於是袁珂的「政治迫害」說彷彿找到了解譯的密碼。這些政治上的揣測一樣存在民間口耳相傳的稗官野史中，是以杜宇神話在口傳文學的流變過程，亦孳乳出政治化的相關傳說，從以下兩則故事可窺之。

一、陶陽、鍾秀《中國神話》的「杜鵑傳說」

陶陽、鍾秀《中國神話》裡收錄田海燕蒐集整理的「杜鵑傳說」：

〔註12〕葉舒憲：《探索非理性的世界》，頁139。
〔註13〕葉舒憲：《探索非理性的世界》，頁137。
〔註14〕Joseph Campbell 著、朱侃如譯：《千面英雄》，頁374。

鱉靈繼承了王位,便稱作叢帝,領導蜀人興修水利,開墾田地,做了許多好事,老百姓過著快樂的生活,望帝也在西山過著無憂無慮的日子。

後來,情況慢慢地起了變化。叢帝有點居功自傲,變得不大傾聽臣民的意見,不大體恤人民的艱難了。老百姓愁起來了。

消息傳到了西山,望帝老王也著急得很,常常半夜起來,在房內轉著圈圈,想著勸導叢帝的方法。他想來想去,想出了自己進宮勸導叢帝的主意。便在第二天早晨,從西山動身進城去訪叢帝。

這個消息,立刻被老百姓知道了,一大群一大群地跟隨在望帝老王的後面,牽成了很長很長的一支隊伍。

這一來,把事情弄僵了,叢帝的心裡起了疑惑,認為是老王要向他收回王位,或者是帶著人馬打他來了。叢帝立刻令緊緊關住城門,不准老王和那些老百姓進城。

望帝老王靠著城門哭了一陣,無法進城,只好仍回西山, 另外再想勸導叢帝的辦法。望帝老王想來想去,想到只有變化成鳥兒,才能飛進宮門,飛到高樹枝頭,把愛民的道理親自告訴叢帝。他想呀想的,忽然變成了一隻會飛會叫的杜鵑鳥兒。

杜鵑鳥立刻撲翅一飛,飛到蜀宮御花園的楠木樹上,高聲叫道:「民貴呀!民貴呀!」叢帝聽了杜鵑的勸告,才明白老王的善意,知道自己的疑惑錯了。

但是,望帝已經變成杜鵑,再也無法變回原形了。以後,杜鵑總是晝夜不息地對千百年來的帝王叫道:「民貴呀!民貴呀!」但是因為叫得久了,也沒有哪個帝王聽他的話,所以,他苦苦地叫出了血,把他的嘴巴染紅了。〔註15〕

相較於古籍本,可以發現「杜鵑傳說」的變異如下:

（一）民貴主題思想深化:這個故事似乎在企圖解釋《說郛》杜宇「欲復位不得,死化為鵑」的原因,而將主題思想著重於君德上,旨在發揚孟子「以民為貴」的儒家政治思想,是以化為鵑鳥的杜宇啼鳴聲不再是

〔註15〕 陶陽、鍾秀:《中國神話》,（上海:上海文藝出版社,1990 年）,頁 739～740。此則傳說情節類似亦見於《四川民俗大典》,頁 206。

「該插秧了」或「春日忙」等勸農思想，而是「民貴呀」勸君愛民的仁德思想。

（二）情節豐富生動：「杜鵑傳說」故事的情節發展是在杜宇退位之後才開始的，可視爲古籍本杜宇神話的續集。在民間傳說中，爲古本結局改寫或延續發展是自然的現象。程薔說：

> 人們渴望瞭解事情的來龍去脈、前因後果，渴望瞭解主人公的家世、生平和結局，於是或者情節的鋪陳被迫由粗向細發展，或者許多情節發生黏連互綴，形成更龐大的組合和系列性的結構。〔註16〕

「杜鵑傳說」便是對古本故事結局的細膩鋪陳，隱退西山的杜宇王，得知繼位的叢帝居功自傲，不恤臣民，於是著急動身進城，打算前往勸導。沒想到引起叢帝的誤解，以爲杜宇要復位，立刻關緊城門。杜宇著急萬分，於是化作鳥兒，高叫「民貴呀」，這才喚醒叢帝。情節豐富而生動，叢帝的覺悟終使杜宇王的苦心沒有白費，十分人性化，意旨的表達更爲入情入理。

（三）諷刺意味濃厚：「杜鵑傳說」本在叢帝覺悟後便可爲圓滿的結局，然而爲了人民，杜宇王付出相當的代價，永遠無法變回原形，因此千百年來總是叫著「民貴呀」，卻沒有帝王再聽他的話，於是牠越叫越淒涼，最後叫出了血。這是悲涼哀怨的結局，然而造成牠的悲涼哀怨，不是人民，不是自身感懷，而是千百年來的帝王。是以故事結尾政治諷刺的意味相當濃厚。

「杜鵑傳說」亦呈現了蔡斯民間文學中「原型衝突」的模式，杜宇的愛民與叢帝的倨傲是善與惡、光明與黑暗的對立，兩者的衝突卻需杜宇的生死對立才能解除，只有杜宇的死化爲鳥才能使人民的黑暗生活重現光明，叢帝的善才得換回；最後叢帝的覺悟再與千百年來帝王的不覺形成衝突，杜鵑鳥的悲劇始得凸顯。

二、《四川民間文學資料彭縣集成卷》的「鱉靈的故事」

《四川民間文學資料彭縣集成卷》收集一則「鱉靈的故事」：

> 杜宇四十歲才得一個兒子，在兒子出生前，杜宇請巫師占卜，顯示出不吉利的長蛇。生後杜宇便將其用絲絹包了甩在湔江裡，被一團

〔註16〕程薔：《中國民間傳說》，頁174。

魚（即鱉）馱走後，遇一打漁人救起，取名爲「鱉靈」。鱉靈長大後，治服了彭國的九頭虎開明獸，作了彭國國王。後又治服了蜀國的人面魚身的吃人怪，當了蜀國的宰相。後來又遇到孽龍堵塞天彭門，企圖水淹都城瞿上，把瞿上變成龍窩。結果被鱉靈斬殺。後來又受杜宇指派，成功的治理了郫邑的水患。杜宇老了，想把王位傳給鱉靈，大臣們都不依，說：「鱉靈本是彭國人，怎能當蜀國的國王呢？」杜宇說服了大家，但大臣丹和不服，趁鱉靈在廟裡祭祖時放火燒廟。鱉靈騎著開明獸衝出火海，丟了塊絲絹給丹和，丹和一看正是二十五年前杜宇甩在湔江裡的嬰兒身上的東西。於是丹和尊杜宇之命，請回鱉靈當蜀王。鱉靈爲報開明獸的救命之恩，便定國號爲「開明」。〔註17〕

相較於古籍本，其變異如下：

（一）政治主題思想深化：此則故事企圖解決杜宇政權和鱉靈政權衝突的意味甚爲濃厚。基於人民對杜宇的愛戴，當其禪位於鱉靈時，人民的心情必有不解、不服之處。「鱉靈的故事」出現，正解除了這種疑慮，將杜宇到開明的政權轉移做出合理、和平的詮釋。鱉靈原爲杜宇的兒子，失散二十五年後，卻又重回蜀國當了宰相，繼承王位。父位子承，符合封建社會人民的思維模式。

（二）主次角色互換：古籍本中鱉靈一直居於次要人物的角色，主人翁仍以杜宇居之，南宋《路史》已有將鱉靈故事抽離而出的現象，至民間「鱉靈的故事」則以鱉靈爲主人翁，杜宇乃爲一次要角色。此亦可看出鱉靈故事自杜宇神話孳乳而出的現象，一分爲二，情節愈豐富，使口傳文學的底本益形多采多姿。

（三）英雄事蹟傳奇化：在古籍本杜宇神話中，鱉靈的神奇來歷是屍隨水逆流復生，鱉靈的英雄事蹟是決玉壘山，治水成功。而「鱉靈的故事」中，其生平更加傳奇化，爲杜宇之子，丟至湔江被團魚馱走，漁人救起。長大後，治服開明獸、吃人怪，殺孽龍，除水患，然後繼位爲王。這些英雄事蹟都更符合拉格倫（Lord Raglan）《英雄》一書揭示各類英雄故事中反覆出現的類同情節與普遍特徵，如「在誕生之際，通常由他的父親或外祖父做出某種要殺死他的企圖」、「英雄卻被救走了」、

〔註17〕伏元杰：〈蜀王開明氏考〉，（《四川文物》，1998年第1期），頁12。

「在遙遠的國度由義父義母撫養長大」、「他的童年生活幾乎沒有記載」、「成年之後他便回到或來到他將為王的地方」、「在戰勝了舊王或巨人、龍或野獸後」、「他當上了王」，〔註18〕這幾點在「鱉靈的故事」中清晰可見。「鱉靈的故事」循著英雄神話的原型模式發展，故對英雄事蹟的傳奇化一如各類英雄神話反覆出現的情節。

「鱉靈的故事」似乎也在詮釋人民對鱉靈國號「開明」的疑慮，故在故事結尾以鱉靈王騎著開明獸衝出火海，不僅救了他一命，亦意外化解了丹和不服的怨怒，心甘情願尊鱉靈為蜀王。為感念開明獸在此役建立的功勞，於是定國號為「開明」。民間文學某種層度為古籍本簡略的記載作完整的詮釋，以滿足人民的好奇心，故在傳承中有所變異，此亦可窺出。

第三節　愛情化的杜宇（或鱉靈）神話

當先民逐漸走出克服環境、物質需求為主的階段後，自然神話與英雄神話便逐漸減少，人們意識到精神生活的追求，於是神話在人性化的過程中，不僅加入道德教化的元素，更添入生動淒美的愛情故事。愛情的企慕渴盼，向來就是民間俗文學闡發的主題，從《詩經》、漢樂府、唐傳奇到明清小說，都離不開下層人民精神生活之必須——愛情。在這樣普遍的需求中，杜宇（或鱉靈）神話在口傳文學的流變裡，於是愛情化，由以下三則故事的流傳可以窺知。

一、流傳在都江堰市的「杜鵑仙子」

流傳在都江堰市的「杜鵑仙子」，節錄如下：

> 蜀王熊耳山一帶西征，路過青城後山，蜀王愛百姓，百姓敬獻美酒。蜀王下令將酒倒入江中，要與三軍共飲。將士們喝著香甜的醪糟米酒，都讚不絕口。以後這條河就叫「味江」。蜀王獨自來到梳妝池，看到一位光著身子的仙女，由於身子被人看見，又知蜀王德行很高，答應嫁給蜀王，被封為桂陽妃子。蜀王西征，國內王位被篡奪，蜀王趕緊回都，還沒進宮門就被殺了。桂陽妃子傷心地哭了好幾天，化成一棵幾丈高的羊角花樹，把枝葉伸向蜀國京城。蜀王的靈魂想念臣民和桂陽妃子，就化作一隻杜鵑鳥，飛到長坪山，呼喊「桂

〔註18〕葉舒憲：《探索非理性的世界》，頁138。

桂陽！桂桂陽！」天黑些在羊角花樹上，邊叫邊哭，鮮血滴在花瓣
上，人們把羊角花叫作「紅杜鵑」，把桂陽妃子稱為「杜鵑仙子」。
〔註19〕

相較於古籍本杜宇神話，其變異如下：

（一）愛情主題思想深化：此以杜宇和桂陽妃子的愛情故事為主軸，述說兩
人的遇合。夫妻倆死後一化為杜鵑鳥，一化為杜鵑花，杜鵑鳥呼喊著
「桂桂陽！桂桂陽！」是對桂陽妃子的深切思念所致；啼血滴於杜鵑
花上，是杜宇對桂陽妃子愛情不渝的象徵。以花鳥結合，構成一淒美
哀惋的愛情故事。

（二）民間「傳奇性情節」的重複：「杜鵑仙子」的故事情節迥異於古籍本的
杜宇傳說，卻重複民間愛情故事的「傳奇性情節」。關於傳奇性情節，
程薔說：

傳奇性主要體現在現在情節的合乎常理卻又（或超乎）常理的情
況……這類傳奇性情節在故事中往往起結構上的推動作用。許多傳
說在結構的關節點上，便出現這樣的傳奇性情節，從而促使矛盾向
前發展演進。〔註20〕

「杜鵑仙子」故事的「傳奇性情節」可以溯源自《搜神記》的「韓憑
夫婦」〔註 21〕故事，生不能在一起的韓憑夫婦，死後在兩家之上生出
大梓木，根交於下，枝錯於上，是為相思樹；又有鴛鴦，恆棲樹上，
晨夕不去，交頸悲鳴，聲音感人。兩人的魂魄化為相思樹與鴛鴦自此
成了愛情故事的「傳奇性情節」，「梁山泊與祝英台」故事兩人雙雙化
蝶，亦是此一傳奇性情節的重複。這裡「杜鵑仙子」亦然，桂陽妃子
傷痛欲絕，化為羊角花樹，枝葉伸向蜀國京城，是對杜宇王的思念；
杜宇化作杜鵑鳥邊叫邊哭，直至泣血，是對桂陽妃子的眷戀。死後化
為植物與動物的變形成了民間愛情神話的「傳奇性情節」。

（三）推原性質濃厚：「杜鵑仙子」故事仍留有神話推原的性質，透過故事的
情節演變，詮釋「味江」的由來與「紅杜鵑」命名的原因。這樣的敘
述模式與成都市金牛區流傳的「杜鵑聲聲春啼血」故事十分相似。

〔註19〕 四川省文聯組織編寫：《四川民俗大典》，頁 207。
〔註20〕 程薔：《中國民間傳說》，頁 143～145。
〔註21〕 （晉）干寶《搜神記》卷十一，（台北：木鐸出版社，1958 年），頁 141。

二、「鱉靈與夜合樹」故事

　　《四川民俗大典》輯錄了一則「鱉靈與夜合樹」民間故事，情節如下：

　　　　鱉靈是湖北荊州城中一口井裡的團魚，出井變成人就死了。按當地
　　　　習慣實行水葬，誰知鱉靈的屍體順著長江向上游漂去，到了岷山腳
　　　　下的郫城又活了。他去拜見望帝杜宇，獻上治水計策，望帝封他為
　　　　相，並派他去治水，瘟疫流行，鱉靈病倒了。他一病就是七七四十
　　　　九天，喊不醒，搖不醒。鱉靈覺得自己沒有倒下，還在治水。又覺
　　　　得自己變成團魚，順著長江往下飄，想往上游，游不動。水把他又
　　　　沖向荊州城內的井頭。他看到井旁長了棵大樹，樹下有個姑娘邊梳
　　　　頭邊唱歌：「天上光光，地上汪汪。蜀相鱉靈來找姑娘。找到姑娘，
　　　　水旱除光。」鱉靈覺得奇怪，從井裡出來變成一個小伙子，聽老婆
　　　　婆說明兩婆孫的身世，鱉靈覺得這姑娘很好，便當場提親，老婆婆
　　　　要他先去治水，約定四十九後才許娶親。以後，白天鱉靈在井中，
　　　　晚上出來在井旁樹下和姑娘擺談，商量如何治水。四十九天後，鱉
　　　　靈回到郫城，姑娘也回江源。杜宇等久見鱉靈未醒，正在痛哭，忽
　　　　然鱉靈坐起來直喊姑娘，清醒後才知是在望帝宮中。人們把姑娘接
　　　　到郫城，水治好後，望帝傳位給鱉靈，稱為叢帝，叢帝與姑娘結為
　　　　夫妻。後來大家把井邊的大樹叫作「夜合樹」，相好的青年男女也
　　　　喜歡在晚上來樹下會合。〔註22〕

相較於古籍本，其變異如下：

（一）愛情主題思想深化：此故事的主題以「夜合樹」揭示，夜合樹下是鱉
　　　靈每夜與姑娘相會的地方，一個浪漫的愛情故事在此展開，他倆感情
　　　逐漸凝聚，最後結為夫妻，從此夜合樹為年輕男女相會之地。歌詠愛
　　　情的主題思想在此傳說中十分明顯。

（二）主次角色互換：此和「鱉靈的故事」相似，均以鱉靈為主角，杜宇只
　　　是次要角色。鱉靈的來歷、與姑娘相遇、治水成功，到立為叢帝而與
　　　姑娘結婚，是故事發展的主要脈絡，杜宇只以封其為相和痛哭鱉靈未
　　　醒的君主角色匆匆一瞥，沒有太多描繪。此仍可視為由杜宇神話「鱉
　　　靈復生」情節孳乳而出新的民間故事，尤其對古籍本中鱉靈的「化從
　　　井中出」有了完整的描繪。

〔註22〕四川省文聯組織編寫：《四川民俗大典》，頁207～208。

（三）民俗信仰粘附：神話傳說流傳的過程中通常會有地方化的趨勢，這種地方化的趨勢有的反映在當地的地名或風物，有的則逐漸在故事情節中粘附當地的民俗信仰。「鱉靈與夜合樹」的故事呈現此種現象，本尊「團魚」的鱉靈與「水葬」的模式，反映出長江三峽懸棺葬與船棺葬的近水墓葬習俗，與巴蜀古族對水的崇拜中派生出水中轉生的觀念；七七四十九天的等待，亦是蜀地孕育道教眠床亦又化入民間信仰的表徵；「夜合樹」象徵的是他們的愛情、年輕男女的愛情，也反映了蜀地樹神崇拜〔註23〕的觀念。

（四）英雄形象具體：古籍本杜宇神話對鱉靈的描繪僅有尸死逆流復生、決玉壘山的二事，此則可視為鱉靈的英雄神話。其故事符合弗萊英雄神話原型模式的四個階段：鱉靈的復活是黎明、春天的階段，望帝封其為相是正午、夏天的階段；鱉靈治水病倒是日落、秋天的階段，這個階段描繪最多，鱉靈歷經長久的治水過程，白天在井中化為團魚治水，晚上與姑娘討論治水方法。鱉靈的許久未醒，杜宇王的痛哭是黑夜、冬天的階段。鱉靈的甦醒與繼位又回到春天和夏天的階段，這是一個喜劇的原型。若以坎伯的英雄原型來看，「鱉靈與夜合樹」的故事符合「探求型」的模式，主人翁（鱉靈）經歷一段漫長的旅行，從團魚變為人，死而復生，為相治水，經歷了諸多困難險阻，最後創下了豐功偉業，成為人民的救星，於是與夜合樹下的姑娘結婚。整個故事的英雄形象刻畫具體鮮明。

三、望叢祠的傳奇

〈四川新聞網〉有一則「望叢祠的傳奇」：

據說叢帝鱉靈，原住長江邊，是一鱉精修成，每天夜裏他都要到井邊的一棵夜合樹下同情人朱莉幽會。他聽說西海水災氾濫，便沿江而上，到了蜀國，望帝杜宇任用鱉靈為相，命其治水。朱莉思念未婚夫，也到蜀國來找鱉靈。那一天，正好望帝出獵，在山野間邂逅朱莉，見朱莉美貌絕色，便命人納入宮中做王妃。朱莉不知鱉靈已是蜀相，不敢言明身份，卻一直鬱鬱不樂。鱉靈治水歸來，望帝為他擺宴慶功，當夜鱉靈大醉，留宿宮中。深夜，朱莉敲開了鱉靈的

〔註23〕拙作：《巴蜀神話研究》第二章第三節「樹神崇拜」，（國立台灣師範大學國文研究所碩士論文，2001年5月），頁54～66。

門，二人相見抱頭痛哭，各訴別後思戀之情。望帝發現二人幽會，並聽到了所訴情由，悔恨交集，當夜便草了一道詔書，禪讓帝位於鱉靈，自己卻悄悄隱入了山。鱉靈繼位，稱叢帝。望帝的高尚情操使叢帝和朱莉都非常感動。望帝在山中由於非常想念朱莉，在痛苦和寂寞中鬱鬱死去，靈魂化作一隻杜鵑鳥飛回蜀都。

這天夜裏朱莉正倚欄望月，思念望帝，突然聽見杜鵑啼叫：「歸來啦！歸來啦！」這多麼像是望帝的聲音呀！切切的情，綿綿的意，哀哀令人腸斷，朱莉趕緊下樓一看，杜鵑鳥卻因悲啼過度，吐血死去。朱莉抱著杜鵑痛哭，淚水滴到杜鵑身上，瞬即化作千萬杜鵑漫天飛舞，遍地啼叫：「歸來啦，歸來啦」朱莉也化著布穀鳥在後面叫作：「哥哥，哥哥！」〔註24〕

相較於古籍本，其變異如下：

（一）愛情主題深化：杜宇神話「淫其相妻」的爭議在兩千年來並無解答，只在古籍本中窺知其在東漢之後普遍不被文人接受，後雖在明清子部諸書中復其面貌，然情節上亦無發展。民間口傳文學發揮集體創作無拘無束的想像力，爲杜宇的「淫其相妻」找到了出口，「淫」既是男女之情，動人的愛情故事於是合理地昇華了道德的逾越尺度。「望叢祠的傳奇」這個故事美化了古人對「淫其相妻」的解釋，將杜宇與鱉靈之妻朱莉的相會編織成一個美麗的錯誤，杜宇並不知朱莉爲相妻，偶然邂逅，納爲王妃。卻在發現自己爲第三者的角色之後，悄然隱去，成全了鱉靈和朱莉。杜宇對朱莉的強烈思念，使他死後化爲杜鵑鳥，飛回蜀都，叫著「歸來啦！」深受感動的朱莉，這才發現自己的眞愛竟是杜宇，而非鱉靈，亦化爲布穀鳥，跟隨在杜鵑鳥身邊。杜宇與朱莉逾越道德的愛情不容於世俗，只能在死後化爲飛鳥，永遠相隨，其愛情的思想主題明確。

（二）人物角色混同：古籍本杜宇神話中杜宇之妻朱利，《蜀王本紀》稱其「自江源井中出」，《本蜀論》稱「自江源出」，《華陽國志》稱「朱提有梁氏女利遊江源」，均與鱉靈之妻沒有任何交集，兩位女性角色在古籍本中亦無任何形象描繪。「望叢祠的傳奇」裡將兩人之妻角色混同，以朱

〔註24〕　牟子：〈望叢祠的傳奇〉，（四川新聞網：
　　　　　http://big5.cri.cn/gate/big5/gb.cri.cn/3601/2004/08/15/342@266587.htm）

莉爲鼈靈未婚妻，誤納爲杜宇王妃，因此造成三角關係的巨大衝突，作爲故事情節複雜化的轉折點。此爲人間愛情的寫實化，是下層人民生活經驗的故事化結果。然而古籍本提供了變異的接合點，即是朱利「自江源井中出」與《蜀志》中鼈靈「化從井中出」，同樣「井中出」的來歷，使街談巷議的口傳文學得以發揮想像的空間。

（三）情節浪漫淒惋：古籍本杜宇化鳥沒有愛情的元素，杜宇的憾恨是王位的退讓，是對過去眷戀、對人民眷戀的悲鳴。「望叢祠的傳奇」裡化鳥的杜宇憂傷的是對繾綣愛情的逝去，內心夾雜著愛戀與道德的衝突，有限與原罪的挑戰，在矛盾痛苦中最後選擇放棄權力與地位，作爲一個除了死亡與眷戀之外一無所有的游魂。對下層人民來說，後者的情感張力甚於前者，情調更爲浪漫淒惋。

（四）民間信仰粘附：「望叢祠的傳奇」故事流傳於四川郫縣，導源於人民長久對望叢祠的祭祀。望叢祠位於四川郫縣城南，距成都市 20 公里，爲望帝杜宇與叢帝開明的祀祠。望帝死後葬於灌縣，叢帝死後葬於今郫縣城南，後人建叢帝祠。南朝齊明帝時，又把望帝陵從灌縣遷至郫縣叢帝祠，二陵一處，合稱望叢祠。清初，望叢祠在戰亂中焚燬，道光年間又在舊址重建望叢祠。民國八年，四川總督熊克武也曾撥款修建望叢祠。每年清明前後郫縣舉行賽鴿會，據說就是起源於杜宇化鳥之典。〔註 25〕民間對望叢祠的祀敬，當起於對古蜀的祖先崇拜，古籍記載的杜宇神話較接近故事原貌，然而民間文學卻取「望叢祠的傳奇」這個淒美的愛情故事作爲望叢祠的註解。或許基於祖先崇拜的心理，這個故事裡杜宇和鼈靈並非衝突對立的兩者。杜宇爲了成人之美，犧牲愛情；鼈靈治水有功，解除民患，在人民心中，兩者均爲良善的人物形象。

除了以上三節所探討的「英雄化」、「政治化」、「愛情化」的杜宇神話外，另外還有一則民間傳說，無法依主題思想併入上述三節，故後記於此。

成都市金牛區流傳一個有關杜宇來歷的傳說，題名爲「杜宇自天墮——天回山的來歷」。傳說杜宇原是玉皇大帝御花園的園丁，是一位勤勞勇敢、聰明好思、英俊瀟灑的青年。一天，他想把西山王母娘娘後花園的蟠桃樹，移

〔註 25〕 牟子：〈望叢祠的傳奇〉，（四川新聞網：
http：//big5.cri.cn/gate/big5/gb.cri.cn/3601/2004/08/15/342@266587.htm）

一株到御花園以解眾仙之饞。玉皇大帝覺得他的構想很好，便賜給他一匹金鬃馬，讓他騎去西山移栽。沒想到中途遇到共工與顓頊正戰於不周山，天搖地動，支撐天庭的大柱被打斷，蒼天出現裂縫，碎片落在成都平原上，形成一堆小山，形似肚臍。這時騎著天馬的杜宇聽到一聲巨響後，便覺天旋地轉，人馬一起墜下人間。儘管天馬殞命，杜宇卻大難不死。人們見他從天而墜，便稱他是天墮之神，並把他降落的地方稱爲天隳山，後來改稱天回山，山下的城鎮叫做天回鎮。〔註26〕

　　相較於古籍本，此故事的變異如下：

（一）溯源意味濃厚：很明顯的，這個傳說在說明杜宇的來歷。古籍本對杜宇來歷的交代語焉不詳，或因「墮」與「隳」字的訛誤，形成兩種分歧的記載，《蜀王本紀》言「從天墮止朱提（山）」，《本蜀論》言「從天下」，《禽經》言「蓋天精也」，《太平御覽》言「出墮天山」，《路史》言「從天墮」，《記纂淵海》引《成都記》言「自天而降」，周嬰《卮林》及張澍《蜀典》言「出于天隳山，蓋天精也」……，一種認爲杜宇從天而墮下，另一種則認爲杜宇是從天隳山出來的天精，不過一樣點出了杜宇是從天上而來的，超凡脫俗的特殊身份。一如程薔所言，民間文學表現人們渴望知道事情的來龍去脈，於是此故事便以「從天墮」爲線索，展開無窮的想像力，形象趣味地刻畫了杜宇自天而墮的生動畫面。

（二）其他神話的粘附：這個故事的人物相當豐富，從玉皇大帝、王母娘娘到遠古神話中共工與顓頊，全都搬到同一個舞台。玉皇大帝與王母娘娘以及天庭的呈現，是道教仙話故事經常出現的神仙人物與場景，早已深入民間信仰中；共工與顓頊戰於不周山，則見《列子》：「共工氏與顓頊爭爲帝，怒而觸不周之山。」〔註27〕是一則遠古神話。一是道教仙話，一爲遠古神話，在人民的集體創作中，全都粘附到「杜宇自天墮——天回山的來歷」這則故事上了。一個過去、現在與未來角色邂逅的巧合，使天庭中的杜宇無端下墜人間，以神話的角度既合理地又荒誕地詮釋了杜宇下墮人間的理由。

〔註26〕成都市金牛區地方志編纂委員會：《金牛掌故》，（四川：巴蜀書社，2004 年），頁 9～12。

〔註27〕（晉）張湛：《列子注》卷五，（台北：世界書局，1958 年），頁 52。

（三）地名的粘附：神話傳說在流變的過程中，除了地方化、民俗話的傾向外，有些亦與山川風物產生粘附的關係。程薔指出：

> 一個幻想性故事流傳到各地，被當地的人們牽扯到該地的某一風物上，成為他們解釋這一風物來由的傳說。〔註28〕

「杜宇自天墮——天回山的來歷」這則故事巧妙地粘附在當地「天回山」的地名上，蓋「回」與「隳」字音近關係，「隳」有與「墮」形近訛誤，於是給予當地人民發揮想像的空間，既滿足了對杜宇來歷的渴望，亦解釋了天回山地名的由來。

如此看來，民間口傳發展而出的杜宇神話故事，因不受古書記載的限制，為之注入極大的能量，使情節內容產生相當大的變異性。「催耕」、「愛情」、「杜鵑花」、「民貴思想」都是新加入的主題，而以鼈靈為主角的故事及依文想像詮釋則是較為新穎的再創作。就主題思想來看，英雄化、政治化的杜宇神話變異較小，保留神話原貌的部分較多，立意大抵藉由杜鵑鳥的叫聲詮釋出來，人格化的色彩濃厚。愛情化的杜宇神話變異性較大，幾乎與神話的原貌完全不同，是以古籍本簡單的文字記載為線索，在人民對來龍去脈的渴望中，結合生活經驗，集體創作而出的，有浪漫，有理性，也有荒誕之趣。就神話傳說流傳的角度來看，是可喜的。它的多彩提供更多元的詮釋空間，更能反映出當地人民社會生活、思想、信仰的多貌性，提供更廣泛的研究領域。

〔註28〕 程薔：《中國民間傳說》，頁 43。

第三章 杜宇神話形成之背景及內在意涵

　　探究兩漢至元明清古籍中所載的杜宇神話，除了明瞭其情節取捨外，得對杜宇神話勾勒出故事之梗概。既談神話，則需保留所有神話情節，包括「杜宇從天墮」、「鱉靈復生」、「望帝化鳥」、「杜鵑啼血」處，視爲杜宇神話之雛形。至於「淫其相妻」、「復位不得」、「失勢悔恨」等更深的悲劇色彩，留待文學作品中再深入探究；而明代以後道教化的「得道昇天」版本，已非杜宇神話原型，此亦不作深究。故古籍所載杜宇神話故事梗概如下：杜宇本天精，從天而墮，止朱提山後，娶自江源井中出的女子朱利爲妻，稱帝於蜀，號望帝，教民務農，民甚愛戴。望帝建立蜀立國以來最大的版圖，以褒斜爲前門，熊耳靈關爲後戶，玉壘峨眉爲城郭，江潛綿洛爲池澤，汶山爲蓄牧，南中爲苑囿。然而當時的水患問題卻困擾著望帝，正好有一奇人來自楚地，名叫鱉靈，他在楚地死後，屍體竟隨江水逆流而上，至蜀地汶山下忽然復生。見望帝後，告知其有治水之才，望帝遂用之爲相。鱉靈果然鑿通巫峽，解救了蜀地長久以來的水患問題，蜀民從此不用再避居水患。鱉靈回來後，望帝深覺其德不若鱉靈，故將王位禪讓給鱉靈，自己則隱退西山。（亦有認爲是因望帝愛上鱉靈之妻，自覺慚愧，而禪位隱退。）人民十分懷念望帝，望帝也非常思念人民，於是望帝死後化爲杜鵑鳥，每年春天，便回到蜀地呼喚著。杜鵑鳥一聲又一聲悲凄地叫著，自早至晚，由春至夏，不停歇地叫著，往往叫到鳥喙出血才能停止。

　　民間文學中的杜宇神話以較接近古籍本的故事爲探討範疇，在英雄化的流傳中，孳乳出農業思想主題深化的「杜鵑聲聲春啼血」及「杜宇與龍妹」

的故事，並添入了啼血染花而成杜鵑花的情節；政治化與愛情化的流傳故事中，「鼈靈的故事」和「鼈靈與夜合樹」均表現人民對治水英雄的崇拜。

細究這則神話，不管從古籍本或民間故事，均可以發現其形成與蜀地背景有著深厚的關係，另外也透顯出深刻的內在意涵，其中有鳥崇拜的思維信仰、農神信仰的民族淵源，還有死而復生的原型回歸。茲分下面四節敘述之。

第一節　杜宇神話形成之背景

神話雖有光怪陸離、綺思幻想之處，但它往往是一個群體的夢，一段沈睡的歷史記憶，反映出整個社會結構的特色與人民的需求。透過神話的探討，便能喚醒一段失憶的共同起源。王明珂即將這種神話中所保存與喚醒的記憶稱為「社會記憶」，若此記憶以該社會所認定的「歷史」型態呈現與流傳，叫做「歷史記憶」。人們藉此得以追溯社會群體的共同起源及歷史流變，以詮釋該社會人群各階層的認同與區分。〔註1〕是以每個民族、每個地域的神話都應該反映出該民族歷史或當地特殊的背景，杜宇神話亦然。神話中的主要人物杜宇和鼈靈均為古蜀知名的君王，故有其時間背景；神話中的鼈靈治水英雄形象的塑造導源於蜀地長期的水患問題，故有其空間背景；杜宇王教民務農，豎立在蜀地的農神形象，與蜀地農業很早就發展有很大的關係，故有其人文背景，茲分以下三點說明之：

一、時間因素──歷史背景

蜀是一個興起於四川岷江上游的古老部族。古書記載中，曾說他們是黃帝的後裔，《世本・氏姓》：「蜀之先，肇於人皇之際，無姓，相承云黃帝後。」〔註2〕《史記・五帝本紀》：「黃帝……生二子，其後皆有天下：其一曰玄囂……其二曰昌意，降居若水。昌意娶蜀山氏女。」〔註3〕《山海經・海內經》：「黃帝妻雷祖，生昌意。昌意降居若水，生韓流。」〔註4〕這些中原古籍都認為蜀是黃帝的後裔。《華陽國志・蜀志》亦記：

〔註1〕王明珂：〈歷史事實、歷史記憶與歷史心性〉，（《歷史研究》第五期，2001年），頁136～147。
〔註2〕張澍：《世本》，（上海：上海商務印書館，1937年），頁73。
〔註3〕瀧川龜太郎：《史記會注考證》，（台北：洪氏出版社，1986年），頁27。
〔註4〕袁珂校注：《山海經校注》，（台北：里仁書局，1982年），頁442。

> 蜀之為國，肇於人皇，與巴同囿，至黃帝為其子昌意娶蜀山氏之女，
> 生子高陽，是為帝嚳，封其支庶於蜀……周失綱紀，蜀先稱王，有
> 蜀侯蠶叢，其目縱，始稱王。死，作石棺石槨，國人從之，故俗以
> 石棺槨為縱目人冢也。次王曰柏灌。次王曰魚鳧。魚鳧王田於湔山，
> 忽得仙道，蜀人思之，為立祠……後有王曰杜宇……開明，號曰叢
> 帝。〔註5〕

常璩說：「乃考諸舊記先宿所傳並南裔志，驗以《漢書》，取其近是，及自所
聞，以著斯篇。」〔註6〕可見《華陽國志》取材前代故老所傳的蜀史，南裔志、
《漢書》和作者親身見聞，是和蜀史有直接關聯。是以探討古蜀歷史，以《華
陽國志》為據是有其可信度的。從《世本・氏姓》、《史記・五帝本紀》、《山
海經・海內經》到《華陽國志》看來，其中相當清楚的共同認定便是「蜀為
黃帝後裔」。王明珂認為常璩將古蜀的起源溯自黃帝，以黃帝為正宗，蜀為黃
帝的支庶，這是在「英雄聖王歷史」的歷史心性下形成的。〔註7〕

> 關於古蜀立國之始，除了《華陽國志・蜀志》所記，《蜀王本紀》也
> 說：蜀之先稱王者有蠶叢、柏濩、魚鳧、開明，是時人萌椎髻左衽，
> 不曉文字，未有禮樂。從開明至蠶叢積三萬四千歲。蜀王之先，名
> 蠶叢。後代名曰柏濩。後者名魚鳧。此三代各數百年，皆神化不死，
> 其民亦頗隨王化去。魚鳧田於湔山，得仙。今廟禮之于湔。時蜀民
> 稀少。〔註8〕

《蜀王本紀》出於蜀人揚雄之手，所記的材料來源當是蜀王世代相傳的家史，
或是蜀中廣為流傳的舊說，亦值參考。王明珂認為《蜀王本紀》是蜀先民遺
忘了該文化所代表的古文明，故將之「蠻荒化」（「椎髻左衽，不曉文字，未
有禮樂」）與「神話化」（「此三代各數百年，皆神化不死，其民亦頗隨王化去。
魚鳧田於湔山，得仙」）。〔註9〕不論基於何種歷史心性，兩書同樣揭示古蜀五
祖為蠶叢、柏濩（灌）、魚鳧、杜宇、開明。《蜀王本紀》言「蠶叢、柏濩、

〔註5〕　（晉）常璩撰、劉琳校注：《華陽國志校注》，頁114～115。
〔註6〕　（晉）常璩撰、劉琳校注：《華陽國志校注》，頁644。
〔註7〕　王明珂：〈歷史事實、歷史記憶與歷史心性〉，《歷史研究》第五期，2001年），
　　　　頁136～147。
〔註8〕　（清）嚴可均：《全上古三代秦漢三國六朝文》卷五十三所輯《蜀王本紀》，
　　　　頁414。
〔註9〕　王明珂：〈歷史事實、歷史記憶與歷史心性〉，《歷史研究》第五期，2001年），
　　　　頁136～147。

魚鳧、開明」，對照後文敍述，明顯是開明前遺漏杜宇一代，故古蜀五祖爲蠶叢、柏濩、魚鳧、杜宇、開明已爲定論。

　　蜀的第一代始祖叫蠶叢，始稱王，死後「作石棺石槨，國人從之」，表示蠶叢氏在蜀先民心中，已有了崇高的地位。「縱目」是蠶叢氏最大的特色，證之三星堆出土的文物，在二號坑的青銅人面像中，有三件引人注目的縱目人面像，體型龐大，且眼球突出眼眶雙耳極度誇張，長大形似獸耳，大嘴亦闊至耳根。（圖一、圖二、圖三）一般學者認爲，這應是蠶叢氏的寫照，正是蜀人祖先崇拜的象徵。南宋羅泌的《路史前紀》卷三說：「蠶叢縱目，王瞿上。」〔註10〕明曹學佺《蜀中廣記》引《寰宇記》云：「成都聖壽寺有青衣神祠，神即蠶叢氏。」〔註11〕這些都說明了蜀人對第一代先祖的崇敬。

圖一　青銅人頭像　　　圖二　金面銅人頭像　　　圖三　金面銅人頭像

　　第二代《蜀王本紀》稱柏濩，《華陽國志》稱柏灌，濩與灌字形相近，兩者所指相同，但都是一語帶過，沒有多作說明。第三代魚鳧，《蜀王本紀》和《華陽國志》均稱其成仙，「蜀人思之，爲立祠」亦反映後人對魚鳧先祖的信仰崇拜。而三星堆遺址二至四期出土有大量鳥頭勺柄，長喙帶鉤，極似魚鷹，一般認爲與魚鳧氏有關。一號祭祀坑所出金杖上的圖案，有人頭、鳥、魚的形象，學術界普遍認爲這是魚鳧氏的文化遺存。〔註12〕此三代各數百年，後

〔註10〕　（宋）羅泌《路史・前紀》，輯入《景印文淵閣四庫全書》總383冊，頁23。
〔註11〕　（明）曹學佺《蜀中廣記》卷六十引《寰宇記》，輯入《景印文淵閣四庫全書》總592冊，頁20。
〔註12〕　段渝：《政治結構與文化模式——巴蜀古代文明研究》，（上海：學林出版社1999年），頁21。

人考證，認爲此三代大體相當於夏、商和西周前半期。〔註13〕

第四代杜宇，《華陽國志》稱：「後有王曰杜宇，教民務農，一曰杜主」、「移治郫邑，或治瞿上。七國稱王，杜宇稱帝，號曰『望帝』，更名蒲卑。」有學者考證，杜宇時期相當於西周至春秋時期。他輝煌的一生從定居川西平原開始，接著立國、統一到擴張，慢慢步上稱霸之途。他曾幫助武王滅商，因功受封爲周的四方望之一，遂號望帝，稱霸西南。杜宇的文治武功和教化之德，在古蜀歷史上是空前絕後的。〔註14〕《華陽國志》說杜宇：「自恃功高諸王，乃以襃斜爲前門，熊耳、靈關爲後戶，玉壘、娥眉爲城郭，江、潛、綿、洛爲池澤，汶山爲蓄牧，南中爲園苑。」其中「以襃斜爲前門，熊耳靈關爲後戶」說明此時蜀國北接秦及西戎，東連巴楚；「玉壘、娥眉爲城郭」說明川西平原是杜宇政權的中心，「江、潛、綿、洛爲池澤」意味杜宇完成了成都平原的統一，「江、潛、綿、洛」分別爲岷江、嘉陵江、西漢水、綿水。「汶山爲蓄牧」指汶川、茂縣一帶亦在其管轄範圍之內，「南中爲園苑」則言南中是蜀國的附庸之地。〔註15〕杜宇實爲鼎盛之世，蜀國的經濟、文化有了高度發展，並影響了鄰近區域。

第五代鼈靈，本是杜宇的宰相，因「決玉壘山以除水害」治水有功，受到杜宇的禪讓，立爲開明帝。其時期一般以爲在西元前七世紀初葉，約當春秋中期。〔註16〕《華陽國志》說「開明位，號稱叢帝。叢帝生盧帝。盧帝攻秦至雍，帝生保子弟。帝攻青衣，雄張獠棘。九世有開明帝，始立宗廟，以酒爲醴，樂曰荊，人尚赤，帝稱王。」〔註17〕可看出開明氏是古蜀的擴展之世，曾翻越秦嶺用兵，又曾攻青衣江地區的那支羌人、以及南方的獠人和棘人。第九世立宗廟改制，重新接近中原文化，使古蜀與華夏的分離，重新再接觸，是古蜀歷史中一個轉折性的時代。〔註18〕開明十二世時，王朝逐漸腐化，後爲秦惠王所滅。

學者向來以古蜀五祖爲五個王族統治時期的稱號，然而譚繼和先生在〈巴蜀文化研究的現狀與未來〉一文中頗有獨特見解，他認爲五祖名稱分別是指

〔註13〕陳世松主編：《四川簡史》，（四川社會科學院，1986 年），頁 9。
〔註14〕劉道軍：〈論巴蜀文字與古蜀王〉，（四川省社會科學院歷史研究所碩士論文，2007 年 5 月），頁 37。
〔註15〕劉道軍：〈論巴蜀文字與古蜀王〉，頁 38。
〔註16〕劉道軍：〈論巴蜀文字與古蜀王〉，頁 39。
〔註17〕（晉）常璩撰、劉琳校注：《華陽國志校注》，頁 115。
〔註18〕任乃強：《四川上古史新探》，（四川：四川人民出版社，1986 年），頁 95～97。

蜀人生活方式所經歷的五個經濟時代：蠶叢氏以桑蠶爲特徵，是採集時代；柏灌氏是狩獵時代，魚鳧氏漁獵、畜牧時代，杜宇爲農業時代，開明氏則進入生產經濟的時代。〔註19〕亦能反映出古蜀先民生活方式的的歷史軌跡。

綜上所述，可知杜宇王在古蜀歷史中的地位，杜宇神話的發展是有其歷史背景爲依據的。正因爲杜宇王朝是先民從漁獵進入農耕的重要轉折，王朝的鼎盛、版圖的建立在古蜀五祖中是居冠的，杜宇受到後世蜀民的高度崇敬可見一斑。

二、空間因素——地理背景

四川位居長江流域上游，水資源相當豐富，全境就有 1300 多條河流，流域面積在 500 平方公里以上的就有 300 多條。且河流多流經峽谷地區，洶湧湍急，形成優質能量。然而「水能載舟，亦能覆舟」，自古以來水患頻仍。

成都平原是龍門山脈和龍泉山脈包圍的盆地，北面和西面即古代所稱的玉壘山，盆地略帶菱形，地勢西北略高，東南較低。平原上川流縱橫，坡底平緩，加之雨量集中夏秋，帶有暴雨洪水，平原西部素有「西蜀天漏」的稱號。〔註20〕由山區流出的主要四條大河，由西到東依次是岷江、湔江、石亭江、綿遠河，它們出口處分別是都江堰市灌口鎮、彭州市九隴鎮（關口）、什邡縣洛水鎮（高景觀）、綿竹縣漢旺鎮。每年洪水期，四條大河夾帶大量泥沙出山，進入平原後，漸漸累積成沖積扇。四條大河便在自己的沖積扇蜿蜒行進，分出支流，有蒲陽江、鴨子河、射水河等。城鎮的位置，總是選在隆起的分水線上，如都江堰市、郫縣、成都、溫江縣、雙流縣、崇州市、新津縣、彭州市、新繁縣、新都縣、什邡市、廣漢市、金堂縣等。〔註21〕而這些城鎮，在遠古時常常飽受洪水之苦。每逢夏秋岷山雪融，雨水來臨，即山洪爆發，泥沙俱下，水至成一片澤國，水退則泥石遍野，劇烈而頻繁的水災給岷江下游兩岸平原的居民帶來極大不便。〔註22〕從兩漢至清代，史料可考的長江水患約有兩百餘次〔註23〕，流經四川的長江及其支流亦在其列。

〔註19〕譚繼和：〈巴蜀文化研究的現狀與未來〉，（《四川文物》，2002 年 2 月），頁 19。
〔註20〕馮廣宏：〈洪水傳說與鱉靈治水〉，收入李紹明、林向、徐南洲主編《巴蜀歷史·民族·考古·文化》，（四川：《巴蜀書社》，1991 年），頁 291。
〔註21〕馮舉、譚繼和、馮廣宏主編：《成都府南兩河史話》，（四川：四川民族出版社，1998 年），頁 40。
〔註22〕任乃強：《四川上古史新探》，頁 17。
〔註23〕宋希尚：《長江通考》，（台北：中華叢書編審委員會，1963 年），頁 49。

　　杜宇從山區「移治郫邑，或治瞿上」，郫邑即是郫縣，瞿上乃今彭州市附近。〔註 24〕遠古時，這兩個地方都在夏秋時飽受水患之列，杜宇神話中「時玉山出水，若堯之洪水」、「其後巫山龍門壅，江不流，蜀民墊溺」是頗能反映當時的現況的。而「開明王自夢郭移，乃徙治成都」，由王逸《楚辭章句》：「楚人名澤中爲夢中」〔註 25〕，可見「夢郭」指水澤中的城，這也就是開明王要移往成都的原因了。

　　正因爲水患多，治水工程是歷代蜀地的大事。早在《尚書・禹貢》談大禹治水即說道：「岷山導江，東別爲沱」〔註 26〕便提到了當地治水的策略。考古學上，蜀地的治水紀錄首爲鱉靈，除了杜宇神話當中所載鱉靈治水之功外，《水經注》卷三十三尙云：「江水又東別爲沱，開明所鑿也。郭景純所謂玉壘作東別之標也。」〔註 27〕說明「東別爲沱」就是決玉壘山。另外，王象之《輿地紀勝》引《華陽國志》佚文：「會巫山壅江，蜀地潼水；鱉靈遂鑿巫山峽，開廣漢金堂江，民得安居。」又言：「鱉靈跡，在金堂峽南岸」、「石門有巨跡長三尺，旁刻『鱉靈跡』三字。」〔註 28〕現在金堂中，還有一座三皇廟的遺址，據說祭的是唐代所封的金水神，元代稱爲德赫神，老百姓稱爲「水三王」。一共三尊神像，其中面目最猙獰的，便是鱉靈。〔註 29〕《金堂縣續志》：「三皇廟在三皇灘上……此蓋蜀相鱉令，因鑿峽有功，故建廟祀之。」〔註 30〕鱉令，就是鱉靈。可見鱉靈治水之功不僅決玉壘山，還開了金堂峽。

　　先秦時，秦國蜀郡太守李冰治水是舉世聞名的，李冰興築都江堰，在岷江左岸開鑿出一個二十米寬的進水口門，現稱寶瓶口。並從寶瓶口開出成都二江，將岷江江水一部份引入成都平原灌漑農田，大大減少了暴雨時期的氾濫成災，從此改善了成都平原的水患。漢時，文翁治水亦見成效，他治理湔江，擴大繁田，使繁縣 1700 頃農田得到水源保證，成爲一個小天府。〔註 31〕

〔註 24〕　馮舉、譚繼和、馮廣宏主編：《成都府南兩河史話》，頁 41。
〔註 25〕　屈原等：《楚辭四種》輯王逸《楚辭章句》，（台北：華正書局，1974 年），頁 128。
〔註 26〕　（漢）孔安國傳、（唐）孔穎達疏：《尚書・禹貢》，輯入《景印文淵閣四庫全書》總 54 冊，頁 132。
〔註 27〕　陳橋驛：《水經注校釋》，頁 577。
〔註 28〕　李紹明、林向、徐南洲主編：《巴蜀歷史、民族、考古、文化》，頁 290。
〔註 29〕　李紹明、林向、徐南洲主編：《巴蜀歷史、民族、考古、文化》，頁 290。
〔註 30〕　王暨英修、曾茂林等纂：《金堂縣續志》（一），（台北：學生書局，1967 年），頁 209。
〔註 31〕　馮舉、譚繼和、馮廣宏主編：《成都府南兩河史話》，頁 48～58。

四川特殊的地理環境塑造了特殊的需求，歷代治水工程的重大課題無非想改善天然環境的困境。水患問題於是成了杜宇神話的空間背景，而鱉靈治水也意外透露出蜀先民的現實需求與理想。

三、人文因素——農業背景

四川盆地為四川的主要部分，盆地周圍高山環繞，西為邛崍山，北為大巴山，南為大婁山，東為巫山。盆地內為連綿起伏的淺丘以及成都平原。成都平原是我國西南最大的平原，不僅面積遼闊，地勢平坦，地表堆積物豐厚，屬於肥沃的灰色潮土型土壤。平原上河網密布，溝渠縱橫。由於地勢西北高、東南低，平均坡度為千分之四，自古便能利用江河之水為農田灌溉之用。年平均降水量在 1000 毫米以上，冬季一月平均溫度在 3℃至 8℃之間，全年無霜期 30 天以上，年均溫在 16.3℃，四季分明。這些都為農業的起源和發展提供了優越條件。〔註32〕川東雖多峽谷，然水源豐富，谷地盆中有許多丘陵和小平原，也都適於農作。四川諸多新石器時代（相當於魚鳧時代）的遺址中，已發現簡單的石鋤、石鏟、石斧、石杵等農具，證明當時的漁獵部族中，已普遍存在原始的種植業。〔註33〕考古學家們認為，四川盆地的舊石器時代晚期，自然條件相當優越，為新石器時代農業時代的到來準備了前提和條件。〔註34〕

古蜀國文明以成都平原為地理基礎，輻射整個四川盆地，並向東西南北延伸，這是一片富饒美麗的土地。《史記‧貨殖列傳》稱：「巴蜀亦沃野」〔註35〕，《漢書‧地理志》：「土地肥美，有江水沃野、山林、竹木、疏食、果食之饒。」〔註36〕這都說明了蜀地提供了農業生產有利的因素。從《山海經》裡可看出至少在商周之際，古蜀國的腹心之地成都平原已發展為中國栽培水稻的中心之一。若據袁珂所言，「都廣」同「廣都」，那麼《山海經》中早就提到成都平原盛產菽、黍、稷等農作物了。〈海內經〉云：

　　西南黑水之間，有都廣之野，后稷葬焉。爰有膏菽、膏稻、膏黍、

〔註32〕屈小強、李殿元、段渝主編：《三星堆文化》，（四川：四川人民出版社，1993年），頁 254。

〔註33〕郭聲波：〈巴蜀先民的分布與農業的起源試探〉，（《四川文物》，1993 年第 3 期），頁 23。

〔註34〕屈小強、李殿元、段渝主編：《三星堆文化》，頁 255。

〔註35〕瀧川龜太郎：《史記會注考證》，頁 1357。

〔註36〕班固撰、顏師古注：《漢書‧地理志》，（台北：鼎文書局，1975 年），頁 1645。

膏稷，百穀自生，冬夏播琴 。〔註37〕

蒙文通先生亦認爲此篇爲古巴蜀之作，成書時代不晚於西周中葉。〔註38〕那麼更加可確定此「城」當指成都平原的三星堆古城，此地農作物的豐饒亦可見一斑。所謂「膏菽、膏稻、膏黍、膏稷」，其中「膏」字，郭璞注言 ：「言味好皆滑如膏」，郝懿行疏證說 ：「趙歧注《孟子》云：『膏梁，細粟如膏者也。』」〔註39〕可知「膏」指糧食細膩、潤滑如膏一般，證明成都平原所產農作物大都品種優良，被人奉爲上品。相傳先秦農官「后稷」葬此，有此農官的庇佑，方使成都平原長久以來均爲富饒之地。也由於富饒之故，巴蜀因此成爲戰國時期與之相鄰的秦、楚垂涎欲滴的沃土；而古蜀國的富足，當然是在這樣農業基礎上發展起來的。

杜宇神話反映出古蜀所在成都平原的經濟型態，《華陽國志》提到杜宇「教民務農」及死後「巴亦化其教而力務農，迄今巴、蜀民農時先祀杜主君。」〔註40〕雖然蜀地農業絕不是始於杜宇時代（童恩正先生認爲魚鳧時代開始由漁獵轉入農耕〔註41〕），然杜宇因其在位時努力教民務農，使農業生產得以取代漁業，成爲當時主要的經濟來源，後世蜀民才會尊之爲「農神」、「杜主君」。依此來看，當時發達的農業型態自然成了杜宇神話產生的人文背景。

綜上三點敘述，小結如下：

（一）時間因素──杜宇神話並非憑空杜造，是有史實依據的。依此角度來看，可視爲一段歷史神話。它反映出杜宇王朝建立到統一，王朝的稱霸到鼎盛，最後被開明王朝取而代之的過程。神話是化妝的歷史，即便神異情節的部分，令人質疑其眞實性，然而杜宇到開明王朝這一段歷史記憶儲存在此神話中是顯而易見的。正如王明珂所言，神異的部分乃是蜀先民遺忘該文化代表的古文明，故將之「神話化」。但所反映的時間，尤其是魚鳧到杜宇、杜宇至開明王朝的時間順序是清晰存在的，不容錯紊。

（二）空間因素──杜宇神話中由鼈靈治水情節而延伸而出的鼈靈神話，其英雄神話的色彩甚爲濃厚。蜀地的洪水問題，反映出蜀先民所處自然

〔註37〕　袁珂：《山海經校注》，頁 445。
〔註38〕　蒙文通：《巴蜀古史論述》，（四川：四川大學人民出版社，1993 年），頁 165。
〔註39〕　袁珂：《山海經校注》，頁 446。
〔註40〕　（晉）常璩撰、劉琳校注：《華陽國志校注》，頁 115。
〔註41〕　童恩正：《古代的巴蜀》，（四川：重慶出版社，1998 年），頁 66。

環境的惡劣，亦如許多民族洪水神話原型所呈現的「集體潛意識」表徵，也是長江沿岸先民在歷史洪流中不斷面對的生活威脅之具體呈現。鱉靈治水的成功，正凸顯了蜀民內心長久的渴望，他們渴望一個英雄人物的出現可以帶領他們突破環境的困厄，使生活獲得更大的改善。證之蜀地歷史與傳說，治水英雄不斷地出現，鱉靈、李冰父子、文翁等不斷重複的英雄形象，不僅反映出當地人民的心理願望，也反映這樣地理環境所孕育而出的積極、無畏且勇於克服困難的民族精神。

（三）人文因素——杜宇神話反映出古蜀在西周至春秋時期已發展而成的農業型態，證明了「神話是人類社會經驗的反射」〔註42〕，亦是一種社會生活的投影。蜀地的地理優勢提供農業生產有利的因素，加上杜宇時代極力地推廣，教民務農，使得成都平原很早便成為水稻栽培的中心。因此農業的發展成了杜宇神話形成的人文背景，杜宇王得以奠定其「農神」的形象。

第二節　杜宇神話中的鳥崇拜

杜宇神話中最為動人之處，亦即在唐宋後廣為文人接受且大量用典的「望帝化鳥」之說，其中人鳥異變情節正符合變形神話的內容。探討變形神話不容忽略的是圖騰崇拜的觀念，樂衡軍先生在〈中國原始變形神話探析〉一文曾指出：

> 變形神話的動機，絕大多數需要用原始信仰來解析說明的。首先最顯著也最重要的，就是圖騰信仰。圖騰信仰認為一個人生命既出自於他所屬的圖騰物，所以一方面他秉有這圖騰物的特性，一方面他生自圖騰，那麼他的死亡，是又回歸他的圖騰物去。〔註43〕

樂衡軍揭示了變形神話與圖騰信仰的關係，然而「圖騰」意義究竟為何呢？「圖騰」（Totem）一詞原屬於美洲印地安阿吉布洼人（Ojibwas）的方言，意為「他的親族」。處在氏族社會時代的原始人，以一定的動物、植物或無生

〔註42〕 恩格斯·希特勒說：「在神話和思維的想像中，我們不可能與個人的自述相遇，神話是人類社會經驗的反射。」朱狄：《原始文化研究》，（北京：生活·讀書·新知三聯書店，1988 年），頁 675。

〔註43〕 樂衡軍：〈中國原始變形神話探析〉，收入古添洪、陳慧樺所編之《從比較神話到文學》，（台北：東大圖書公司，1988 年），頁 159。

物等做為氏族組織的名號，此物即被奉為氏族的圖騰。〔註 44〕因此每個氏族
對自己的圖騰物都有一定的血緣傳說和崇拜儀式。英國民族學家弗雷澤
（J.G.Frazer）曾給圖騰崇拜下了個定義：「圖騰崇拜是半社會半迷信的一種
制度」，氏族每一成員都認為自己與共同尊崇的圖騰物存在著血緣親屬關係，
每一成員都以不危害圖騰的方式來表示對其尊敬，且同氏族的每一成員不得
相互通婚。〔註 45〕俄人海通在其《圖騰崇拜》一書中也綜合各家之說下了一
完整的結論：

> 圖騰崇拜是初生氏族的宗教，它表現在相信氏族起源於一個神幻的
> 祖先──半人半獸、半人半植物或無生物，或具有化身能力的人、
> 動物或植物。氏族以圖騰動物、植物或無生物命名，相信圖騰能夠
> 化身為氏族成員或者相反。氏族成員以各種形式表示對圖騰的崇
> 敬，對圖騰動物和植物等實行部分或完全的禁忌。〔註 46〕

他更進一步推論圖騰崇拜發生的原因，乃源自於原始人對大自然變化的軟弱
無力，對自然規律的無知和恐懼，進而引起對現實世界的虛幻反映。他們把
自然界中的存在物想像成人，也把人所特有的性質和人類社會的關係轉嫁到
自然力和自然現象之中。如此，自然現象化身為人的觀念便產生了。基於人
對自然力的恐懼無能，氏族中累積幾代人經驗知識的老年人為了鼓勵年輕人
和自然作鬥爭，便利用各種習俗和儀式宣稱傳說中的始祖可以影響自然力，
讓年輕人相信祖先會幫助他們，祖先為了拯救自己的血緣親屬群體擺脫死亡
的威嚇，會親自化身為某種動物或植物。

　　為了使祖先具有超自然的特性，人們把祖先描繪成具有能夠化身為動
物、植物、自然力的能力。因此，人們把祖先想像成時而是人，時而是動物，
時而是自然界中的無生物。半人半獸的圖騰祖先觀念就是這樣產生和發展
的。〔註 47〕

　　大陸學者何星亮在其專著《中國圖騰文化》提到圖騰文化發展依時間先
後可分三層次：

　　第一層、圖騰的親屬觀念：圖騰是作為親屬的某種意象。它的原始本義，

〔註 44〕 楊和森《圖騰層次論》，（雲南：雲南人民出版社，1987 年），頁 1。
〔註 45〕 原文出自弗雷澤（1854～1941）《家庭和氏族的起源》。此處轉引自（蘇）海
　　　　通著、何星亮譯：《圖騰崇拜》，（上海：上海文藝出版社，1993 年），頁 2。
〔註 46〕 （蘇）海通著、何星亮譯：《圖騰崇拜》，頁 74。
〔註 47〕 同上註，頁 216～226。

源於 ototeman 一詞，即「我的親屬」，就是把圖騰當作父母、祖父母或兄弟等血緣親屬。

第二層、圖騰祖先觀念：圖騰是作為祖先的某種物象。此即前一含義的發展，由圖騰親屬關係進而有圖騰祖先觀念，進而發展出本群體起源於某一物的圖騰神話。

第三層、圖騰神觀念：圖騰是作為保護神的某種物象。這是圖騰文化晚期產生的，原有的圖騰祖先便升格為氏族或部落的保護神。〔註48〕

誠然，圖騰依時間先後在部族中分別扮演「親屬─祖先─神」的角色。在這個角色的基礎上，圖騰進而成為一種集體標誌，它令全氏族成員對團體有著強烈的認同與休戚與共的一體感，不必依靠武力與法律而能維持氏族組織的存在，形成了共同習俗，甚至合力抵禦外患，這種現象便是「圖騰崇拜」。〔註49〕非常奇特的，圖騰變成凝聚團體的一股無形力量，在初民的心裡，其功能甚至在法令與武力之上，正如弗洛依德所言圖騰是「人類最古老的無形法律，它的存在通常認為遠比神的觀念或任何宗教信仰的產生還要早。」〔註50〕對群體而言，這個標誌漸而融入整個社會的生活模式中，變成一種文化、一種信仰。因此何星亮指出：「圖騰文化是人類早期的混沌未分的一種文化現象，圖騰文化既是宗教文化，也是社會文化。」〔註51〕

我們都知道圖騰信仰明顯的遺存在神話和儀式中，然而隨著神話思維的發展和變異，這個集體標誌和非人的圖騰會逐步讓位給某位神話人物，神話人物進而居於首位，自己變成了圖騰物。〔註52〕在中國神話裡，有許多這樣的例子，氏族的始祖或傑出的領導者與氏族圖騰混同、轉化，甚至死後回歸為氏族圖騰，如顓頊、鯀禹均是，他們因此被賦予神聖的地位，變成了氏族神。

然而圖騰崇拜的觀念是否全然適用於所有神話的解讀上，卻曾引起一番

〔註48〕 何星亮：《中國圖騰文化》第三章「圖騰觀念」，（中國社會科學出版社，1992年），頁55～90。

〔註49〕 （英）拉德克里夫‧布朗著，潘蛟、王賢海、劉文遠、知寒譯：《原始社會的結構與功能》〈圖騰的社會學理論〉，（北京：中央民族大學出版社，2002年），頁136。

〔註50〕 （奧）弗洛依德著、楊庸一譯：《圖騰與禁忌》，（北京：中國民間文藝出版社，1986年），頁32。

〔註51〕 何星亮：《中國圖騰文化》第三章「圖騰觀念」，頁22～23。

〔註52〕 （法）涂爾幹：《宗教生活的基本形式》（The Elementary of Religious Life），芮傳明、趙學元譯，（台北：桂冠圖書公司，1992年），頁114～115。

討論，李學勤先生曾說：「圖騰說是由西方學者創始的。怎樣對待這一理論，如何以之與中國歷史文化的研究相結合，並不是一件簡單的事。」〔註53〕鍾宗憲亦談及：「圖騰理論在現代學術的運用上，還有很大的思考空間，如果只是全然排斥或全盤接受，都應該是比較偏執而不客觀的態度。」〔註54〕畢竟從神話的文字內容中無法考察是否存在崇拜儀式或隱藏某種部落禁忌，貿然以「圖騰崇拜」詮釋之，確有爭議。另外，何星亮曾指出：「圖騰崇拜是與狩獵、採集生活相適應的宗教形式，它產生於舊石器中期，繁榮於舊石器晚期，至新石器時代則逐漸演變。」〔註55〕潘嘯龍先生亦曾說：「圖騰崇拜只是初民在原始狀態下的觀念、習俗、制度，而春秋、戰國時代，人們早已大踏步走出圖騰崇拜時期，進入理性覺醒『輝煌日出』的文明發展新時代。」〔註56〕若依前文提及杜宇時代約相當西周至春秋時期，此時應已走出了圖騰崇拜時期。然而圖騰崇拜對後來的自然崇拜、祖先崇拜有著深遠的影響是不容懷疑的，是以本節對杜宇神話中變形觀念，以「鳥崇拜」觀點探討之，其範圍將更廣泛，而不受限於圖騰崇拜爭議的問題上。

一、古蜀的鳥崇拜

古蜀五祖中的柏灌、魚鳧、杜宇，有學者認爲都是鳥崇拜的部落。先談到柏灌，孫華說：

> 柏灌族，其名稱無疑也與鳥有關。柏灌，古籍中或寫作「柏濩」、「柏雍」，但無論是寫作「灌」，還是寫作「濩」、「雍」三字，都從「隹」，以隹爲意者，顯而易見——柏灌族應是一個以鳥爲族名的古族。〔註57〕

考之《山海經·南山經》：「又東三百里曰青丘之山，……有鳥焉，其狀如鳩，其音若呵，名曰灌灌，佩之不惑。」〔註58〕郭璞注：「灌灌，或作濩濩。」龍

〔註53〕 李學勤：〈《圖說中國圖騰》序〉，輯入王大有、王双有《圖說中國圖騰》，（北京：人民美術出版社，1998 年），頁 14。
〔註54〕 鍾宗憲：《中國神話的基礎研究》，（台北：洪葉文化出版有限公司，2006 年），頁 299。
〔註55〕 何星亮：《中國自然神與自然崇拜》，（上海：三聯出版社，1992 年），頁 17。
〔註56〕 潘嘯龍：〈評楚辭研究中的圖騰說〉，（《安徽師範大學學報》，2001 年 01 期），頁 42。
〔註57〕 孫華：〈蜀人淵源考〉，（《四川文物》，1990 年第 5 期），頁 15。
〔註58〕 袁珂：《山海經校注》，頁 6。

騰更依此推論，柏灌族原為山東東夷鳥圖騰部族的一支。後遷居山西，再遷陝西，又進入川北，後入蜀，驅逐蠶叢氏，取得統治的地位。〔註59〕

　　柏灌氏之後，魚鳧開始建都據說在瞿上，後來遷都到郫，最後在湔山打獵時得道成了仙。魚鳧即水鳥鸕鷀，俗稱魚鷹，四川叫魚老鴉，棲於水邊，長嘴，尖喙，善捕魚。1986 年，四川三星堆文化遺址中，出土陶器中有好多魚鷹頭像，不少學者都認為三星堆遺址應該就是古代魚鳧國的都城。〔註60〕可見魚鳧族以善捕魚的鳥為其崇拜物，我們才會在三星堆祭祀坑中看到魚鳧族「化民復出」的遺物。魚鳧國約在商中期，步入輝煌鼎盛的階段，建築城市，鑄造大型的青銅器、精美的玉石器，並與中原文化有了交流，到了商中期偏晚，國滅，一部分遺族北上寶雞，建立弓魚國，後漸被中原文化所融化。〔註61〕

　　鳥崇拜最明顯的非杜宇部族莫屬了，杜宇既「從天墮」，死後又化為鵑鳥，更加證明蜀人對鳥的崇拜已到了極高的程度。王孝廉先生很早就指出「古代中國人有人死了之後，魂魄化為鳥的原始信仰」，他進而指出：

> 望帝和鱉靈的神話，值得注意的是這個神話的流動變化的情形以及
> 與水的密切關係……其成立是由治水、魂魄化鳥加上望鄉思想而成
> 的。〔註62〕

魂魄化鳥本就存在世界各民族的神話裡，王孝廉指出望帝神話反映了這一普遍的原始信仰，也作為部分學者認為蜀族也是東夷鳥圖騰的文化圈之一的有利佐證。何星亮曾說：「在圖騰文化中，存在人與圖騰相互轉化的信仰，又稱圖騰化身信仰。」〔註63〕科斯文也說：「死亡就是人返回於自己的氏族圖騰。」〔註64〕浦忠成採樂衡軍之說，亦言「圖騰變形」，即圖騰物變化為人，或是人變化成為圖騰物。〔註65〕依此觀點來看，杜宇神話的確反映出鳥圖騰文化的遺留，杜宇時代的古蜀先民仍存在對鳥的崇拜現象，是以人民認為杜宇的英雄神形象死後化成崇拜物（子規鳥），並升格為農神的形象。此正符合何星亮所言：「萬物有

〔註59〕龍騰：〈蒲江新出土巴蜀圖語印章探索〉，（《四川文物》，1999 年第 6 期），頁 7。

〔註60〕袁廷棟：《巴蜀文化》，（遼寧：遼寧教育出版社，1991 年），頁 7。

〔註61〕高大倫：〈古蜀國魚鳧世鈎沈〉，（《四川文物》，1998 年第 3 期），頁 23。

〔註62〕王孝廉：《花與花神》，（台北：洪範書店有限公司，2003 年），頁 54。

〔註63〕何星亮：《中國圖騰文化》第三章「圖騰觀念」，頁 27。

〔註64〕科斯文著、張錫彤譯：《原始文化史綱》，（北京：人民出版社，1955 年），頁 177。

〔註65〕浦忠成：〈神話之變形〉，（《花蓮師院學報》第 5 期，1995 年 6 月），頁 50。

靈觀念產生以後，圖騰才被逐漸神化，成為氏族、部落的保護神，或演化為地域保護神。」〔註66〕杜宇的農神神格，便是蜀地保護神的形象。

　　古蜀鳥崇拜的現象還反映在出土文物中，三星堆遺址出土的大量珍貴文物中，有許多神奇的青銅鳥造型。其中有類似於青銅神樹上太陽神鳥型態立於花蕾之上的羽冠銅鳥（圖四），有立於銅座之上昂首揚羽的銅鳥（圖五），有長著方形冠羽和啄木鳥式尖喙的銅鳥（圖六），有鷹首狀銳目勾狀利喙的鳥頭（圖七）和鷹頭狀銅鈴，有生動逼真的銅雞（圖八），還有立於樹枝花果之上的人面鳥身像（圖九）。另外，銅尊和銅罍上還有銅鳥型紋飾（圖十與圖十一）。〔註67〕這些都反映出蜀人的鳥崇拜現象。因此，從柏灌、魚鳧到杜宇的鳥崇拜一直存在蜀地，直到開明氏族才有了重大的轉變。

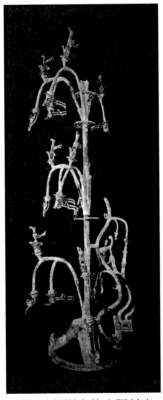  

圖四　銅樹上的太陽神鳥　　圖五　昂首揚羽的銅鳥　　圖六　方形冠羽和啄木鳥
　　　　　　　　　　　　　　　　　　　　　　　　　　　　　式尖喙的銅鳥

〔註66〕何星亮：《中國自然神與自然崇拜》，頁 17。
〔註67〕黃劍華：《古蜀的輝煌——三星堆文化與古蜀文明的遐想》，（四川：巴蜀書社，
　　　　2002 年），頁 155。

圖七　鷹首狀鳥頭　　　圖八　生動逼眞的銅雞　　　圖九　人面鳥身像

圖十　銅尊　　　　　圖十一　銅罍

（圖四至圖十一來源：三星堆博物館 http：//www.sxd.cn）

　　至於三星堆遺址反映的時代問題，大陸學者研究普遍認爲多是魚鳧時代的遺址居多，也有學者深入探討，將三星堆遺址分四期，第一期大致爲柏灌時代，二、三期當爲魚鳧時代，第四期則較接近杜宇時代。尤其在一號坑出土的金杖上面平雕紋飾圖案中，在魚的頭部和鳥的頸部上壓著一支箭，似乎表示鳥駝負著被箭射中的魚飛翔而來（圖十二），一般多將此圖指向蜀王魚鳧。〔註68〕故對魚鳧王的鳥崇拜信仰深信不疑。

─────────────

〔註68〕黃劍華：《古蜀的輝煌──三星堆文化與古蜀文明的遐想》，頁155。

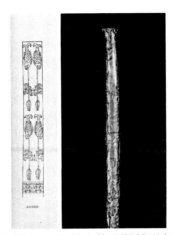

圖十二　金杖上的太陽神形象

（圖十二來源：三星堆博物館 http：//www.sxd.cn）

　　也有學者認爲杜宇王其實與鳥崇拜沒有關係，因爲在歷史記載中，杜宇
建國到統治都沒有說到與鳥有關之事，認爲杜宇化爲子規鳥的是古蜀先民，
所以是蜀民將自己原有的鳥崇拜與對杜宇王的崇敬結合爲一。然而伯灌、魚
鳧亦只是在命名上與鳥有關，亦無相關典籍記載鳥崇拜之事，又何以斷定鳥
崇拜存在杜宇以前之蜀地，不存在杜宇王朝呢？更何況杜宇即杜鵑鳥，在蜀
中早是廣爲人知的事，只是我們無從推斷此異名存在杜宇神話流傳之前或之
後。筆者認爲，若以變形神話與圖騰崇拜到動物崇拜的關係演變來看，杜宇
神話「望帝化鳥」揭示當時的鳥崇拜現象是相當明顯的。

二、鳥崇拜與太陽崇拜

　　在世界各民族裡，鳥與太陽有著不可分的奇妙關聯，如埃及人和波斯人
都以鷹做爲太陽神的象徵，馬雅印第安人則與中國類似，傳說日神是烏鴉變
的。〔註 69〕鳥與太陽的連結，可以視爲一種集體潛意識的表徵。何星亮指出
「日與鳥合而爲一，或把鳥作爲太陽的象徵，正是圖騰崇拜與自然崇拜相互
整合的結果。」〔註 70〕

　　許多學者因此揣測古蜀的鳥崇拜與東夷的太陽崇拜有著十分深刻的關
係，鳥在遠古被看做日月星辰的精魂，《山海經·大荒東經》載：「湯谷上有
扶木，一日方至，一日方出，皆載于鳥。」〔註 71〕《淮南子·精神篇》說：「日

〔註 69〕何星亮：《中國自然神與自然崇拜》，頁 165。
〔註 70〕何星亮：《中國自然神與自然崇拜》，頁 166。
〔註 71〕袁珂：《山海經校注》，頁 355。

中有踆烏」〔註 72〕，郭璞注解：「中有三足烏」，都將太陽與鳥合而爲一，認爲太陽是金烏的化身，是會飛翔的神鳥。在《山海經》中，十日是帝俊和羲和所生。帝俊是東方的天帝，有多位妻子、許多後裔，例如〈大荒東經〉還有「帝俊生中容」〔註 73〕、「帝俊生帝鴻」〔註 74〕、「帝俊生黑齒」〔註 75〕，〈大荒南經〉有「帝俊生季釐」〔註 76〕，〈大荒西經〉有「帝俊生后稷」〔註 77〕，〈海內經〉有「帝俊生禺號」〔註 78〕、「帝俊生晏龍」〔註 79〕，而這些後裔大都有「使四鳥」的記述，「四鳥」多標示爲「豹、虎、熊、羆」。袁珂認爲這是玄鳥（燕子）化身的帝俊收服了豹、虎、熊、羆四獸，「使四鳥」標誌其子孫尚有收服四獸的能力。〔註 80〕徐旭生則推斷豹、虎、熊、羆這「四鳥」或許是帝俊氏族所征服的四支氏族的圖騰，稱「四鳥」而不稱「四獸」，或者是因爲這些獸形都帶有翅膀。〔註 81〕〈大荒西經〉又說：「有五采之鳥，相鄉棄沙，惟帝俊下友。帝下兩壇，采鳥是司。」〔註 82〕，所謂采鳥，據〈大荒西經〉：「一曰皇鳥，一曰鸞鳥，一曰鳳鳥。」〔註 83〕看來，帝俊與鳥崇拜有著極大的關係。帝俊的「夋」字，在甲骨文中是一鳥頭人身的象形字，以帝俊爲主的東方神系應是鳥崇拜信仰。何新在《諸神的起源》中，也肯定帝俊爲東方帝嚳族的太陽神，以鳳鳥爲太陽神的象徵。〔註 84〕

　　帝嚳就是帝俊。王國維考證卜辭中的「高祖夋」，他說：

> 夋必爲殷先祖之最顯赫者，以聲類求之，蓋即帝嚳也。……郭璞以
> 帝俊爲帝舜，不如皇甫以俊爲帝嚳名當矣。〔註 85〕

「皇甫以俊爲帝嚳」指《帝王世紀》：「帝嚳高辛氏，姬姓也，其母不見，生

〔註 72〕（漢）劉安著、高誘註：《淮南鴻烈解》，輯入《景印文淵閣四庫全書》總 848
　　　　冊，頁 575。
〔註 73〕袁珂：《山海經校注》，頁 344。
〔註 74〕袁珂《山海經校注》，頁 347。
〔註 75〕袁珂：《山海經校注》，頁 348。
〔註 76〕袁珂：《山海經校注》，頁 371。
〔註 77〕袁珂：《山海經校注》，頁 392。
〔註 78〕袁珂：《山海經校注》，頁 465。
〔註 79〕袁珂：《山海經校注》，頁 468。
〔註 80〕袁珂：《古神話選釋》，頁 202。
〔註 81〕徐旭生：《中國古史的傳說時代》，（台北：里仁書局，1999 年），頁 70～80。
〔註 82〕袁珂：《山海經校注》，頁 355。
〔註 83〕袁珂：《山海經校注》，頁 396。
〔註 84〕何新：《諸神的起源》，（台北：木鐸出版社，1987 年 6 月初版），頁 42。
〔註 85〕王國維：《觀堂集林》（二），（北京：中華書局，1999 年），頁 412～413。

而神異，自言其名曰俊。」〔註86〕袁珂亦持此說，認為帝嚳是帝俊歷史化後的面貌，多以人間的帝王形象出現。〔註87〕

從《世本》：「蜀之先，肇於人皇之際，無姓，相承云黃帝後。」和《華陽國志》：「蜀之為國，肇於人皇，與巴同囿，至黃帝為其子昌意娶蜀山氏之女，生子高陽，是為帝嚳，封其支庶於蜀」看來，蜀為帝嚳的支庶，應當是東方太陽神（鳥崇拜）的一支。再從古蜀柏灌、魚鳧到杜宇的鳥崇拜現象更可得到映證。而三星堆二號坑出土的青銅神樹（同圖四），分三層的樹枝上共棲息九隻鳥，與「海外東經」中「九日居下枝」相似，神樹的頂部雖斷裂，但一般猜測應有一隻「一日居上枝」的神鳥。而且這九隻神鳥都長著鷹喙和杜鵑的身子，這種複合特徵的神鳥造型〔註88〕，是融合東方帝嚳族太陽崇拜與蜀地鳥崇拜的特殊形象，與漢代畫像圖中的鳥型是不一樣的。

此外，三星堆出土的還有許多與太陽崇拜有關的圖案與器物，如青銅太陽形器（圖十三）、圓日形狀的青銅菱形眼形器（圖十四）、有圓日圖像的青銅圓形掛飾、青銅神殿四面坡狀屋蓋上的圓日圖像紋飾、人面鳥身像胸前的圓日圖像（圖十五）、金杖上面圓臉戴冠呈歡笑狀的太陽神形象（圖十六）等，都反映在殷商時期的古蜀王國太陽崇拜祭祀活動的昌盛。

 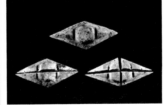 

圖十三　青銅太陽神器　　圖十四　青銅菱形眼形器　　圖十五　人面鳥身像胸前
　　　　　　　　　　　　　　　　　　　　　　　　　　　　　　　的圓日圖像

〔註86〕（晉）皇甫謐：《帝王世紀》，收入錢熙祚、嚴一萍輯《指海叢書》第三函，（台北：藝文出版社，1967年），頁11。

〔註87〕袁珂：《古神話選釋》，頁206。

〔註88〕黃劍華：《古蜀的輝煌——三星堆文化與古蜀文明的遐想》，頁142。

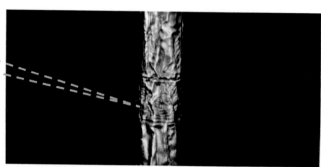

圖十六　金杖上面圓臉戴冠呈歡笑狀的太陽神形象

（圖十三至圖十六來源：三星堆博物館 http：//www.sxd.cn）

　　金沙遺址中出土的一件太陽神鳥金箔飾（圖十七），尤能反映古蜀的神鳥崇拜。這件金箔飾為圓形，內有鏤空圖案，圖案分為內外兩層，內層圖案為一鏤空的圓圈，周圍有十二道等距離分布的狀弧形旋轉芒，呈順時針旋轉的齒輪狀排列。外層圖案是四隻逆向飛行的神鳥，引頸伸腿，展翅飛翔，首足前後相接，圍繞在內層圖案周圍，均勻排列對稱。整幅圖案好像空中光芒四射的太陽，四隻飛行的神鳥像是金鳥馱日遨翔宇宙的樣子。〔註 89〕此無疑又是古蜀的太陽崇拜與鳥崇拜一脈相承的明證。

圖十七　太陽神鳥金箔飾

（來源：http://big5.ce.cn/culture/archeology/200803/31/t20080331_15010397.shtml）

〔註89〕黃劍華：〈太陽神鳥的絕唱──金沙遺址出土太陽神鳥金箔飾探析〉，（《社會科學研究》，2004 年第 1 期），頁 130。

　　如此看來，古蜀的太陽崇拜在其精神觀念中佔有相當特殊的地位，而與東方帝俊爲主的太陽崇拜存在著密切的關係，進而影響到古蜀崇鳥觀念。或爲先後起源，或爲相互交融，進而發展出一套古蜀獨特的信仰。

第三節　杜宇神話中的農神信仰

　　杜宇神話中杜宇「教民務農」到死後化爲杜鵑鳥，及後世被奉爲農神，這不是巧合，凡是鳥崇拜的民族，都知道日、鳥與農業存在著相當深厚的關聯性。陳勤建在《中國鳥信仰：關於鳥化宇宙觀的思考》一書中，對中國吳越一帶鳥信仰文化作深入的考察，發現吳越先民從鳥類食用生稻的生物習性中，啓迪自己對野生稻穀的食用和栽培，於是萌生了鳥信仰。他說：「人、稻、鳥三者的特殊關聯，爲我們清晰勾勒出古吳越地區初民在朦朧混沌中滋生鳥信仰文化的輪廓。」〔註90〕不僅吳越，鳥與農業密不可分的關係廣布在中國，甚至世界各地。下文先探討鳥與農神的關係，再縮合農神與蜀地的特殊關係，從而探詢杜宇神話中的農神信仰。

一、鳥與農神

　　在神話裡，不僅太陽崇拜與鳥崇拜有著直接的關係，伴隨著鳥崇拜出現的通常還有農神信仰。此或由於候鳥的來去常和農業社會播種收割時令相合，候鳥的到來代表一年的播種即將開始，候鳥的離去似乎也象徵著一年的收成與休耕；或由於神話的原型往往將故事神秘地加入到循環的時間中，企圖通過化入大自然周而復始的神秘循環節奏，使人物獲得一種永生〔註91〕。於是候鳥的春來秋去常與季節循環互爲表裡，在古代農業社會裡扮演著重要的角色。徐日輝說：「以候鳥作爲圖騰是農業民族的象徵」〔註92〕，正說明了此一文化特色。

　　在東南亞各民族的神話中，也印證了此說。日本大林太郎在《稻作神話》一書中指出日本、朝鮮、東南亞都將鳥類視爲當地的穀物神，是某種鳥突然自天而降，將最初的穀物賜予人類，或是天上的神命令鳥類將穀物銜來，於

〔註90〕　陳勤建：《中國鳥信仰：關於鳥化宇宙觀的思考》，（北京：學苑出版社，2003年），頁2。
〔註91〕　葉舒憲：《探索非理性的世界》，（四川：四川人民出版社，1988年），頁139。
〔註92〕　徐日輝：〈論秦與大地灣農業文化的關係〉，（《農業考古》，1998年第1期），頁357。

是這些神或鳥類就成了各地的穀神（農神）。〔註93〕在中國，亦不乏此類神話傳說。相傳布穀鳥是炎帝神農女兒所變，每年春夏，來督促人們不忘農時，所以又名催耕鳥；也有說布穀鳥是玉帝派來銜穀種給炎帝神農的神鳥，因助農有功，遂留在人間，每到耕作時，叫著「布穀、布穀」，提醒人們及時耕種。〔註94〕晉代王嘉《拾遺記》卷一即載：

> 時有丹雀，銜九穗禾，其墜地者，帝乃拾之，以植於田，食者老而不死。〔註95〕

丹雀銜九穗禾來，於是誕生了農業，此亦是鳥與農業有關的神話。《越絕書》亦有「鳥田」的相關傳說，〈越絕外傳記地傳第十〉載：

> 神農嘗百草，水土甘苦，黃帝造衣裳，后稷產穡，制器械，人事備矣。疇糞桑麻，播種五穀，必以手足。大越海濱之民，獨以鳥田，小大有差，進退有行，莫將自使，其故何也？曰：禹始也，憂民救水……無以報民功，教民鳥田，一盛一衰，當禹之時，舜死蒼梧，象為民田也。禹至此者，亦有因矣。〔註96〕

此可與王充《論衡》的「舜葬於蒼梧，象為之耕；禹葬會稽，鳥為之田」〔註97〕和《水經注》的「昔大禹即位十年，東巡狩，崩於會稽，因而葬之。有鳥來，為之耘，春拔草根，秋啄其穢」〔註98〕相提並論，此又為鳥與農業息息相關之一例。雖然陳勤建認為「象耕鳥田」不是蒼天派遣鳥獸對聖人報佑，而是天時、地利，植物、鳥獸自然和諧生活習性的融合情景。所謂「鳥田」是「覓食的鳥類，特別是候鳥季節性的在田中捉蟲、啄草根，起了滅蟲害、疏鬆土壤的效果，從而為稻穀的播種打下了基礎。」〔註99〕但是人是在鳥類的啟迪下找到了稻種，在栽培水稻的過程中又仰仗鳥類的庇護，於是在崇鳥信仰的民族中，鳥既成了送穀神，又是稻穀的守護神。

　　另外，作為穀神的高唐神女也有化身為鳥的傳說〔註100〕，宋代無名氏《奚

〔註93〕 大林太良：《稻作神話》，（弘文堂，1973 年），頁 193。

〔註94〕 鍾宗憲：《炎帝神農的神話傳說與信仰》，（私立輔仁大學中國文學研究所碩士論文，1993 年），頁 143。

〔註95〕 （晉）王嘉：《拾遺記》，輯入《景印文淵閣四庫全書》總 1042 冊，頁 314。

〔註96〕 （漢）袁康：《越絕書》卷八，輯入《景印文淵閣四庫全書》總 463 冊，頁 103。

〔註97〕 （漢）王充：《論衡》〈書虛篇〉，（世界書局，1962 年），頁 37。

〔註98〕 陳橋驛：《水經注校釋》卷四十，頁 697。

〔註99〕 陳勤建：《中國鳥信仰：關於鳥化宇宙觀的思考》，頁 23。

〔註100〕 魯瑞菁：《〈高唐賦〉的民俗神話底蘊研究》，（國立台灣大學中國文學研究所博士論文，1996 年），頁 141。

囊橘柚》記載：

> 袁伯文七月六日過高唐遇雨，宿於山家。夜夢神女甚都，自稱神女。
> 伯文欲留之，神女曰：「明日當爲織女造橋，違命之辱。」伯文驚覺，
> 天已辨色，啓窗視之，有群鵲東飛。有一稍小者從窗中飛去。是以
> 名鵲爲神女也。〔註101〕

此則故事雖是後代傳說，但仍保存著高唐神女化身爲鳥鵲的原型。高唐神女
本爲炎帝女兒，另外一個也稱爲炎帝女兒的「帝女桑」亦有化鳥的傳說，《太
平御覽》卷九二一引《廣異記》云：

> 南方赤帝女學道得仙，居南陽崿山桑樹上，正月一日銜柴作巢，或
> 作白鵲，或女人。赤帝見之悲慟，誘之不得，以火焚之，女即昇天，
> 因名帝女桑，今人至十五日焚鵲巢作灰汁，欲蠶子招絲，像此也。
>
> 〔註102〕

「或作白鵲」的帝女桑也和農業有關，劉枝萬指出「焚鵲巢作灰汁」是以火
耕焚林作灰肥的原始農耕法，〔註103〕故帝女桑傳說反映了農村經濟的兩大支
柱——重穀與養蠶。炎帝神農本是農業之神，其女爲農神、穀神、帝女桑的
傳說本就順理成章。如此看來，農業社會的神鳥崇拜與農神信仰結合爲一，
農神身份與鳥相互轉化自然成爲神話故事的母題。

二、后稷與蜀地

在古蜀，農神信仰不僅與太陽神鳥有著密切關係，十分巧合的是，農神
后稷來歷與歸葬也與蜀地有著極深的淵源。關於后稷的來歷，《山海經・大荒
西經》載：

> 有西周之國，姬姓，食穀。有人方耕，名曰叔均。帝俊生后稷，稷
> 降以百穀。稷之弟曰台璽，生叔均。叔均是代其父及稷播百穀，始
> 作耕。〔註104〕

〈海內經〉亦載：

〔註101〕（元）陶宗義：《說郛》卷三十一下，輯入《景印文淵閣四庫全書》總 877
　　　　冊，頁 688。
〔註102〕（宋）李昉《太平御覽》卷九二一引《廣異記》，輯入《景印文淵閣四庫全書》
　　　　總 901 冊，頁 239。
〔註103〕劉枝萬：《中國民間信仰論集》第五章〈中國稻米信仰緒論〉，（中央研究院民
　　　　族學研究所專刊之二十二，1974 年），頁 199～200。
〔註104〕袁珂：《山海經校注》，頁 392、393。

> 帝俊生三身，三身生義均，義均是始爲巧倕，是始作下民百巧。后
> 稷是播百穀。稷之孫曰叔均，始作牛耕。大比赤陰，是始爲國。禹
> 鯀是始布土，均定九州。〔註105〕

此兩則同樣談到后稷「降以百穀」、「是播百穀」的農神形象，且爲爲帝俊之
後，其後人叔均亦致力於推廣農耕。而后稷的眞實身份，《史記・周本紀》及
《詩經・大雅》均認爲是周的始祖棄。其文記載如下：

> 周后稷名棄，其母邰氏女，曰姜原，姜原爲帝嚳元妃……棄爲兒時，
> 屹如巨人之志。其游戲，好種樹麻菽，麻菽美。及爲成人，遂好耕
> 農。相地之宜，宜穀者稼穡焉。民皆法則之。帝堯聞之，舉棄爲農
> 師，天下得利，有功。帝舜曰：「棄，黎民始飢，爾后稷播時百穀。」
> 封棄於邰，號曰后稷，別姓姬氏。〔註106〕（《史記・周本紀》）

> （后稷）誕實匍匐，克岐克嶷。以就口食，蓺之荏菽。荏菽旆旆，
> 禾役穟穟。麻麥幪幪，瓜瓞唪唪。

> 誕后稷之穡，有相之道。茀厥豐草，種之黃茂，實方實苞，實種實
> 褎。實發實秀，實堅實好。實穎實粟即有邰家室。

> 誕降嘉種，維秬維秠。維穈維芑，恒之秬秠。是穫是畝，恒之穈芑。
> 是任是負，以歸肇祀。〔註107〕（〈大雅・生民〉）

兩書均指出后稷即棄，從小喜歡種樹麻菽，長大後更好尋求適宜農耕的土地，
教民耕作，生而有「農神」的性格。而農神后稷出於東方帝俊神系，同爲太
陽神鳥崇拜的一員，實與古蜀的的鳥崇拜同出一源，兩者均源出帝俊。

再看到后稷的歸葬，〈海內經〉載：

> 西南黑水之閒，有都廣之野，后稷葬焉。爰有膏菽、膏稻、膏黍、
> 膏稷，百穀自生，冬夏播琴。鸞鳥自歌，鳳鳥自儛，靈壽實華，草
> 木所聚。〔註108〕

此則將后稷墓地所在地描繪成一人間樂國，靈秀聖地，彷彿仙境般神秘且富
詩意。「都廣之野」，袁珂認爲「都廣」就是「廣都」，也就是成都平原的中心，
蒙文通亦持此說。〔註109〕因爲農神后稷葬於成都平原，於是「百穀自生，冬

〔註105〕 袁珂：《山海經校注》，頁 469。

〔註106〕 瀧川龜太郎：《史記會注考證》，頁 64。

〔註107〕 余培林：《詩經正詁》，（台北：三民書局，1995 年），頁 370〜371。

〔註108〕 袁珂：《山海經校注》，頁 445。

〔註109〕 蒙文通：《巴蜀古史論述》，（四川：四川人民出版社，1981 年），頁 165。

夏播琴」，事實也證明早在商周之際，成都平原就是栽培水稻中心。神話中的理想與當地的客觀事實不謀而合。如此，蜀、鳥崇拜與農神信仰便呈現出同一脈絡，無法分割。

三、杜宇神話與農神

　　深具蜀地色彩的杜宇神話當能反映當地客觀事實與文化信仰，上節既已明瞭杜宇神話中的鳥崇拜，接著不容忽視的則是此則神話中的農神信仰。從《華陽國志》首揭杜宇「教民務農」的身份後，又提到「迄今巴、蜀民農時先祀杜主君」揭示了他的農神地位。唐盧求《成都記》提及「（望帝）好稼穡」，南宋羅願《爾雅翼》釋「子嶲」時提到「農家候之」，明代李時珍《本草綱目》釋「杜鵑」時說到「田家候之，以興農事」。自古以來，杜宇、杜鵑鳥與農神遂劃上等號，不可分割。

　　杜宇農神的地位在民俗中更是大放異彩的，舊時成都平原農民都祀杜宇王為農神，或稱「川主」，每到春耕時節，要先祭祀杜宇王，然後才開始耕作。民間傳說中更見其「農神」的本色，在四川成都市金牛區流傳的「杜鵑聲聲春啼血」的故事，提到杜宇如何教民耕作，臨死前喃喃自語「該插秧了」，化為鳥後叫著「桂規陽」，催促人們該耕作了。〔註110〕袁珂《古神話選釋》中的龍妹與獵人杜宇的故事，也是在死後化為鳥以叫聲提醒人們插秧的時間到了。〔註111〕這類以勸農為主的杜宇民間傳說明顯的加入「催耕」的主題，使杜宇死後化身為農神，深受當地農民的崇敬。這也反映了民間文學的變異過程中往往視當地人民的需求而變，催耕主題的農神色彩正符合農村人民的需求，在原有神話的題材上，參照杜鵑鳥「出蜀中」的客觀事實，注入農神與鳥的母題，輔以中國神話中后稷予以蜀地的加持，古蜀、杜宇、杜鵑鳥、農神信仰於是結合為情節豐富、色彩多變的杜宇神話傳說。

第四節　杜宇神話中的死而復生

　　「死而復生」是神話中非常重要的母題，死是生之必要，生是死之結果，透過死亡的洗禮才有永生的可能，神話才能超脫現實生命的有限，成就無限

〔註110〕成都市金牛區地方志編纂委員會：《金牛掌故》，（四川：巴蜀書社，2004 年），頁 246～250。

〔註111〕袁珂：《古神話選釋》，（北京：人民文學出版社，1996 年），頁 483～490。

的永恆。葉舒憲說：

> 就人類認識過程而言，對死亡的認識先於對生的認識，後者是以前
> 者為基礎和前提的。也就是說，死亡意識的發生奠定了人類對生命
> 本質的真正理解的基礎。〔註112〕

所以人是藉由「死」來認識「生」的，認識死亡才能認識生命的安頓，對生命才有終極的關懷。泰勒指出：

> 死亡不是生命的終了，而是達到再生的過渡，在原始宗教原始信仰
> 中常見的是靈魂轉生的信仰，死去的靈魂轉化為人、動物或者植物，
> 而使原來的生命得以繼續。〔註113〕

王孝廉亦說：

> 藉著通過死亡以及原來形體的解消而結束一個俗性時間（現實時
> 間），然後經過變形而回歸到原始永恆的聖性時間（神話時間）裡去。
> 〔註114〕

正如李師豐楙所言：「只有『非常』的生命才能突破『常』的生命限制，成為人類在生、產關係另一種變、化的神話是生命思維。」〔註115〕這個「非常」的生命就是「死去的靈魂轉化為人、動物或者植物」，以變異的形體復生，才能改變現實的俗性時間，回歸永恆的聖性時間。這也就是變化神話形成的原因，人死後化為崇拜（圖騰）物當然是典型死而復生的變化神話。所以圖騰觀念的本質，是生命以不同形式跨越生死。而這種死後變形的思維，從「生命的時間觀」來看，是一種「圓形的時間概念」，法國宗教學者耶律亞德（Mircea Eliade）曾指出宗教儀式、神話思維中所呈現的「原型反覆」與「時間再生」的觀念，基本上是一個「回歸」的循環時間概念，或稱之為「原型回歸」。〔註116〕

〔註112〕葉舒憲：《英雄與太陽——中國上古史詩的原型重構》，（上海：上海社會科學院，1991年），頁184。

〔註113〕泰勒著、連樹聲譯：《原始文化》，（上海：上海文藝出版社，1992年），頁505。

〔註114〕王孝廉：《神話與小說》，（台北：時報文化出版企業有限公司，1986年），頁123。

〔註115〕李豐楙：〈先秦變化神話的結構性意義——一個「常與非常」觀點的考察〉，（《中國文哲研究所集刊》，1994年3月），頁294。

〔註116〕鍾宗憲整理耶律亞德之「原型回歸」概念，見《中國神話的基礎研究》，頁287。耶律亞德著、楊儒賓譯：《宇宙與歷史——永恆回歸的神話》（台北：聯經出版社，2000年），頁47～79。

　　「死而復生」既是一種靈魂轉生的信仰，亦是消解俗性時間，化入永恆聖性時間之必然過程，即突破「常」進入「非常」的媒介，更可以說是透過時間再生得以循環永生的「原型回歸」。杜宇神話中杜宇化鳥，前文「杜宇神話中的鳥崇拜」一節已深入探討其中鳥崇拜的內蘊，若就「死而復生」的觀點來看，此則神話表現為「杜宇化鳥」與「鼇靈復生」兩個層面，下文分此二層面探討：

一、杜宇化鳥

（一）死亡的隱喻

　　杜宇死後魂化為杜鵑鳥，便是復生的行為，透過死亡，改變原來形體，每年農曆二月再度回到蜀地悲鳴。正如所有變形神話一樣，變形復生是為了解決人類的困境，化解死亡的悲哀，所以卡西勒（Emst Cassirer）談到：

> 即使在最早最低的文明階段中，人就已經發現了一種新的力量，靠
> 著這種力量他能夠抵抗和破除對死亡的恐懼。他用以與死亡相對抗
> 的東西就是他對生命的堅固性、生命的不可征服、不可毀滅的統一
> 性的堅定信念。〔註117〕

這種堅定的信念就是堅持認為變形復生正好可以與死亡相抗衡，以靈魂的不可毀滅，生命流轉的方式化解死亡。從生到死，死而復生，是一個生命流轉的循環，這一個循環猶如草木榮枯、日升日落、春夏秋冬，是永恆不滅的，因此他們認為只有加入循環時間裡，化入周而復始的循環節奏，才能跳脫現實時間，返回永生的樂園。這便形成一個「圓形」的循環，時間因圓形的運轉而具有不變的永恆。葉舒憲談到太陽也是源於此種思維，他說：

> 人與太陽的結合，不是為了必死，而是為了永生。太陽雖然每天沈
> 下西天，但次日便從東方誕生，這種永恆的循環在原始心理便理解
> 為不死或再生的象徵，理解為超自然的生命。太陽崇拜這種古老的
> 宗教形式便在各民族中普遍發生了。〔註118〕

鳥象徵太陽，太陽象徵不死與再生，於是鳥也象徵不死與永生。尤其杜鵑鳥每年二月必回到蜀地的循環，便象徵一個時間的「圓形」，透過時間的圓形，

〔註117〕恩斯特・卡西勒著、甘陽譯：《人論》，（台北：桂冠出版社，1994年），頁128。

〔註118〕葉舒憲：〈英雄與太陽──〈吉爾伽美什史詩〉的原型結構〉，（《民間文學論
　　　　壇》，1986年第1期），頁39。

象徵的是生命的永恆，是杜宇生命的代代流傳，無窮無盡。

日升前有黑夜，春來前必經寒冬，猶如死亡是人類必須的過程，也是為了恢復重生而做的準備。耶律亞德指出這就好比月亮再生前必有三夜的黑漆，個體與人類的死亡都是重生所必需的，且生命必須重返未出生前的太初渾沌，才能完成循環之再現。一切事物必須在起點處才能從頭開始，這種循環的結構顯示了一種不為時間與變化所影響的存有論。〔註119〕也因此，神話中杜宇必須死亡，才能化入循環的時間，成為永恆。

（二）變形的隱喻

變形就是一種復生的行為，代表生命的轉折，轉折帶來突破，具有超越的精神意義。人類恐懼死亡的本能，藉由這種方式來解決，於是變形提供神話一套對於生命轉換的思考方向。卡希勒說：

> 原始人絕不缺乏把握事物的經驗區別的能力，但是在他關於自然與生命的概念中，所有這些區別都被一種更強烈的情感淹沒了：他深深地相信，有一種基本的不可磨滅的生命一體化溝通了多種多樣形形色色的個別生命形式。〔註120〕

也就是原始人認為人、動植物都有著生命和生命的節奏，因此人和萬物均有統一性的感受。就是這種「生命一體化」的熱情讓人與自然界萬物可以合為一體，變形於是成為轉換生死的契機。杜宇化為杜鵑鳥，不化為他物，一方面是源於古蜀從柏灌、魚鳧到杜宇王朝特有的鳥崇拜信仰，二方面也是忠於古籍的記載，如《蜀王本紀》：「望帝去時，子鵑鳴，故蜀人悲子鵑鳴而思望帝」，杜宇去世時正值杜鵑鳥鳴叫，於是在古蜀先民「生命一體化」的熱情裡，便合理將杜鵑鳥視為杜宇王的變形，透過神話中變形的母題，讓人民心中的聖王藉著這種候鳥的時間循環，每年固定地回到蜀地，如自然遞嬗，永恆不滅。

透過變形得以復生，但是變形前後的兩個生命必須對同一意念貫徹一致，所以這種物類變形，只是改變形象，不改變質性。〔註121〕也就是這些人物透過生死流轉，變形再生後，仍然維持生前意念，甚至更彰顯生前的意志。杜宇神話傳說中，教民務農的杜宇一心念著農民的生計，於是化為杜鵑鳥催

〔註119〕耶律亞德著、楊儒賓譯：《宇宙與歷史——永恆回歸的神話》，頁76～77。
〔註120〕恩斯特·卡西勒著、甘陽譯：《人論》，頁122。
〔註121〕樂蘅軍：《古典小說散論》，（台北：純文學出版社，1984年），頁15。

促著「該插秧了」；亡國後的杜宇，復位不得，化爲杜鵑鳥後叫著「不如歸去」；以民心爲念的杜宇，得知鼈靈王的腐敗後，化爲杜鵑鳥後叫著「民貴呀」；深愛桂陽妃子的杜宇王，化爲杜鵑鳥後叫著「桂桂陽」。這些形變而質不變的杜宇王，都是透過死亡變形後貫徹他的意念，使生前無法實現的願望得以完滿圓足。

（三）啼血的隱喻

血是紅色的，而紅色在美學心理上，是一種引起興奮的感情性質的積極色彩，感情的傾向是赤誠、勇敢、活動、熱烈的。〔註122〕在文學作品裡往往是熱情、執著、希望和生命力的表徵。原始宗教裡，紅色的血是死而復生的象徵，在舊石器時代晚期的考古中，發現有將赭石塗抹屍體、灑於四周或染紅墓底的行爲。馬昌儀在《中國靈魂信仰》一書提到：

> 考古學家們指出山頂洞人對於赤鐵礦粉的兩個用途都帶有信仰目的。其一、用赤礦粉爲染料，把石豬、帶孔的牙齒、邊緣鑽孔的鯇魚眼上骨染成紅色，置於屍體旁邊作爲陪葬品，顯然不僅僅是爲了審美，吸引異性，同時也藉此表達生者對死者的某種態度、感情和願望。其二、在人骨四周灑上赤鐵礦粉，把屍體旁邊的土石染成紅色，一方面有驅除野獸的作用，即實用目的；另一方面，這種紅色的物質，可能被認爲是血的象徵。人死後血枯，加上同色物質，希望他們到另外的世界得到永生。〔註123〕

明顯地，塗紅色、灑赭石粉的巫術行爲，是希望死者重獲新生。紅色的血代表的是無窮無盡的生命力。人的生命開始，分娩的一刻伴隨著鮮血而來，重生必先回到起點，形成圓形的時間循環，才得以永恆不滅。血就是重回起點的開始，也就是永恆回歸的必然媒介。因此，杜鵑啼血的傳說裡，血是象徵重生的開始，是象徵杜宇王對人民的熱情，是一個英雄帝王的赤誠勇敢與執著不悔的積極精神，是生命力的無限延續。

這個傳說的美麗，除了望帝化鵑的變形回歸之外，還有民間傳說變異而出的血染杜鵑，使得杜鵑花因此變成紅色，紅色的生命力於是渲染整個春天的蜀地，這個動物復生的神話於是疊上了植物復生的雙重意蘊。值得一提的

〔註122〕戴納・李普斯著、陳永麟譯：《美學概論與藝術哲學》，（台北：正文書局，1971年），頁29～31。

〔註123〕馬昌儀：《中國靈魂信仰》，（台北：雲龍出版社，1999年），頁39。

是，血染外物而復生的神話，早在《山海經・大荒南經》提到楓木的由來，記載：

> 有宋山者，有赤蛇，名曰育蛇。有木生山上，名曰楓木。楓木，蚩尤所棄桎梏，是爲楓木。〔註124〕

郭璞解釋是蚩尤被黃帝所殺，死後血染桎梏，於是化爲楓木，楓木才會是紅色的。紅色的楓木是蚩尤頑強不屈的生命重現，是蚩尤形變質不變，抗爭意志的永恆存在。血染杜鵑花的杜宇似乎重現這樣的母題，不僅在動物（杜鵑鳥）身上以季節的流轉化入時間的圓形，更以植物（紅杜鵑）榮枯的流轉化入時間的圓形，以及血的巫術象徵意蘊，達到永生。

二、鼈靈復生

杜宇神話中，鼈靈的來歷一直是這個故事中相當奇特的一個部分，大部分的古籍都提到他在楚地死後，屍體逆流而上復生，這個原體復生的神話，與神話中的水死復生有著極爲相似的地方。神話中的顓頊和后稷都是入水之後得以復生的典型。《山海經・大荒西經》：

> 有魚偏枯，名曰魚婦。顓頊死即復蘇。風道北來，天乃大水泉，蛇乃化爲魚，是爲魚婦。顓頊死即復蘇。〔註125〕

這是說顓頊死後入於水中，以魚的型態復生，成爲水中神靈。顓頊是楚族先祖，與來自楚地的鼈靈有地緣關係，加上《呂氏春秋・古樂》談到：「顓頊生若水」，李炳海認爲若水即雅礱江，在今四川西部，〔註126〕是以顓頊與蜀地的淵源極深。關於后稷，〈西山經〉：

> 槐江之山。丘時水出焉，而北流注於泑水⋯⋯實爲帝之平圃，西望大澤，后稷所潛也。〔註127〕

《淮南子・墜形篇》作了補充：「后稷壟在建木西。其人死即復蘇，其半魚，在其間。」〔註128〕此也說明了后稷死後入水中復生，化爲半魚的型態，與顓頊十分相似。且后稷墓地所載的廣都亦在四川，是故這兩個與蜀地淵源極深

〔註124〕袁珂：《山海經校注》，頁373。

〔註125〕袁珂：《山海經校注》，頁416。

〔註126〕李炳海：〈巴蜀古族水中轉生觀念及伴生的宗教事象〉，（《世界宗教研究》，1995年1月），頁121。

〔註127〕袁珂：《山海經校注》，頁45。

〔註128〕（漢）劉安著、高誘註：《淮南鴻烈解》，輯入《景印文淵閣四庫全書》總848冊，頁550。

的神話，一是生於四川，一是葬於四川，他們的死後都反映出水中轉生的現象。李炳海指出：

> 巴蜀古族的生死轉換意識貫穿了對於水的崇拜，把水看作生命的媒介。造成這種文化指向的原因是多方面的，既有地理環境方面的因素，又與先民對生命的理解有關。巴蜀古族是在長江流域繁衍發展起來的，那裡江河縱橫，水系眾多，形成的是水緣文化。巴蜀古族生死轉換的觀念所滲透出的水崇拜，是水緣文化的產物。〔註129〕

他揭示了巴蜀因為環境因素形成的水緣文化，進而由水崇拜產生水中轉生的特有觀念。他們把水視為生命的媒介，認為人類由水而生，入水而化，水具有催生和起死復生的雙重功能。而轉生的對象自然是魚鱉等水族，顓頊和后稷的半魚復生正是此種思想的表現。《太平廣記》卷四七一〈入化水族〉裡，有一則敘述巴郡百歲老人頭上生角，入江中變為鯉魚，時而暫還家中；有一則敘青城縣主簿薛尾死後變為鯉魚，因而復生。〔註130〕這兩個巴蜀的傳說同樣反映出水中轉生的思想遺留。他們以人與動物（水族）的嬗變，陸地到水中的循環過程，以死而復生觀念將水域視為一長生不老的永生樂園。

　　李炳海進一步以四川巫山境內大溪遺址中的以魚隨葬的習俗、長江三峽的懸棺葬與船棺葬的近水墓葬習俗作為巴蜀古族水中轉生觀念所派生的宗教事象。〔註131〕誠然，水中轉生觀念是巴蜀古族一個非常特殊的思維邏輯。

　　依此觀點來審視《蜀志》：「荊州有一人化從井中出，名曰鱉靈。於楚身死，尸反泝流，上至汶山之陽，忽復生」一段文字便不足為奇了。鱉靈「從井中水」是自水而生，「尸反泝流」是復生的必要媒介，只有透過水，回到永生樂園的水域，生命才得以重新開始。名為鱉靈，是他的屍體在水中化為鱉〔註132〕，成了水中精靈。回到陸地，他還是必須以原體復生的人形才能完成他在人間的使命——治水。民間傳說「鱉靈與夜合樹」的故事裡，本為團魚的鱉靈，復生人形後，白天化為團魚入井中治水；「鱉靈的故事」的故事裡，鱉靈被團魚駝走，開始一段歷劫。這兩個故事還是離不開轉生對象為水族的思維模式。

　　另外，同一模式來看杜宇之妻利「從江源井中出」也是合理之至了。一

〔註129〕李炳海：〈巴蜀古族水中轉生觀念及伴生的宗教事象〉，頁123。

〔註130〕（宋）李昉等編：《太平廣記》第十冊，（北京：中華書局，1996年），頁3881。

〔註131〕李炳海：〈巴蜀古族水中轉生觀念及伴生的宗教事象〉，頁124～127。

〔註132〕李炳海：〈巴蜀古族水中轉生觀念及伴生的宗教事象〉，頁122。

從天而墜的杜宇，一從井中出的杜宇妻，兩者的結合似乎也象徵天上的永生樂園與水域永生樂園的交會，人間的衝突讓這個交會重啓永生追尋的母題。

茲將上篇「杜宇神話研究」所敘，小結如下：

一、古代典籍中的杜宇神話

杜宇神話從《蜀王本紀》開始，兩漢魏晉有六本輯錄，唐宋有十五本，元明清則有二十二本，就輯錄較為完整的整理如下表，可看出其先後傳承之梗概：

兩漢魏晉	唐　宋	元明清
《蜀王本紀》	《禽經》	《蜀中廣記》
《說文解字》	《太平御覽》	《漢唐地理書鈔》
《蜀志》	《太平寰宇記》	《說郛》
《本蜀論》	《路史》	《卮林》
《華陽國志》	《爾雅翼》	《疑耀》
《十三州志》	《記纂淵海》	《天中記》
	《古今事文類聚》	《說畧》
		《山堂肆考》
		《御製淵鑑類函》
		《格致鏡原》

大抵以兩漢魏晉此六書為本，唐宋迄元明清諸本則表現在「杜宇從天墮」、「鼈靈復生」、「淫其相妻」、「望帝化鳥」、「杜鵑啼血」等重要情節取捨之不同，茲分下列五點敘之：

（一）杜宇從天墮

作為一個神話，此乃揭示杜宇神性特質的重要部分，自兩漢至元明清輯錄之書如下表：

兩漢魏晉	唐　宋	元明清
《蜀王本紀》	《禽經》	《蜀中廣記》
	《太平御覽》	《蜀典》
	《路史》	《玉芝堂談薈》
	《記纂淵海》	《卮林》
		《天中記》
		《說畧》
		《山堂肆考》
		《格致鏡原》

可見「杜宇從天墮」最早見於《蜀王本紀》，魏晉諸本未輯錄，至唐宋亦僅四本提及，元明清則增至八本。此雖非杜宇神話情節中重要部分，然對民間文學亦有影響力。

（二）鱉靈復生

此情節不僅增加故事的神奇性質，其中亦有其歷史背景與隱含的神話思維，自兩漢至元明清輯錄之書如下表：

兩漢魏晉	唐　宋	元明清
《蜀王本紀》 《蜀志》 《十三州志》 《風俗通義》	《禽經》 《太平御覽》 《太平寰宇記》 《路史》 《事物記原》 《古今事文類聚》	《蜀中廣記》 《蜀故》 《蜀水經》 《漢唐地理書鈔》 《說郛》 《玉芝堂談薈》 《厄林》 《疑耀》 《天中記》 《說畧》 《山堂肆考》 《御製淵鑑類函》 《格致鏡原》

兩漢魏晉六本中有四本提及此一情節，《風俗通義》雖提及「鱉靈復生」，卻隻字未提杜宇神話。唐宋有六本提及，元明清則增至十三本，可見在古代典籍中對「鱉靈復生」情節的共識度較高，其在杜宇神話中的意義自當不容忽視，不僅對民間文學發展有其影響，亦隱含蜀民深刻的思維模式。

（三）淫其相妻

此情節乃故事中較受爭議的部分，直接影響到文學中的含冤意象。自兩漢至元明清輯錄之書如下表：

兩漢魏晉	唐　宋	元明清
《蜀王本紀》 《說文》	《太平御覽》 《證類本草》 《路史》 《爾雅翼》	《漢唐地理書鈔》 《厄林》 《疑耀》 《通雅》 《天中記》 《說畧》 《格致鏡原》

自漢《蜀王本紀》、《說文》提及後，魏晉沈寂至唐代，宋代才有四本以較中立角度交代有此一說，元明清二十二本亦僅有七本提及。相較於其他情節，「淫其相妻」被後世接受的程度是較低的，此無疑增加後世文人將之解讀爲「政治迫害」的可信度。

（四）望帝化鳥

此情節乃故事中最富神話特質且最浪漫淒惋的部分，也是其震撼文人內心深處最關鍵的一幕。自兩漢至元明清輯錄之書如下表：

兩漢魏晉	唐　宋	元明清
《說文》 《蜀志》 《十三州志》	十五本中除《證類本草》外，餘皆輯錄。	《蜀中廣記》 《蜀故》 《漢唐地理書鈔》 《說郛》 《卮林》 《疑耀》 《通雅》 《天中記》 《説畧》 《山堂肆考》 《御製淵鑑類函》 《格致鏡原》

最早《說文》揭示了「化鳥」之說，《蜀志》、《十三州志》繼之，唐宋十五本中有十四本皆認同，元明清則有十二本提及。可見此說在唐宋時最爲流行，是其得以在唐宋詩詞中大放異彩的關鍵，而其中亦有其歷史背景與神話思維頗值探討。

（五）杜鵑啼血

此情節在古籍中呈現方式並非以故事的順敘發展爲之，而是往往在記錄杜宇神話之後，以並列民間傳聞的方式，說明杜鵑「嘔血」、「夜啼達旦，血漬草木」的特性。自兩漢至元明清輯錄之書如下表：

兩漢魏晉南北朝	唐　宋	元明清
《異苑》	《禽經》 《太平御覽》 《證類本草》 《爾雅翼》 《記纂淵海》 《古今事文類聚》	《蜀中廣記》 《天中記》 《山堂肆考》 《御製淵鑑類函》 《格致鏡原》

　　表中可以清晰看出，與杜宇神話的並列乃在唐宋諸本才有，南朝宋《異苑》雖首揭「嘔血」之說，然並未涉及任何杜宇神話之相關記載。直到唐代杜甫〈杜鵑行〉：「君不見昔日蜀天子，化作杜鵑似老烏……其聲哀痛口流血……」才將兩者串連，杜甫之作影響了杜宇神話的發展，然而上表典籍中看不出來，此更意謂「杜宇啼血」逐漸走入文學，廣為唐宋騷人接受。

　　綜合兩漢至元明清典籍的記載，除了以上五點取捨不同外，還可以看出不同階段新添入情節如下：

唐	杜鵑啼血（杜甫〈杜鵑行〉）
元	復位不得（《說郛》）
明	宇率居民避長平山，得道昇天（《明一統志》） 失勢悔恨（《扈林》）

　　除了杜甫〈杜鵑行〉首度將杜宇與啼血情節串連外，元《說郛》的「復位不得」與明《扈林》的「失勢悔恨」都是對杜宇退位後的心靈描述，此對民間文學的發展發揮了影響力。而《明一統志》中「宇率居民避長平山，得道昇天」僅見明清官修地理志，可視為道教化的歧出。

二、民間文學中杜宇神話

　　兩漢至元明清古籍當中的杜宇神話記載情節變化不大，在民間文學中才真正看到了杜宇神話的變異程度。民間文間的流傳過程，或以古籍為本，或以口傳為輔，或妄加詮釋想像，產生極大的變異，發展出許多不同的版本。依主題思想的不同，將蒐集到的八則民間杜宇（鱉靈）故事表列如下：

英雄化	「杜鵑聲聲春啼血」、「杜宇與龍妹」
政治化	「杜鵑傳說」、「鱉靈的故事」
愛情化	「杜鵑仙子」、「鱉靈與夜合樹」、望叢祠的傳奇
其他	「杜宇自天墮──天回山的來歷」

　　整體而言，從古籍記載到民間文學這八則故事其變異程度大抵表現在下列三個層面：

（一）主題深化：故事主題思想著重在勸農、民貴與愛情三個方面，如「杜鵑聲聲春啼血」、「杜宇與龍妹」以勸農為主，「杜鵑傳說」以民貴為主，「杜鵑仙子」、「鱉靈與夜合樹」、望叢祠的傳奇則以愛情為主。

（二）情節豐富：每個故事不僅添入新的情節、英雄事蹟亦被改變，如「杜

鵑聲聲春啼血」著重於杜宇教民務農的事蹟上,「杜宇與龍妹」是杜宇治水成功,而非鼈靈,「鼈靈的故事」、「鼈靈與夜合樹」均強化鼈靈治水的情節。另外,此亦表現在推原性質的濃厚上,如「杜鵑聲聲春啼血」和「杜鵑仙子」皆提到了杜鵑花的由來,「杜宇自天墮——天回山的來歷」則詮釋了「天墮山」、「天回山」的意義,並且粘附了當地的民俗信仰。

(三)角色變化:此表現在杜宇身份下降、主次角色互換、新的角色添入三個方面。如「杜宇與龍妹」、「杜宇自天墮——天回山的來歷」中杜宇身份下降,「鼈靈的故事」、「鼈靈與夜合樹」主次角色皆已互換,而「杜宇與龍妹」中之龍妹、「鼈靈的故事」之大臣丹和、「杜鵑仙子」中之桂陽妃子、「鼈靈與夜合樹」中的姑娘都是新加入的角色。

回到杜宇神話本身來看,從古籍與民間文學的流變,可以歸納出以下三點:

(一)傳承與變異:從古籍與民間文學有傳承,亦有變異,其中傳承最大的為「杜鵑聲聲春啼血」與「杜鵑傳說」兩則,以古籍本的杜宇神話而展開,進而延伸出更多的情節。其中變異性最大的為「鼈靈的故事」與「鼈靈與夜合樹」兩則,不僅主角被鼈靈取代,故事情節亦杳無相涉,似乎發展而為「鼈靈神話」了。

(二)民間文學新添入的代表情節:對杜宇神話的發展而言,民間文學添入最具代表性的情節即是「啼血染花」,杜甫〈杜鵑行〉僅加入了啼血的情節,啼血染花而成杜鵑花則在民間文學「杜鵑聲聲春啼血」和「杜鵑仙子」故事中清晰呈現。

(三)民間文學深化的代表情節:就杜宇神話的發展而言,民間文學深化的代表性情節則是「農業守護神」和「治水英雄」兩個部分。「杜鵑聲聲春啼血」、「杜宇與龍妹」兩個故事均對杜宇死後化為蜀地的農業守護神作了具體的刻畫;而「杜宇與龍妹」、「鼈靈的故事」、「鼈靈與夜合樹」三個故事亦著重「治水英雄」的課題,不管作為治水英雄的是杜宇或鼈靈,一樣都反映出地理背景對此神話的影響與深刻的內在意涵。

三、從杜宇神話的內蘊到唐詩中的杜宇意象:

細推杜宇神話的形成與蜀地之歷史、地理、人文背景有著深刻的關聯。古蜀五祖中杜宇王朝的鼎盛是其時間背景,四川長期水患的現實課題乃治水

英雄一再深化的地理背景，而成都平原自然條件優渥、農業的發達是杜宇農業保護神深化的人文背景。故事中「望帝化鳥」情節揭示了古蜀鳥崇拜的神話思維，杜宇「教民務農」與民間文學中深化之農業守護神的情節則透顯蜀地農神信仰的淵源，而「鼈靈復生」、「望帝化鳥」、「啼血染花」之情節則隱含「死而復生」的神話思維，深刻反映神話中亟欲超越生死，從俗性時間化入聖性時間之永恆回歸。

　　故事的記載與情節的發展只是神話生命的開始，其開展與不朽生命歷程之烙印則待文學作品之「置換變形」，以反覆出現的意象呈現作家之情感生命與時代氛圍。進入文學，神話不只是神話，它還結合了作家情感、際遇與文化場域，展示出一個又一個全新的「外傳」。杜宇神話受到文人青睞的緣故，不僅僅只是作家個人際遇與蜀地邂逅、詩家書寫範式建立的交相影響，更大的因素是此一神話本身審美感召力之強大。

　　其感召力之強大則表現在此神話元素與文學意象的接合點上，依杜宇神話故事的發展可分成幾點，表列如下：

神話元素	使用意象	延伸意義	表現主題
杜宇身份	帝王	一國之君	藉事諷諭
杜宇遭遇	含冤	懷才不遇	托物詠懷 藉事諷諭
	亡國	末世之哀	藉事諷諭
死後化鳥	化鳥	生死無常	托物詠懷
	悲啼	憂傷情緒	托物詠懷 思友懷鄉 藉事諷諭
	啼鳴「不如歸去」	思歸	思友懷鄉 藉事諷諭
	啼血	悲之極致 熱情執著	托物詠懷 思友懷鄉 藉事諷諭
	飛鳥	自在閒適	托物詠懷
啼血染花	花鳥	二重哀怨	托物詠懷 思友懷鄉 藉事諷諭
	植物	失意	托物詠懷 思友懷鄉

蜀地背景	文化	去蜀、入蜀、送友入蜀、送友出蜀	托物詠懷 思友懷鄉 藉事諷諭

依上表，可分五點敘述：

（一）杜宇身份：神話中杜宇帝王的特殊身分在唐代文人筆下易於指涉君王與蜀地的領導人物，故在詩中往往作爲「藉事諷喻」的抒發；而杜宇仁君的形象恰可爲對蜀地官員的期勉讚譽，有以史爲鏡、以史諷今之效。

（二）杜宇遭遇：神話中杜宇王在其相鱉靈治水成功後，一度被指控「淫其相妻」，是其讓國退隱的主因，此正爲「含冤」意象得以開展的依據；而從古籍中普遍不接受的著錄角度來看，更加深其含冤的可能性。此正爲寄寓文人懷才不寓的隱喻策略提供了更大的書寫空間。杜宇的讓國以致於亡國，前後對比正是歷史興衰的具體反映，故作爲「借古諷今」的喻依，諷喻末世的悲涼，尤能興發感觸。

（三）死化爲鳥：神話中望帝「死化爲鳥」是故事最精彩的部分，是古蜀鳥崇拜思維的顯現，亦是「常」化入「非常」、「俗性時間」進入「聖性時間」的生命思維。這種突破現實限制的永恆回歸正撼動逃不開現實的文人內心，於是由此指涉而出的意象最豐富。由「化鳥意象」延伸出生命無常的意涵，適於文人托物詠懷之作；由「悲啼意象」烘托的憂傷情結，可散佈在托物詠懷、思友懷鄉、藉事諷諭之作中；由「不如歸去」的啼鳴聲，更與在外遊子的「思歸」情緒不謀而合，不僅用於思友懷鄉，更在藉事諷諭中別有寄託；杜鵑「啼血」，血淚以表乃悲之極致，正可闡述文人內心的悲痛，另則紅色視覺意象的美學心理基礎——赤誠、勇敢、熱情、執著的表徵正道盡詩人的感情傾向，再加上民俗中紅色的「重生」意義，乃生前意志無限延伸，是無窮生命力的展現，故「啼血意象」用於托物詠懷、思友懷鄉、藉事諷諭之作，更有情感張力。最後「飛鳥意象」則與六朝文人使用策略合流，回歸飛鳥自在悠遊、不受羈絆的形象，特別能在托物詠懷之作中呈現詩人超然物外的適性追求。

（四）啼血染花：此情節主要在民間文學中發展而出，杜鵑啼血染花而成杜鵑花，以動物、植物的變形化入時間的循環，達到永生。然而從人到鳥再到杜鵑花，雖改變質性，其意志卻不曾改變。在文學典故的運用

上，一則以「花鳥意象」表達二重哀怨的意義，此哀怨不惟烘托情緒之悲，更多是詩人執著熱烈生命力的展現，故在托物詠懷、思友懷鄉、藉事諷諭的主題中成為慣有的書寫策略。一則獨以「植物意象」取春天百花盛開，杜鵑花不受萬眾矚目的不遇之慨，呼應故事中杜宇的含冤意象，作為托物詠懷的媒介與思友懷人惺惺相惜的喻依。

（五）蜀地背景：杜宇神話源於蜀地，揚雄《蜀王本紀》首揭其面，其形成與蜀地歷史、地理、人文背景有著深厚的關係。兩漢文人活動在江北一帶，魏晉文人多在江南一帶，與四川的接觸較少，故大多數文人都沒有注意到這個故事。直到唐代出蜀文人與入蜀文人不斷增加，杜宇神話才逐漸受到重視，進而引用為詩歌典故。是以文人作品中使用杜宇典故時，常常伴隨著出蜀、入蜀的際遇，其意蘊飽含豐富的「文化意象」。此「文化意象」即指以杜宇神話作為蜀地人文的表徵之一，在杜宇意象的使用中往往伴隨著「四川」這一空間背景。文人用於托物詠懷、思友懷鄉、藉事諷諭的主題書寫中，更能彰顯其文化意義。

下篇　唐詩中杜宇意象之研究

　　神話的產生，原是一種意識型態，但在整個社會的變遷中，它參與了文化傳統的創造，影響了先民的藝術、宗教、民俗等各方面，這些方面在文人的筆下，透過巧思轉換成了審美藝術，作為文學的一部分。是以神話對文學產生了相當大的影響，傅錫壬曾指出神話對文學的影響有二：一是神話具有浪漫色彩與神秘性，可以營造氣氛，增加文學的吸引力。二是神話產生時就具有獨立的象徵與意義，可以作為典故，增加作品的說服力。〔註1〕大陸學者魯剛就神話對文學的輻射作用分四方面：第一、神話觀念的應用，利用原始神話進行創造。第二、神話象徵意義的運用。第三、表現一種特殊的神話意境的創造。第四、神話進入民俗和其他藝術領域，然後又折射進入文學。〔註2〕兩人同樣提到神話作為典故後，一方面有烘托氣氛、營造意境的作用，二方面形成獨立的象徵意蘊，作為文學意象中的特有表徵。

　　杜宇神話在後代作品中不斷被引用，正因為它具有原始意象這種殘留人類精神命運的遺跡與凝聚祖先歷史歡愉與傷痛的記憶，作為一個神話母題，它擁有強大的審美感召力；作為一個神話意象，它結合了作者獨特的理解與深刻的文化意義，它展示出一個又一個全新的「外傳」。杜宇是英雄的化身，具有人物典範的條件，他足以升格為神靈；死化為鵑，是唯美浪漫的思維表現，其生命意志可以透過變形永垂不朽，是對有限生命頑強的抵抗；「淫其相妻」的指控恍若一場政治鬥爭的揣測，也是置換訴冤自白的藉喻基點；其「子規」（諧音子歸）之名與「不如歸去」的悲鳴，恰為相思與思鄉意象的密碼破

〔註1〕　傅錫壬：《中國神話與類神話研究》，（台北：文津出版社，2005），頁198。
〔註2〕　魯剛：〈神話與文學〉，（《民間文學論壇》，1989年第1期），頁25。

譯；其啼叫聲的悲涼淒切，正是烘托氛圍、營造意境的聽覺素材；而其出自巴蜀的地域特色，亦能適度表達蜀地風土民情，作爲出蜀遊子與入蜀騷人共同的記憶表徵。於是杜宇神話在後代文學的置換變形中，呈現多彩繽紛的象徵意義，在中國文學史上「杜鵑詩」擁有多元詮釋的可能以及豐富的審美底蘊，杜宇神話的母題遂在不同時代、不同文人、不同際遇的書寫中形成了不同的抒情範式。

中國文學作品中最早提到杜鵑鳥的是《楚辭》的〈離騷〉：「恐鵜鴂之先鳴，使夫百草爲之不芳。」〔註3〕鵜鴂，《漢書》中顏師古注云：「一名杜鵑」〔註4〕這時它在作品中的作用是作爲季節時序的表徵，揭示的僅是一自然意象，說明百花凋謝之時，最易引發詩人感慨。張衡〈思玄賦〉亦云：「恃己知而華予兮，鵜鴂鳴而不芳。」〔註5〕用法與〈離騷〉相同，與神話原型未有任何關係。

最早將杜宇神話典故用於作品中的，首推西晉詩人左思的〈蜀都賦〉：「碧出萇弘之血，鳥生杜宇之魂。」〔註6〕〈蜀都賦〉主旨在顯示蜀都之大，以蜀的都城爲中心，向四面作放射形描繪，作者不斷移動目光、變換角度，仰觀俯察，左顧右盼，作立體描繪。結尾之前以「斯蓋宅土之所安樂，觀聽之所踴躍也。焉獨三川，爲世朝市？若乃卓犖奇譎，倜儻罔已，一經神怪，一緯人理。」〔註7〕引出「遠則岷山之精，上爲井絡，天帝運期而會昌，景福肸饗而興作。碧出萇弘之血，鳥生杜宇之魄。」呼應「卓犖奇譎」、「一經神怪」二句，所以此處的「鳥生杜宇之魂」只是在告訴讀者蜀地有杜宇魂化爲鳥的奇詭傳說，這正是蜀地「妄變化於非常」的偉大歷史之一。左思用此典故的用意是在以空間鋪陳蜀都之美後，企圖以時間的夐遠呼應蜀都活躍於歷史長流中深厚的文化根柢與飽滿的人文意識。在此，杜宇神話尚未有特殊的象徵意義，但是它卻是詩人首度在文學作品中套用杜宇神話以鋪陳文章內容。在文學素材的選取上，左思是有開創之功的。

繼左思之後，首度運用此典用於詩中的是劉宋時期的鮑照，其〈擬行路難〉：

〔註3〕馬茂元：《楚辭注釋》，（台北：文津出版社，1993年），頁71。
〔註4〕馬茂元：《楚辭注釋》，頁82。
〔註5〕嚴可均：《全上古三代秦漢三國六朝文》（一），頁759。
〔註6〕嚴可均：《全上古三代秦漢三國六朝文》（二），頁1883。
〔註7〕嚴可均：《全上古三代秦漢三國六朝文》（二），頁1883。

愁思忽而至，跨馬出北門，舉頭四顧望，但見松柏園。荊棘鬱蹲蹲，
中有一鳥名杜鵑，言是古時蜀帝魂，聲音哀苦鳴不息，羽毛憔悴似
人髡。飛走樹間啄蟲蟻，豈憶往日天子尊，念此死生變化非常理，
中心惻愴不能言。〔註8〕

此詩藉杜宇王死化爲鵑的典故，道出死生變化無常的慨嘆，面對無常，無法
改變的事實，自是淒惻不能言語。一個愁思不已的主人翁，跨馬出北門欲排
解心中愁緒，不料林中杜鵑鳥更興發心中的悲愁。生前帝王之尊與死後憔悴
啄蟲蟻的落魄對比，怎能不哀苦鳴叫？由此帶出「死生變化非常理」的現實
慨嘆。

　　鮑照擅於抒發人生感懷是有他的社會背景的，他和左思都是出身寒門的
詩人，在「上品無寒門，下品無士族」門閥觀念時代，他們自然受到許多不
平等待遇。他們在作品裡，曾爲自己的處境提出抗議，左思的〈詠史詩〉便
是這樣的基調，卻有一種明快、銳利的風格。鮑照亦將自己苦悶與不平呈現
在作品中，走向寫實的風格。而他的寫實基礎來自於他徹底面對自己的問題，
企圖透過多方面的表達陳述問題，而成爲不折不扣的寫實詩人。

　　鮑照和左思有著相同的背景，我們不能不聯想到鮑照此詩與左思〈蜀都
賦〉中「鳥生杜宇之魄」一句有關。左思在〈蜀都賦〉談到此則典故之後，
一樣用了「妄變化於非常」作結，這當然不是巧合，應是鮑照化用左思之言
表達出自己的人生感懷。較之〈蜀都賦〉以之鋪陳蜀都風土民情，鮑照的意
蘊又更深一層。

　　而首度將杜宇神話用於散文創作的是初唐駱賓王，其〈兵部奏姚州破賊
設蒙儉等露布〉一文云：

副總管李大志，忠唯殉國，義則忘軀，臨危而貞節逾明，制敵而神
機獨遠。丹誠自守，雖九死其如歸；白刃交前，豈三軍之可奪？投
袂則妖徒霧廓，褰旗而逆黨水摧。於是乘利追奔，因機深入。困獸
猶鬥，如戰隯郡之魂；窮鳥尚飛，如驚杜宇之魄。斬甲卒七千餘級，
獲裝馬五千餘匹。殭屍蔽野，臨赤坂而非遙；流血灑途，視丹徼以
何遠？〔註9〕

〔註8〕　（明）張溥：《漢魏六朝百三家集》卷六十九，輯入《景印文淵閣四庫全書》
　　　　總1414冊，頁173。

〔註9〕　黃清泉注譯：《新譯駱賓王文集》，（台北：三民書局，2003年），頁475。

駱賓王此段在寫唐朝將士的英勇殺敵。李大志等英勇奮戰，視死如歸，敵軍氣勢一一瓦解，唐軍乘勝追擊，隨機深入。接著以「困獸猶鬥，如戰廩郡之魂；窮鳥尚飛，如驚杜宇之魄」四句說明唐軍氣勢如虹，夷酋好比困獸（廩君死化為虎﹝註 10﹞）仍作最後的纏鬥，又好比驚嚇過度的鳥一般，連像杜宇英魂所化的杜鵑鳥都被震懾了，不知飛往何處。此詩中用到「杜宇之魂」，以之喻鳥，是取神話中杜宇化鵑的原型，然而它的作用是反襯，以驚嚇的杜宇之魂（鳥）說明夷酋的畏懼，反襯出唐軍的驍勇善戰。廩君與杜宇都是巴蜀的英雄神，死後一化為白虎，一化為子規，在西南一帶是相當有名的人物。唐軍此次戰役所破的姚州在雲南，亦屬西南一帶，駱賓王寫出「困獸猶鬥，如戰廩郡之魂；窮鳥尚飛，如驚杜宇之魄。」四句以西南一帶的英雄神靈都震懾了，來凸顯唐王朝的地位，其歌功頌德的意味是有的。

如此看來，杜宇神話的記載首見揚雄〈蜀王本紀〉，東漢至魏晉少數典籍亦有提到，然它尚未被廣大的讀者所接受，僅受到少數文人如左思、鮑照、駱賓王等的關注，首度套用在自己的作品中。隨著他們對唐代詩人的影響，以及杜宇神話被接受的廣泛，它在唐代的詩歌創作中受到廣大的關注，融入更多的象徵意義及審美底蘊。此篇即針對唐詩中杜宇意象使用的演變，分成「托物詠懷——個人情志之寄託」、「思人（友、親）懷鄉——相思離愁之觸媒」、「借古諷今（借事諷諭）——時代控訴之載體」三章論述之。

﹝註 10﹞ 王先謙：《後漢書集解》〈南蠻西南夷列傳〉：「廩君死，魂魄世為白虎。」（台北：中華書局，1984 年），頁 994。

第四章　托物詠懷——個人情志之寄託

　　杜宇神話中主人翁望帝貴爲君王之身，卻在退位後，隱居西山，憂憤而死，化爲子鵑。其一生由盛而衰的強烈對比，充滿了悲劇色彩，加上杜鵑鳥悽惻不已的啼鳴聲，自然成爲文人筆下抒發失意、身世感懷的素材。神話中曖昧不明之「淫其相妻」指控，似乎隱匿一段冤情，正可爲文人懷才不遇的冤屈發聲。然而杜宇神話中「望帝化鳥」的神話思維，以變形的姿態化入圓形的時間概念，成爲永恆回歸的必然媒介，展現神話最積極的意義，此正與道家擺脫形體、名利世俗的覊絆，與萬化冥合，得以逍遙自適的生命情境有著相通之處，是以杜宇神話在詩人哲理化的過程中，亦成爲哲思體悟的意象。

　　在唐代詩人筆下，借用杜宇神話典故以托物詠懷之作，盛唐開其端，中唐承其緒，晚唐五代爲大宗。其在時代演變、文學場域與文人心理機制的交相影響下，使杜宇神話成爲詩人寄託情志的意象得以定型。

第一節　盛唐

　　魏晉南北朝文人在時代風氣的影響下，擅以世間萬物抒發死生無常之慨，這是長期處於亂世中文人用以撫慰心靈慣有的調適。然而躬逢盛世的唐代詩人，躊躇滿志，躍躍欲進，期待實現自我，作品風格已跳脫人生無常的感懷了。余恕誠於《唐詩風貌及其文化底蘊》一書指出「盛唐氣象」的詩表現爲兩類：

> 一類是感動激發，希望趁時而起，建立功業；一類是理想與現實矛
> 盾，針對自身所受到的不公平待遇和社會上的不平等現象發出怨懟

之辭。〔註1〕

　　兩者看似相反，實則聯繫緊密。文人因感動激發，企望成就功業，然而希望愈大，失望便愈深，一遇挫折即怨懟不已。是以詩人仍跳脫不了托物詠懷的創作方式，而所詠之懷，除了積極奮進之志外，尚有挫折悲愁的身世之感。除此，哲思體悟愈深者，則將挫折無奈透過道家逍遙齊物的思想轉化為萬化冥合的超越。

　　杜宇神話源自蜀地，然而窺究傳世文獻，可知在唐時已流傳中原。在創作上，杜宇悲劇英雄的形象自然不為積極奮進的文人所關注，然而對一再挫折失意的文人來說，無疑正是心中悲愁的寫照；而其化鳥情節，正與莊周化蝶有著「異質同構」之妙，是以昇華為萬化冥合的思維寫照。對此意象的開創，首推詩仙李白，分述如下：

一、以悲啼意象烘托個人的悲愁

　　作為巴蜀地域特色鮮明的杜宇神話，其在詩文的引用中往往反映出地域文化的色彩，或是出自蜀地的文人，或是無奈必須入蜀的遊子，往往在其記憶表徵中有意無意透顯出子規鳥的啼鳴，並內蘊神話的原型而衍化出某種意象，成為一個獨特的抒情範式。李白故鄉在四川，青年出蜀求仕之後，故鄉的風物往往在其潛意識中發酵，化為詩作的豐富素材，〈蜀道難〉是代表作。其詩如下：

> 噫吁戲，危乎高哉！蜀道之難，難於上青天！蠶叢及魚鳧，開國何茫然！爾來四萬八千歲，不與秦塞通人烟。西當太白有鳥道，可以橫絕峨眉巔。地崩山摧壯士死，然後天梯石棧相鉤連。上有六龍回日之高標，有衝波逆折之迴川。黃鶴之飛尚不得過，猿猱欲度愁攀援。青泥何盤盤，百步九折縈巖巒。捫參歷井仰脅息，以手撫膺坐長嘆。問君西遊何時還？畏途巉巖不可攀。但見悲鳥號古木，雄飛雌從繞林間。又聞子規啼夜月，愁空山。蜀道之難，難於上青天，使人聽此凋朱顏。連峯去天不盈尺，枯松倒挂倚絕壁。飛湍瀑流爭喧豗，砯崖轉石萬壑雷。其險也若此，嗟爾遠道之人胡為乎來哉！劍閣崢嶸而崔嵬，一夫當關，萬夫莫開。所守或匪親，化為狼與豺。朝避猛虎，夕避長蛇，磨牙吮血；殺人如麻。錦城雖云樂，不如早

〔註1〕　余恕誠：《唐詩風貌及其文化底蘊》，（台北：文津出版社，1999年），頁84。

　　還家。蜀道之難，難於上青天，側身西望長咨嗟！〔註2〕
此詩內容主要在寫蜀道的艱難險阻。賀知章覽此詩，對李白云：「公非世人，
豈非太白星精耶？」〔註3〕詩的開頭先以蠶叢魚鳧的歷史傳說、五丁開山的神
話故事及大膽想像融為一體，不僅強化蜀道之難，又增添神秘色彩。接著又
以「六龍回日」的神話傳說，極言山巔之高危；以「衝波逆折之迴川」說明
水勢之險惡。盤旋曲折的山路，嶙峋繚繞的山峰使入蜀要道青泥嶺更顯險危
怪異。這已夠令人膽戰心驚了，李白又以「撫膺」、「捫參」（手摸星辰）這些
誇張的心理活動烘托高山險峻予人生畏之感。下文「悲鳥號古木」及「又聞
子規啼夜月」都是以淒厲悲切的聲音，使人深覺蜀道之難已達令人畏懼的程
度，使主旨「蜀道之難，難於上青天」更加深化。前句是「見」，後句是「聞」，
讓讀者在視覺和聽覺上飽受震撼，以聽覺的畏懼強化視覺的感受，用「通感」
技巧擴大作品的渲染張力。詩的後半部，「連峯去天不盈尺，枯松倒挂倚絕壁。
飛湍瀑流爭喧豗，砯厓轉石萬壑雷。其險也若此，嗟爾遠道之人胡為乎來哉！」
再度融視覺、聽覺的摹寫，聲色並茂，於高峻的氣勢中增添危、奇的色彩，
渲染蜀道難的深刻含意。並從劍閣的險要寫到戰亂的可怕，引出詩人對政治
時局的關注，勸人警惕戰亂的突發，流露出憂國傷時的愁緒。

　　關於〈蜀道難〉的詩旨，歷來有諸多爭辯：孟棨《本事詩》認為旨在描
寫李白從蜀郡出來漫遊時行旅的艱苦，《新唐書‧嚴武傳》認為旨在為嚴武部
下房琯和杜甫的安危擔憂，蕭士贇的箋注本認為旨在諷諭安史之亂時玄宗幸
蜀不是上策，胡震亨《唐音癸籤》則認為「為恃險割據與羈留佐逆者著戒」。
筆者以為今人詹瑛之說較合理，他認為詩表面寫蜀道，內蘊卻是寄寓自身感
懷、抒發失意。〔註4〕其中「又聞子規啼夜月，愁空山」，這個「愁」字無疑
是全詩的詩眼，不僅僅是面對艱難蜀道的畏懼，還有作者的身世之愁。在文
意上，他以蜀道難貫穿詩的前後；在情感上，他則以愁貫穿前後。這個愁，
是藉「子規啼夜月」帶出，子規是否含攝神話意象，可以對照詩的開頭得知，
既言「蠶叢與魚鳧」，又提到「地崩山摧壯士死」的蜀地五丁神話，就不可能
引「子規」之名而不寓杜宇神話，況且身為出蜀文人的李白，對四川一帶流
傳的神話故事當知之甚稔。施蟄存《唐詩百話》釋「又聞子規啼夜月」句，

〔註2〕　清聖祖御製：《全唐詩》卷一六二，頁1680。
〔註3〕　（宋）計有功：《唐詩紀事》（上）卷十八，（台北：木鐸出版社，1982年），
　　　　頁270。
〔註4〕　詹鍈：《李白全集校注彙釋集評》（六），頁315。

即引杜宇神話以明其聲音之悲鳴，〔註5〕正可說明李白面對一再挫折，無力挽回心中的悲泣。退隱山中的杜宇王飛不進蜀國，只能空將自己的心願化爲陣陣悲鳴聲，響徹山中，正如懷才不遇的李白，空有滿腹理想，卻怎麼樣也飛不上枝頭，其哀怨的不平藉杜宇神話更加透顯。

「又聞子規啼夜月，愁空山」二句的藝術感染力極強，夜晚的靜寂本就易引發人的愁思，空山之月夜更以空間的放大對比人的渺小，在這「空」山之中卻只能聽到蜀地最淒涼的子規啼鳴，其予人心弦的震盪是相當大的。

在此，子規鳥的意象是對蜀道之難畏懼感的深化，卻也隱含李白個人的哀愁，甚至是憂國傷時的愁。

二、以化鳥意象寄託精神的絕對自由

李白〈斷句〉：

舉袖露條脫，招我飯胡麻。野禽啼杜宇，山蝶舞莊周。〔註6〕

詹鍈以爲李白此詩與（南唐）潘佑〈感懷詩〉：「幽禽喚杜宇，宿蝶夢莊周。席地一樽酒，思與元化浮。但莫孤明月，何必秉燭遊。」古今無殊，兩詩所表相同。〔註7〕詩中李白以一連串神話傳說，以劉晨、阮肇仙話、杜宇化鵑、莊周夢蝶寄寓超越人間現實的想法，期待與萬化冥合，逍遙自適。李白天才縱逸，在長安的日子期待仕進，報效國家。無奈機會總是擦身而過，晚年依附永王李璘，卻又導致身繫潯陽獄，終其一生，還是未能如願以償。他常將自己的理想寄託在神話故事裡，從中尋求慰藉，寄託崇高的心志。他的神話運用，多半是企圖解脫時間的支配，從有限人生躍向無窮時間的流衍，或以拍合大自然律動的姿態，與時消息，掌握住永恆的本質〔註8〕。鄧小軍於《唐代文學的文化精神》一書中將李白的自由精神內涵分成三個層次，其中第三個層次便是深入體驗大自然，尋求精神的自由解放與終極支持，他說：

在這一層次上，李白直契莊子，落實了莊子「獨與天地精神往來」、

「與物爲春」的精神境界，即在與自然之道相通的哲學與審美體驗

〔註5〕 施蟄存：《唐詩百話》，（台北：文史哲出版社，1994 年），頁 230。

〔註6〕 （清）王琦《李太白集注》，卷三十，（正光書局，1969 年），頁 465。

〔註7〕 詹鍈：《李白全集校注彙釋集評》（八），（台北：百花文藝出版社，1993 年），頁 4462。潘佑〈感懷詩〉見（宋）胡仔《漁隱叢話》後卷集四，輯入《景印文淵閣四庫全書》總 1480 冊，頁 405～406。

〔註8〕 李正治：《與爾同銷萬古愁——李白詩賞析》，（台北：偉文圖書公司，1978 年），頁 24。

中，獲得精神的自由解放。但是李白與莊子仍有所不同，他是以盛
唐人開朗光明的性格，把莊子精神作了積極的高揚，而沒有莊子避
世的消極意味。〔註9〕

李白對莊子思想的嚮往表現在其狂放不羈的自由精神上，落實於作品中則以
大量的神話經營超現實的意象，表露其「與化偕往」的情志。杜宇藉化鳥才
得以飛入蜀國一遂生前心願，莊周藉化蝶才能悠遊物外，兩者同是擺脫時間
支配，才能超越世俗羈絆。李白心嚮往之，期望自己也能擺脫時間與世俗的
限制，回歸萬化冥合，將人間的痛苦昇華再昇華，能逍遙於物化之上，而不
為物化所傷。李白藉杜宇神話別有寄寓，是在鮑照〈擬行路難〉「死生變化非
常理」的基礎上套用，然其人生體悟與精神的超越更勝鮑照一籌。

　　「杜宇化鳥」與「莊周化蝶」兩意象有異質同構的特色，故能在李白詩
中首度嶄露頭角，將兩者組合為一並列意象。在文學史意象的開拓上，李白
首開其風。

第二節　中唐

　　在盛唐李白將杜宇神話用於個人情志的抒發後，中唐文人承繼其緒，運
用的甚為廣泛，此與中唐詩風的轉變有著很大的關係。中唐文人結構的轉變，
使得詩歌的審美主體產生了質變。即兩稅法的實施改變了土地關係，標誌庶
族文人可以晉升為統治階段；科舉考試亦打破了士庶的界線，使文人階層徹
底地改變了，審美主體更新為寒門文士。加上政治的中興氣象僅曇花一現，
這些平民出身亟欲報國立功的知識份子屢屢失望受挫。於是文人地位的變動
及知識取向，使得創作的自我意識增強，審美心理由外揚而內斂，由家國而
自我，於是以儒家濟世的思想不變，轉為對自身命運的關注，其理想和抱負
的抒發往往和貶謫挫敗的憤怒交雜在一起。〔註10〕

　　杜宇神話中蜀王的冤屈悲愁正好可以抒解這些貧士的不平，其哀怨的啼
鳴正好是其心聲的表徵；加上「啼血」意象正可為文人悲之至極，血淚以表
的心情表露，而由鳥及花二重哀怨意象的疊加，更能使詩的氛圍醞釀於聽覺
及視覺，由動物及植物，豐富詩的內蘊與情致，是以在中唐文人筆下使用相
當頻繁。在創作上，有以神話意象指涉冤屈，有以啼血意象象徵悲愁，有以

〔註9〕　鄧小軍：《唐代文學的文化精神》，（台北：文津出版社，1993年），頁218。
〔註10〕　莊蕙綺：《中唐詩歌的美學意涵》，（台北：新文豐出版公司，2006年），頁374。

花鳥意象疊加哀愁，有以聽覺意象烘托氛圍。分述如下：

一、以含冤意象指涉委屈

　　神話故事中杜宇王因「淫其相妻」的指控而退隱西山，讓出帝位。神話沒有進一步說明，卻留予後人許多的揣測，認為這是一個政治迫害，然而他的冤屈無可自白，要到死後化為鵑鳥，人民才知杜宇王終究是愛民的。是以用此則神話意象以訴冤，在唐詩中屢見不鮮。左思〈蜀都賦〉：「碧出萇弘之血，鳥生杜宇之魂」中萇弘與杜宇並列，兩者都有冤屈，其實是隱含「訴冤」的意義的，只是以左思創作〈蜀都賦〉的動機而言，其用意是不明確的。劉長卿〈經漂母墓〉：

> 昔賢懷一飯，茲事已千秋。古墓樵人識，前朝楚水流。渚蘋行客薦，
>
> 山木杜鵑愁。春草茫茫綠，王孫舊此遊。〔註11〕

劉長卿早年功名不成，安史之亂後又兩度遭貶，其詩的特色多在清寒幽遠的境界中寄託遷謫的悲愁與思鄉情懷，情調寥落淒清。〔註12〕第一次遭貶在至德三年，因事下獄，議貶南巴，大曆元年秩滿赴京，此詩應作於大曆二年北歸長安的夏天。〔註13〕劉長卿藉經漂母墓興發懷古之情，而有感知音難遇。以漂母助韓信之事，說明漢高祖不如漂母憐才。「渚蘋行客薦，山木杜鵑愁」今其墓旁，行客採蘋以祭，杜鵑悲啼韓信之怨。〔註14〕儲仲君《劉長卿詩編年箋注》亦引杜宇神話以釋「杜鵑」〔註15〕，是以此詩藉杜鵑悲鳴聲暗寓韓信不被漢高祖賞識的冤屈，既有聽覺的渲染，又有神話意涵的深層意蘊。

　　方回《瀛奎律髓》稱此詩「意深不露」〔註16〕，蓋劉長卿大有藉緬懷先賢而傷己之不遇之意，其悵惘的黯然心境、不被賞識的冤屈在「山木杜鵑愁」的意象下表露無遺。

　　顧況〈露青竹杖歌〉：

> 鮮于仲通正當年，章仇兼瓊在蜀川。約束蜀兒採馬鞭，蜀兒採鞭不

〔註11〕 清聖祖御製：《全唐詩》卷一四七，頁1501。

〔註12〕 葛曉音：《唐詩宋詞十五講》，（北京：北京大學出版社，2003年），頁117。

〔註13〕 儲仲君：《劉長卿詩編年箋注》，（北京：中華書局，1996年），頁271。

〔註14〕 （明）唐汝詢選釋、王振漢點校《唐詩解》（下），（河北：河北大學出版社，2001年），頁992。

〔註15〕 儲仲君：《劉長卿詩編年箋注》，頁272。

〔註16〕 （元）方回：《瀛奎律髓》卷二十八，輯入《景印文淵閣四庫全書》總1366冊，頁382。

敢眠。橫截斜飛飛鳥邊，繩橋夜上層崖顛。頭插白雲跨飛泉，採得
馬鞭長且堅。浮漚丁子珠聯聯，灰煮蠟揩光爛然。章仇兼瓊持上天，
上天雨露何其偏。飛龍閑廄馬數千，朝飲吳江夕秣燕。紅塵撲轡汗
濕韉，師子麒麟聊比肩。江面昆明洗刷牽，四蹄踏浪頭枿天。蛟龍
稽顙河伯虔，拓羯胡雛腳手鮮。陳閎韓幹丹青妍，欲貌未貌眼欲穿。
金鞍玉勒錦連乾，騎入桃花楊柳煙。十二樓中奏管絃，樓中美人奪
神仙。爭愛大家把此鞭，祿山入關關破年。忽見揚州北邸前，秖有
人還千一錢。亭亭筆直無皴節，磨拭形相一條鐵。市頭格是無人別，
江海賤臣不拘緤。垂窗掛影西窗缺，稚子覓衣挑仰穴。家童拾薪幾
拗折，玉潤猶沾玉壘雪。碧鮮似染萇弘血，蜀帝城邊子規咽。相如
橋上文君絕，往年策馬降至尊。七盤九折橫劍門，穆王八駿超崑崙。
安用冉冉孤生根，聖人不貴難得貨，金玉珊瑚誰買恩。〔註17〕

此詩作者藉竹枝抒發懷才不遇，諷刺現實環境的炎涼。一根竹杖引發顧況豐
富的聯想，詩的前半寫竹杖的來歷不凡。「鮮于仲通正當年，章仇兼瓊在蜀川」
是鮮于仲命蜀川人採取的。蜀兒採取時歷盡千辛萬苦：「約束蜀兒採馬鞭，蜀
兒採鞭不敢眠。橫截斜飛飛鳥邊，繩橋夜上層崖顛。頭插白雲跨飛泉，採得
馬鞭長且堅」，馬鞭還要加工「浮漚丁子珠聯聯，灰煮蠟揩光爛然」，再進貢
給唐玄宗駕馬，如此精良馬鞭使得皇上的駿馬不得不馴服。馬鞭又經過陳閎、
韓幹等丹青國手的彩繪，「欲貌未貌眼欲穿」，使得大家爭愛此鞭。詩的後半
寫安史之亂，天子蒙塵，此鞭落入人間，身價一跌千丈，「磨拭形相一條鐵」，
和一般垂廉用、稚子戲的竹杖沒什麼差別。〔註18〕作者以「碧鮮似染萇弘血，
蜀帝城邊子規咽」，道出此鞭被人遺棄的的冤屈。此明顯化用左思〈蜀都賦〉
的「碧出萇弘之血，鳥生杜宇之魂」，以萇弘化碧和杜宇化鵑的典故合用，同
表冤屈。詩人透過串串聯想、層層轉折，以竹杖寄寓對現實的不滿，自己力
圖振作卻遭貶官，抒發懷才不遇的牢騷。此詩中藉「子規」不僅以聽覺烘托
悲涼淒苦的心情，更以神話原型表示自己懷才不遇的冤屈。

　　顧況〈子規〉：

　　杜宇冤亡積有時，年年啼血動人悲。若叫恨魂皆能化，何樹何山著

〔註17〕清聖祖御製：《全唐詩》卷二六五，頁 2944。
〔註18〕涂佳儒：《顧況其及詩研究》，（私立靜宜大學中文研究所碩士論文，2006 年），
　　　　頁 139。

子規？〔註19〕

詩名爲「子規」，整首詩化用杜宇神話，指出杜宇因積冤太久，才會年年啼血動人悲，但是後二句反問，若恨魂皆能化鳥，哪豈不是到處都是子規鳥，表明人間冤屈何其多。顧況的詩風一直被定爲承繼杜甫現實主義精神，且是元白新樂府運動的先驅。〔註20〕其作品的現實意義十分濃厚，適時針砭當時社會黑暗的一面。此詩表面寫鳥，實際由鳥及人，托子規以抒情，將人間的冤屈之多且無處消解的現實盡收筆端。想像奇特，寄寓深刻，有同情，有憤懣，有諷刺，有無奈，暗含對當時黑暗現實的不滿，然而他眞正要抒發的仍是自己不平之鳴。

司空曙〈杜鵑行〉：

> 古時杜宇稱望帝，魂作杜鵑何微細。跳枝竄葉樹木中，搶翔瞥捩雌隨雄。毛衣慘黑自憔悴，眾鳥安肯相尊崇。隳形不敢棲華屋，短翮唯願巢深叢。穿皮啄朽觜欲禿，苦饑始得食一蟲。誰言養雛不自哺，此語亦足爲愚蒙。聲音咽哦若有謂，號啼略與嬰兒同。口乾垂血轉迫促，似欲上訴於蒼穹。蜀人聞之皆起立，至今相效傳遺風。乃知變化不可窮，豈知昔日居深宮，嬪妃左右如花紅。〔註21〕

此詩《全唐詩》著錄又署名杜甫作，然杜甫已有〈杜鵑〉、〈杜鵑行〉兩首，且此詩內容與杜甫極似，杜甫何必再作同名相似之詩，何況在其作品中不曾見此類情形，故應爲司空曙之作。〔註22〕司空曙寫出望帝化爲杜鵑鳥棲息林間之憔悴，以對比先前爲帝的尊貴，故末言「乃知變化不可窮，豈知昔日居深宮，嬪妃左右如花紅。」其寫法前承鮑照「念此死生變化非常理」、杜甫「萬事反覆何所無」之語。司空曙並以「口乾垂血轉迫促，似欲上訴於蒼穹」，寫出杜鵑啼血似在控訴自己的冤屈。若不是有冤屈，又怎會「蜀人聞之皆起立，至今相效傳遺風。」此與神話原型相合，詩人曾經原因不明地被貶爲長林縣尉，度過一段相當漫長而痛苦的歲月，〔註23〕傅璇琮先生亦曾在〈司空曙考〉

〔註19〕清聖祖御製：《全唐詩》卷二六七，頁2967。

〔註20〕周明秀：〈逸歌長句、駿發踔屬——對顧況詩風的再評價〉，（《許昌師專學報》，第26卷第6期），頁67。

〔註21〕清聖祖御製：《全唐詩》卷二九三，頁3339。

〔註22〕顧友澤：〈試論杜甫杜鵑詩意蘊的拓展及其影響〉，（《杜甫研究季刊》，2005年第3期），頁79。

〔註23〕季平：〈司空曙生平與創作考論〉，（《新鄉師範高等專科學校學報》，2000年8月），頁23。

中提到：「似乎案情是相當重的，至於被貶的具體原因究竟爲何，由於材料缺乏，已不可考知了。」〔註24〕看來司空曙表面上寫鳥，實際上應在爲自己的冤情抱屈。

二、以啼血意象象徵悲愁

從《異苑》提到杜鵑啼血的特性開始，到唐宋時於杜宇神話添入啼血的情節後，這一意象即被文人用於創作中以象徵悲愁。李亮偉於〈論中國文學傳統景物題材「杜鵑啼血」之審美底蘊〉一文中曾提到：

> 杜鵑無論作爲一篇作品中的一種景物，抑或是是整篇作品吟詠的題材，杜鵑的啼血已不再是此生物物種的自然屬性，而是有了特定的社會意涵。〔註25〕

由此，似乎可以看出啼血意象從神話透過文學，逐漸衍化而成爲社會意象，然後又滲透回文學意象的創作中，表露詩人的心聲。如顧況〈攝山聽子規〉：

> 棲霞山中子規鳥，口中血出啼不了。山僧後夜初入定，聞似不聞山月曉。〔註26〕

詩的前半以子規啼血道出內心的痛苦至極，一如其〈子規〉一詩記子規抒發對黑暗現實的怨懟。又王建〈夜聞子規〉：

> 子規啼不歇，到曉口應穿，況是不眠夜，聲聲在耳邊。〔註27〕

從王建詩中，可見杜鵑鳴叫時間之長、聲調之苦，聲聲帶血，句句淒厲，藉以表達難以排遣的愁苦情懷最爲具體。而王建詩中似乎也表露對子規啼叫時間之長的不滿，特別夜間更讓人心煩意亂。詩人本因憂愁而輾轉難眠，無奈悽惻的子規夜啼，更陷詩人於濃愁不化的苦悶中。

另有呂溫〈道州月歎〉：

> 別館月，犁牛冰河金山雪。道州月，霜樹子規啼是血。壯心感此孤劍鳴，沉火在灰殊未滅。〔註28〕

〔註24〕傅璇琮：《唐代詩人叢考》，（北京：中華書局，1980年），頁535。

〔註25〕李亮偉：〈論中國文學傳統景物題材「杜鵑啼血」之審美底蘊〉，（《自貢師專學報》，1995年第3期），頁30。

〔註26〕清聖祖御製：《全唐詩》卷二六七，頁2970。

〔註27〕清聖祖御製：《全唐詩》卷三〇一，頁3420。

〔註28〕清聖祖御製：《全唐詩》卷三七一，頁4175。

詩附標題云：「追述蕃中事與道州對言之」。此亦寫出戰亂中流離所見的荒涼景象，作者發出對現實的慨嘆，以「子規啼是血」表達內心的悲愁，對時代的控訴，以及自己有志不得伸的憾恨。

　　鮑溶子規（唐）鮑溶〈子規〉不僅以神話意象指涉冤屈，亦以啼血意象象徵悲愁，然因鮑溶生平不可考，不知冤屈為何，故將此詩置於「啼血意象」之類別，其〈子規〉：

> 中林子規啼，雲是古蜀帝。中林子規啼，雲是古蜀帝。蜀帝胡為鳥，
> 驚急如罪戾。蜀帝胡為鳥，驚急如罪戾。一啼豔陽節，春色亦可替。
> 一啼豔陽節，春色亦可替。再啼孟夏林，密葉堪委翳。再啼孟夏林，
> 密葉堪委翳。三啼涼秋曉，百卉無生意。三啼涼秋曉，百卉無生意。
> 四啼玄冥冬，雲物慘不霽。四啼玄冥冬，雲物慘不霽。芸黃壯士髮，
> 沾灑妖姬袂。芸黃壯士髮，沾灑妖姬袂。悲深寒烏雛，哀掩病鶴翅。
> 悲深寒烏雛，哀掩病鶴翅。胡為托幽命，庇質無完毳。胡為托幽命，
> 庇質無完毳。戚戚含至冤，卑卑忌群勢。戚戚含至冤，卑卑忌群勢。
> 吾聞鳳凰長，羽族皆受制。吾聞鳳凰長，羽族皆受制。盡分翡翠毛，
> 使學鸚鵡慧。盡分翡翠毛，使學鸚鵡慧。敵怨不在弦，一哀尚能繼。
> 敵怨不在弦，一哀尚能繼。那令不知休，泣血經世世。那令不知休，
> 泣血經世世。古風失中和，衰代因鄭衛。古風失中和，衰代因鄭衛。
> 三歎尚淫哀，向渴嘻流涕。三歎尚淫哀，向渴嘻流涕。如因異聲感，
> 樂與中腸契。如因異聲感，樂與中腸契。至教一昏蕪，生人遂危脆。
> 至教一昏蕪，生人遂危脆。古意歎通近，如上青天際。古意歎通近，
> 如上青天際。荼蓼久已甘，空勞菫葵惠。荼蓼久已甘，空勞菫葵惠。
> 誰聞子規苦，思與正聲計。誰聞子規苦，思與正聲計。〔註29〕

鮑溶亦是中唐貧士的代表之一，《唐才子傳》稱其「羈旅四方，登臨懷昔，皆古今絕唱……古詩樂府，可稱獨步。蓋其氣力宏贍，博識清度，雅正高古，眾才無不備。」〔註30〕張為的《詩人主客圖》尊鮑溶為「博解宏拔主」〔註31〕。他的博解宏拔表現在五言古詩的風格的平淡自然而格調勁健，古樸中略帶暢達，且往往與「雅正」的傳統聯繫在一起。〔註32〕

〔註29〕　清聖祖御製：《全唐詩》卷四八五，頁 5512。
〔註30〕　（元）辛文房：《唐才子傳》卷六，頁 133～134。
〔註31〕　（唐）張為等：《主客圖及其他五種》，（台灣商務印書館，1966 年），頁 23。
〔註32〕　張偉峰：〈鮑溶詩歌略論〉，（《文學遺產》，2006 年第 6 期），頁 128。

此詩以杜宇化鳥的悲劇一生入詩，「驚急如罪戾」、「戚戚含至冤」均將其冤情帶出，「泣血經世世」更點明了含冤的悲痛，使之世世泣血控訴；而「古風失中和，衰代因鄭衛」、「誰聞子規苦，思與正聲計」隱含了時代問題造成自己的失意困蹇。鮑溶從神話入詩，以其含冤指涉自己的懷才不遇，更以子規泣血悲啼的意象，表達了面對長年淒寒窮苦內心的落寞失意。

三、以花鳥意象疊加哀愁

神話中杜鵑啼血染花在《禽經》「夜啼達旦，血漬草木」的記載中已現端倪，明言「杜鵑花」是在後代口傳文學中才發展而出的情節。不過以花鳥二者意象同時入詩，在唐代詩人作品中已廣泛使用。蓋花鳥同名已提供文人揣想的空間，加上杜鵑鳥出現與杜鵑花盛開同在春天，詩人春恨主題的大量創作，於自然景物中汲取詩材入詩，又加上「杜鵑」背後含藏的杜宇神話，以自然意象結合神話意象，實中有虛，虛中有實，迷離恍惚，若隱若現的情緒表徵，正符合詩歌的美感要求，是以杜鵑花鳥意象疊加哀愁，以抒發個人情志，成爲唐人詩材中新的意象開拓。

藉花鳥意象以抒個人悲愁，首推白居易〈送春歸〉：

> 送春歸，三月盡日日暮時。去年杏園花飛御溝綠，何處送春曲江曲。今年杜鵑花落子規啼，送春何處西江西。帝城送春猶怏怏，天涯送春能不加惆悵？莫惆悵，送春人，冗員無替五年罷，應須準擬再送潯陽春。五年炎涼凡十變，又知此身健不健？好去今年江上春，明年未死還相見。〔註33〕

此詩爲元和十一年春天作，時詩人在江州。〔註34〕以送春傷春之情，隱含對世事乖隔的無奈。「帝城送春猶怏怏，天涯送春能不加惆悵？」以在京城和在潯陽對比，在京城時姑且傷春歸去，此時被貶江州，送春之情又豈能不更加惆悵？詩人預期五年後仍要在此送春，先別急著惆悵。然而是世事無常，誰知到時還健不健在？最後轉而以一種灑脫的心情目送今年春，幸運的話，明年還可與春天相見。的確在白居易筆下，於感傷無奈中已夾雜著隨遇而安的恬淡安逸。在此，「今年杜鵑花落子規啼」以花鳥意象傷春，表達自己世事無常的無限感慨。或許此詩當中神話意象並不明顯，但子規啼鳴之悲是從杜宇神話中賦予的，在詩人創作中，早已對杜鵑啼與悲戚劃上等號，而成爲一個

〔註33〕清聖祖御製：《全唐詩》卷四三五，頁4815。
〔註34〕謝思煒：《白居易詩集校注》（二），頁922。

唐宋以來特殊的文化符碼。

另外李紳〈南梁行〉：

> 江城鬱鬱春草長，悠悠漢水浮青光。雜英飛盡空畫景，綠楊重陰官
> 舍靜。此時醉客縱橫書，公言可薦承明廬。青天詔下寵光至，頌籍
> 金閨徵石渠。秭歸山路煙嵐隔，山木幽深晚花坼。澗底紅光奪火燃，
> 搖風扇毒愁行客。杜鵑啼咽花亦殷，聲悲絕艷連空山。斜陽瞥映淺
> 深樹，雲雨翻迷崖谷間。山雞錦質矜毛羽，透竹穿蘿命儔侶。喬木
> 幽虆上下同，雄雌不惑飛棲處。望秦峰迴過商顏，浪疊雲堆萬簇山。
> 行盡杳冥青嶂外，九重鐘漏紫霄間。元和列侍明光殿，諫草初焚市
> 朝變。北闕趨承半隙塵，南梁笑客皆飛霰。追思感歎卻昏迷，霜鬢
> 愁吟到曉雞。故篋歲深開斷簡，秋堂月曙掩遺題。嗚嗚曉角霞輝燦，
> 撫劍當應一長歎。駑狗無由學聖賢，空持感激終昏旦。〔註35〕

此詩作於文宗開成初年，當時李紳已經六十五歲，詩人回憶元和十四年春在
山南西道節度使官署任職的狀況，及同年五月調任右拾遺前往西京長安途中
所見的景象，並抒發遭貶後的心中感觸。〔註36〕南梁，即梁州，在今之四川。
「澗底紅光奪火燃，搖風扇毒愁行客」指的是當地的山琵琶，與杜鵑花同，
故說紅艷似火般燃燒，「愁行客」亦點出此一意象慣於使用於悲愁的渲染，從
花引出鳥，「杜鵑啼咽花亦殷，聲悲絕艷連空山」，杜鵑「不如歸去」的悲鳴
聲悽惻與殷紅的杜鵑花，形成視覺與聽覺淒艷的絕美畫面，又是一花鳥二重
哀怨意象的疊加。下文「斜陽瞥映淺深樹，雲雨翻迷崖谷間」又與黃昏淒美
的景色形成多重的添加意象，深化詩人心中的「愁」，呼應詩人暮年之悲。「元
和列侍明光殿，諫草初焚市朝變。北闕趨承半隙塵，南梁笑客皆飛霰」，此在
回憶曾受穆宗賞識為翰林學士時的得意與後來招嫉失寵被貶的失意。面對這
些權勢的鬥爭，世事的變化，詩人既「感歎」又「愁吟」，終又不免「長歎」，
足見其心中的感慨萬千。此詩「杜鵑」的意象從四川的地域特色到悲愁氛圍
的渲染，再從政治的諷諭回到了個人身世的感懷，其指涉是相當豐富的。

李紳另有〈杜鵑樓〉：

> 杜鵑如火千房坼，丹檻低看晚景中。繁艷向人啼宿露，落英飄砌怨
> 春風。早梅昔待佳人折，好月誰將老子同。惟有此花隨越鳥，一聲

〔註35〕清聖祖御製：《全唐詩》卷四八〇，頁5459。
〔註36〕王旋伯：《李紳詩注》，（上海古籍出版社，1985年），頁2。

　　啼處滿山紅。〔註37〕

此詩作於任江西觀察使任內，〔註38〕詩題下題「七年冬所造，自西軒延架城隅，樓前植杜鵑，因以為名，宴遊多在其上。」故知因此樓前植杜鵑，故名為杜鵑樓。詩的內容描述黃昏下的杜鵑花火紅的景象，其繁豔如鵑鳥啼訴，暮春落英繽紛大有埋怨春去之意在。梅已待佳人折，好月又無人相伴，孤獨的詩人只有杜鵑花鳥相伴，鳥聲一啼滿山花紅。此景看似繽紛，實則滿懷作者傷情，春去怨春。杜鵑意象本是悲愁的象徵，花鳥二重哀怨的疊加，則使詩人心中的愁緒雖不言明，然已溢滿字裡行間。

　　明顯將神話中的花鳥意象寫入詩中以抒個人悲愁的，以賈島〈子規〉為代表：

　　　　遊魂自相叫，寧復記前身。飛過人家月，聲連客路春。夢邊催曉急，

　　　　愁外送風頻。自有霑花血，相和淚滴新。〔註39〕

賈島是范陽（今北京附近）人，他的一生極其坎坷，早年為僧，三十四歲始還俗，久困名場，屢試不第，生計拮据，常靠韓愈、姚合等師友周濟，五十八歲坐謗責授長江（今蓬溪縣）主簿，六十三歲遷普州（今安岳縣）司倉參軍，兩年後客死於任所。〔註40〕其所處的時代，正值安史之亂後唐王朝急速衰落下來，由喘息休養漸趨中興，又由中興迅速衰落的時代，藩鎮割據、宦官專權和朋黨傾軋越演越烈。〔註41〕受個人遭遇與時代風氣影響，賈島詩歌最鮮明深刻的特色，就是表現窮士貧寒困苦的生活面貌，並善於刻畫瑣細幽僻之景，蘇軾以「郊寒島瘦」〔註42〕稱其清奇幽僻的風格。

　　杜宇神話幽冷淒涼的結尾正適合描繪寒士的抑鬱不平，因此獲得賈島的關注，藉詠子規而抒懷。詩的首二句「遊魂自相叫，寧復記前身」即以子規的前身即是杜宇帶出神話原型，聲聲痛楚地悲鳴既在夢中催曉，又無端從風中送愁而來，最後啼至口血，和著如雨的淚水滴在花上。全詩以杜宇神話為材，充分流露悲傷哀絕的情緒。賈島幾乎是以子規作為自己的化身，自己困蹇潦倒，有志不得伸的痛楚在此詩中表露無遺，「自有霑花血，相和淚滴新」

〔註37〕　清聖祖御製：《全唐詩》卷四八一，頁 5476。
〔註38〕　王旋伯：《李紳詩注》，頁 70。
〔註39〕　清聖祖御製：《全唐詩》卷五七三，頁 6653。
〔註40〕　（元）辛文房：《唐才子傳》，頁 112。
〔註41〕　齊文榜：《賈島集校注》前言，（北京：人民文學出版社，2001 年），頁 1。
〔註42〕　孔凡禮點校：《蘇軾文集》（五）〈祭柳子玉文〉，（北京：中華書局，1986 年），
　　　　頁 1939。

更將其無以言說的痛苦具體呈現。

徐凝〈況花〉：

> 朱霞燄燄山枝動，綠野聲聲杜宇來。誰爲蜀王身作鳥，自啼還自有
> 花開。〔註43〕

此亦以花鳥意象添加二重哀怨的憂愁，道出徐凝懷才不遇的傷情。末二句「誰
爲蜀王身作鳥，自啼還自有花開」更直接將神話中杜宇化鳥、啼血染花的典
故道出，其委屈悲憤之情尤能彰顯。

四、以悲啼意象烘托氛圍

從杜宇神話開始，杜鵑鳥鳴聲即被賦予悲傷的色彩，李亮偉於〈論中國
文學傳統景物題材「杜鵑啼血」之審美底蘊〉一文便已點出：

> 那一聲聲淒厲的「不如歸去」散漫於千百年來的文學作品中，而且
> 得以衍化生義，意象增多使它的審美底蘊豐厚起來。它的底蘊籠罩
> 在一種淒婉哀傷的美學氛圍中，以「悲」的力量打動人心。〔註44〕

我們可以說從杜宇化鳥到「不如歸去」的悲鳴，從文人典故的運用到悲愁的
渲染，作爲蜀地文化意象的杜鵑鳥鳴在文人筆下逐漸茁壯成一種唐代專有的
社會意象。杜鵑與悲戚劃上等號，是以詩中提到杜鵑鳥時，已從神話中脫胎
而出，結合自然意象與社會意象，而爲悲愁渲染的媒介。葉嘉瑩亦曾指出：

> 「蜀魂」者原是一個失去了國也失去了家的、滿懷哀傷之魂魄所託
> 化。於是在子規啼血送春之際，再加上此一悲劇故事的聯想，因而
> 每一聲鵑鳥的哀啼，遂都成了這一永懷憾恨之魂魄的寂寞悲哀之呼
> 喚。〔註45〕

於是杜鵑的悲啼意象往往作爲詩人悲愁的渲染。中唐詩人以其聽覺意象渲染
個人遭遇的悲愁，如李嘉祐〈暮春宜陽郡齋愁坐忽枉劉七侍御新詩因以酬答〉：

> 子規夜夜啼櫧葉，遠道逢春半是愁。芳草伴人還易老，落花隨水亦
> 東流。山臨晡睍恒多雨，地接瀟湘畏及秋。唯羨君爲周柱史，手持
> 黃紙到滄洲。〔註46〕

〔註43〕清聖祖御製：《全唐詩》卷四七四，頁5381。

〔註44〕李亮偉：〈論中國文學傳統景物題材「杜鵑啼血」之審美底蘊〉，（《自貢
師專學報》，1995年第3期），頁30。

〔註45〕葉嘉瑩：《迦陵論詩叢稿》，（桂冠圖書股份有限公司，2000年），頁190。

〔註46〕清聖祖御製：《全唐詩》卷二○七，頁2166。

李嘉祐此詩表達對朋友的欣羨，隱含自己懷才不遇的慨嘆。首聯「子規夜夜啼橘葉，遠道逢春半是愁」以子規夜啼喚起詩人春愁，更覺察自己身居遠道的悲愁，一半愁是傷春，一半愁是身居遠道。次聯「芳草伴人還易老，落花隨水亦東流」，由暮春興發時間流逝的感慨，草伴人而老，花隨水而東，似乎與我同病相憐。三聯「山臨睥睨恒多雨，地接瀟湘畏及秋」，承上時間流逝的感傷，以山城多雨，害怕秋天轉眼而至。末聯「唯羨君為周柱史，手持黃紙到滄洲」點出主旨，因讀御史之詩，羨慕他能持詔出游滄州，自己卻還是「大隱柱下」不被看重。〔註47〕此詩用「子規夜啼」的意象而傷春，藉傷春而興發對自己懷才不遇的慨嘆。

耿湋〈登鍾山館〉：

> 匹馬宜春路，蕭條背館心。澗花寒夕雨，潭水黑朝林。野市魚鹽隘，
>
> 江村竹葦深。子規何處發，青樹滿高岑。〔註48〕

耿湋擅寫流離中的人情世態身世遭遇之悲，與其久居下僚又遭貶謫的際遇有很大的關係。〔註49〕耿湋此詩藉登鍾山館所見景物的描寫，抒發心中的悲愁，文末「子規何處發，青樹滿高岑」藉子規鳥的悲啼，以聽覺的效果渲染全詩的悲愁氛圍。

武元衡〈望夫石〉：

> 佳名望夫處，苔蘚封孤石。萬里水連天，巴江暮雲碧。湘妃泣下竹
>
> 成斑，子規夜啼江樹白。〔註50〕

此為詩人遊賞湖北武昌望夫石之作。先描摹望夫石所在的景象，再以湘妃泣夫的典故呼應「望夫」，最後以子規夜啼烘托悲涼的情境。以湘妃泣淚和子規夜啼兩典並舉，和白居易〈江上送客〉：「杜鵑聲似哭，湘竹斑如血」用法相同。蓋兩者悲淒意象容易相連，一是湘妃淚灑成斑竹，一是子規啼血為杜鵑，兩者同是人之悲情極致，血淚以表的神話原型。

劉禹錫〈後梁宣明二帝碑堂下作〉：

> 玉馬朝周從此辭，園陵寂寞對豐碑。千行宰樹荊州道，暮雨蕭蕭聞
>
> 子規。〔註51〕

〔註47〕　（明）唐汝詢選釋、王振漢點校《唐詩解》（下），頁 1137。

〔註48〕　清聖祖御製：《全唐詩》卷二六八，頁 2992。

〔註49〕　趙賀、劉九偉：〈大曆十才子詩歌創作的個性特徵〉，（《天中學刊》，第 14 卷第 1 期），頁 67。

〔註50〕　清聖祖御製：《全唐詩》卷三一六，頁 3546。

〔註51〕　清聖祖御製：《全唐詩》卷三六五，頁 4121。

此詩作於元和十年，劉禹錫再赴連州過江陵時。〔註52〕詩人到後梁宣明二帝碑堂下，有感於興衰榮辱而寫。在隋文帝徵召蕭岑入朝之後，後梁於是被滅，由於其子孫入隋唐後多顯貴，未再回到此地，是以此地只剩「園陵寂寞對豐碑」。三句「千行宰樹荊州道」中宰樹即墓樹，末句「暮雨蕭蕭聞子規」以雨中鵑啼的悲鳴聲帶出後梁亡國後的淒涼景象。子規本是亡國後的的蜀王所化，徘徊此二位帝王墳前，無疑是同病相惜的意象表徵。

白居易〈郊下〉：

> 西日照高樹，樹頭子規鳴。東風吹野水，水畔江蘺生。盡日看山立，
> 有時尋澗行。兀兀長如此，何許似專城。〔註53〕

此詩作於元和十五年，在忠州時，〔註54〕白居易遊郊外有感。首聯說明日暮鵑啼的景象，對白居易來說，年近知命，貶謫之身，此景此聲是最容易引發感觸的。末聯「兀兀長如此，何許似專城」面對長期這樣的日子，無奈之感油然而生。此詩中「子規鳴」仍以悲涼啼鳴聲暗喻詩人對自己處境遭遇的感慨。

以杜鵑悲啼意象詠懷尚有下列四首：

> 雨餘芳草淨沙塵，水綠灘平一帶春。惟有啼鵑似留客，桃花深處更
> 無人。〔註55〕（羊士諤〈汎舟入後谿〉）
>
> 尋源路不迷，絕頂與雲齊。坐引羣峰小，平看萬木低。雙林春色上，
> 正有子規啼。〔註56〕（劉迥〈遊爛柯山〉）
>
> 幽人自愛山中宿，又近葛洪丹井西。幽人自愛山中宿，又近葛洪丹
> 井西。窗中有个長松樹，半夜子規來上啼。窗中有個長松樹，半夜
> 子規來上啼。〔註57〕（朱放〈山中聽子規〉）
>
> 去歲清明雲溪口，今朝寒食鏡湖西。信知天地心不易，還有子規依
> 舊啼。〔註58〕（施肩吾〈越中遇寒食〉）

羊士諤〈汎舟入後谿〉以「惟有啼鵑似留客，桃花深處更無人」暗示似乎只

〔註52〕 高志忠：《劉禹錫詩編年校注》第一冊，頁385。
〔註53〕 清聖祖御製：《全唐詩》卷四三四，頁4805。
〔註54〕 謝思煒：《白居易詩集校注》（二），頁881。
〔註55〕 清聖祖御製：《全唐詩》卷三三二，頁3697。
〔註56〕 清聖祖御製：《全唐詩》卷三一二，頁3517。
〔註57〕 清聖祖御製：《全唐詩》卷三一五，頁3542。
〔註58〕 清聖祖御製：《全唐詩》卷四九四，頁5598。

有杜鵑鳥相留，自己卻無人知賞的不遇之慨。劉迴〈遊爛柯山〉則藉登峰頂遊賞春景，聞子規啼鳴以抒發個人懷抱。朱放〈山中聽子規〉則以山中夜半獨聞鵑啼抒發個人情志。施肩吾〈越中遇寒食〉則以杜鵑悲啼象徵天地不易心，正是神話中望帝雖死化為鳥，但仍堅持貫徹生前意志的思維展現，施肩吾以此詠懷，正道出自己對真理追求的執著。

第三節　晚唐五代

　　從文宗太和至唐亡，將近八十年的晚唐時期，帝王昏庸、宦官亂政、朋黨傾軋、科場腐敗造成一連串國家動盪、社會衰退、民生寥落的亂象，使得晚唐詩人有著濃厚的憂鬱情結，他們的詩作充斥淒涼悲傷的末世情調。這些文人內心深處包袱著沈重的憂患意識，卻又無力改變衰頹的社會現實；他們抱負著經世濟民的儒家懷抱，卻又出身寒微，無力援引，久試不第或屈居幕僚；他們的命運隨著時代的動搖而載浮載沈，長久輾轉流離的生活使得他們對生命發出深長的喟嘆，或憑弔古蹟詠歎歷史抒發滄桑變化之感，或轉而向佛道思想尋求心靈的慰藉。

　　時代因素加上詩人心理使然，此時是苦吟詩風的高潮期，由於學習賈島苦吟為詩的人很多，於是晚唐五代成了「賈島的時代」。聞一多先生曾經提出「賈島現象」，他說：

> 由晚唐到五代，學賈島的詩人不是數字可以計算的，除極少數鮮明
> 的例外，是向著詞的意境和詞藻移動的，其餘一般詩人大眾、也就
> 是大眾的詩人，則全屬於賈島。從這個觀點看，我們不妨稱晚唐五
> 代為賈島的時代。〔註59〕

據《全唐詩》統計，晚唐五代懷念與追和賈島的詩，共有三十八首，居唐詩人首位，其中無可、雍陶、劉得仁、喻鳧等為前期詩人外，其餘十八人（齊己、崔涂、薛能、馬戴、劉滄、李頻、李郢、鄭谷、張喬、李克恭、杜荀鶴、徐夤、李洞、安錡、可止、歸仁、貫休、方干）全是唐末五代人。〔註60〕李懷民《重訂中晚唐詩人主客圖》列賈島一派追隨者共十三人，除張祜、周賀、喻鳧三人外，其餘十人（李洞、曹松、馬戴、裴說、許棠、唐求、鄭谷、方

〔註59〕聞一多：《唐詩雜論》，（上海古籍出版社，1998年），頁36。
〔註60〕李定廣：〈論唐末五代的「普遍苦吟現象」〉，（《文學遺產》，2004年第4期），頁57。

干、于鄴、林寬）皆為唐末五代人。〔註61〕可見賈島的苦吟詩風，在唐末五代得到全面的響應。苦吟之風發展到了此時出現了一種全新的現象——普遍的苦吟現象。〔註62〕而苦吟不僅是中晚唐詩人一種艱苦創作的自覺追求，也是一種審美鑑賞、抒發感情的方式，是詩人精神寄託的管道，亦是自我陶醉的詩歌境界。

聞一多所言「向著詞的意境和詞藻移動的」，余恕誠認為即指李商隱、溫庭筠、杜牧等人，其追隨者尚有韓偓、唐彥謙、吳融等人，而韋莊、羅隱亦受影響。〔註63〕晚唐由於社會的沈悶壓抑，士人向外部世界的進取受到限制，於是感情內轉，著重在心靈世界的探討。在語言意境方面，則刻意追求幽隱含蓄的淒豔美。〔註64〕主要詩人以李商隱的經歷最為曲折，人事環境最為複雜，個性最敏銳多感，因此體味、審視、表現自己的情感世界成為其詩作中非常引人注目的特徵。杜牧詩則以俊邁、拗峭、深於感慨的風格卓立於晚唐詩壇而與李商隱齊名，由於他風流浪漫，性喜狎遊，以情愛和婦女為題材的詩作很多，於是逐漸向綺豔題材開拓。溫庭筠的詩才思豔麗，韻格清拔，得力於六朝吳語文學，其詩「如春朝，如秋夜，如初鶯之弄舌，如新花之蓓蕾，如山色之蔥蘢，如波光之晃漾，如珠溫玉軟、紅韉翠倚，如十五六女郎執紅牙拍唱楊柳岸曉風殘月，真有一種說不出的新鮮趣味和風流韻致。」〔註65〕晚唐這一類的綺豔詩又常與抒寫人生感慨之作相結合，流露悲愴、綺麗、委婉的風格。

時代因素造成文人的憂鬱傾向，流露在感傷氛圍籠罩的作品中，其作品一改盛唐以來對事功的嚮往，以及開闊的眼界、博大的氣勢和飛動的氣象，描寫對象轉而從日常生活的瑣事入手，將人帶入一種纖細的意趣和寧靜的境界中。動物中的子規、蜂、蝶、燕、蟬、孤雁，植物中的柳、草、柳絮、落花、殘花、穆蘭花、石榴花、荷花、梅花等，自然中的雲、雨、風、月等常常是詩人淒清、孤寂、落寞、幽怨的情緒體現。〔註66〕

〔註61〕 李定廣：〈論唐末五代的「普遍苦吟現象」〉引李懷民《重訂中晚唐詩人主客圖》，頁57。
〔註62〕 李定廣：〈論唐末五代的「普遍苦吟現象」〉，頁52。
〔註63〕 余恕誠：〈晚唐兩大詩人群落及其風貌特徵〉，（《安徽師大學報》第24卷，1996年第2期），頁166。
〔註64〕 賀利：〈論晚唐詩人的憂鬱情結〉，（《內蒙古社會科學》，第25卷第5期，2004年9月），頁84。
〔註65〕 蘇雪林：《唐詩概論》，（商務印書館，1933年），頁169。
〔註66〕 賀利：〈論晚唐詩人的憂鬱情結〉，頁85。

在盛唐、中唐的文人開拓詩材後，杜宇神話幽怨、含冤、啼血、花鳥、悲啼的意象正好適合晚唐五代詩人作爲憂鬱情緒的抒發媒介，是以大量地用到詩歌的創作中，茲分以下七點敘述之。

一、以含冤意象指涉懷才不遇

從中唐劉長卿以杜宇神話中的含冤意象指涉韓信之怨，而抒發個人懷才不遇之慨後，顧況、司空曙繼之，晚唐詩人更擅於使用，可從以下諸首看出：

李商隱〈錦瑟〉：

> 錦瑟無端五十弦，一弦一柱思華年。莊生曉夢迷蝴蝶，望帝春心托杜鵑。滄海月明珠有淚，藍田日暖玉生煙。此情可待萬追憶，只是當時已惘然。〔註67〕

李商隱的詩，從表層看，是難以言明的情懷與故事的陳述；從深層看，則是衰頹時代社會感傷心理的凝結，而沈博豔麗、深情綿邈、包蘊密被等恰恰是晚唐感傷情調所能達到的最高層次詩歌表現型態和審美水準。〔註68〕此詩乃詩人自傷身世，首聯以錦瑟發出的悲聲，令人不禁悵惘而思憶起自己的華年往事。次聯承「思華年」寫回憶中的華年往事，上句以莊周化蝶典故象徵詩人身世如夢似幻，悵然若迷；下句藉望帝典故道出自己追求幻滅，抱負成虛的哀怨。三聯表面上寫瑟聲的清寥悲苦，實則託寓才能不爲世用的痛苦與所求虛無縹緲的惘然。中間兩聯，作者係借瑟聲的迷幻、哀怨、清寥、縹緲概括敘寫華年所經歷的種種人生遭遇與感受。末聯點名題意，說明失意哀傷的往事豈待追憶，在當時即已惘然若失。〔註69〕

故此詩「望帝春心托杜鵑」是詩人自比，望帝的哀婉託之鵑鳥啼鳴，正如詩人的悲戚託之其詩作，「望帝」象徵的是詩人悲劇的一生。馮浩箋注：「謂身在蜀中，托物寓哀。」〔註70〕王孝廉指出：「杜鵑聲聲，所託的是望帝永遠追憶的昔日戀情，是望帝在西山之上的永遠懷念的昔日家園」〔註71〕那麼李商隱所託的是失意的一生，是理想的幻滅，是人生的感悟。

李商隱〈哀箏〉：

〔註67〕清聖祖御製：《全唐詩》卷五三九，頁6144。
〔註68〕沈檢江：〈晚唐詩：感傷情調的全方位滲透〉，頁70。
〔註69〕劉學鍇、余恕誠：《李商隱詩歌集解》（中冊），頁1420～1438。
〔註70〕劉學鍇、余恕誠：《李商隱詩歌集解》（中冊），頁1429。
〔註71〕王孝廉：《花與花神》，頁54。

延頸全同鶴，柔腸素怯猿。湘波無限淚，蜀魄有餘冤。輕憶長無道，
哀箏不出門。何由問香炷，翠幕自黃昏。〔註72〕

此詩應作於李商隱自東川歸後病廢時，寫作者獨居孤獨情懷。前四句藉箏喻
人，「延頸全同鶴」喻己消瘦鶴立之狀，「柔腸素怯猿」藉猿啼寫箏聲之哀如
己哀。「湘波無限淚，蜀魄有餘冤」既說明所彈之曲，又比喻自己過去的經歷，
「湘波」指湖南失意之恨，「蜀魄」指巴閬流滯之慨，隱含身世之悲。後四句
寫彈奏者之處境與心境，箏聲既哀淒不傳出戶外，彈者亦幽居寂寥，獨自悵
惘。〔註73〕此處「湘波無限淚」藉娥皇、女英之淚以喻湖南失意之恨，，「蜀
魄有餘冤」借用杜宇典故表示自己流滯蜀地時的無奈，同樣以湘妃和杜宇爲
並列意象。自己的失意恰與含冤的杜宇一樣，其恨之深可以想見。「蜀魄」的
暗示是失意的、含冤的，亦帶有蜀地的文化意象。

李群玉〈黃陵廟〉：

小姑洲北浦雲邊，二女容華自儼然。野廟向江春寂寂，古碑無字草
芊芊。風迴日暮吹芳芷，月落山深哭杜鵑。猶似含顰望巡狩，九疑
愁斷隔湘川。〔註74〕

黃陵廟在湖南省湘陰縣北洞庭湖畔，當地人在此爲舜的妃子娥皇、女英立廟
祭祀。作者在離開弘文館校書郎的職務回故鄉時，途經黃陵廟，而寫下此詩。
〔註75〕首二句寫出此廟地點並歌詠二位女神，其塑像栩栩如生，似還追隨舜
帝南巡不歸而悲啼。中間四句具體寫出黃陵廟周圍環境的悽清寂寞。詩的末
兩句呼應首二句，寫兩位女神彷彿還蹙著眉黛，隔著江水，朝暮眺望九疑山，
期待舜帝的歸來。此詩中「月落山深哭杜鵑」一句，主要烘托祠廟附近的淒
涼與兩位女神的悲戚，一個「哭」字彷彿說明二妃仍爲舜帝的未歸而悲鳴不
已。在書寫策略上，某種程度受了白居易的影響，白居易曾在詩中以「月弔
宵聲哭杜鵑」寫出與好友元稹離別時的悲愁，在〈江上送客〉一詩中亦以「杜
鵑聲似哭，湘竹斑如血」首度將此二神話典故並用。此處李群玉哀悼二妃，
再化用白居易的手法，以「哭杜鵑」表示對二妃的同情憐憫。不過就方干有
詩〈經群玉故居〉：「訐直上書難遇主，銜冤下世未成翁。」〔註76〕看來，李

〔註72〕清聖祖御製：《全唐詩》卷五四〇，頁6194。
〔註73〕劉學鍇、余恕誠：《李商隱詩歌集解》（中冊），頁1417～1420。
〔註74〕清聖祖御製：《全唐詩》卷五六九，頁6603。
〔註75〕張淑瓊主編：《唐詩欣賞》第十三輯，頁113。
〔註76〕方干〈經羣王故居〉：「訐直上書難遇主，銜冤下世未成翁。琴樽劍鶴誰將去，

群玉〈黃陵廟〉應也有為自己懷才不遇抱屈的成分在。加上大中十三年懿宗登基後，令狐綯遭彈劾去相，李群玉可能為其上書，而被捲入黨爭，於是憤慨抽身而退。〔註77〕胡可先曾在《政治興變與唐詩演化》中指出：「甘露之變後的文人，對於變幻莫測政治風雲深感憂慮，中唐時期那種積極用世、改革社會的革新精神，被全身遠禍、冷眼旁觀的漠然心態所代替。」〔註78〕依此看來，他此次出京，既有失望、憤怒、屈辱和辛酸，還有憂讒畏譏、求全避禍對政治的清醒。是以李群玉在與此詩同時之作〈題二妃廟〉：

　　黃陵廟前春已空，子規啼血滴松風，不知精爽歸何處，疑是行雲秋

　　色中。〔註79〕

流露一種清怨的特徵。〔註80〕「子規啼血」除了悲愁氛圍的渲染外，還有隱藏在詩人心底深處對時代、對朝廷的怨。但李群玉的詩裡看不到太多的憤恨，這與他生長在荊楚地區，長期受逍遙自適傳統地域文化薰陶及其本身耿介放曠的個性使然，其作品流露「清介」的風格，〔註81〕「不知精爽歸何處，疑是行雲秋色中。」以精氣化入行雲秋色，予人清幽放曠之感。

　　杜宇悲劇的一生往往是詩人悲劇一生的寫照，在晚唐眾多在仕途上受挫的文人筆下最能表露心聲。另外一方面也由於賈島現象的普遍影響，賈島曾以〈子規〉一詩象徵自己的苦難人生。故李頻有〈哭賈島〉和〈過長江傷賈島〉二首：

　　秦樓吟苦夜，南望只悲君。一宦終遐徼，千山隔旅墳。恨聲流蜀魄，

　　冤氣入湘雲。無限風騷句，時來日夜聞。〔註82〕（〈哭賈島〉）

　　忽從一宦遠流離，無罪無人子細知。到得長江聞杜宇，想君魂魄也

　　相隨。〔註83〕（〈過長江傷賈島〉）

　　　　惟鑠山齋一樹風。」（宋）計有功：《唐詩紀事》卷五十四，頁 822。
〔註77〕于俊利：〈論晚唐時局中詩人李群玉的心態〉，〈《西北工業大學學報》第 27 卷第 1 期，2007 年 3 月），頁 11。
〔註78〕胡可先：《政治興變與唐詩演化》，（北京：中國社會科學出版社，2003 年），頁 185。
〔註79〕清聖祖御製：《全唐詩》卷五七○，頁 6608。
〔註80〕周建軍、伍玖清：〈李群玉及其詩歌考論〉，（《中國韻文學刊》第 20 卷第 3 期，2006 年 9 月），頁 33。
〔註81〕周建軍、伍玖清：〈李群玉及其詩歌考論〉，頁 28。
〔註82〕清聖祖御製：《全唐詩》卷五八九，頁 6837。
〔註83〕清聖祖御製：《全唐詩》卷五八九，頁 6812。

二詩以賈島自喻的子規意象為其傷悼，可看出李頻對賈島的崇拜。〈哭賈島〉以「恨聲流蜀魄，寃氣入湘雲」，藉杜宇神話為賈島悲憤的一生抱屈；〈過長江傷賈島〉又以「忽從一宦遠流離，無罪無人子細知」明白道出他無罪遭貶的冤情，最後以賈島必與杜宇相知相隨，同化子規作結。充分以杜宇神話中的含冤意象為賈島申訴。

羅隱〈子規〉：

> 銅梁路遠草青青，此恨那堪枕上聽。一種有冤猶可報，不如銜石疊滄溟。〔註84〕

羅隱二十歲始應進士第，但屢試不第，一直到五十五歲東歸吳越王，前後三十六年，仕途蹇澀，過著顛沛流離、窮愁潦倒的生活。故他的詩多發不平之鳴，滿溢忠憤之氣。〔註85〕他的詠物詩中能在細小的題材中挖掘出新意，或著語諷刺某一詬病，或體會出人生百味，均有一定見解。〔註86〕此詩首句揭示之地名「銅梁」在四川，即以文化意象帶出子規，接著以子規啼聲甚悲，若有遺恨，此恨無疑是杜宇之恨，故言「此恨那堪枕上聽」。更將杜鵑與精衛鳥相比擬云：「一種有冤無可報，不如含石疊滄溟」，亦即認為杜鵑既與精衛同屬飽含無限冤屈的「冤鳥」，不如就學精衛銜石填海以消滅遺恨，而不須再晝夜悲鳴，鳴訴不休了。

子規與精衛並舉，在意象的取材上的確充滿新意，要子規啣石填海，莫再悲鳴不已，其中更充滿諸多人生況味。此詩以子規意象做為詩人人生感懷的借喻主體，所言不只是杜宇之恨，更是人生之恨。可見羅隱以杜宇含冤意象指涉自己悲愁憤懣的一生。

羅隱另有〈下第寄張坤〉：

> 謾費精神掉五侯，破琴孤劍是身讐。九衢雙闕擬何去，玉壘銅梁空舊遊。蝴蝶有情牽晚夢，杜鵑無賴伴春愁。思量不及張公子，經歲池江倚酒樓。〔註87〕

詩人在下第後寄友張坤，其感傷落漠是可以想見的。首二句是對自己費盡心思卻仍功虧一簣的悲憤，三四句表達一種不知何去何從的無奈，「蝴蝶有

〔註84〕清聖祖御製：《全唐詩》卷六五八，頁7561。
〔註85〕張子清：〈時來天地皆同力，運來英雄不自由——試論羅隱詠史詩中的進步歷史觀〉，《中國韻文學刊》第21卷第4期，2007年12月），頁36。
〔註86〕由興波：〈羅隱詩歌探微〉，頁81。
〔註87〕清聖祖御製：《全唐詩》卷六六四，頁7606。

情牽晚夢，杜鵑無賴伴春愁」，明顯化用李白「野禽啼杜宇，山蝶舞莊周」
和李商隱「莊生曉夢迷蝴蝶，望帝春心托杜鵑」之句，同以蝴蝶和杜鵑並
列，故知「杜鵑無賴伴春愁」之「杜鵑」乃指子規鳥，而非杜鵑花。無可
奈何的心緒只能靠夜晚牽夢的蝴蝶、伴春啼鳴的杜鵑來排遣，最後自嘆才
華不及張坤，表達對好友的肯定與祝福。若站在羅隱〈子規〉含冤意象的
理解基礎上，來看此詩「杜鵑無賴伴春愁」，杜鵑意象應是滿懷作者懷才不
遇的失意的。

　　吳融〈聞杜鵑〉：

　　　　花時一宿碧山前，明月東風叫杜鵑。孤館覺來聽夜半，羸僮相對亦
　　　　無眠。汝身哀怨猶如此，我淚縱橫豈偶然。爭得蒼蒼知有恨，汝身
　　　　成鶴我成仙。〔註88〕

遊子本不堪杜鵑聲，更何況在夜半孤館？吳融以此寫出亂世流寓的文人心
聲。「汝身哀怨猶如此，我淚縱橫豈偶然」，將自己流離之身與杜宇身世相比，
兩者同病相憐。故言蒼天若知你我遺恨，既已化汝為鳥，亦應化我為仙。作
者藉子規含冤意象抒其生逢亂世、懷才不遇的悲慨。

二、以啼血意象象徵悲愁

　　藉杜鵑啼血意象以詠懷，在中唐顧況〈攝山聞子規〉、王建〈夜聞子規〉、
呂溫〈道州月歎〉詩中已開其端，且三首詩中杜鵑啼血的時間點均在夜月，
更與古籍中「夜啼達旦，血漬草木」之記載不謀而合。晚唐五代詩人繼之，
有承其時間套用的縮合點，也有跳脫時間限制，啼血不與月夜同時出現。

　　杜荀鶴〈聞子規〉：

　　　　楚天空闊月成輪，蜀魄聲聲似告人。啼得血流無用處，不如緘口過
　　　　殘春。〔註89〕

杜荀鶴如同眾多的晚唐士子，生逢亂世的社會底層，一生苦讀吟詩，但屢試
不第，經歷坎坷，到五十歲才終於得第，可是由於時局動亂沒有授予官職，
最後他自貶人格投靠地方強藩，五十八歲時受到朱全忠的賞識，任翰林學士，
不幸任官十日便染重病身亡。詩人坎坷一生，故作品中體現晚唐的哀世之音，
把國難、世亂、身心勞苦訴諸詩文，表現亡國之悲、命運之悲、人格之悲。

〔註88〕　（清）徐倬編：《全唐詩錄》卷九十二，輯入《文淵閣四庫全書》總1473冊，
　　　　　頁615。
〔註89〕　清聖祖御製：《全唐詩》卷六九三，頁7983。

〔註90〕此詩作者以杜宇悲劇的化身入題，杜宇化爲子規聲聲告人，叫出自己
思歸故國的願望，但是任憑子規鳥怎麼叫，怎麼啼血，歷史並不會因此而改
變，不如從此緘口，莫再啼鳴。詩人對人生採取一種消極的控訴，任憑自己
怎麼努力，都不能改變自己貧窮的命運，不如放棄。此乃杜荀鶴在一而再、
再而三的挫折打擊後消極避世心理的體現，充滿一種無可奈何的落寞感。此
詩以子規的啼血意象反映的是詩人悲劇的一生，並綰合月夜的時間特點。

李洞〈聞杜鵑〉：

> 萬古瀟湘波上雲，化爲流血杜鵑身。長疑啄破青山色，只恐啼穿白
> 日輪。花落玄宗回蜀道，雨收工部宿江津。聲聲猶得到君耳，不見
> 千秋一甑塵。〔註91〕

李洞是唐末一位學賈島而有所成就的苦吟詩人，加上長年的科舉失意及其本身
的悲劇性格，使得他的詩歌內容多反映貧寒多病、累舉不第、落拓隱居或禪悅
的生活。謀篇造句上求新奇刻峭，且好峭瘦枯寂、冷僻淒清之境。〔註92〕李洞
大約在乾符三年（876）入蜀，中間雖一度赴京應舉，然落第後旋即返蜀，天
復七年（907）病逝於蜀。〔註93〕此詩亦爲作者在蜀中之作。詩中李洞藉聞杜
鵑聲有感而抒發時代的感懷。「萬古瀟湘波上雲，化爲流血杜鵑身。長疑啄破
青山色，只恐啼穿白日輪。長疑啄破青山色，只恐啼穿白日輪」，描寫杜鵑鳥
啼血的悲哀，其哀淒的程度幾可啄破青山、啼穿白日，這些誇飾意象都是要凸
顯面對江山作者心中的悲憤。「花落玄宗回蜀道，雨收工部宿江津。聲聲猶得
到君耳，不見千秋一甑塵」，藉曾入蜀的玄宗和杜甫都曾聞鵑啼而興嘆，歷史
的興衰終成過往，不留痕跡，但杜鵑的啼聲代代不變，仍舊使得每朝入蜀文人
聞之斷腸。杜鵑聲給予李洞的感懷，不僅僅是歷史的興衰，不僅僅是時代的悲
愁，其實更深的是自己身世感慨。而其啼血意象的使用已跳脫月夜的時間限制。

無名氏〈聽琴〉：

> 六律鏗鏘間宮徵，伶倫寫入梧桐尾。七條瘦玉叩寒星，萬派流泉哭
> 纖指。空山雨腳隨雲起，古木燈青嘯山鬼。田文墮淚曲未終，子規

〔註90〕王培俠：〈杜荀鶴詩悲情探微〉，（《安徽農業大學學報》第 17 卷第 2 期，2008
年 3 月），頁 82～84。

〔註91〕清聖祖御製：《全唐詩》卷七二三，頁 8296。

〔註92〕郭素華：〈從李洞的詩歌創作看晚唐苦吟詩風〉，（泉州師範學院：《美與時代》，
2007 年 8 月），頁 112～113。

〔註93〕胡筠：〈李洞蜀中詩歌創作研究〉，（《綿陽師範學院學報》第 26 卷第 3 期，2007
年 3 月），頁 63。

啼血哀猿死。〔註94〕

作者多方譬喻琴聲之淒涼哀怨，最後以「子規啼血哀猿死」作結，無疑化用白居易「杜鵑啼血猿哀鳴」詩句。以樂音之哀融入杜宇悲鳴聲，而象徵心中之悲，寫出嘔欲斷腸的傷痛，應是作者身世之慨才會引來如此深長的唱嘆。

三、花鳥融啼血意象疊加哀愁

巧用杜鵑花鳥意象疊加哀愁以抒懷，在中唐白居易〈送春歸〉首開其風，賈島〈子規〉、李紳〈南梁行〉、〈杜鵑樓〉承之。其中又以賈島〈子規〉使用地最為深刻，不僅以神話原型入詩，並融合花鳥和啼血的意象暗喻自己苦難的一生。晚唐許多詩人因崇拜賈島的關係，受其影響，亦慣於以「子規」為題入詩，除李頻以含冤意象為賈島申冤外，陸龜蒙、來鵠等則善於融合花鳥和啼血意象疊加哀愁，以象徵自己的悲怨不平。

陸龜蒙〈子規〉：

> 碧竿微露月玲瓏，謝豹傷心獨叫風。高處已應聞滴血，山榴一夜幾
>
> 枝紅。〔註95〕

陸龜蒙許多詩都流露亂世隱居孤高寂寞的感傷情懷，此詩亦然。「謝豹傷心獨叫風」即以子規的悲鳴聲道出自己生逢亂世的悲哀、理想幻滅的沈痛。三四句以花鳥融啼血三重意象的疊用，渲染哀怨的氛圍。「高處已應聞滴血」言杜鵑鳥夜半啼血，「山榴一夜幾枝紅」言啼血染成杜鵑花的悽惻，每一次傷心的控訴，就是一朵傷口的烙印，詩人的沈痛至極藉此一神話意象得以表明。

來鵠〈子規〉二首：

> 雨恨花愁同此冤，啼時聞處正春繁。千聲萬血誰哀爾，爭得如花笑
>
> 不言。〔註96〕
>
> 月落空山聞數聲，此時孤館酒初醒。投人語若似伊淚，口畔血流應
>
> 始聽。〔註97〕

來鵠善用比興手法，託物抒懷言感。「子規」是生活處境艱難的詩人自喻，也是廣大飢寒交迫、哀苦無告平民百姓的寫照。來鵠在大中、咸通年間以詩才聞名，然因家貧不達，詩作多諷時刺世，為權貴所忌恨，屢試不第，終身布

〔註94〕清聖祖御製：《全唐詩》卷七八五，頁 8862。
〔註95〕清聖祖御製：《全唐詩》卷六二八，頁 7214。
〔註96〕清聖祖御製：《全唐詩》卷六四二，頁 7367。
〔註97〕清聖祖御製：《全唐詩》卷六四二，頁 7367。

衣。〔註98〕故將自己的不平之冤化作子規，詩中才會又是「雨恨花愁」，又是「千聲萬血」，花鳥融啼血三層的哀怨意象象徵著作者的悲憤，可謂憤懣之至。前一首〈子規〉表現出來的是憤多於悲，後一首〈子規〉以「淚」、「血」對舉，表現的則是悲多於憤，足見詩人內心的衝突矛盾。

羅鄴〈聞子規〉：

> 蜀魄千年尚怨誰，聲聲啼血向花枝。滿山明月東風夜，正是愁人不寐時。〔註99〕

羅鄴是餘杭人，雖家貲鉅萬，但咸通中數次下第。曾飄泊湘浦間，為崔素幕僚。久居下職，於是踉蹌北征，赴職單于，最後抑鬱而卒。〔註100〕此詩可看出他以杜宇神話典故寄託自己失意受挫的一生，「蜀魄千年尚怨誰，聲聲啼血向花枝」藉杜宇之怨，以啼血染花的意象表達自己有志不得伸的深沈苦痛，將花鳥與啼血意象全寫入詩中，使原本花鳥二層哀怨的疊加，提升為三層哀怨的疊加，其抑鬱之深可以想見。

以花鳥融啼血意象的使用從賈島開始，均以「子規」（杜鵑鳥）或「聞子規」為題，此一意象的發展到了後期，有改以「杜鵑花」為題的趨勢，如韓偓〈淨興寺杜鵑一枝繁豔無比〉：

> 一園紅豔醉坡陀，自地連梢簇蒨羅。蜀魄未歸長滴血，祗應偏滴此叢多。〔註101〕

寫杜鵑花，卻能融入花鳥與啼血的意象，以花取代鳥，作為悲怨的象徵。三、四句即明白道出此紅豔無比的杜鵑花乃蜀魄滴血而成，而此叢偏滴最多，象徵悲怨最深。韓偓在昭宗朝，因不滿權貴，遭朱全忠構禍，貶濮州司馬，之後便屢遭貶謫。〔註102〕心中的悲憤可以想見，所謂情寓景中，寫花即寫人，韓偓此詩深寓遭遇不平的慨嘆。

四、以悲啼意象烘托氛圍

從盛唐李白〈蜀道難〉開始即以「子規啼月夜」結合文化意象與聽覺意

〔註98〕李軍：〈來鵠詩簡論〉，（《江蘇廣播電視大學學報》，第 10 卷第 3 期，1999 年 9 月），頁 48。
〔註99〕清聖祖御製：《全唐詩》卷六五四，頁 7522。
〔註100〕（元）辛文房：《唐才子傳》卷八，頁 185。
〔註101〕清聖祖御製：《全唐詩》卷六八○，頁 7794。
〔註102〕（元）辛文房：《唐才子傳》卷九，頁 216。

象以渲染個人悲愁，中唐耿湋〈登鍾山館〉、武元衡〈望夫石〉、白居易〈郊下〉、劉禹錫〈後梁宣明二帝碑堂下作〉則直接以聽覺意象烘托個人悲愁。巧合的是，中唐詩人以聽覺意象烘托個人悲愁的詩裡，均與黃昏的時間特點縉和，是黃昏意象與子規意象的結合成為中唐詩歌意象的一個開發。晚唐五代繼之，以子規烘托悲愁，卻已跳脫中唐詩人黃昏意象結合子規意象的用法，表現在以下諸作：

杜牧〈惜春〉：

> 花開又花落，時節暗中遷。無計延春日，何能駐少年。小叢初散蝶，
> 高柳即聞蟬。繁豔歸何處，滿山啼杜鵑。〔註103〕

此詩杜牧主要在嘆息春光的流逝，「繁豔歸何處，滿山啼杜鵑」感傷花落春去，徒留滿山杜鵑悲啼，使詩的結尾彌漫在悲愁的氛圍中，久久不散。雖為傷春惜時，其實詩中蘊含著老大無成的感傷，並且還有對離亂時代蹉跎理想抱負的深深喟嘆。

吳融〈玉女廟〉：

> 九清何日降仙霓，掩映荒祠路欲迷。愁黛不開山淺淺，離心長在草
> 萋萋。簷橫綠派王餘擲，窗裹紅枝杜宇啼。若得洗頭盆置此，靚妝
> 無復碧蓮西。〔註104〕

此詩應是吳融隨帝幸華州時所作，因玉女峰在華山，玉女盆乃華山玉女峰上的石臼，相傳為仙女洗頭所用，世稱「玉女洗頭盆」。〔註105〕時吳融約五十歲，首聯寫出玉女廟的荒蕪，次聯的「愁黛」與「離心」都是作者心情的表徵，三聯藉杜宇悲啼聲烘托此祠的淒涼，四聯言若將玉女峰上的洗頭盆置此，此祠或許不會荒蕪若此。故此詩杜宇意象在以聽覺烘托淒涼之境，此淒涼非獨為玉女廟之淒涼，還透顯作者心境之淒涼。

薛濤〈贈楊蘊中〉：

> 玉漏聲長燈耿耿，東牆西牆時見影。月明窗外子規啼，忍使孤魂愁
> 夜永。〔註106〕

此詩詩題下云：「進士楊蘊中得罪下獄在成都府，夜夢一婦人，雖貌不揚，而

〔註103〕清聖祖御製：《全唐詩》卷五二六，頁6031。
〔註104〕清聖祖御製：《全唐詩》卷六八六，頁7885。
〔註105〕胡雅嵐：〈吳融生平及其詩作研究〉，（私立逢甲大學中國文學研究所碩士論文，2004年6月），頁41。
〔註106〕清聖祖御製：《全唐詩》卷八六六，頁9804。

言詞甚秀，曰：『吾即薛濤也，頃幽死此室』，乃贈蘊中詩。」〔註107〕《萬首唐人絕句》及《古詩鏡》均題薛濤死後作，其說甚為詭異。若勉強視為薛濤作，由詩文可看出以「月明窗外子規啼」渲染悲愁氛圍，將自己死後孤獨淒涼的情狀藉子規夜啼之聲烘托而出。

五、以植物意象寄寓失意

　　杜宇神話化入文學意象，成為唐代文人特有的書寫策略後，從化鳥意象、含冤意象、啼血意象、悲鳴意象到花鳥意象的二重疊加、花鳥與啼血三重的疊加，文人的創意使得神話意象之擷取不斷翻陳出新，杜鵑鳥與杜鵑花故事的奇特縮和，使詩人在創作上不僅以杜鵑花鳥為意象，亦能跳脫子規、花鳥的慣用策略，獨取杜鵑花為詠物抒懷的媒介。當然杜鵑花意象的使用是否涉及杜宇神話，依讀者不同的角度解讀仍有諸多商議的空間，然作為學術研究，仍須將之羅列，以提供更寬廣的討論空間。下列李群玉〈歎靈鷲寺山榴〉、李咸用〈同友生題僧院杜鵑花〉、曹松〈寒食日題杜鵑花〉三首，是否從杜宇神話指涉而出，頗待商榷，但筆者以為唐代詩人對杜鵑鳥意象的解讀，透過杜宇神話與花鳥意象的廣泛使用，必然某一程度地影響杜鵑花意象的指涉涵義，此三首均為詩人「懷才不遇」的隱喻可見一斑。而成彥雄〈杜鵑花〉一首則明確化用杜宇神話，從詩中可清楚窺知。分述如下：

　　李群玉〈歎靈鷲寺山榴〉，藉詠杜鵑花而發感慨，其詩曰：

　　　水蝶巖蜂俱不知，露紅凝艷數千枝。山深春晚無人賞，即是杜鵑催落時。〔註108〕

詩人以無比同情的筆調，哀嘆山榴（杜鵑花）不被賞識，為它們即便「露紅凝艷數千枝」卻遭受冷落呼喊不平，其實李群玉正以此寄寓自己在坎坷境遇下的痛苦心情，托物言志，我在物中。

　　獨讚杜鵑花，深惋其與眾不同卻無人知賞之作，尚有李咸用〈同友生題僧院杜鵑花〉：

　　　若比眾芳應有在，難同上品是中春。牡丹為性疎南國，朱槿操心不滿旬。留得却緣真達者，見來寧作獨醒人。鶴林太盛今空地，莫放枝條出四鄰。〔註109〕

〔註107〕同上註。
〔註108〕清聖祖御製：《全唐詩》卷五七〇，頁6610。
〔註109〕清聖祖御製：《全唐詩》卷六四六，頁7415。

將杜鵑花喻爲獨醒之人，雖非花中上品，卻是眞達之人。當牡丹不來、朱槿凋謝之際，唯有杜鵑花依舊綻放，無異是作者自我寫照。雖然無人知遇，自己仍能堅守節操，頗有顧影自憐的傷感。

曹松〈寒食日題杜鵑花〉：

　　一朵又一朵，併開寒食時。誰家不禁火，總在此花枝。〔註110〕

曹松以一種獨特的觀賞角度，以寒食節爲時間背景，凸顯家家禁火之際，杜鵑花以其火紅之姿，打破禁火的習俗，正是詩人孤芳自賞的隱喻策略。

成彥雄〈杜鵑花〉：

　　杜鵑花與鳥，怨艷兩何賒。疑是口中血，滴成枝上花。一聲寒食夜，
　　數朵野僧家。謝豹出不出，日遲遲又斜。〔註111〕

成彥雄爲南唐詩人，此詩先以杜鵑花鳥勾勒出一怨艷的意象，再以子規啼血染花的典故點明怨之深切。「一聲寒食夜」呼應鳥啼，「數朵野僧家」呼應花綻。最後「謝豹出不出，日遲遲又斜」帶出黃昏鵑啼的淒涼，其表達內心的沈痛可見一斑。

六、以化鳥意象寄託無常的哲思

李商隱〈井泥四十韻〉：

　　皇都依仁里，西北有高齋。昨日主人氏，治井堂西陲。工人三五輩，
　　輦出土與泥。到水不數尺，積共庭樹齊。他日井甃畢，用土益作堤。
　　曲隨林掩映，繚以池周迴。下去冥寞穴，上承雨露滋。寄辭別地脉，
　　因言謝泉扉。升騰不自意，疇昔忽已乖。

　　伊余掉行鞅，行行來自西。一日下馬到，此時芳草萋。四面多好樹，
　　旦暮雲霞姿。晚落花滿地，幽鳥鳴何枝。蘿幄既已薦，山樽亦可開。
　　待得孤月上，如與佳人來。因茲感物理，惻愴平生懷。

　　茫茫此羣品，不定輪與蹄。喜得舜可禪，不以瞽瞍疑。禹竟代舜立，
　　其父吁咈哉。嬴氏并六合，所來因不韋。漢祖把左契，自言一布衣。
　　當塗佩國璽，本乃黃門攜。長戟亂中原，何妨起戎氏。

　　不獨帝王耳，臣下亦如斯。伊尹佐興王，不藉漢父資。磻溪老釣叟，
　　坐爲周之師。屠狗與販繒，突起定傾危。長沙啓封土，豈是出程姬？

〔註110〕清聖祖御製：《全唐詩》卷七一七，頁8239。
〔註111〕清聖祖御製：《全唐詩》卷七五九，頁8626。

帝問主人翁，有自賣珠兒。武昌昔男子，老苦爲人妻。蜀王有遺魄，今在林中啼。淮南雞舐藥，翻向雲中飛。

大鈞運羣有，難以一理推。顧於冥冥內，爲問秉者誰？我恐更萬世，此事愈云爲。猛虎與雙翅，更以角副之。鳳凰不五色，聯翼上雞棲。我欲秉鈞者，揭來與我偕。浮雲不相顧，寥沉誰爲梯？悒怏夜將半，但歌井中泥。〔註112〕

此詩乃作者因井泥昇騰而慨嘆自己的淪謫不遇。詩分五節。第一節寫深埋地底之泥因治井而昇騰地面，上承雨露。第二節寫井泥築爲池堤後，池上林間所呈現的幽美景色。「因茲感物理，惻愴平生懷」，由井泥地位的變化而聯想到自己的生平遭遇，引出下節對「物理」的議論。第三節以「茫茫此羣品，不定輪與蹄」總起，列舉舜、禹、秦始皇、漢高祖、魏武帝、五胡等大有作爲的帝王均起於微賤，證明賤者可以變爲貴的道理，和井泥一樣。接著以「不獨帝王耳，臣下亦如斯」轉入第四節，伊尹、呂望、樊噲、灌嬰等，均出身微賤而佐興王成大業；長沙定王、董偃雖無功業，然亦微賤而居尊貴。男變爲女、君化爲禽、雞犬升天，自然社會人事的變化往往令人惶恐而不知所措。第五節就「大鈞運羣有，難以一理推」抒慨，作者希望自己可以和聖賢一樣雖起於微賤仍可成就大業，但害怕的是猛虎異角、鳳凰難棲。面對浮雲蔽日、天高難梯、物理難明的多變世事，詩人僅能在漫漫長夜中空歌井泥，抒發怨憤罷了。〔註113〕

此詩中「蜀王有遺魄，今在林中啼」，以杜宇化鵑的典故道出人化爲禽，與男化爲女、雞犬升天同表自然人事變化的不可掌握，其用法與左思「妄變化於非常」和鮑照「念死生變化非常理」相似。在杜宇神話意象的使用上，李商隱的運用，是抒情範式上的一種回歸，在盛唐、中唐幾乎未再使用此一抒情範式之後，李商隱的詮釋是此一神話最初書寫策略的回返，也是一個新的意象的開拓。

七、以飛鳥意象隱喻自在的追求

晚唐與六朝時人同樣有著亂世情結，憤世和遁世成了構成詩作主要基調

〔註112〕清聖祖御製：《全唐詩》卷五四一，頁6247。
〔註113〕劉學鍇、余恕誠：《李商隱詩歌集解》（中冊），（洪葉文化事業有限公司，1992年），頁1403～1416。

的兩個側面。憤世情結發抒而為時代諷喻與亡國悲歌，遁世則在消極中邁向佛道自在逍遙的自我關照，其作品風格迥異於同時代的哀婉悲愁。如薛能〈題開元寺閣〉：

> 一閣見一郡，亂流仍亂山。未能終日住，尤愛暫時閒。唱櫂吳門去，
> 啼林杜宇還。高僧不可羨，西景掩禪關。〔註114〕

薛能詩歌的風格，簡單地說，就是豪健和英逸並存，正因它的思想以儒為主，又時入佛道思想的緣故。相對於晚唐氣象衰颯、氣弱格卑以及唐末輕清細微詩風總趨向而言，算是獨具一面的一個。〔註115〕此詩首二句就流露一種豪健的風格，後文的「暫時閒」、「唱櫂」、「高僧」、「禪關」等詞均含有佛道思想中逍遙的英逸之氣。詩中「啼林杜宇還」，以杜宇為鳥的代稱，呈現的是一種飛鳥自在飛迴的適性，和上句「唱櫂吳門去」共同呈現人鳥和諧相處的閒適生活。這種鳥自在優游的意象在魏晉南北朝文人的作品中常常看到。在薛能詩中，讓杜宇形象一直以來不同於自在適性的飛鳥意象，兩者有了合流的現象，這對杜鵑意象的使用上是一個全新的開拓。

薛能〈嘉陵驛〉：

> 江濤千疊閣千層，銜尾相隨盡室登。稠樹蔽山聞杜宇，午煙薰日食
> 嘉陵。頻題石上程多破，暫歇泉邊起不能。如此幸非名利切，益州
> 來日合攜僧。〔註116〕

此詩寫景中飽含一種自在的禪境。前二句以壯闊景致描繪嘉陵驛所在地，三四句寫此地的自然風物與人文活動，「稠樹蔽山聞杜宇」寫自然，「午煙薰日食嘉陵」敘人文，呈現人鳥和諧相處的意境。五六兩句是詩人此行中的活動，大有隱喻人生的蹭蹬。最後「如此幸非名利切，益州來日合攜僧」，以結交僧侶為期。「合攜僧」便是希望自己參悟佛理，超越名利。故此詩中「杜宇」仍是鳥的代稱，同〈題開元寺閣〉中的意蘊，以自然風物的呈現，表達自在悠閒的適性。

李咸用〈題王處士山居〉：

> 雲木沈沈夏亦寒，此中幽隱幾經年。無多別業供王稅，大半生涯在
> 釣船。蜀魄叫迴芳草色，鸞鷟飛破夕陽煙。干戈蝟起能高臥，只箇

〔註114〕清聖祖御製：《全唐詩》卷五六○，頁6493。
〔註115〕岳五九：〈薛能詩歌簡論〉，《合肥學院學報》第25卷第3期，2008年5月），頁48。
〔註116〕清聖祖御製：《全唐詩》卷五六○，頁6499。

逍遙是謫仙。〔註117〕

詩的前半說雖然一生未得志，既無別業，又僅魚蝦餬口，然王處士仍徜徉此涼夏林中，獨享垂釣之樂。五句以「蜀魄叫迴芳草色」言無春無夏，六句以「鸞鶯飛破夕陽煙」道無早無暮，七八句說王處士只是饑飯困眠，苟全性命，一切理亂，總置不聞，像個逍遙的謫仙。〔註118〕是以本詩中「蜀魄」以飛鳥自在形象不受時序羈絆，象徵王處士不受世俗干戈影響，超然物外之樂。

貫休〈聞新蟬寄桂雍〉：

> 新蟬中夜叫，嘒嘒隔溪濆。杜宇仍相雜，故人聞不聞？捲簾花動月，
> 瞑目砌生雲。終共謝時去，西山鸞鶴羣。〔註119〕

貫休為唐末有名的詩僧，詩境甚有禪意，以杜鵑（杜宇）為一般飛鳥意象，表露擺脫世俗名利羈絆，自在悠遊的隱世思想。

齊己〈春寄尚顏〉和〈聞道林諸友嘗茶因有寄〉：

> 含桃花謝杏花開，杜宇新啼燕子來。好事可能無分得，名山長似有
> 人催。簷聲未斷前旬雨，電影還連後夜雷。心跡共師爭幾許，似人
> 嫌處自遲迴。〔註120〕

> 槍旗冉冉綠叢圍，穀雨初晴叫杜鵑。摘帶岳華蒸曉露，碾和松粉煮
> 春泉。高人夢惜藏岩裏，白硾封題寄火前。應念苦吟耽睡起，不堪
> 無過夕陽天。〔註121〕

齊己與貫休同為詩僧，詩時露親族與家國之思，也多僧俗友人之念，由於自己曾示道參禪，詩意頗有禪機，風格清雅幽峭。〔註122〕〈春寄尚顏〉以春景寄友，流露恬然自適的清幽生活，故首聯以花鳥帶出春景，此「杜宇」純為飛鳥泛指，賞春的悠閒意致盡在其中。〈聞道林諸友嘗茶因有寄〉藉「穀雨初晴叫杜鵑」點出時序，杜鵑仍以飛鳥意象傳達與友悠閒自在，共享人鳥和諧相處的自然之趣。

潘佑〈感懷詩〉：

> 幽禽喚杜宇，宿蝶夢莊周。席地一樽酒，思與元化浮。但莫孤明月，

〔註117〕清聖祖御製：《全唐詩》卷六四六，頁7404。
〔註118〕金聖嘆：《聖嘆選批唐才子詩》，（正中書局，1965年），頁296。
〔註119〕清聖祖御製：《全唐詩》卷八三〇，頁9378。
〔註120〕清聖祖御製：《全唐詩》卷八四六，頁9568。
〔註121〕清聖祖御製：《全唐詩》卷八四六，頁9571。
〔註122〕蕭麗華：《唐代詩歌與禪學》，頁198。

何必秉燭遊。〔註123〕

胡仔《漁隱叢話》認為此詩與李白〈斷句〉所表相同，同將莊周夢蝶與杜宇化鳥之典並列，表達出對精神自由境界的追求。然而李白直契莊子精神境界的內涵與潘佑處於南唐末世之悲昇華而為現實逃離的表述是不相同的，潘佑較類於六朝時人。

茲將此章所談運用杜宇神話意象入詩的作品整理如下表：

時代	意　象	作者	詩　名	詩　句	《全唐詩》卷數
盛唐	悲啼（文化）	李白	〈蜀道難〉	又聞子規啼夜月，愁空山	162
	化鳥（周蝶＋杜鵑）	李白	〈斷句〉	野禽啼杜宇，山蝶舞莊周	《李太白集注》30
中唐	含冤	劉長卿	〈經漂母墓〉	山木杜鵑愁	147
	含冤（萇弘＋杜宇）	顧況	〈露青竹杖歌〉	碧鮮似染萇弘血，蜀帝城邊子規咽	265
	含冤（啼血）	顧況	〈子規〉	杜宇冤亡積有時，年年啼血動人悲。若叫恨魂皆能化，何樹何山著子規	267
	含冤（啼血）	司空曙	〈杜鵑行〉	全詩	293
	啼血	顧況	〈攝山聽子規〉	棲霞山中子規鳥，口中血出啼不了	267
	啼血	王建	〈夜聞子規〉	子規啼不歇，到曉口應穿	301
	啼血	呂溫	〈道州月歎〉	子規啼是血	371
	啼血（含冤）	鮑溶子規（唐）鮑溶	〈子規〉	「中林子規啼，雲是古蜀帝。蜀帝胡為鳥，驚急如罪戾。蜀帝胡為鳥，驚急如罪戾」、「泣血經世世」、「誰聞子規苦」	485
	花鳥	白居易	〈送春歸〉	今年杜鵑花落子規啼	435
	花鳥	李紳	〈南梁行〉	杜鵑啼咽花亦殷，聲悲絕艷連空山	480
	花鳥	李紳	〈杜鵑樓〉	「繁艷向人啼宿露，落英飄砌怨春風」、「惟有此花隨越鳥，一聲啼處滿山紅」	481
	花鳥（啼血）	賈島	〈子規〉	「遊魂自相叫，寧復記前身」、「自有霑花血，相和淚滴新」	573

〔註123〕（宋）胡仔《漁隱叢話》後卷集四，輯入《景印文淵閣四庫全書》總1480冊，頁405～406。

	花鳥	徐凝	〈沅花〉	誰爲蜀王身作鳥，自啼還自有花開。	474
	悲啼	李嘉祐	〈暮春宜陽郡齋愁坐忽枉劉七侍御新詩因以酬答〉	子規夜夜啼櫧葉	207
	悲啼	耿湋	〈登鍾山館〉	子規何處發，青樹滿高岑	268
	悲啼（湘妃＋杜鵑）	武元衡	〈望夫石〉	湘妃泣下竹成斑，子規夜啼江樹白	316
	悲啼	劉禹錫	〈後梁宣明二帝碑堂下作〉	暮雨蕭蕭聞子規	365
	悲啼	白居易	〈郊下〉	西日照高樹，樹頭子規鳴	434
	悲啼	羊士諤	〈汎舟入後谿〉	惟有啼鵑似留客，桃花深處更無人	332
	悲啼	劉迥	〈遊爛柯山〉	雙林春色上，正有子規啼	312
	悲啼	朱放	〈山中聽子規〉	窗中有個長松樹，半夜子規來上啼	315
	悲啼	施肩吾	〈越中遇寒食〉	信知天地心不易，還有子規依舊啼	494
晚唐五代	含冤（周蝶＋杜鵑）	李商隱	〈錦瑟〉	莊生曉夢迷蝴蝶，望帝春心托杜鵑	539
	含冤（湘妃＋杜鵑）	李商隱	〈哀箏〉	湘波無限淚，蜀魄有餘冤	540
	含冤（湘妃＋杜鵑）	李群玉	〈黃陵廟〉	月落山深哭杜鵑	569
	含冤（湘妃＋杜鵑）	李群玉	〈題二妃廟〉	子規啼血滴松風	570
	含冤	李頻	〈哭賈島〉	恨聲流蜀魄，冤氣入湘雲	589
	含冤	李頻	〈過長江傷賈島〉	到得長江聞杜宇，想君魂魄也相隨	589
	含冤	羅隱	〈子規〉	一種有冤猶可報，不如銜石疊滄溟	658
	含冤（蝴蝶＋杜鵑）	羅隱	〈下第寄張坤〉	蝴蜨有情牽晚夢，杜鵑無賴伴春愁	664
	含冤	吳融	〈聞杜鵑〉	「明月東風叫杜鵑」、「汝身哀怨猶如此」	《全唐詩錄》92
	啼血	杜荀鶴	〈聞子規〉	「蜀魄聲聲似告人」、「啼得血流無用處」	693
	啼血	李洞	〈聞杜鵑〉	化爲流血杜鵑身	723

啼血	無名氏	〈聽琴〉	子規啼血哀猿死	785
花鳥＋啼血	陸龜蒙	〈子規〉	高處已應聞滴血，山榴一夜幾枝紅	628
花鳥＋啼血	來鵠	〈子規〉二首	「雨恨花愁同此冤」、「千聲萬血誰哀爾」、「口畔血流應始聽」	642
花鳥＋啼血	羅鄴	〈聞子規〉	蜀魄千年尚怨誰，聲聲啼血向花枝	654
花鳥＋啼血	韓偓	〈淨興寺杜鵑一枝繁豔無比〉	蜀魄未歸長滴血，祇應偏滴此叢多	680
悲啼	杜牧	〈惜春〉	滿山啼杜鵑	526
悲啼	吳融	〈玉女廟〉	窗裏紅枝杜宇啼	686
悲啼（夜啼）	薛濤	〈贈楊蘊中〉	月明窗外子規啼	866
植物	李群玉	〈歎靈鷲寺山榴〉	「露紅凝豔數千枝」、「即是杜鵑催落時」	570
植物	李咸用	〈同友生題僧院杜鵑花〉	若比眾芳應有在，難同上品是中春	646
植物	曹松	〈寒食日題杜鵑花〉	誰家不禁火，總在此花枝	717
植物	成彥雄	〈杜鵑花〉	杜鵑花與鳥，怨豔兩何賒。疑是口中血，滴成枝上花	759
化鳥	李商隱	〈井泥四十韻〉	蜀王有遺魄，今在林中啼	541
飛鳥	薛能	〈題開元寺閣〉	啼林杜宇還	560
飛鳥	薛能	〈嘉陵驛〉	稠樹蔽山聞杜宇	560
飛鳥	李咸用	〈題王處士山居〉	蜀魄叫迴芳草色	646
飛鳥	貫休	〈聞新蟬寄桂雍〉	杜宇仍相雜	830
飛鳥	齊己	〈春寄尚顏〉	杜宇新啼燕子來	846
飛鳥	齊己	〈聞道林諸友嘗茶因有寄〉	穀雨初晴叫杜鵑	846
飛鳥（蝴蝶＋杜鵑）	潘佑	〈感懷詩〉	幽禽喚杜宇，宿蝶夢莊周	《漁隱叢話》

　　依上表整理，可歸納出幾點小結：

一、整體而言，以子規意象入詩以詠懷，盛唐詩人李白首開其端。李白幼年至青年時期居住四川，以半個四川人的身份，依其對蜀地文化之熟稔，將此意象於悲啼中融入文化意涵，開啟唐代及後代文人以子規作為個人情志抒發的書寫策略。李白並以神話中的化鳥意象，在鮑照死生無常的基礎上，融入莊子思想，賦予精神絕對自由之寄託。在文學意象的傳承中，實

具開創意義。

二、中唐文人於此意象的使用上，可謂推陳出新。除了繼承悲啼的聽覺意象和蜀地的文化意象外，更於神話中擷取含冤、啼血、花鳥等意象，深化悲愁意蘊，增添浪漫風格，作為情志抒發的媒介。在盛唐僅有二首的相較下，中唐已有二十二首，晚唐五代更增至三十首，足見藉子規意象以詠懷逐漸為文人所接受。晚唐文人更善於將中唐文人所擷取的意象加以並置羅列，如在花鳥二重疊加的意象上添入啼血意象，使詩歌的哀婉意蘊得以藉此神話完全彰顯；而在植物意象上受中唐元白的影響使然，加上神話故事啼血染花的情節，詩人亦能以杜鵑花為詠物主體，寓杜宇神話的悲戚於其中，為其痛苦哀鳴發聲。

三、將文學作品與古籍文本、口傳文學對照比較，古籍與民間傳說中無法考證的故事流變之時代問題似乎可以得到合理的答案。古籍本從未載明杜宇化鳥啼血染花而成杜鵑花的情節，民間傳說「杜宇聲聲春啼血」待後人以白話文寫成才為定本，依舊無從得知正確的流傳時代，然而在成彥雄〈杜鵑花〉：「杜鵑花與鳥，怨艷兩何賒。疑是口中血，滴成枝上花」句中可知此情節的流傳最晚在南唐已有之。

四、在與其他神話意象的並列使用上，表現在個人情志抒發的主題中，以湘妃典故和子規意象使用最多，周蝶與杜鵑次之，萇弘與杜宇、精衛與子規偶有。

（一）湘妃與子規之並列，一為悲極灑淚成斑竹，一為哀至啼血為杜鵑，武元衡〈望夫石〉「湘妃泣下竹成斑，子規夜啼江樹白」首將此兩個異質同構的神話意象並列；李商隱〈哀箏〉「湘波無限淚，蜀魄有餘冤」亦將二典並列，並融入含冤意象將理想幻滅、抱負成虛的心境點出；李群玉〈黃陵廟〉〈題二妃廟〉藉「月落山深哭杜鵑」和「子規啼血滴松風」烘托出二妃廟之荒涼，融入含冤意象表達出懷才不遇、全身遠禍的心情。

（二）周蝶與杜鵑之並列，亦出李白之手，其「野禽啼杜宇，山蝶舞莊周」實為高妙；李商隱承之，其〈錦瑟〉「莊生曉夢迷蝴蝶，望帝春心托杜鵑」亦受讚揚；羅隱〈下第寄張坤〉以「蝴蜨有情牽晚夢，杜鵑無賴伴春愁」帶出無奈的愁緒；潘佑〈感懷詩〉「幽禽喚杜宇，宿蝶舞莊周」全承李白之意。

（三）萇弘與杜宇並列，最早左思〈蜀都賦〉「碧出萇弘之血，鳥生杜宇之魂」

已開其端，兩個典故人物以含冤爲同質，然〈蜀都賦〉以其文化特色爲主，含冤意象不明確。至顧況〈露青竹杖歌〉以「碧鮮似染萇弘血，蜀帝城邊子規咽」將兩者含冤意象並列，寄寓對現實的不滿。

（四）精衛與子規並列，則只見羅隱〈子規〉：「銅梁路遠草青青，此恨那堪枕上聽。一種有冤猶可報，不如銜石疊滄溟。」以精衛和子規同屬「冤鳥」作爲同構元素，藉精衛銜石塡憾之舉以喻杜宇之恨，指涉自己的悲愁憤懣。此意象的並列使用乃羅隱之獨創。

五、將杜宇神話用於個人情志抒發之抒情範式，其所擷取之意象共計有悲啼、化鳥、含冤、啼血、花鳥、植物、飛鳥等七種，並於七種之中予以組合並置。其中化鳥、含冤、花鳥意象較接近神話原型，浪漫色彩濃厚；悲啼和植物意象則由杜鵑之社會意象衍化而出，神話色彩已趨薄弱。詩人在此意象的使用上，中唐含冤、啼血、花鳥、悲啼意象可謂平分秋色。晚唐則以含冤意象最多，共計有九首；啼血及飛鳥意象次之，各有七首。其與晚唐時代氛圍所造成的文化場域有很大的關係，蓋時代亂離，詩人懷才不遇，悲憤苦痛尤甚，故含冤和啼血意象最能表露心跡；而詩人從苦痛中逃避昇華爲對萬化冥合的精神追求，故飛鳥意象得以寄託崇尙自然的思維。

六、以杜宇意象入詩以詠懷之作，盛唐李白獨樹一幟，中唐以顧況居首，晚唐則以李商隱、李群玉最多。而中唐白居易、李紳，晚唐、李頻、羅隱、吳融、薛能、齊己諸作表現亦不遜色。

第五章　思人（友、親）懷鄉
——相思離愁之觸媒

　　「子規」本就諧音「子歸」，《蜀王本紀》說啼聲如曰「不如歸」，且蜀人乃因「思望帝」而悲子規鳴，《異苑》又說它「主離別」，加上神話中杜宇欲歸蜀國不能，才化爲杜鵑。這種種因素，使得自文人在書寫過程中以其意象與相思別愁劃上等號，「子規」便被賦予思人懷鄉的象徵意涵。翻開中國懷鄉文學史，將意外發現，子規鳥這個新元素的加入，開啓了懷鄉文學燦爛的扉頁。王立曾指出：

> 由於文化重心南移，表現題材、地域風物的更換以及文學本身禽言
> 詩的發展，思鄉觸發媒介也相應起了變化。晉至唐初多以「胡樂」
> 喚起鄉情，那麼，晚唐北宋後便多以飛禽尤其是杜鵑引出鄉思，且
> 後者更有著廣泛性。〔註1〕

王立所言甚是，不過以杜鵑喚起鄉思是在初、盛唐便已出現，中、晚唐至北宋才更爲蓬勃發展。他還說：

> 淒切的杜鵑鳴音實在已近似於一種樂音節奏，無意識的鳴音聲響引
> 起了人有意識的聯想，重現了深在心理中思鄉文化的「先結構」……
> 外界音響與思鄉主體審美心理呈現出一種「同構異質」的契合關係。
> 即便是客體無意識的信息釋放也被賦予、追加了有性格有意義的文
> 化符號性質。〔註2〕

〔註1〕　王立：《中國古代文學十大主題——文學與流變》，（文史哲出版社，1994年），
　　　　頁237。
〔註2〕　王立《中國古代文學十大主題——文學與流變》，頁237～238。

王立的推論，是以美學為根底的，蘇珊・朗格（Susanne K.Langer）說：

> 音樂的最大作用就是把我們情感概念組織成一個感情潮動的非偶然
> 性的認識，也就是使我們透徹地了解到什麼是真正的『情感生命』，
> 了解作為主觀整體的經驗。而這一點，則是根據把物理存在組織成
> 一種生物學圖式——節奏這樣一種相同的原則做到的。〔註3〕

杜鵑鳥鳴的節奏感伴隨著淒涼的音調對人的情感產生了衝擊，恰巧灌注詩人
一種情感生命，加上詩人對杜宇神話的解讀，於是形成了思鄉文化的「先結
構」。從此，杜鵑鳥鳴與詩人的審美心理一旦契合，這個文化符號便被釋放而
出。擁有「情感生命」的樂音優勢，是這個神話意象作為相思或思鄉媒介的
一大因素。

另外，這個的樂音常被離鄉遊子關注的原因，在於它來自蜀地的特殊。
王立亦指出：

> 人的視覺感官容易篩選，分辨力較強，不易感知到與故土形象相仿
> 的景物、故人相類的容顏，而聽覺則要模糊、寬容得多。紛雜的音
> 響極易勾起人們類似的記憶表象。……樂音可分為兩類，一是鄉音，
> 一是異國之調。前者引人共鳴，向回憶中延伸，情感指向既往；後
> 者則使人頓悟身居異地，在現實的失落感中警奮。……鄉音異曲都
> 可以匯聚非是非非，亦是亦非的音響，具有廣闊性、豐富性和複雜
> 性，在共同的環境和共同的情調氛圍中一起表示思鄉內蘊。〔註4〕

的確，對一個遊子來說，聲音是最容易引發感觸的，尤其是杜鵑鳥特殊的啼
鳴聲。對出自蜀地的文人而言，杜鵑啼鳴是鄉音，這個鄉音使他們情感向記
憶延伸；相對於入蜀的墨客，杜鵑啼鳴是異國之調，這個異國之調使他們頓
悟身居異地，面對現實的失落感更深。不管詩人是何種身份，子規的鳴叫聲
直覺就是思鄉的意蘊，它自然變成思鄉文學裡的重要元素。顏崑陽說：「聽杜
鵑的啼鳴，而引發鄉愁，而觸動淚水，在古典文學中似乎已成為『慣性反應』
了。」〔註5〕

大體說來，士大夫文人中歲前多相思，中歲後多思鄉。而前者朋友思念、
愛情渴求多伴隨著事業功名追求尚未得的怨慕；後者仕宦或功成名就，或努

〔註3〕 蘇珊・朗格（Susanne K.Langer）著、劉大基等譯《情感與形式》，（台北：商
　　　　鼎文化出版社，1991年），頁146。
〔註4〕 王立：《中國古代文學十大主題——文學與流變》，頁235。
〔註5〕 顏崑陽：《月是故鄉明》，（台北：月房子出版社，1994年），頁198。

力無望不再奮勉，於是每發思鄉傷感，其傷感不僅僅是因為思鄉，還飽含一種落實生命本源的回歸。〔註6〕

　　唐代詩人首度用到子規意象的，是初唐的沈佺期的〈夜宿七盤嶺〉：

　　　　獨遊千里外，高臥七盤西。曉月臨窗近，天河入戶低。芳春平仲綠，

　　　　清夜子規啼。浮客空留聽，褒城聞曙雞。〔註7〕

「七盤嶺」在今四川廣元東北，又名五盤嶺。此詩寫旅途夜宿七盤嶺上的情景，抒發惆悵不寐的愁緒。「獨遊」與「高臥」是本詩的綱領，首聯以獨遊點出失意的心情，以高臥表現賞玩景物的情趣，頗有謝安「東山高臥」的意味。次聯寫夜宿所見的遠景，既說明不寐的事實，又生動表達高臥的情趣。三聯寫夜宿的節物觀感，纖巧地抒發了「獨遊」的愁思。上句以平仲（銀杏）寫南方異鄉樹木，寄託自己的清白〔註8〕；下句以子規的悲鳴聲，寄託遠遊的離愁。末聯以自己沈浸在子規的悲啼中時，因為自己不能歸，故只能「空留聽」，其愁思更深一層，呼應首句的「浮游」；最後以「褒城聞曙雞」說詩人已入蜀遠別關中了，呼應二句的「高臥」。

　　沈佺期在武后朝時曾為張易之的親信，隨著武后和張易之兄弟的失勢，他被貶到到南方的驩州（今之越南），此詩應作於貶謫途中，詩人心中的苦悶可想而知，一則政治上的失意，二則是離家遠別的孤獨，全都抒發在詩裡。詩中從「高臥」到「曉月」、「天河」表達自己潔白清高的心志是非常明確的，到「平仲」其寄託清白的意象更加明瞭，是以「子規」啼鳴除了烘托悲涼的氛圍，道出有家不能歸的悲痛外，應還有以「杜宇化鵑」的典故為自己在政治上的失勢訴冤，承繼整首詩反覆使用的「清白」的意象。至此詩人的心意已明，其對朝廷的忠心體國不曾有異。

　　此詩中「子規啼」便是神話意象的使用，以神話中杜鵑催歸的悲鳴象徵遊子思鄉的離愁，杜宇可化鳥而歸故國，然人間現實詩人卻欲歸不能，子規鳥的啼鳴聲聲撞擊自己心靈最深的痛處。此乃試圖藉神話與現實的衝突造成詩人情感上的衝擊，而深化「獨遊」的愁思。另外，入蜀而聽子規啼，亦凸顯了「子規」所反映的地域文化特色，蓋子規鳥本出自蜀中，而杜宇神話亦

〔註6〕　王立：《中國古代文學十大主題──文學與流變》，頁253。
〔註7〕　清聖祖御製：《全唐詩》卷九六，（台北：宏業出版社，1977年），頁1038。
〔註8〕　倪其心引左思〈吳都賦〉：「平仲君遷，松梓古度」舊註云：「平仲之實，其白如銀」平仲寄託清白。蕭滌非等：《唐詩鑑賞集成》，（台北：五南圖書出版公司，1990年），頁45。

是充滿蜀地文化色彩的故事。至此，「子規」、「蜀」與「鄉愁」結合，形成一個文學史上相當特別的抒情範式。沈佺期的〈夜宿七盤嶺〉是一個開端，他將子規融夜啼意象、文化意象、含冤意象與別離意象於一爐，深深影響了唐代文人的書寫策略。

由於初唐詩歌使用子規意象僅有沈佺期〈夜宿七盤嶺〉一首，盛唐在王維、李白、杜甫等大家的使用下，開出一片新氣象，中唐文人武元衡、元稹、白居易、孟郊、賈島等尤其喜愛，至晚唐在時代風氣的影響下，文人之大量使用，使之進入成熟期。本章分盛唐、中唐、晚唐五代三節敘述之。

第一節　盛唐

前章所提，在盛唐以杜宇神話典故入詩以寄託個人情志的作品只有李白〈蜀道難〉和〈斷句〉二首，然而兩首表達的情志截然不同，一是身世之愁，一是哲思的深刻體悟。由此可知，在盛唐藉此一意象以詠懷成爲李白個人專屬的書寫策略。但是用在思人懷鄉的主題上，在盛唐以王維首開其端，李、杜承其緒，不再是李白個人的書寫策略了。意象的擇取上，這些詩人除了承繼沈佺期的夜啼和文化意象之外，尚能獨以聽覺烘托別思，或以花鳥二重哀怨疊加鄉愁，分述如下：

一、融悲啼和文化意象暗寓別思

由於子規出蜀中，和杜宇神話出自蜀地的原因，子規（杜宇）在唐詩中成爲文人提到蜀地時必提的風物之一，更何況其聽覺象徵的悲愁意蘊已深深撼動騷人墨客的內心深處，是以此一典故的運用通常飽含對蜀地的指涉，其文化意象已然成形。故在文人入蜀、送友入蜀或出蜀的作品中，往往於悲啼意象中融入文化意象以暗寓思人懷歸之愁。

茲因作品較多，故分思人與懷鄉兩大主題論之。

（一）思人

因朋友遠別，藉子規意象表達相思，王維首度使用，其〈送楊長史赴果州〉：

褒斜不容幰，之子去何之？鳥道一千里，猿啼十二時。官橋祭酒客，山木女郎祠。別後同明月，君應聽子規。〔註9〕

〔註 9〕清聖祖御製：《全唐詩》卷一二六，頁 1272。

本詩從蜀道的難行及蜀地風俗相異提起，最後興發惜別之情。俗褒斜即褒斜谷，在今陝西和四川交界，是由陝西進入四川的交通要道。首句寫褒斜谷的險峻，連車子也過不去，可見其難行，三、四句再以「鳥道」之難、「猿聲」之哀呼應二句「之子去何之」；五、六兩句寫此去果州的遠方異俗，路既難行，俗亦難融，此去艱辛可想而知。末聯點出離別既已成事實，不可改變，只能以相看明月遙寄相思，並聽蜀地子規鳥「不如歸去」的鳴聲，催君早歸。

在這裡子規鳥象徵的是好友的相思之情，鵑鳥的催歸正如好友的呼喚，是在遠方異地的朋友最大的精神安慰。這個意象是正面的，雖然送別的情緒中的確有感傷，但詩人透過轉換與調適，以「同明月」、「聽子規」期勉，語氣上是積極的。這是王維進取而恬淡的個性賦予杜鵑「寄友相思」的意象。

無獨有偶，王維又有〈送梓州李使君〉：

萬壑樹參天，千山響杜鵑。山中一半雨，樹杪百重泉。漢女輸橦布，巴人訟芋田。文翁翻教授，不敢倚先賢。〔註10〕

全詩的立意不在惜別的哀傷，而在勉勵：前二聯懸想朋友赴任的梓州（今四川三合縣）的奇勝山林，頸聯敘寫蜀中民風，末聯用「文翁治蜀」點明題旨，勉勵朋友效法文翁，有所作為。「千山響杜鵑」既以杜鵑自然意象點明此行的時間，當在春天，又以一個「響」字把聽覺意象帶出，深深表達詩人對朋友的思念之情。

相較於〈送楊長史赴果州〉的「君應聽子規」，此處「千山響杜鵑」更以一個「響」字截然不同於後人「啼」、「悲」、「哭」之悲劇氛圍，表現向上的剛健精神。正如同鄧小軍《唐代文學的文化精神》裡論及盛唐詩歌意象與情感融合的類型時，指出王維詩中自然意象與精神情感同具向上之勢，有機的表現主體向上的剛健精神。〔註11〕

王維尚有〈送崔五太守〉一首，仍於送別中使用到杜鵑意象。其文如下：

長安廄吏來到門，朱文露網動行軒。黃花縣西九折阪，玉樹宮南五丈原。褒斜穀中不容憶，唯有白雲當露冕。子午山裡杜鵑啼，嘉陵水頭行客飯。劍門忽斷蜀川開，萬井雙流滿眼來。霧中遠樹刀州出，

〔註10〕清聖祖御製：《全唐詩》卷一二六，頁 1271。
〔註11〕鄧小軍：《唐代文學的文化精神》，頁 159。

　　天際澄江巴字回。使君年紀三十餘，少年白晳專城居。欲持畫省郎
　官筆，回與臨邛父老書。〔註12〕

此詩王維送崔五太守入蜀，嘉許他並勉勵他。詩中多以蜀地特有地理風物暗
寓對崔五太守的勉勵，其中「子午山裡杜鵑啼」與〈送梓州李使君〉中「千
山響杜鵑」用法相同，既表明蜀地風物，又表露送別的相思。

　　上述三首均以杜鵑（子規）意象暗示別離傷愁，〔註13〕不過整體而言，
全詩意義充滿積極的期勉，不同於後代詩人以之渲染全詩的悲愁氛圍。趙殿
成於《王右丞集箋注》序中說到王維送別詩風格「亦復渾厚大雅，怨尤不露」
〔註14〕，面對別離，其哀而不傷的情緒，在這三首詩中表露無遺。

　　然而這裡的杜鵑（子規）意象與其神話原型是否相涉，的確耐人尋味。
趙殿成《王右丞集箋注》引《說文》：「所謂蜀主望帝化爲子巂，今謂之子規
是也」以釋〈送崔五太守〉之「杜鵑啼」〔註15〕，又引張華《禽經註》：「望
帝修道處西山而隱化爲杜鵑鳥，或云化爲杜宇鳥，亦曰子規鳥。至春則啼，
聞者悽惻」以釋〈送楊長史赴果州〉之「子規」〔註16〕。再加上從詩中可知
王維對蜀地風物之熟稔，不可能不知杜宇神話與杜鵑「主離別」的傳聞，故
此藉杜鵑以寓別思的手法仍不脫神話意蘊。

（二）懷鄉

　　自初唐沈佺期〈夜宿七盤嶺〉以子規啼抒發鄉愁之後，接著便是蘇頲〈曉
發方騫驛〉：

　　傳置遠山蹊，龍鍾蹴澗泥。片陰常作雨，微照已生霓。鬢髮愁氛換，
　心情險路迷。方知向蜀者，偏識子規啼。〔註17〕

方騫驛在興州（今略陽）陳平道上，距興州約三十公里。陳平道是溝通故道
嘉陵道與金牛道的一條天然捷徑，在唐初，入蜀就走這段路。蘇頲在唐玄宗
朝爲禮部尚書，大概在開元十一年（723）二月從駕參加汾陰祭祀后土後，
忽被調離朝廷，出京入蜀，任益州大都督府長史，到開元十三年才又調回長
安。此詩便是作於蘇頲正要經陳平道入蜀，夜宿方騫驛時。對長期任中樞要

〔註12〕　清聖祖御製：《全唐詩》卷一二五，頁 1259。
〔註13〕　柳晟俊：《王維詩研究》，（台北：黎明文化事業公司，1987 年），頁 183。
〔註14〕　趙殿成：《王右丞集箋注》序，輯入《景印文淵閣四庫全書》總 1071 冊，頁 3。
〔註15〕　趙殿成：《王右丞集箋注》卷六，頁 84。
〔註16〕　趙殿成：《王右丞集箋注》卷八，頁 109。
〔註17〕　清聖祖御製：《全唐詩》卷七三，頁 803。

職，到晚年才忽被貶官的詩人來說，無異是人生中最大的打擊，是以「鬢髮愁氛換，心情險路迷」當然是心情的寫照。已是鬢髮如霜的暮年忽到這蠻荒之地，心中的愁自不可言，心情更是隨著一路上忽險忽迷的路程更添無助。此情此景，詩人才明白為何以前入蜀之人最怕聽到子規鳥的啼叫聲了。一則子規淒厲的啼聲本與騷人遷客的失意相似，其哀鳴恍如愁客心情；再則子規「不如歸去」的聲聲呼喚，使得欲歸不能的詩人更加痛楚。對正要入蜀的蘇頲而言，子規意象的使用也暗示了四川一帶的地域特色。

再看杜甫〈法鏡寺〉：

> 身危適他州，勉強終勞苦。神傷山行深，愁破崖寺古。嬋娟碧鮮淨，
> 蕭摵寒籜聚。回回山根水，冉冉松上雨。泆雲蒙清晨，初日翳復吐。
> 朱甍半光炯，戶牖粲可數。拄策忘前期，出蘿已亭午。冥冥子規叫，
> 微徑不復取。〔註18〕

此詩作於肅宗乾元二年，為杜甫四十八歲自秦入蜀的紀行詩之一。法鏡寺石窟，又名石堡石窟，位於甘肅省西和縣城北十二公里的石堡村。從詩中的記敘看，杜甫於南行路上，竟花費了整整一個上午的時間流連於法鏡寺的勝景。開頭「身危適他州，勉強終勞苦」述說詩人一路走來的感想，但之後詩人用細膩的工筆描寫令其「破愁」的法鏡寺美景，兩者並置產生對比的效果，凸顯詩人由悲轉喜的心情。〔註19〕法鏡寺原是窟前建築，山環水繞，建造宏麗，故以「嬋娟碧鮮淨，蕭摵寒籜聚。回回山根水，冉冉松上雨。泆雲蒙清晨，初日翳復吐」歌吟法鏡寺嫵媚多姿的幽雅情景。「朱甍半光炯，戶牖粲可數」寫懸崖半空的法鏡寺鑲嵌在雄威的高山上，那紅色的屋脊，閃著光亮，鮮豔的門窗，歷歷可數。正因為景色之美，讓杜甫暫時忘記了「身危適他州」的悲傷情緒，不過這子規一叫，所有的憂愁又全部席捲而至，「子規」呼應了前面的「神傷」。這愁是國難當前、懷才不遇而流落異鄉之愁。在杜甫筆下，此詩子規意象融身世之感、現實慨嘆、思鄉離愁於一爐。

類此風格之作，杜甫尚有〈子規〉：

> 峽裏雲安縣，江樓翼瓦齊，兩邊山木合，終日子規啼。眇眇春風貌，
> 蕭蕭夜色淒。客愁那聽此？故作傍人低。〔註20〕

〔註18〕清聖祖御製：《全唐詩》卷二一八，頁 2296。
〔註19〕黃奕珍：《杜甫自秦入蜀詩歌析評》，（台北：里仁書局，2005 年），頁 17。
〔註20〕清聖祖御製：《全唐詩》卷二二九，頁 2492。

此詩作於大曆元年在雲安時，杜甫五十五歲。〔註21〕首二句點明住所，三四句則在寫景中，以子規鳥終日「不如歸去」的悲鳴聲，引發鄉思之愁，羈旅之身加上淒涼夜色，那能再聽杜鵑鳥催歸的鳴叫聲呢？在這裡，「客愁」呼應「子規」，子規已是鄉愁的象徵。此詩與前面提到〈客居〉一首為同年之作，依此看來，杜甫將「子規」視為思鄉意象的表徵，已是他作品中固定的書寫策略了。

二、以夜啼意象隱喻離愁

上面所提王維〈送楊長史赴果州〉與杜甫〈子規〉不僅以悲啼和文化意象為其抒情之觸媒，亦以夜啼意象增添離愁。夜啼與悲啼之不同，乃在以夜為時間背景，不僅凸顯子規「夜啼達旦」的悲劇氛圍，更呈現了詩人愁思所擾，夜半不寐的孤獨畫面。空蕩蕩、萬籟俱寂的深夜，獨有子規的悲鳴聲，更加觸動詩人內心深處的離愁別緒。

李白〈書情寄從弟邠州長史昭〉：

> 自笑客行久，我行定幾時。綠楊已可折，攀取最長枝。翩翩弄春色，
> 延佇寄相思。誰言貴此物，意願重瓊蕤。昨夢見惠連，朝吟謝公詩。
> 東風引碧草，不覺生華池。臨玩忽雲夕，杜鵑夜鳴悲。懷君芳歲歇，
> 庭樹落紅滋。〔註22〕

李白此詩作於何時不可考〔註23〕，李白曾有〈贈從弟宣州長史昭〉和〈寄從弟宣州長史昭〉兩首，與此詩「長史昭」應指同一人，乃李白從弟李昭。〈贈從弟宣州長史昭〉和〈寄從弟宣州長史昭〉兩詩均言對李昭的思念，並對於任宣州長史一職寄予厚望。此詩〈書情寄從弟邠州長史昭〉亦表明對李昭的思念，從「延佇寄相思」和「懷君芳歲歇」二句可知，藉春天楊柳可贈別引出對從弟的思念，以謝靈運和謝惠連之典比擬兩人情誼深厚，回憶過往相處點滴。結語前以「臨玩忽云夕，杜鵑夜鳴悲」帶出回憶的美好瞬間即逝，徒留杜鵑深夜悲涼的鳴叫聲。此處藉「杜鵑」（子規）悲鳴表達對從弟李昭的思念，以聽覺的淒涼效果渲染全詩氛圍；並以花落芳歇的傷春之情，使詩的結語瀰漫在思念無可排遣的嘆息中。

〔註21〕李辰冬：《杜甫作品繫年》，頁143。
〔註22〕清聖祖御製：《全唐詩》卷一七三，頁1773。
〔註23〕閻琦等：《李白全集編年註釋》編入「未編年詩」，（巴蜀書社，1990年），頁1687。

作為對友人的思念，杜甫亦有〈玄都壇歌寄元逸人〉：

故人昔隱東蒙峰，已佩含景蒼精龍。故人今居子午谷，獨在陰崖結
茅屋。屋前太古玄都壇，青石漠漠常風寒。子規夜啼山竹裂，王母
晝下雲旗翻。知君此計誠長往，芝草琅玕日應長。鐵鎖高垂不可攀，
致身福地何蕭爽。〔註24〕

此詩作於天寶十三年，在長安時，杜甫四十三歲。玄都壇為漢武帝所建，元
逸人即與李白同遊之元丹丘，詩中所說的子午谷、玄都壇，都是寧陝縣境內
的古跡。前六句寫出地理位置，接著「子規夜啼山竹裂，王母晝下雲旗翻」
以子規夜啼使得山竹欲裂的悲鳴聲，對比穆王與王母相會的典故。子規表達
對友人思念的哀愁，「雲旗翻」則是對友人的祝福，故言「知君此計誠長往，
芝草琅玕日應長」。最後以「鐵鎖高垂不可攀，致身福地何蕭爽」互勉仕途上
雖不能如願，但仍應珍惜逍遙的時光。

三、以悲啼意象象徵思情

　　杜鵑鳥既以其「不如歸去」的悲鳴聲散播於唐人作品中，使其審美底蘊
以「悲」的力量打動人心，故其不僅能抒發個人的情志，更能作為思人懷鄉
的媒介。

（一）思人

李白〈聞王昌齡左遷龍標遙有此寄〉一詩：

楊花落盡子規啼，聞道龍標過五溪。我寄愁心與明月，隨風直到夜
郎西。〔註25〕

此詩作於唐玄宗天寶三年至十二年的某一個春天，當時李白已離開長安，先
後在齊魯、燕趙、洛陽、淮泗、會稽諸地遊歷。〔註26〕王昌齡為江寧丞，因
「不護細行」被貶為龍標尉〔註27〕；李白聽聞，寫此詩以贈之。首句寫景兼
點時令，於景物讀取隨風飄散的楊花和啼叫「不如歸去」的杜鵑，在蕭瑟悲
涼的自然景物中寄寓離別感傷之情。三四句以寄情明月的豐富想像，表達對
友人的無盡懷念與深切同情。此詩中「子規啼」用意，在以聽覺的悲涼效果
烘托詩人的別情，並以「子歸」的諧音對比朋友的遠別，隱含反襯的意味，

〔註24〕　清聖祖御製：《全唐詩》卷二一六，頁2253。
〔註25〕　清聖祖御製：《全唐詩》卷一七二，頁1769。
〔註26〕　韓兆琦：《唐詩選註集評》，（台北：文津出版社，2000年），頁158。
〔註27〕　（元）辛文房：《唐才子傳》，（台北：金楓出版社，1999年），頁46。

惜別之情甚爲濃厚。

（二）懷鄉

李白〈奔亡道中其五〉：

> 淼淼望湖水，青青蘆葉齊。歸心落何處，日沒大江西。歇馬傍春草，
> 欲行遠道迷。誰忍子規鳥，連聲向我啼。〔註28〕

此詩作於至德二年二月，永王璘兵敗，李白亡走彭澤，坐繫尋陽獄。〔註 29〕
當時李白已經五十七歲了，報國之夢既已破滅，囹圄之身更覺不堪。湖水渺
茫，蘆葉初齊，歸心隨著落日沒入大江之西，回家之路是邈邈無期了，其心
境的悲涼可見一斑。行途既倦，歇馬道中，若欲脫身，又不知該往何處？狼
狽之至，途窮若此，子規鳥連聲向我啼鳴，於心何忍？〔註 30〕此詩亦以子規
鳥悲鳴的聽覺效果烘托內心淒涼的情境，結合蘆葦、落日的漂泊意象，強化
其奔亡可悲、有家歸不得的愁緒。

四、以花鳥意象疊加別情

在中唐白居易〈送春歸〉藉花鳥意象以抒個人悲愁之前，盛唐李白早
已使用神話中的花鳥意象來表達其懷鄉之情。唐詩文學中杜鵑花鳥意象的
開拓之功應出李白之手，這是毫無疑問的。甚至從唐詩透露的訊息中，可
揣測雖然傳世文獻提到啼血染就而成杜鵑花的情節是在民間文學的定本才
看見，然而故事在口傳文學流傳的歷史至少可以上推到盛唐。由於李白是
四川人，至少可以推論出，唐代的四川早已流傳這樣的故事情節了，李白
取材入詩，乃出蜀文人表現爲詩的自然現象。某些層面來看，此亦透顯出
文化意象的特色。

李白〈宣城見杜鵑花〉一首，更見哀婉悽惻：

> 蜀國曾聞子規鳥，宣城還見杜鵑花。一叫一回腸一斷，三春三月憶
> 三巴。〔註31〕

此詩作於廣德元年暮春，當時李白六十三歲，三巴代其故鄉蜀中。其思鄉情
緒之強烈，是他以前的作品所沒有的。〔註 32〕李白客居宣城見到杜鵑花，想

〔註28〕清聖祖御製：《全唐詩》卷一八一，頁 1842。
〔註29〕（清）王琦《李太白集注》，卷三十五，頁 547。
〔註30〕詹鍈：《李白全集校注彙釋集評》（六），頁 3112。
〔註31〕清聖祖御製：《全唐詩》卷一八四，頁 1877。
〔註32〕閻琦等著《李白全集編年註釋》（中），頁 1659。

起故鄉杜鵑鳥「不如歸去」的呼喚，引發鄉愁；每叫一聲便令詩人腸斷一次，可見其濃烈的程度，末句點出腸斷之由，正是因為春天三月憶起故鄉的緣故。

　　本詩杜鵑意象的使用上手法翻新，見花而想起鳥，以花鳥二重哀怨意象的疊加，來彈奏撼人魂魄的傷痛心曲。從視覺到聽覺的意象拓深詩人的悲涼心境，輔以數字的復沓節奏，將詩人的哀情宣洩得淋漓盡致。李白透過雙層哀怨的交疊，是視覺與聽覺的通感，眼前與回憶的示現，故其情感的渲染力甚大。

　　對李白而言，已是垂垂暮年，思鄉的情緒何以哀婉若此，恐怕不是只是純粹的想念故鄉而已，想必是在人生已經過了諸多的浮浮沈沈，不再有名利之心，厭倦於世俗，亟欲返回童年樂園的回歸想望。正如宗白華所言：「人到中年才能深切的體會到人生的意義，責任和問題，反省到人生的究竟，所以哀樂之感得以深沈。」〔註 33〕況是暮年呢？暮年所體會到的人生意義，其深沈的程度更在中年之上。李白的思鄉正是伴隨著這種深沈的情感，他鄉愁的濃度、哀婉的程度才會如此深刻。

第二節　中唐

　　從初唐沈佺期的〈夜宿七盤嶺〉開始，藉子規意象作為相思離愁之觸媒在盛唐文人的努力下，已卓然有成。盛唐文人中又以李白最擅長使用，在〈書情寄從弟邠州長史昭〉、〈聞王昌齡左遷龍標遙有此寄〉、〈奔亡道中其五〉、〈宣城見杜鵑花〉諸作中，或以夜啼意象，或以聽覺意象、花鳥意象作為思人懷鄉的媒介，均能寄託悲愁，塑造極大的情感張力。王維、杜甫次之，王維在〈送楊長史赴果州〉、〈送梓州李使君〉、〈送崔五太守〉諸作中，均因友人入蜀，故在此意象的使用中不僅以杜鵑悲啼烘托離愁，更藉子規點出地域色彩，蘊含豐富的文化意義。杜甫亦然，在〈法鏡寺〉、〈子規〉以悲啼和文化意象蘊含入蜀的鄉愁，在〈玄都壇歌寄元逸人〉中以夜啼意象表達對友人的思念之情。

　　隨著盛唐詩歌創作的蓬勃發展，詩家輩出，李、杜、王等大家對中唐文人產生一定程度的影響，也由於政治因素造成的離亂環境與文人唱和之風的盛行，杜鵑意象作為相思離愁的觸媒進入了發展期。茲分以下諸點說明：

〔註33〕宗白華：《美學散步》，（上海：上海人民出版社，1981 年），頁 184。

一、以夜啼意象帶出離愁

上節所敘，王維〈送楊長史赴果州〉、李白〈書情寄從弟邠州長史昭〉、杜甫〈子規〉和〈玄都壇歌寄元逸人〉四首均已凸顯杜鵑夜啼意象的悲劇氛圍。中唐文人對此一意象之運用亦不乏其例，用於思人的有五首，懷鄉有四首。

（一）思人

韋應物亦用子規意象表達相思之情，其〈子規啼〉：

> 高林滴露夏夜清，南山子規啼一聲。鄰家孀婦抱兒泣，我獨展轉何
> 時明（何爲情）。〔註34〕

此詩應是大曆十三年（四十二歲）夏天作於喪偶後一系列的悼亡組詩後。〔註35〕其妻喪於大曆十二年夏秋之交，此事對他的打擊非常大，常在詩中流露悲痛恆逾之情。作此詩時，喪妻之痛未滿一年，詩人雖然想努力走出傷痛，然而字裡行間還是流露出濃濃的哀愁。首句「高林滴露夏夜清」寫得高爽，然而子規鳥一啼之後，哀婉的音調立刻將詩人的情緒拉回傷心的回憶裡；鄰家孀婦尚能抱兒相偎，孤獨的詩人卻徹夜輾轉難眠。此詩中「子規」的意象使用，一則以聲音營造悲傷的氛圍，二則又是相思主題的結構元素。不同於王維、李白用於朋友贈別，韋應物獨用於對亡妻的思念之痛。

顧況〈送大理張卿〉：

> 春色依依惜解攜，月卿今夜泊隋堤。白沙洲上江蘺長，綠樹村邊謝
> 豹啼。遷客比來無倚仗，故人相去隔雲泥。越禽唯有南枝分，目送
> 孤鴻飛向西。〔註36〕

顧況此詩在贈別，春色、月夜、江蘺、謝豹都是離別場景與寓意的用語，這裡顧況不用「子規」而用「謝豹」，是其造語新奇的特色之一。下半點明「遷客」身份與送別的眞情摯意。此詩前半描摹送別友人的淒涼景象，以謝豹（杜鵑鳥）夜啼的悲鳴聲帶出深深的離愁別緒，表達對友人的不捨之情。

孟郊〈春夜憶蕭子眞〉：

> 半夜不成寐，燈盡又無月。獨向堦前立，子規啼不歇。況我有金蘭，
> 忽爾爲胡越。爭得明鏡中，久長無白髮。〔註37〕

〔註34〕清聖祖御製：《全唐詩》卷一九三，頁1996。
〔註35〕孫望：《韋應物詩集繫年校箋》，（北京：中華書局，2002年），頁152。
〔註36〕清聖祖御製：《全唐詩》卷二六六，頁2956。
〔註37〕清聖祖御製：《全唐詩》卷三七八，頁4237。

本詩是孟郊憶友人蕭子眞之作，寫法仍是承繼沈佺期「清夜子規啼」以來的書寫策略，夜半不寐，忽聞鵑啼，心情更加低迷。後半揭示此心情的低迷乃因思念摯交，期盼相會之日。

張籍〈和周贊善聞子規〉：

> 秦城啼楚鳥，遠思更紛紛。況是街西夜，偏當雨裏聞。應投最高樹，
>
> 似隔數重雲。此處誰能聽，遙知獨有君。〔註38〕

從詩題可知，此處楚鳥指的就是子規，詩的主旨在寄友相思。既思念友人，又聞子規啼鳴，此已夠愁煞詩人，偏又逢雨夜，情何以堪？作詩動機在和友人的〈聞子規〉〔註39〕，故設想停在高樹的子規鳥只有朋友聽得到牠獨特的啼鳴聲，正表明自己的心意只有好友懂得傾聽。

白居易於赴江州途中作〈舟中讀元九詩〉，元稹有〈酬樂天舟泊夜讀微之詩〉：

> 知君暗泊西江岸，讀我閒詩欲到明。今夜通州還不睡，滿山風雨杜
>
> 鵑聲。〔註40〕

元稹此詩作於元和十年，當時他爲通州司馬。〔註41〕詩中以「滿山風雨杜鵑聲」，杜鵑夜啼的淒涼帶出作者思念好友的哀愁。

（二）懷鄉

顧況〈憶故園〉：

> 惆悵多山人復稀，杜鵑啼處淚沾衣。故園此去千餘裏，春夢猶能夜
>
> 夜歸。〔註42〕

此詩應是顧況被貶饒州時所作，因客居多山人稀的僻遠地區，所以「惆悵」的鄉愁便由是而生。〔註43〕詩中「杜鵑」呼應「惆悵」，「淚沾衣」具體道出詩人的哀愁。「故園此去千餘里，春夢猶能夜夜歸」，直言這是思歸的哀愁，正因杜鵑「不如歸」的夜啼聲，警醒自己的身處異地，添增遊子思歸的情懷。

孟郊〈聞砧〉：

〔註38〕清聖祖御製：《全唐詩》卷三八四，頁4320。
〔註39〕李建崑：《張籍詩集校注》，頁171。
〔註40〕清聖祖御製：《全唐詩》卷四一六，頁4592。
〔註41〕楊軍箋注：《元稹集編年箋注》，頁656。
〔註42〕清聖祖御製：《全唐詩》卷二六七，頁2964。
〔註43〕顏崑陽：《月是故鄉明》，頁198。

> 杜鵑聲不哀，斷猿啼不切。月下誰家砧，一聲腸一絕。杵聲不爲客，
>
> 客聞發自白。杵聲不爲衣，欲令遊子歸。〔註44〕

此詩孟郊凸顯遊子夜聞擣衣聲興發思歸的悲切心情。孟郊此一手法十分特別，「杜鵑聲不哀，斷猿啼不切」，推翻前人以「杜鵑」和「猿啼」聲令遊子斷腸的意象。「月下誰家砧，一聲腸一絕」，獨以擣衣聲最悲，似乎有挑戰李白聞子規「一叫一回腸一斷」的意味。這裡杜鵑的作用是一反襯，若杜鵑聲已令人腸斷，而擣衣聲更在杜鵑之上，凸顯其悲之切、情之哀。

元稹〈宿石磯〉：

> 石磯江水夜潺湲，半夜江風引杜鵑。燈暗酒醒顛倒枕，五更斜月入
>
> 空船。〔註45〕

此詩作於元和九年，元稹經岳州時，曾宿石磯。〔註46〕寫法和〈望喜驛〉十分相似，夜宿他鄉，視覺摹寫獨取月光，聽覺摹寫獨取杜鵑啼鳴，蓋兩者皆爲鄉愁意象的表徵。

李涉〈竹枝〉：

> 十二峰頭月欲低，空濛江上子規啼。孤舟一夜東歸客，泣向春風憶
>
> 建溪。〔註47〕

李涉此詩亦以子規之夜啼意象入詩，既以「子歸」諧音，又以「不如歸」之聲暗寓夜半不寐的鄉愁，三、四句「東歸客」、「憶建溪」道出了有家不能歸的悲痛。

二、以悲啼意象象徵思情

　　盛唐以杜鵑聽覺意象象徵思情的均爲李白之作，〈聞王昌齡左遷龍標遙有此寄〉以之思友，〈奔亡道中其五〉以之思歸，兩者同能烘托悲愁氛圍，作爲別離愁緒之觸媒。中唐此類作品，用以思人有三首，懷鄉有二首。

（一）思人

　　另外韋應物〈與盧陟同遊永定寺北池僧齋〉：

> 密竹行已遠，子規啼更深。綠池芳草氣，閒齋春樹陰。晴蝶飄蘭逕，

〔註44〕清聖祖御製：《全唐詩》卷三七四，頁 4197。

〔註45〕清聖祖御製：《全唐詩》卷四一四，頁 4580。

〔註46〕楊軍箋注：《元稹集編年箋注》，頁 468。

〔註47〕清聖祖御製：《全唐詩》卷二八，頁 396。

遊蜂遶花心。不遇君攜手，誰復此幽尋。〔註48〕

此詩應作於貞元六年，蘇州刺史任內，韋應物當時五十四歲。〔註49〕盧陟爲
韋應物之外甥，韋在滁州時，盧陟在淮南軍旅，他曾寫下數詩，表達思念之
情，期待早日相會，如〈簡盧陟〉、〈簡陟巡建三甥〉、〈寄盧陟〉〔註50〕等。
此詩寫詩人終於能和外甥盧陟同遊蘇州永定寺，流露相知相惜之情。詩的中
間二聯都是寫景，藉美景表達兩人同遊的喜樂之情。首聯「密竹行已遠，子
規啼更深」，表面上看是此行所見所聞，實際上「行已遠」暗示過去等待相會
的日子甚久，而「子規啼更深」則隱喻對對方的思念甚深。末聯「不遇君攜
手，誰復此幽尋」，透露彼此相知相惜之情。韋應物在「子規」意象上的使用，
能跳脫朋友的對象範疇，用於親人的感懷上。

朱慶餘〈寄友人〉：

當代知音少，相思在此身。一分南北路，長問往來人。是處應爲客，
何門許掃塵。憑書正惆悵，蜀魄數聲新。〔註51〕

此詩寄友相思，表達知音難尋之慨，更何況客旅身分，孤獨之感愈深，思友
之情便愈濃。詩末藉「蜀魄」（杜鵑）悲啼渲染自己的惆悵之情，讓全詩的結
尾籠罩著悲愁的氛圍，久散不去。

孟郊〈連州吟〉：

春風朝夕起，吹綠日日深。試爲連州吟，淚下不可禁。連山何連連，
連天碧岑岑。哀猿哭花死，子規裂客心。蘭芷結新佩，瀟湘遺舊音。
怨聲能剪絃，坐撫零落琴。〔註52〕

此詩乃孟郊於貞元十九年作，好友韓愈被貶連州陽山令，孟郊爲其所作。主
旨在傷友之貶謫邊邑。〔註53〕前四句由景生情，想起好友的遭遇，不禁淚流
滿面。「連山何連連，連天碧岑岑」，寫連州淒涼景色。「哀猿哭花死，子規裂
客心」，以「哭花死」、「裂客心」比喻猿啼與子規悲鳴聲，暗喻自己爲友人傷
心至極的心情。「蘭芷結新佩，瀟湘遺舊音」，言其遭遇和屈原相同；「怨聲能

〔註48〕清聖祖御製：《全唐詩》卷一九二，頁1977。
〔註49〕孫望：《韋應物詩集繫年校箋》，頁450。
〔註50〕孫望：《韋應物詩集繫年校箋》，頁311、325、326。
〔註51〕清聖祖御製：《全唐詩》卷五一五，頁5890。
〔註52〕（清）徐倬編：《全唐詩錄》卷五十，輯入《文淵閣四庫全書》總1472冊，
　　　頁819。
〔註53〕邱燮友、李建崑：《孟郊詩集校注》，頁292。

剪絃，坐撫零落琴」，謂哀怨之聲幾乎可摧斷琴弦，自己只能含悲撫琴，強為連州吟。此詩中「子規」是悲愁意象的使用，此悲是為韓愈遭遇而悲，此愁是送友的離愁。

（二）懷鄉

柳宗元〈聞黃鸝〉：

> 倦聞子規朝暮聲，不意忽有黃鸝鳴。一聲夢斷楚江曲，滿眼故園
> 春意生。目極千里無山河，麥芒際天搖清波。王畿優本少賦役，
> 務閑酒熟饒經過。此時晴煙最深處，舍南巷北遙相語。翻日迴度
> 昆明飛，凌風邪看細柳蕭。我今誤落千萬山，身同儋人不思還。
> 鄉禽何事亦來此，令我生心憶桑梓。閉聲迴翅歸務速，西林紫椹
> 行當熟。〔註54〕

他人以子規為鄉愁的呼喚，柳宗元獨不以為然，而言「倦聞子規朝暮聲」，以黃鸝鳥為思鄉的媒介。在子規意象的使用上，柳宗元雖然是一種顛覆，然手法應與孟郊十分相似，柳宗元以黃鸝聲對其的心靈撼動在於子規聲之上，正如孟郊以搗衣聲哀於杜鵑聲，凸顯其情之深，念之遠。雖是反襯，此詩仍透顯出常人以子規聽覺意象作為象徵鄉愁的抒情範式。

劉言史〈泊花石浦〉：

> 舊業叢臺廢苑東，幾年為梗復為蓬。杜鵑啼斷回家夢，半在邯鄲驛
> 樹中。〔註55〕

首二句點出詩人漂泊流離的身分，然而三句「杜鵑啼斷回家夢」似乎殘酷地警醒自己歸夢難成的現實苦痛，「不如歸去」本是鄉愁的呼喚，聽在作者耳中，卻是一種反諷，故言「啼斷」，反襯自己有家歸不得之苦痛。

竇常〈杏山館聽子規〉：

> 楚塞餘春聽漸稀，斷猿今夕讓霑衣。雲埋老樹空山裏，髣髴千聲一
> 度飛。〔註56〕

夜宿杏山館，夜半不寐正因懷鄉之情潮湧而至，先是斷腸的猿啼，再則是空山老樹裡不斷傳出的杜鵑悲啼，更令竇常不堪聽聞。

〔註54〕清聖祖御製：《全唐詩》卷三五三，頁3956。
〔註55〕清聖祖御製：《全唐詩》卷四六八，頁5326。
〔註56〕清聖祖御製：《全唐詩》卷二七一，頁3034。

三、融悲啼和文化意象暗寓愁思

　　盛唐使用此二意象融合的情形，以王維最多，〈送楊長史赴果州〉、〈送梓州李使君〉、〈送崔五太守〉均因友人入蜀，而反映出深刻地域色彩。蘇頲〈曉發方騫驛〉和杜甫〈法鏡寺〉、〈子規〉均融此二意象表達思歸的情懷。中唐文人融此二意象以思友的有九首，懷鄉的有六首。

（一）思人

竇叔向〈奉酬西川武相公晨興贈友見示之作〉：

> 碧樹分曉色，宿雨弄清光。猶聞子規啼，獨念一聲長。眷眷軫芳思，
> 依依寄遠方。情同如蘭臭，惠比返魂香。新什驚變雅，古瑟代沈湘。
> 殷勤見知已，掩抑繞中腸。隙駒不我待，路人易相忘。孤老空許國，
> 幽報期蒼蒼。〔註57〕

此詩乃竇叔向奉酬武元衡之作，武元衡任西川節度史時之作善以子規悲鳴意象入詩，幕僚及群臣多所奉和，亦以子規意象入詩（見177頁）。此詩竇叔向「猶聞子規啼，獨念一聲長」，以聽覺摹寫融蜀地文化意象表達對知交好友的思念之情。

盧綸〈送張郎中還蜀歌〉：

> 秦家御史漢家郎，親專兩印征殊方。功成走馬朝天子，伏檻論邊若
> 流水。曉離儌署趨紫微，夜接高儒讀青史。瀘南五將望君還，願以
> 天書示百蠻。曲棧重江初過雨，前旌後騎不同山。迎車拜舞多耆老，
> 舊卒新營遍青草。塞口雲生火侯遲，煙中鶴唳軍行早。黃花川下水
> 交橫，遠映孤霞蜀國晴。卬竹筍長椒瘴起，荔枝花發杜鵑鳴。迴首
> 岷峨半天黑，傳觴接膝何由得？空令豪士仰威名，無復貧交恃顏色。
> 垂楊不動雨紛紛，錦帳胡瓶爭送君。須臾醉起簫笳發，空見紅旌入
> 白雲。〔註58〕

此詩作於貞元九年，盧綸四十六歲時，其舅韋皋命張芬撫慰即將歸唐的吐番，張芬與盧綸有詩往還，張芬此行，盧綸贈以此詩。〔註59〕詩的前八句反映的是當時的史實，即張芬的任務。「曲棧重江初過雨，前旌後騎不同山。迎車拜舞多耆老，舊卒新營遍青草」，四句想像此行途中蜀道之險及張芬隨從之多。

〔註57〕　清聖祖御製：《全唐詩》卷二七一，頁3041。
〔註58〕　清聖祖御製：《全唐詩》卷二七七，頁3149。
〔註59〕　劉初棠：《盧綸詩集校注》，（上海古籍出版社，1989年），頁225。

「迎車拜舞多耆老，舊卒新營遍青草」，藉東漢彭岑之典以贊張軍嚴明，深得民心。至「黃花川下水交橫，遠映孤霞蜀國晴。卭竹筍長椒瘴起，荔枝花發杜鵑鳴」，想像張芬進入蜀地之後所見山水之美，風物之異。「杜鵑鳴」是蜀地風物的特色之一，然而其下筆鋒一轉：「迴首岷峨半天黑，傳觴接膝何由得？空令豪士仰威名，無復貧交恃顏色」，心情陡然直落，一旦進入岷山、峨嵋山之後，視野被山遮蔽，兩人便不復相聚，我再也沒有好友的器重可倚了。最後「垂楊不動雨紛紛，錦帳胡瓶爭送君。須臾醉起簫笳發，空見紅旌入白雲」，拉回送別的場景，垂柳、雨絲、簫笳都令行人與送行人心情瀰漫在離別的哀傷中。可見此詩中「杜鵑鳴」既烘托好友離情依依的悲戚心情，亦反映入蜀後所見蜀地之風物，透顯其文化意義。

李端〈送夏侯審遊蜀〉：

> 西望煙綿樹，愁君上蜀時。同林息商客，隔棧見眾師。石滑羊腸險，
> 山空杜宇悲。琴心正幽怨，莫奏鳳凰詩。〔註60〕

李端送友入蜀，以蜀地之地域特色「石滑羊腸險，山空杜宇悲」入詩，一藉「羊腸險」暗寓人生之路難行，一以「杜宇愁」渲染送友離別的氛圍，將文化意象深刻融入詩中。

司空曙〈送柳震入蜀〉：

> 粉堞連青氣，喧喧雜萬家。夷人祠竹節，蜀鳥乳桐花。酒報新豐景，
> 琴迎抵峽斜。多聞滯遊客，不似在天涯。〔註61〕

前六句描摹蜀地風物，人文色彩濃厚。「蜀鳥」指的就是杜鵑鳥，既是蜀地文化標誌之一，亦烘托出送友入蜀的離愁，同盧綸、李端的書寫策略。

白居易〈江上送客〉：

> 江花已萎絕，江草已銷歇。遠客何處歸，孤舟今日發。杜鵑聲似哭，
> 湘竹斑如血。共是多感人，仍爲此中別。〔註62〕

此詩作於元和十五年，白居易在忠州時，〔註63〕江上送客有感而作此詩。「杜鵑聲似哭，湘竹斑如血」，一樣作爲別離氛圍的渲染，並將詩人心中的悲愁具體化，「哭」字於通俗中愈見其眞情，再將「杜鵑啼血」與「舜妃泣血」的典故並列，以道出心中的憂傷。此詩杜鵑的意象，一以花落呼應，作爲暮春時

〔註60〕清聖祖御製：《全唐詩》卷二八五，頁3259。
〔註61〕清聖祖御製：《全唐詩》卷二九二，頁3313。
〔註62〕清聖祖御製：《全唐詩》卷四三四，頁4800。
〔註63〕謝思煒：《白居易詩集校注》（二），頁860。

序的象徵符碼，一為別離主題的必然的元素之一。同上一首詩，創作時地相當，亦融文化意象於悲啼之中。

　　此詩白居易將「杜鵑啼血」與「舜妃泣血」兩者意象並列，是繼武元衡〈望夫石〉中「湘妃泣下竹成斑，子規夜啼江樹白」後之第一人，兩個神話以其異質同構的特點，經武元衡和白居易的縮和，再加上晚唐李群玉以「月落山深哭杜鵑」（〈黃陵廟〉）、「子規啼血滴松風」（〈題二妃廟〉）詠娥皇、女英二妃，一個楚地神話，一個蜀地神話，便在唐詩中形成極具悲劇氛圍的並列意象。

　　白居易〈十年三月三十日別微之於澧上十四年三月十一日夜遇微之於峽中停舟夷陵三宿而別言不盡者以詩終之因賦七言十七韻以贈且欲記所遇之地與相見之時為他年會話張本也〉：

> 澧水店頭春盡日，送君上馬謫通川。夷陵峽口明月夜，此處逢君是偶然。一別五年方見面，相攜三宿未迴船。坐從日暮惟長歎，語到天明竟未眠。齒髮蹉跎將五十，關河迢遞過三千。生涯共寄滄江上，鄉國俱拋白日邊。往事渺茫都似夢夢，舊游零落半歸泉。醉悲灑淚春杯裏，吟苦支頤曉燭前。莫問龍鍾惡官職，且聽清脆好文篇。別來只是成詩癖，老去何曾更酒顛。各限王程須去住，重開離宴貴留連。黃牛渡北移征櫂，白狗崖東卷別筵。神女臺雲閒繚繞，使君灘水急潺湲。風淒暝色愁楊柳，月弔宵聲哭杜鵑。萬丈赤幢潭底日，一條白練峽中天。君還秦地辭炎徼，我向忠州入瘴烟。未死會應相見在，又知何地復何年。〔註64〕

此詩作於元和十四年，詩人在江州至忠州途中。〔註65〕詩題已說明創作動機，乃因夜遇好友元稹，三宿而別，言不盡，故以詩贈之。首二句乃回憶元和十年因元稹被貶通州，兩人在長安一別；接下來四句「夷陵峽口明月夜，此處逢君是偶然。一別五年方見面，相攜三宿未迴船」，則道出今日偶然相逢的喜悅之情。兩人促膝常談，竟夜未休，感慨年歲已暮，此身飄零，萬事蹉跎，故舉杯相慰，詩文相勉。然而終需一別，「風淒暝色愁楊柳，月弔宵聲哭杜鵑」寫出離別時的淒清，一以淒風、暝色、楊柳為離別之景，一個「愁」字道出兩人的心情；一以杜鵑悲鳴為明月相弔之聲，一個「哭」字寫出了兩人的極

─────────────

〔註64〕　清聖祖御製：《全唐詩》卷四四〇，頁4914。
〔註65〕　謝思煒：《白居易詩集校注》（三），（北京：中華書局，2006年），頁1429。

度不捨。最後感慨，詩人入忠州後，兩人不知何時能再相會。此詩中杜鵑的意象仍不離「主離別」的意蘊，並以聲音的淒鳴渲染全詩離別惆悵的氛圍，然而此詩在白居易的移情作用下，以一個「哭」字將杜鵑擬人化，跳脫過去「啼」字的修辭策略，甚至可以說這個擬人化是回歸神話意象的的原型，以「哭」字將杜宇的悲鳴通俗化。另外，作者人在忠州（四川），對杜鵑悲鳴聲的感觸當更深刻，此亦透露出地域色彩，蘊含文化意象。

姚合〈送任畹及第歸蜀中覲親〉：

> 子規啼欲死，君聽固無愁。闕下聲名出，鄉中意氣遊。東川橫劍閣，
> 南斗近刀州。神聖題前字，千人看不休。〔註66〕

子規本是悲愁的象徵，但此處友人及第返鄉自是喜樂之事，故言「子規啼欲死，君聽固無愁」，不強作悲愁，和其作品的清峭之風十分相似。送友入蜀，以子規之聲帶出，亦頗有文化意義。再細究「子規啼欲死」一句，此乃姚合內心對子規啼鳴的美感接受程度，在其耳中聽來是「啼欲死」，可見他在給予友人的祝福中仍隱含別離的傷愁。

此類之作，尚有下面三首：

> 春色華陽國，秦人此別離，驛樓橫水影，鄉路入花枝。日暖鶯飛好，
> 山晴馬去遲，劍門當石隘，棧閣入雲危，獨鶴心千里，貧交酒一卮，
> 桂條攀偃寒，蘭葉藉參差。旅夢驚蝴蝶，殘芳怨子規，碧霄今夜月，
> 惆悵上峨嵋。〔註67〕（陳羽〈西蜀送許中庸歸秦赴舉〉）

> 不值分流二江水，定應猶得且同行。三千里外情人別，更被子規啼
> 數聲。〔註68〕（陸暢〈成都贈別席夔〉）

> 家吳聞入蜀，道路頗乖離。一第何多難，都城可少知。江山非久適，
> 命數未終奇。況又將冤抱，經春杜魄隨。〔註69〕（李頻〈送于生入
> 蜀〉）

陳羽〈西蜀送許中庸歸秦赴舉〉和陸暢〈成都贈別席夔〉均因在蜀地別友，而李頻〈送于生入蜀〉則是因友人前往目的為蜀地，故在悲啼意象中融入文化意象，景中寓情，虛中有實。陳羽「旅夢驚蝴蝶，殘芳怨子規」亦能承襲

〔註66〕清聖祖御製：《全唐詩》卷四九六，頁5626。
〔註67〕清聖祖御製：《全唐詩》卷三四八，頁3891。
〔註68〕清聖祖御製：《全唐詩》卷四七八，頁5443。
〔註69〕清聖祖御製：《全唐詩》卷五八八，頁6823。

李白以蝴蝶、杜宇並列意象的典故，而用於朋友贈別的主題上；李頻「況又將冤抱，經春杜魄隨」，則以神話中的含冤意象，爲友人的困蹇際遇抱屈。故可知在贈友送別主題中，以杜鵑意象入詩在中唐已然蔚爲風氣，其使用之廣泛與普遍可見一斑。

（二）懷鄉

武元衡〈夕次潘山下〉：

> 南國獨行日，三巴春草齊。漾波歸海疾，危棧入雲迷。錦谷嵐煙裏，
> 刀州晚照西。旅情方浩蕩，蜀魄滿林啼。〔註70〕

此詩爲元和二年武元衡以宰相身份入蜀時，停留潘山所作。〔註71〕前三聯寫景，充分顯現入蜀之地域色彩。末聯抒情，抒發寄寓他鄉、遊子的心情，以「蜀魄」代「子規」，既以聽覺渲染悲愁意象，又以神話中蜀王杜宇的魂魄牽動讀者內心的悸動。此杜鵑又與黃昏意象結合，以烘托旅情之浩蕩，獨行之孤寂。

武元衡〈春曉聞鶯〉：

> 寥寥蘭臺曉夢驚，綠林殘月思孤鶯。猶疑蜀魄千年恨，化作冤禽萬
> 囀聲。〔註72〕

此詩作於作者爲西川節度使任內，由詩的內容可以知道此「鶯」即是杜鵑鳥。詩人以一個外地人的身份而言「鶯」，卻直接以「猶疑蜀魄千年恨，化作冤禽萬囀聲。」將神話原型寫入詩中，其動人的魄力更大，將詩人遠隔在外，思鄉的情緒宣洩而出。言「恨」言「冤」其實也反映出詩人對現實處境的埋怨之情。

武元衡此詩一出，幕僚及同朝群臣多所奉和，李益、韓愈、許孟容、王建、楊巨源、皇甫鏞等均有奉和之作。〔註73〕其中許孟容、楊巨源之作最能貼近神話原型。其詩如作：

> 碧樹當窗啼曉鶯，間關入夢聽難成。千回萬囀盡愁思，疑是血魂哀
> 困聲。〔註74〕（許孟容〈奉和武相公春曉聞鶯〉）

> 語恨飛遲天欲明，殷勤似訴有餘情。仁風已及芳菲節，猶向花溪鳴

〔註70〕清聖祖御製：《全唐詩》卷三一六，頁3552。

〔註71〕鄭雅芬：《武元衡詩研究》，（國立中興大學中文研究所碩士論文，1997年），頁169。

〔註72〕清聖祖御製：《全唐詩》卷三一七，頁3576。

〔註73〕鄭雅芬：《武元衡詩研究》，（國立中興大學中文研究所碩士論文，1997年），頁102。

〔註74〕清聖祖御製：《全唐詩》卷三三○，頁3688。

　　幾聲。〔註75〕（楊巨源〈和武相公春曉聞鶯〉）

許孟容認爲這千回萬囀盡是愁思，疑是某個哀怨的血魂所化，與此則神話的悲愁意象相符。而楊巨源一反此則神話的哀愁意象，轉爲積極的祝福與讚譽，以杜宇爲民擁戴的仁者風範，讚美武元衡爲政治人物的典範。

　　元稹〈西州院〉：

> 自入西州院，唯見東川城。今夜城頭月，非暗又非明。文案牀席滿，
> 卷舒臟罪名。慘悽且煩倦，棄之階下行。悵望天迴轉，動搖萬里情。
> 參辰次第出，牛女顛倒傾。況此風中柳，枝條千萬莖。到來籬下筍，
> 亦已長短生。感愴正多緒，鴟鴞相喚驚。牆上杜鵑鳥，又作思歸鳴。
> 以彼撩亂思，吟爲幽怨聲。吟罷終不寢，矗矗復鐺鐺。〔註76〕

此詩作於元和四年，元稹爲監察御史，出使東川。〔註77〕詩人寫出案牘勞形，夜半不寐而思鄉的心情。從「月」到「柳」到「籬下筍」都是離人的意象與雙關用語，「牆上杜鵑鳥，又作思歸鳴」更以「思歸」點題，原來詩人的「慘悽」、「煩倦」、「悵望」和「感愴」全都是因「思歸」，才會「以彼撩亂思，吟爲幽怨聲。」故此詩中杜鵑意象指涉遊子異客的離愁別緒，又因身在東川，亦流露出深刻的文化意義。

　　元稹〈望喜驛〉：

> 滿眼文書堆案邊，眼昏偷得暫時眠。子規驚覺燈又滅，一道月光橫
> 枕前。〔註78〕

望喜驛在今四川廣元縣西南。此詩作於元和四年，〔註79〕詩人三十一歲，充任劍南東川詳覆使，與〈西州院〉爲同年之作，心境大抵相同。詩中寫子規啼鳴驚醒案牘假寐的自己，詩以月光橫照枕邊作結。全詩不著一思字，然子規與月光象徵的便是遊子之思。

　　熊孺登〈湘江夜泛〉：

> 江流如箭月如弓，行盡三湘數夜中。無那子規知向蜀，一聲聲似怨
> 春風。〔註80〕

〔註75〕清聖祖御製：《全唐詩》卷三三三，頁3742。
〔註76〕清聖祖御製：《全唐詩》卷四〇〇，頁4482。
〔註77〕楊軍箋注：《元稹集編年箋注》，頁161。
〔註78〕清聖祖御製：《全唐詩》卷四一二，頁4570。
〔註79〕楊軍箋注：《元稹集編年箋注》，頁157。
〔註80〕清聖祖御製：《全唐詩》卷四七六，頁5420。

夜泛湘江，熊孺登因子規啼聲而知正往蜀地前往，離鄉愈來愈遠，濃郁的離愁只能向春風傾訴。子規與蜀地的結合，同是融悲啼與文化意象的書寫策略。

四、以暮啼意象渲染別情

　　黃昏意象與送別詩的結合，一直是唐詩意象中相當普遍的書寫策略。細究黃昏基調於詩中情境的點染，侯迺慧於《唐詩主題與心靈療養》一書中曾指出：

> 唐代詩人在寫送別詩時，是有刻意強調送別歷程中的黃昏時段現
> 象。也就是反映在詩歌作品時，詩人對於送別情境的圖現是經過選
> 擇和強化的。這種強調主要因為黃昏在色調上趨於黑暗晦重，在聲
> 音上趨於安靜沈寂，在氣溫上趨於冷涼肅瑟，這些特質容易產生淒
> 涼悲傷的情調。〔註81〕

正因如此，以黃昏的基調作為送別的背景，能使離別分隔所致的失落情感被烘托強化。柯慶明亦於〈試論幾首唐人絕句裡的時空意識與表現〉指出：

> 「日暮」的漸趨淡黯的光色，無疑使得整個景象，尤其是遠景部分
> 顯得模糊而益發有杳遠無際的感覺。〔註82〕

> 日暮不但在事實上是「晝夜」的分際……這種「分歧交點」的意象，
> 正與「相送」在意義上、意象上有一種內在的應和。〔註83〕

不僅說明黃昏基調在唐詩中透過視覺摹寫所造成的情感張力，更以意義和意象與離別相應。侯迺慧在〈唐代黃昏送別詩的情意心理〉一章，分別從各個方面分析黃昏作為送別詩的場景所具有的心理意義，他說：

> 由於黃昏的淒涼基調可以助成離別情境的點染；黃昏在意義與意象
> 上和離別相應可以助成主題的強化；黃昏的時間催迫性可以助成不
> 捨情意的張力；黃昏的空間歸息特性可以突顯離別的流離背反；黃
> 昏在文化積澱中蘊含文學象徵意義的多重因素，所以送別詩多黃昏
> 意象除客觀事實之外也具有深層的主題意蘊。〔註84〕

〔註81〕　侯迺慧：《唐詩主題與心靈療養》，（台北：三民書局股份有限公司，2005年），頁292。

〔註82〕　柯慶明：〈試論幾首唐人絕句裡的時空意識與表現〉，（《中外文學》，第一卷第十一期），頁135。

〔註83〕　同上注。

〔註84〕　侯迺慧：《唐詩主題與心靈療養》，頁320。

的確，翻開唐詩扉頁，黃昏送別詩的篇幅不寡，與文人創作的心理機制有很大的關係。而黃昏這種淒涼基調、離別意象正好與子規意象有著異質同構的特色，兩者並列不僅有助於悲愁氛圍的渲染，更於視覺摹寫中加入聽覺摹寫的戲劇效果，以通感的審美效果擴大作品的情感張力。

　　盛唐李白〈奔亡道中其五〉中在「歸心落何處，日沒大江西」與「誰忍子規鳥，連聲向我啼」句中，以杜鵑的暮啼意象道出離愁。第四章〈托物詠懷──個人情志之寄託〉第二節中唐「以聽覺意象烘托氛圍」諸作，詩中的時間背景正好都是黃昏，亦可看出淒涼基調與杜宇悲鳴意象的縎和，在中唐文人創作下已逐漸形成一個慣用的書寫策略。反映在送別詩中，有以下二首：

　　李益〈送人歸岳陽〉：

　　　煙草連天楓樹齊，岳陽歸路子規啼。春江萬里巴陵戍，落日看沈碧

　　　水西。〔註85〕

此詩為李益客居揚州為友人送行時所作，〔註86〕詩中李益沿用子規用於送別，以聽覺烘托悲涼氛圍的書寫策略，並與黃昏並用，共同形成送別時之添加意象。

　　武元衡〈送柳郎中裴起居〉：

　　　望鄉臺上秦人在，學射山中杜魄哀。落日河橋千騎別，春風寂寞旆

　　　旌廻。〔註87〕

柳郎中指柳公綽，裴起居指裴度。元和五年，武元衡鎮西蜀，柳公綽、裴度本為其下判官，後來分別入御史中丞和起居舍人，歸京還朝，武元衡作此詩贈之。〔註88〕首句以「秦人」比喻自己居蜀地，不得回京，故言「望鄉」，心情已低沈，無奈「杜魄」（子規）一叫，悲鳴聲更添心中哀愁。兩人一別，今後獨留蜀地，自己當更寂寞。此詩中武元衡用「杜魄」代子規，既以文化意象入詩，又與黃昏意象縎和，渲染送別的悲悽氛圍。

　　此二首用來贈別，而前面所提武元衡〈夕次潘山下〉，則在「錦谷嵐煙裏，刀州晚照西。旅情方浩蕩，蜀魄滿林啼」句中，以子規暮啼意象寫出懷歸之情。

〔註85〕清聖祖御製：《全唐詩》卷二八三，頁 3228。

〔註86〕范之麟：《李益詩注》，（上海：上海古籍出版社，1982 年），頁 122。

〔註87〕清聖祖御製：《全唐詩》卷三一七，頁 3572。

〔註88〕鄭雅芬：《武元衡詩研究》，（國立中興大學中文研究所碩士論文，1997 年），頁 70。

五、以花落鵑啼意象烘托離情

　　暮春花落的時間特點亦如黃昏，常是文人筆下刻意擷取的時間背景，一
是暮春的所標誌季節遞嬗的轉捩點，春之將盡如歡樂時光的結束；一是落花
意象的紛落，透過視覺給予文人的心理意義無非又是美好事物的消逝、傷春、
惜春等失落情緒的表徵。是以落花又與悲愁意蘊的鵑啼並置，成為一個新的
並列意象。藉花落鵑啼意象入詩在前章所提白居易〈送春歸〉「今年杜鵑花落
子規啼」已可看出，然而白居易著重在杜鵑花鳥意象的疊加哀愁，尚留有民
間文學中杜鵑花鳥相提的杜宇神話色彩，李紳〈南梁行〉和〈杜鵑樓〉、杜牧
〈惜春〉亦然。此段所引之詩鵑啼意象之神話色彩已然消失，花亦非專指杜
鵑花，不過其聽覺意象可視為從杜宇神話發展而出的社會意象——悲愁。

　　中唐文人使用花落鵑啼意象作為相思離愁之觸媒有以下諸首：

（一）思人

武元衡〈同張惟送霍總〉：

> 春風簫管怨津樓，三奏行人醉不留。別後相思江上岸，落花飛處杜
> 鵑愁。〔註89〕

此送別之作，友人離去，獨留相思，詩人以杜鵑悲鳴的悲愁象徵內心無法排
遣的離情，輔以花落的凋零之景疊加別緒。

劉禹錫〈酬浙東李侍郎越州春晚即事長句〉：

> 越中藹藹繁華地，秦望峰前禹穴西。湖草初生邊鴈去，山花半謝杜
> 鵑啼。青油畫卷臨高閣，紅旆晴翻繞古堤。明日漢庭徵舊德，老人
> 爭出若耶溪。〔註90〕

此詩作於大和八年，浙東李侍郎指李紳，時以浙東觀察史為太子賓客，劉禹
錫在蘇州作此詩贈之。〔註91〕前六句寫越州晚春景致，首聯道地理名勝，次
聯寫暮春花鳥，頸聯敘人家屋舍，一片繁華景象。末聯道出主旨，「明日漢庭
徵舊德，老人爭出若耶溪。」以後漢劉寵為會稽太守時，頗有治績，深得民
心的典故，〔註92〕來讚美李紳為越州刺史亦能如劉寵一般，治績良好。此詩
既以花落鵑啼的自然意象點明時序（晚春），亦烘托與友相別的離愁。

〔註89〕　清聖祖御製：《全唐詩》卷三一七，頁 3578。
〔註90〕　清聖祖御製：《全唐詩》卷三六一，頁 4078。
〔註91〕　高志忠：《劉禹錫詩編年校注》第四冊，（哈爾濱：黑龍江人民出版社，2005
　　　　　年），頁 2206。
〔註92〕　高志忠：《劉禹錫詩編年校注》第四卷，頁 2204。

賈島〈寄武功姚主簿〉：

> 居枕江沱北，情懸渭曲西。數宵曾夢見，幾處得書批。驛路穿荒坂，
> 公田帶淤泥。靜蓁功奧妙，閒作韻清淒。鋤草留叢藥，尋山上石梯。
> 客迴河水漲，風起夕陽低。空地苔連井，孤村火隔溪。卷簾黃葉落，
> 鎖印子規啼。隴色澄秋月，邊聲入戰鼙。會須過縣去，況是屢招攜。
> 〔註93〕

此詩作於元和十四年前後，乃賈島遊歷荊襄時寄贈姚合之作，姚合當時為武
功主簿。〔註94〕首四句「居枕江沱北，情懸渭曲西。數宵曾夢見，幾處得書
批」，謂雖身居江漢，心繫在關中的姚合，以致經常夢中相會，並書信往返。
「驛路穿荒坂，公田帶淤泥」說明武功縣內官田還是一片淤泥，「靜蓁功奧妙，
閒作韻清淒」讚譽姚合詩歌清新淒雋。接著從當地山上、河水、夕陽、空地、
孤村寫出荒蕪景象，再以「卷簾黃葉落，鎖印子規啼」帶出悲涼的氛圍，傍
晚閉衙時，葉落紛飛，子規啼鳴。接著點出悲涼的原因實是「邊聲入戰鼙」，
安史之亂後吐蕃東侵，造成邊地一帶經常聽到戰鼓的聲音，〔註95〕是長年的
征戰使得百姓淒苦，當地仍是一片荒蕪。結語有感於思友之深，自應到武功
相訪。故本詩藉黃昏與花落鵑啼意象烘托悲涼氛圍，既寄寓思友之情，兼感
慨戰爭蕭條之狀。

（二）懷鄉

戴叔倫〈暮春感懷〉：

> 杜宇聲聲喚客愁，故園何處此登樓。落花飛絮成春夢，剩水殘山異
> 昔遊。歌扇多情明月在，舞衣無意綵雲收。東皇去後韶華盡，老圃
> 寒香別有秋。〔註96〕

首句即點出詩人客旅身份，杜宇「不如歸去」的啼聲更令其哀愁，使其回想
故園景物、過去種種。落花既暗寓美好事物的消逝，亦與鵑啼並置，以聽覺、
視覺的結合烘托其亟欲歸鄉的離愁。

六、以啼血意象隱喻別思

杜鵑的啼血意象同聽覺意象在唐詩的發展中，已成為一種特定的社會意

〔註93〕清聖祖御製：《全唐詩》卷五七二，頁 6643。
〔註94〕齊文榜：《賈島集校注》，（北京：人民文學出版社，2001 年），頁 194。
〔註95〕齊文榜：《賈島集校注》，頁 195。
〔註96〕清聖祖御製：《全唐詩》卷二七三，頁 3095。

象。若其聽覺意象是悲愁的象徵，那麼「啼血」所象徵的便是一種極度的哀愁。若從「聲啼達旦，血漬草木」而出，文人感受到的是徹夜不眠的哀愁，血淚以表的極致，它將含冤、夜啼、泣血意象均融於其中了。中唐文人用於抒發個人情志的有顧況〈攝山聽子規〉、王建〈夜聞子規〉、李賀〈老夫採玉歌〉、呂溫〈道州月歎〉、鮑溶〈子規〉，已在前章論述。用為相思離別之觸媒則見下面兩處：

（一）思人

孟郊〈答韓愈、李觀別因獻張徐州〉：

富別愁在顏，貧別愁銷骨。懶磨舊銅鏡，畏見新白髮。古樹春無花，
子規啼有血。離弦不堪聽，一聽四五絕。世途非一險，俗慮有千結。
有客步大方，驅車獨迷轍。故人韓與李，逸翰雙皎潔。哀我摧折歸，
贈詞縱橫設。徐方國東樞，元戎天下傑。禰生投刺遊，王粲吟詩謁。
高情無遺照，朗抱開曉月。有土不埋冤，有讐皆為雪。願為直草木，
永向君地列。願為古琴瑟，永向君聽發。欲識丈夫心，曾將孤劍說。

〔註97〕

貞元八年，孟郊下第東歸，將啟程往徐州謁張建封時，作此詩與好友韓愈、李觀話別。〔註98〕詩的前半答韓李之別，後半則讚頌張封建，表達歸附之意。其中話別之處，「富別愁在顏，貧別愁銷骨。懶磨舊銅鏡，畏見新白髮。古樹春無花，子規啼有血」以貧別銷骨、畏見白髮、古樹無花、子規啼血等意象道出與好友分別的痛苦。是以子規啼血意象隱喻別思，將其與好友分別的哀痛之情烘托而出。

（二）懷鄉

白居易〈琵琶行〉中名句：「其間旦暮聞何物？杜鵑啼血猿哀鳴。」〔註99〕當時詩人謫居潯陽又臥病不起，兩種不幸已讓詩人難以承受了，又加上杜鵑的泣血悲啼、猿猴長聲哀鳴，更凸顯其貶謫的淒苦心境。事實上，詩人在四十六歲作〈琵琶行〉時已飽嘗仕途坎坷之苦，感傷中轉向退守，由對象性思念變為廣義性的思鄉回歸意緒。這裡的「杜鵑」、「琵琶」的思鄉原型意象帶有難可盡言的心理象徵蘊味，退避思舊的淒苦呻吟裡夾

〔註97〕　清聖祖御製：《全唐詩》卷三七八，頁4240。
〔註98〕　邱燮友、李建崑：《孟郊詩集校注》，（新文豐出版公司，1997年），頁372。
〔註99〕　清聖祖御製：《全唐詩》卷四三五，頁4821。

雜著隨遇而安，以期恬淡安逸的禪意，一種忍讓克制而不再奮求的幻滅感
於是可見。〔註100〕

七、以植物意象象徵友誼

在晚唐李群玉〈歎靈鷲寺山榴〉、李咸用〈同友生題僧院杜鵑花〉、曹松
〈寒食日題杜鵑花〉、成彥雄〈杜鵑花〉以杜鵑花作為詠物的對象之前，中唐
白居易早已獨取杜鵑的植物意象作為贈友的相思主體。

白居易〈雨中赴劉十九二林之期及到寺劉已先去因以四韻寄之〉：

> 雲中台殿泥中路，既阻同遊懶卻還。將謂獨愁猶對雨，不知多興已
> 尋山。才應行到千峰裡，只校來遲半日閒。最惜杜鵑花爛熳，春風
> 吹盡不同攀。〔註101〕

白居易本欲與友人同遊，不料路途受阻遲到，朋友已先行離去，詩人故以此
詩寄之。以「最惜杜鵑花爛熳」呼應前面的「獨愁」，亦是贈友以表惆悵的象
徵意蘊，不過白居易改以花入詩，不以鳥入詩，除了避免意象一再重複之外，
與其對杜鵑花的鍾愛有很大的關係。

另外，在白居易與好友元稹贈答的作品中，除了提到杜鵑聲外，杜鵑花亦
成為兩人的知音符碼。元稹有〈石榴花〉：「寥落山榴深映葉，紅霞淺帶碧霄雲。
麴塵枝下年年見，別似衣裳不似裙。」〔註102〕白居易便有〈山石榴寄元九〉：

> 山石榴，一名山躑躅，一名杜鵑花，杜鵑啼時花撲撲。九江三月杜
> 鵑來，一聲催得一枝開。江城上佐閒無事，山下欄得廳前栽。爛漫
> 一欄十八樹，根株有數花無數。千房萬葉一時新，嫩紫殷紅鮮麴塵。
> 淚痕裛損臙脂臉，剪刀裁破紅綃巾。謫仙初墮愁在世，姹女新嫁嬌
> 泥春。日射血珠將滴地，風翻焰火欲燒人。閒折兩枝持在手，細看
> 不似人間有。花中此物是西施，芙蓉芍藥皆嫫母。奇芳絕豔別者誰，
> 通州遷客元拾遺。拾遺初貶江陵去，去時正值青春暮。商山秦嶺愁
> 殺人，山石榴花紅夾路。題詩報我何所云，若云色似石榴裙。當時
> 叢畔唯思我，今日欄前只憶君。憶君不見坐銷落，日西風起紅紛紛。

〔註103〕

〔註100〕 王立：《中國古代文學十大主題——文學與流變》，頁253。
〔註101〕 白居易：《白香山詩集》，（台北：世界書局，1961年），頁188。
〔註102〕 楊軍箋注：《元稹集編年箋注》，頁998。
〔註103〕 清聖祖御製：《全唐詩》卷四三五，頁4815。

此詩作於元和十一年，在江州時。〔註104〕起筆的三句，彷彿在介紹山石榴的姓、名、字號似的，營造一種親切的趣味。而山石榴既是花自身，又是好友元稹的象徵，更是兩人相憶的媒介。〔註105〕詩從杜鵑啼帶出杜鵑花，扣緊時序與杜宇神話的原型。不過詩裡杜鵑意象的營造完全跳脫前人悲傷的氛圍，從相思的意蘊一躍而為好友的化身。白居易對杜鵑花的形神極度描繪，可見其愛杜鵑的程度，以人喻花，「花中此物是西施，芙蓉芍藥皆嫫母」將芙蓉芍藥等名貴花卉說成醜婦，以杜鵑花為美女，視為如意和幸福美好的象徵。「奇芳絕豔別者誰，通州遷客元拾遺」直接說明如此盛讚杜鵑花的緣故，是因它象徵的是元稹。前次離別時，杜鵑花開滿路，別後來信，信中又提杜鵑花，於是杜鵑成了兩人相憶贈答的媒介，成了溫馨友誼的象徵。以杜鵑花為知音符碼，是在元稹和白居易兩人的贈答中醞釀而成的。

八、以含冤意象指涉愁緒

以杜宇含冤意象指涉愁緒，用在抒發個人的懷才不遇作品甚多。然用於相思離愁上較少，中唐仍有以下二首：

戎昱〈漢陰弔崔員外墳〉：

遠別望有歸，葉落望春暉。所痛泉路人，一去無還期。荒墳遺漢陰，墳樹啼子規。存沒抱冤滯，孤魂意何依？豈無骨肉親，豈無深相知。
曝露不復問，高名亦何為？相攜慟君罷，春日空遲遲。〔註106〕

戎昱此詩哀悼友人，以友人客死異鄉、含冤抱恨而亡寫出其悲慟，加上時代動亂，戰爭造成的殘破景象，崔員外墳顯得更孤寂，故言「荒墳遺漢陰，墳樹啼子規」，遺落異鄉的荒墳無人整理，只剩子規鳥悲鳴。此詩以子規鳥渲染詩人的悲愁，亦象徵友人客死異鄉的憾恨。

蔡京〈詠子規〉：

千年冤魄化為禽，永逐悲風叫遠林。愁血滴花春艷死，月明飄浪冷光沈。凝成紫塞風前淚，驚破紅樓夢裏心，腸斷楚詞歸不得，劍門迢遞蜀江深。〔註107〕

〔註104〕謝思煒：《白居易詩集校注》（二），頁924。
〔註105〕潘麗珠：《詩筆映千古——唐宋詩選粹》，（台北：幼獅文化事業有限公司，1991年），頁174。
〔註106〕清聖祖御製：《全唐詩》卷二七〇，頁3018。
〔註107〕清聖祖御製：《全唐詩》卷四七二，頁5363。

藉由詠子規「千年冤魄化爲禽，永逐悲風叫遠林」，將其神話中的冤情具體呈現。「愁血滴花春艷死，月明飄浪冷光沈」，進一步描繪其啼血滴花的凄美景象。接著寫出這化禽的冤魂愁煞多少離鄉遊子，驚破多少等待家人未歸的心。蔡京藉子規反映了世間離愁的無奈。

第三節　晚唐五代

　　藉子規意象作爲相思離愁之觸媒的書寫策略，是懷鄉文學新加入的元素，從盛唐的萌芽期到中唐的發展期，此一意象的使用獲得了充分的成長，從聽覺、夜啼、花鳥、文化意象的使用擴增出暮啼、花落鵑啼、啼血、植物、含冤等意象。中唐文人於詩材的開拓越來越細膩，語彙更豐富，情境氛圍的醞釀愈加精心設計，故能在一個小小的子規意象上融入神話原型與文化、社會意蘊，發展出八種意象的使用。

　　晚唐五代由於環境益形惡劣，帝王昏憒失道，宰臣甘食竊位，宦官專權，藩鎮割據，朝綱紊亂，朝野危疑，邊患頻仍，加上天災不斷，導致人民流離失所，寒微之士久試不第或屈居幕僚，輾轉遷徙。生活的無奈挫折使得思友懷鄉之作大量成長，子規意象的凄涼、別離、哀愁意象自然是文人筆下善以用來抒發感受的重要詩材，經過晚唐文人的大量使用，可謂進入了完成期，茲分以下八點敘述之。

一、以悲啼意象象徵思情

　　中唐韋應物以「子規啼更深」烘托對親人思念之情，朱慶餘以「蜀魄數聲新」、孟郊以「子規裂客心」表達對友人思念的哀傷，劉言史則以「子規啼斷回家夢」帶出了懷鄉之情。獨以聽覺意象作爲相思離愁之觸媒，在晚唐五代有以下諸作：

（一）友人相思送別

羅隱〈送朗州張員外〉：

> 聖朝繪閣最延才，須牧生民始入來。鳳藻已期他日用，隼旗應是隔年廻。旗飄峴首嵐光重，酒奠湘江杜魄哀。腸斷秦原二三月，好花全爲使君開。〔註108〕

〔註108〕清聖祖御製：《全唐詩》卷六六五，頁7614。

羅隱的贈別或酬答詩寫得情眞意摯，深婉動人。〔註109〕此詩表達對友人深深地祝福，首聯乃對友人才華的肯定，次聯慰勉他日必可回任地方長官，三聯寫友人從湖南前往湖北，藉「酒奠湘江杜魄哀」道出別離時的傷悲；末聯以「好花全爲使君開」表達對張員外的祝福。故此詩中「杜魄哀」純粹渲染別離的悲愁。

　　鄭谷〈送進士盧棨東歸〉：

　　　　灞岸草萋萋，離觴我獨攜。流年俱老大，失意又東西。曉楚山雲滿，
　　　　春吳水樹低。到家梅雨歇，猶有子規啼。〔註110〕

此詩鄭谷送盧棨東歸，「流年俱老大，失意又東西」藉送別感慨老大無成、失意困蹇的人生。「到家梅雨歇，猶有子規啼」，寫出友人離去，只剩子規悲啼，更添寂寥的落寞心緒。此以「子規啼」作結，讓全詩瀰漫在悲愁的氛圍中，此愁是友人離去之愁，亦是詩人身世之愁。

　　貫休〈別盧使君〉：

　　　　杜宇聲聲急，行行楚水濱。道無禪政化，行處傲孤雲。幸到腐門下，
　　　　頻蒙俸粟分。詩雖曾引玉，棋數中埋軍。山好還尋去，恩深豈易云。
　　　　扇風千里泰，車雨九重聞。晴霧和花氣，危檣鼓浪文。終期陶鑄日，
　　　　再見信陵君。〔註111〕

詩的開頭即以「杜宇聲聲急」帶出濃濃的離愁，接著道出別離後對好友盧使君的深深祝福。

（二）懷鄉

　　徐夤〈忙〉：

　　　　雙競龍舟疾似風，一星球子兩明同。平吳破蜀三除裡，滅楚圖秦百
　　　　戰中。春近杜鵑啼不斷，寒催歸雁去何窮。兵還失路旌旗亂，驚起
　　　　紅塵似轉蓬。〔註112〕

詩中以「春近杜鵑啼不斷，寒催歸雁去何窮」點出出自己的心情，杜鵑（子規）與歸雁正說明了作者亟欲歸家的想望，可惜戰亂流離似蓬的處境，讓自己也找不到回家的路了。

〔註109〕由興波：〈羅隱詩歌探微〉，（《齊齊哈爾大學學報》，2003 年 1 月），頁 82。
〔註110〕清聖祖御製：《全唐詩》卷六七四，頁 7706。
〔註111〕清聖祖御製：《全唐詩》卷八三○，頁 9355。
〔註112〕清聖祖御製：《全唐詩》卷七一○，頁 8182。

二、融雨景與悲啼意象渲染別思

中唐黃昏意象與落花意象的添入，與子規意象形成並列意象後，使作品的悲愁氛圍更為濃重。晚唐詩人在子規意象的使用上又添入雨景，使詩境更瀰漫在悵惘失意的氛圍中。雨景的陰暗色調既使人失意落寞，雨聲滴答淅瀝的聽覺意象更易令人跌入沈思回憶的寧靜裡，此時此刻，杜鵑的哀鳴與滴答雨聲合奏成一曲悲涼的心曲，哀婉動人。融雨景與杜鵑悲啼意象的作品正有這樣特色，故文人擇取入詩，以表達相思離愁。

（一）思人

李商隱〈燕臺四首──夏〉：

> 前閣雨簾愁不卷，後堂芳樹陰陰見。石城景物類黃泉，夜半行郎空柘彈。綾扇喚風閶闔天，輕帷翠幕波淵旋。蜀魂寂寞有伴未，幾夜瘴花開木棉。桂宮留影光難取，嫣薰蘭破輕輕語。直教銀漢墮懷中，未遣星妃鎮來去。濁水清波何異源，濟河水清黃河渾。安得薄霧起緗裙，手接雲軿呼太君。〔註113〕

此詩乃〈燕臺四首〉中寫「夏」之一首，開頭八句言相思之深，「前閣雨簾愁不卷，後堂芳樹陰陰見。石城景物類黃泉，夜半行郎空柘彈」，講自己值淒暗雨夜，百無聊賴，夜半不寐戲柘彈亦空無所獲。「綾扇喚風閶闔天，輕帷翠幕波淵旋。蜀魂寂寞有伴未，幾夜瘴花開木棉」，寫所思之人，想像所思女子的當時情景，值此夏夜，對方應也寂寥獨處，流滯異鄉，寂寞中有無女伴相慰？並以夜半開放的木棉花紅反襯女子的寂寥。「桂宮留影光難取，嫣薰蘭破輕輕語。直教銀漢墮懷中，未遣星妃鎮來去」，回憶昔日雙方歡會情景，期望永不分離。「濁水清波何異源，濟河水清黃河渾。安得薄霧起緗裙，手接雲軿呼太君」，敘相別之況，自己和思念的女子南北異域、仙凡隔路，抒發相見無期的憂傷。〔註114〕

此詩開頭以「前閣雨簾愁不卷」帶出悲愁氛圍，霪雨霏霏的天氣更令自己的憂愁陰霾怎麼捲也捲不開，中間「蜀魂寂寞有伴未」一句在比喻詩人所思念的女子，以「蜀魄」凸顯她的悲傷，流落異鄉的對方，如泣血啼紅的蜀魂，同樣寂寥無依。葉嘉瑩評此，曾說：「如果從其（蜀魂）哀啼之悲苦來推想，則其欲尋得一侶伴之安慰的需求，當是何等激切。」〔註115〕可見詩人首

〔註113〕清聖祖御製：《全唐詩》卷五四一，頁6232。
〔註114〕劉學鍇、余恕誠：《李商隱詩歌集解》（上冊），頁79～98。
〔註115〕葉嘉瑩：《迦陵論詩叢稿》，頁190。

度將此意象直指女子，表達對她的思念之情。

趙嘏〈呂校書雨中見訪〉：

> 竹閣斜溪小檻明，惟君來賞見山情。馬嘶風雨又歸去，獨聽子規千
>
> 萬聲。〔註116〕

趙嘏由於長期屈抑，久困科場，其詩歌題材主要是失意的哀怨與企圖獲得解
脫的出世思想，作品處處洋溢著濃郁的悲愁意義。〔註117〕此詩前兩句寫友人
來訪，愉悅中見其鮮明疏朗。但三四兩句一轉，友人歸去，詩人心情陡然直
落，最後以「獨聽子規千萬聲」流露的是一種無比孤獨的感傷情調。友人離
去，詩人除了滿室的空虛外，只聽到風雨的蕭瑟聲和子規悲鳴聲。此子規意
象承盛唐以來贈友送別以表相思的抒情範式，又能添入雨景意象的描摹，使
詩境籠罩著更深的淒涼氛圍。

李建勳〈送人〉：

> 相見未逾月，堪悲遠別離。非君誰顧我，萬里又南之。雨逼清明日，
>
> 花陰杜宇時。愁看挂帆處，鷗鳥共遲遲。〔註118〕

「遠別離」寫出了別友之情，「雨逼清明日，花陰杜宇時」道出別景，將雨中
的淒迷融淅瀝之聲與杜宇的悲鳴並置，營造出惆悵不已的氛圍，以表達送友
的不捨。

貫休〈春送僧〉：

> 蜀魄關關花雨深，送師衝雨到江潯。不能更折江頭柳，自有青青松
>
> 柏心。〔註119〕

亦以「蜀魄關關花雨深」帶出別離之情，雨水打濕花叢，杜鵑正在悲鳴，融
視覺和聽覺的悲涼之境，營造出不捨的別情。

徐鉉〈泰州道中却寄東京故人〉：

> 風緊雨淒淒，川廻岸漸低。吳州林外近，隋苑霧中迷。聚散紛如此，
>
> 悲歡豈易齊。料君殘酒醒，還聽子規啼。〔註120〕

徐鉉大半生時光都奉獻南唐李氏父子，然而卻一再因君王誤信讒言而被貶流

〔註116〕清聖祖御製：《全唐詩》卷五五〇，頁6369。

〔註117〕李麗：〈論趙嘏詩歌中的悲情意識〉，（《岱宗學刊》，第11卷第3期，2007年9月），頁32～33。

〔註118〕清聖祖御製：《全唐詩》卷七三九，頁8422。

〔註119〕清聖祖御製：《全唐詩》卷八三〇，頁9355。

〔註120〕清聖祖御製：《全唐詩》卷八五三，頁8566。

放，第一次即貶泰州，是由於與宰相宋齊丘不協而被排擠中傷。〔註121〕此詩應作於貶謫途中，既思友人，亦感慨遭貶的淒涼。「聚散紛如此，悲歡豈易齊」道出面對離別的無奈之情，詩的開頭以「風緊雨淒淒」和結尾的「還聽子規啼」相呼應。一是悲涼的雨景在目，暗喻人生的風風雨雨；一是悲涼的聲音迴盪，寄託想念之情與流放的悲傷之情。

（二）懷鄉

吳融〈雨後聞思歸樂二首〉：

> 山禽連夜叫，兼雨未嘗休。儘道思歸樂，應多離別愁。我家方旅食，
> 故國在滄洲。聞此不能寐，青燈茆屋幽。

> 一夜鳥飛鳴，關關徹五更。似因歸路隔，長使別魂驚。未省愁雨暗，
> 就中傷月明。須知越吟客，欹枕不勝情。〔註122〕

此二首亦是流離中思歸之作。第一首的「思歸樂」與「離別愁」相對，「我家」與「故國」相對，都明顯流露對家鄉故國的思念。第二首的「歸路隔」與「別魂驚」相對，「愁雨暗」與「傷月明」相對，將離別之情藉雨與月的氛圍烘托具體呈現。第一首的「兼雨未嘗休」和第二首的「未省愁雨暗」均以雨夜和子規「不如歸去」的悲鳴並置，加深對家鄉故國的思念之情。

黃滔〈新野道中〉：

> 野堂如雪草如茵，光武城邊一水濱。越客歸遙春有雨，杜鵑啼苦夜
> 無人。東堂歲去銜杯懶，南浦期來落淚頻。莫道還家不惆悵，蘇秦
> 羈旅長卿貧。〔註123〕

詩中的「歸遙」、「落淚」、「還家」、「羈旅」等字眼都可以看出作者厭倦羈旅生涯，亟欲歸鄉的強烈渴望。二聯更以「越客歸遙春有雨，杜鵑啼苦夜無人」句，營造雨中鵑啼的意象，凸顯不能歸的悲苦之情。

胡宿〈山中有所思〉：

> 零零夜雨漬愁根，觸物傷離好斷魂。莫怪杜鵑飛去盡，紫微花裏有
> 啼猿。〔註124〕

〔註121〕（元）脫脫：《宋史》（十七）卷四四一、列傳第二百，（台北：洪氏出版社，1975年），頁13044。
〔註122〕清聖祖御製：《全唐詩》卷六八四，頁7852。
〔註123〕清聖祖御製：《全唐詩》卷七○五，頁8111。
〔註124〕清聖祖御製：《全唐詩》卷七三一，頁8370。

此詩「傷離」道出作者所思之由，結合暗夜、雨景與杜鵑悲啼意象象徵足以「斷魂」的愁，正是離愁所致。

　　無名氏〈雜詩〉：

　　　　近寒食雨草萋萋，著麥苗風柳映堤。早是有家歸未得，杜鵑休向耳
　　　　邊啼。〔註125〕

此乃寒食節前思歸之詩。作客他鄉，又逢佳節，自然倍加思歸。情已甚哀，此刻那堪再聞子規「不如歸去」的啼鳴呢？故詩人直接控訴「休向耳邊啼」。此詩亦以雨景帶出鄉愁，融子規意象來抒情，詩人不以消極的情緒宣洩，改以拒絕被觸動的策略，更凸顯其畏懼聽聞鵑啼的程度，鄉愁的濃烈可以想見。

三、以花落鵑啼意象烘托離情

　　中唐武元衡以「落花飛處杜鵑愁」、劉禹錫以「山花半謝杜鵑啼」、賈島以「卷簾黃花落，鎖印子規啼」表達別友不捨之情，戴叔倫則以「杜宇聲聲喚客愁」、「落花飛絮成春夢」帶出濃厚的鄉愁。晚唐五代文人亦承此種意象的經營，用於思人、懷鄉各有四首。

（一）思人

　　齊己〈荊渚感懷寄僧達禪弟〉三首之一：

　　　　十五年前會虎溪，白蓮齋後便來西。干戈時變信雖絕，吳楚路長魂
　　　　不迷。黃葉喻曾同我悟，碧雲情近與誰攜。春殘相憶荊江岸，一隻
　　　　杜鵑頭上啼。〔註126〕

齊己曾在廬山東林寺與修睦等僧同修，此詩作於晚年，齊己流露對那段日子的懷念。〔註127〕首聯寫回憶，二聯嘆時局，三聯念舊情，末聯道相思。詩的結尾以「春殘相憶荊江岸，一隻杜鵑頭上啼」結合花落之景與鵑啼的悲愁意象表達對友人的相思。

　　李中〈暮春有感寄宋維員外〉：

　　　　杜宇聲中老病心，此心無計駐光陰。西園雨過好花盡，南陌人稀芳
　　　　草深。喧夢卻嫌鶯語老，伴吟惟怕月輪沉。明年才候東風至，結駟

〔註125〕清聖祖御製：《全唐詩》卷七八五，頁8862。
〔註126〕清聖祖御製：《全唐詩》卷八四四，頁9549。
〔註127〕蕭麗華：《唐代詩歌與禪學》，（台北：東大圖書股份有限公司，1997年），頁180。

期君預去尋。〔註128〕

老病的作者在聽到杜鵑悲鳴聲後，更加感慨萬分，既對時光的無情流逝表達無奈，亦因思友之情，愈添孤獨的感受。此情此聲中，伴以「西園雨過好花盡，南陌人稀芳草深」的描摹，以花落人稀的蕭條之景烘托思友之情。

李中〈鍾陵禁煙寄從弟〉：

> 落絮飛花日又西，踏青無侶草萋萋。交親書斷竟不到，忍聽黃昏杜
> 宇啼。〔註129〕

此詩李中更融黃昏、落花、杜宇悲啼三種意象於一詩，以寂寥悲愁的意象經營，融視覺、聽覺強化心靈的感受，表達對從弟的思念。

無悶〈暮春送人〉：

> 折柳亭邊手重攜，江煙澹澹草萋萋。杜鵑不解離人意，更向落花枝
> 上啼。〔註130〕

折柳本在古詩中就是贈別的含義，此詩巧妙加入花落鵑啼的意象，更添濃濃的離愁。並言杜鵑不解離人之愁，否則怎會在人最傷別的時刻逕向落花枝上悲啼呢？可見此景此聲令離人不堪聞見。

（二）懷鄉

李商隱〈三月十日流杯亭〉：

> 身屬中軍少得歸，木蘭花盡失春期。偷隨柳絮到城外，行過水西聞
> 子規。〔註131〕

此詩應作於大中六年三月，詩人因軍務倥傯，無暇賞春，等到木蘭花盡，柳絮紛飛，才驚覺春期已失，於是潛行城外，但春物已不復見，只聞子規啼鳴聲。〔註132〕子規啼鳴是詩人悲愁的象徵，亦因子規「不如歸去」的叫聲，牽動詩人歸去之思。李商隱長年沈淪幕府，雜務纏身，又不能置身富貴，發揮所才。值此暮春花謝，於是興發虛擲歲月的感慨，而動了不如歸去的想法。

來鵠〈寒食山館書情〉：

〔註128〕清聖祖御製：《全唐詩》卷七四九，頁8529。

〔註129〕清聖祖御製：《全唐詩》卷七四九，頁8534。

〔註130〕清聖祖御製：《全唐詩》卷八五〇，頁9622。

〔註131〕清聖祖御製：《全唐詩》卷五三九，頁6168。

〔註132〕劉學鍇、余恕誠：《李商隱詩歌集解》（中冊），（台北：洪葉文化事業有限公司，1992年），頁1185。

> 獨把一杯山館中，每經時節恨飄蓬。侵堦草色連朝雨，滿地梨花昨
> 夜風。蜀魄啼來春寂寞，楚魂吟後月朦朧。分明記得還家夢，徐孺
> 宅前湖水東。〔註133〕

詩人直抒自己寄身他鄉的寂寞孤單淒涼心境，時刻思念故鄉、親人的濃情，
對結束漂泊無依生活的憧憬，讀來令人頓生感慨之情。但詩的另一側面也反
映晚唐末期社會動盪不安、戰事不斷、政治黑暗腐敗的現實，呈現出當時普
通知識份子的悲慘生活和悲劇命運，對時代進行了控訴和聲討。〔註134〕詩中
「蜀魄」仍帶出「還家夢」，可見其懷鄉的心情。詩以「滿地梨花昨夜風」、「蜀
魄啼來春寂寞」之景，既點明時序，亦以花落鵑啼意象烘托鄉愁。

　　李中對此一意象尤擅長使用，不僅用於思人，亦兼懷鄉。其〈子規〉：

> 暮春滴血一聲聲，花落年年不忍聽。帶月莫啼江畔樹，酒醒遊子在
> 離亭。〔註135〕

不僅以花落時不堪聽聞杜鵑悲鳴，更將啼血意象寫入，表達悲之至極。「酒醒
遊子在離亭」道出了離人思歸的願望，正因此強烈的渴望，花落時鵑啼之聲
才會如此不堪聽聞。

　　李中尚有〈途中聞子規〉：

> 春殘杜宇愁，越客思悠悠。雨歇孤村里，花飛遠水頭。微風聲漸咽，
> 高樹血應流。因此頻回首，家山隔幾州。〔註136〕

亦同上一首〈子規〉，將落花、悲鳴與啼血意象均融入詩境，勾勒出悲痛恆逾
之情，最後「因此頻回首，家山隔幾州」明白道出強烈的思歸之情。

四、融悲啼和文化意象暗喻愁思

　　在盛唐和中唐所有用子規意象作為相思離愁之觸媒的詩中，均以融入文
化意象以反映蜀地色彩的詩作最多，盛唐以王維、杜甫最擅，中唐則以武元
衡、白居易、元稹較多，在思人與懷鄉的作品中，既藉子規悲鳴聲烘托離愁，
又暗寓詩人入蜀，以當地風物入詩的特殊取材方向。晚唐五代文人亦然，表
現在下列諸作：

〔註133〕清聖祖御製：《全唐詩》卷六四二，頁7357。
〔註134〕李軍：〈來鵠詩簡論〉，（《江蘇廣播電視大學學報》，第10卷第3期，1999年
　　　　9月），頁48。
〔註135〕清聖祖御製：《全唐詩》卷七四七，頁8499。
〔註136〕清聖祖御製：《全唐詩》卷七四七，頁8501。

（一）思人

李遠〈送人入蜀〉：

> 蜀客本多愁，今君是勝遊。碧藏雲外樹，紅露驛邊樓。杜魄呼名語，
> 巴江學字流。不知煙雨夜，何處夢刀州。〔註137〕

送人入蜀，既以「杜魄」（杜宇）反應蜀地風物，亦藉其悲鳴帶出離愁。

喻鳧〈送友人罷舉歸蜀〉：

> 憔悴滿衣塵，風光豈屬身。賣琴紅粟貴，看鏡白髭新。棧畔誰高步，
> 巴邊自問津。悽然莫滴血，杜宇正哀春。〔註138〕

友人罷舉歸蜀，自非風光之事，憐友的痛惜之情必在其中，「悽然莫滴血，杜
宇正哀春」道出了詩人惜友念友之情，更反映了蜀地特有的子規悲啼聲。

薛能〈初發嘉州寓題〉：

> 勞我是犍為，南征又北移。唯聞杜鵑夜，不見海棠時。在闇曾無負，
> 含靈合有知。州人若愛樹，莫損召南詩。〔註139〕

此詩作者寫出因時代動亂而顛沛流離的生活，首二句「勞我是犍為，南征又
北移」清楚道出流徙生活的無奈，「唯聞杜鵑夜，不見海棠時」則以杜鵑夜啼
的悲愁反映自己思歸的心境。因嘉州屬蜀地，此一意象的呈現亦隱含地域色
彩的文化意蘊。

（二）懷鄉

雍陶是四川人，和李白相同，在子規意象的使用上更能融入自己的鄉情，
其〈聞子規〉和〈聞杜鵑〉二首：

> 百鳥有啼時，子規聲不歇。春寒四鄰靜，獨叫三更月。〔註140〕

> 碧竿微露月玲瓏，謝豹傷心獨叫風。高處已應聞滴血，山榴一夜幾
> 枝紅。蜀客春城聞蜀鳥，思歸聲引未歸心，卻知夜夜愁相似，爾正
> 啼時我正吟。〔註141〕

〈聞子規〉以夜啼不休的子規聲喚起他的鄉情，對其而言，子規啼鳴不僅有
「不如歸去」的意蘊，更是家鄉的聲音。因其對杜宇神話傳說的嫻熟，〈聞杜

〔註137〕清聖祖御製：《全唐詩》卷五一九，頁5931。
〔註138〕清聖祖御製：《全唐詩》卷五四三，頁6268。
〔註139〕清聖祖御製：《全唐詩》卷五六〇，頁6497。
〔註140〕清聖祖御製：《全唐詩》卷五一八，頁5919。
〔註141〕清聖祖御製：《全唐詩》卷五一八，頁5922。

鵑〉二首更將杜宇神話完全融入詩中，第一首謝豹之名、啼血意象、花鳥意象的呈現，第二首蜀鳥、思歸、夜啼意象的呈現，都可以看出這個鄉音對他的特殊意義。

溫庭筠〈錦城曲〉：

> 蜀山攢黛留晴雪，蒸筍蕨芽縈九折。江風吹巧剪霞綃，花上千枝杜鵑血。杜鵑飛入岩下叢，夜叫思歸山月中。巴水漾情情不盡，文君織得春機紅。怨魄未歸芳草死，江頭學種相思子。樹成寄與望鄉人，白帝荒城五千里。〔註142〕

錦城在成都縣南十里，舊稱錦官城。〔註143〕詩的首四句點出錦城所在地理位置與風物景致，寫四周所見的杜鵑花，用「花上千枝杜鵑血」，以「血」字化入神話意象，並透露詩人的悲愁心緒。由花及鳥，「杜鵑飛入岩下叢，夜叫思歸山月中」，寫出杜鵑鳥「不如歸去」的啼鳴聲牽動遊人思歸的愁緒，加上「夜」與「月」的氛圍醞釀，鄉愁愈濃。「巴水漾情情不盡，文君織得春機紅」，以卓文君與司馬相如的故事說明此地的人情之美，下文「江頭學種相思子」與之呼應。「怨魄未歸芳草死」則呼應「杜鵑飛入岩下叢，夜叫思歸山月中」，將神話原型展示而出。杜鵑鳥是怨魄所化，鳴聲必有深深的哀怨，直到暮春，芳草都歇，怨魄仍不歸去。最後以「樹成寄與望鄉人，白帝荒城五千里」點題，作者實因「望鄉」而愁，然而家鄉卻在五千里外的地方。此詩杜鵑意象融花鳥、啼血、思歸、含怨與文化意象烘托出濃厚的思歸之情。

鄭谷〈嘉陵〉：

> 細雨灑霏霏，人稀江日西，春愁腸已斷，不在子規啼。〔註144〕

鄭谷乃節概之士，親身經歷許多戰亂流離，故在寫自身遭遇詩中往往連帶反映了時代的苦難，並抒發了自己的感憤。〔註145〕此詩約作於廣明元年（882），〔註146〕詩人因黃巢之亂而出奔蜀中。詩中藉細雨、江中落日的悲涼之景帶出春愁，他說此愁足以斷腸，然不是因子規而起，而是戰亂的流離引發詩人無限的悲愁。雖說「不在子規啼」，但看出是子規聲牽動自己的思鄉情愁的。

〔註142〕清聖祖御製：《全唐詩》卷五七五，頁6696。
〔註143〕（清）曾益：《溫飛卿詩集箋注》，（台北：里仁書局，1981年），頁8。
〔註144〕清聖祖御製：《全唐詩》卷六七六，頁7754。
〔註145〕余恕誠：〈晚唐兩大詩人群落及其風貌特徵〉，頁165。
〔註146〕嚴壽澂、黃明、趙昌平：《鄭谷詩集箋注》，（上海：上海古籍出版社，1991年），頁402。

鄭谷〈蜀中〉：

> 渚遠江清碧簟紋，小桃花繞薛濤墳。朱橋直指金門路，粉堞高連玉
> 壘雲。窗下斷琴翹鳳足，波中濯錦散鷗羣。子規夜夜啼巴蜀，不並
> 吳鄉楚國聞。〔註147〕

此乃鄭谷廣明元年第一次入蜀時之作，約作於中和二、三年春。〔註148〕詩的
前三聯藉蜀中名人典故寫出當地名勝景致，末聯則因聽聞子規鳴，勾起他的
思鄉情。鄭谷家鄉江西宜春，歸屬楚地。在家鄉時常聽杜鵑啼，並不覺特別。
如今到了蜀中，作為一個離鄉的遊子，聽到杜鵑啼聲，感受自然大不相同。
當然最不相同的是，杜鵑啼聲牽動了他滿溢胸中、排遣不去的鄉愁。而「子
規夜夜啼巴蜀」一句最能看出子規的文化意象內蘊。

鄭谷〈遊蜀〉（又作〈蜀中春暮〉）：

> 所向明知是暗投，兩行清淚語前流。雲橫新塞遮秦甸，花落空山入
> 閬州。不忿黃鸝驚曉夢，唯應杜宇信春愁。梅黃麥綠無歸處，可得
> 漂漂愛浪遊。〔註149〕

本詩應為鄭谷於光啓元年（885）李克用、王重榮進逼長安後入蜀隔年春夏之
作〔註150〕，首聯點出才識之士所事非人的傷悲。次聯寫由陝入蜀，兵火阻絕
歸路，回望不見長安之慨。三聯則藉「黃鸝驚曉夢」、「杜宇信春愁」以鳥鳴
聲帶出自己的悲愁。末聯點出遊子漂泊無依之情，充滿黍離之悲。本詩「唯
應杜宇信春愁」，以春天杜鵑鳥的悲鳴聲，象徵自己有家歸不得的傷痛，亦反
映了戰亂中人民流離失所的困苦，其時代特色甚為鮮明。

鄭谷三首，均因時身在蜀地，故其子規意象兼含地域色彩，飽含深刻的
文化意蘊在其中。

棲蟾〈宿巴江〉：

> 江聲五十里，瀉碧急于弦。不覺日又夜，爭教人少年。一汀巫峽月，
> 兩岸子規天。山影似相伴，濃遮到曉船。〔註151〕

「一汀巫峽月，兩岸子規天」寫出當地特色，進入巴地（四川），子規啼鳴不
僅為文化意象之一，更以子規暗喻作者思歸的心緒。

〔註147〕清聖祖御製：《全唐詩》卷六七六，頁7742。
〔註148〕嚴壽澂、黃明、趙昌平：《鄭谷詩集箋注》，頁311。
〔註149〕清聖祖御製：《全唐詩》卷六七六，頁7741。
〔註150〕嚴壽澂、黃明、趙昌平：《鄭谷詩集箋注》，頁303。
〔註151〕清聖祖御製：《全唐詩》卷八四八，頁9608。

（三）思人兼懷鄉

鄭谷尚有〈送進士王駕下第歸蒲中〉，用以思人兼懷鄉：

> 失意離愁春不知，到家時是落花時。孤單取事休言命，早晚逢人苦
> 愛詩。度塞風沙歸路遠，傍河桑柘舊居移。應嗟我又巴江去，遊子
> 悠悠聽子規。〔註152〕

此詩亦作於中和二、三年詩人避亂入蜀時，〔註153〕友人王駕下第歸蒲中，鄭
谷作詩以贈。首聯點出友人下第歸家的失意，二聯言王駕出身寒素，無大力
者援助，因而下第的悲哀。三聯以歸途之遠、故居的荒涼襯托友人內心的落
寞。末聯從友人轉回自身，兩人同病相憐，從對王駕的同情轉而嗟嘆自己亦
因避亂不得歸家的傷痛，故以「遊子悠悠聽子規」作結，讓全詩結尾籠罩在
悲愁的氛圍中，久散不去。

齊己〈送人自蜀迴南遊〉：

> 錦水東浮情尚鬱，湘波南泛思何長。蜀魂巴狖悲殘夜，越鳥燕鴻叫
> 夕陽。煙月幾般爲客路，林泉四絕是吾鄉。尋幽必有僧相指，宋杜
> 題詩近舊房。〔註154〕

亦以「蜀魂巴狖悲殘夜，越鳥燕鴻叫夕陽」，表達對友人離去的哀愁。然觀下
一聯「煙月幾般爲客路，林泉四絕是吾鄉」，仍帶有思歸之情，故齊己子規意
象鎔送別離情與思歸懷舊於一爐。

五、以夜啼意象帶出離愁

以杜鵑夜啼意象作爲相思離愁之觸媒，在中唐韋應物〈子規啼〉、顧況〈送
大理張卿〉、孟郊〈春夜憶蕭子眞〉、張籍〈和周贊善聞子規〉、白居易〈酬樂
天泊夜讀微之詩〉用以思人，顧況〈憶故園〉、元稹〈宿石磯〉、孟郊〈聞砧〉、
李涉〈竹枝〉用以思鄉。晚唐諸作，上面所談子規意象的使用，李遠〈送人
入蜀〉、吳融〈雨後聞思歸樂二首〉、黃滔〈新野道中〉、來鵠〈寒食山館書情〉、
李中〈子規〉、李遠〈送人入蜀〉、薛能〈初發嘉州寓題〉、雍陶〈聞子規〉和
〈聞杜鵑〉、溫庭筠〈錦城曲〉、鄭谷〈蜀中〉、齊己〈送人自蜀迴南遊〉均兼
用夜啼意象入詩，渲染氛圍。晚唐獨用夜啼意象帶出離愁的尚有下面幾首：

〔註152〕清聖祖御製：《全唐詩》卷六七六，頁7744。
〔註153〕嚴壽澂、黃明、趙昌平：《鄭谷詩集箋注》，頁323。
〔註154〕清聖祖御製：《全唐詩》卷八四五，頁9554。

（一）思人

唐彥謙〈無題〉：

> 楊柳青青映畫樓，翠看終日鎖離愁。杜鵑啼落枝頭月，多爲傷春恨
> 不休。〔註155〕

此詩透顯閨怨風格，「杜鵑啼落枝頭月」藉子規夜啼意象勾勒出美人未眠，等待歸人的景象。

無名氏〈雜詩〉：

> 青天無雲月如燭，露泣梨花白如玉。子規一夜啼到明，美人獨在空
> 房宿。〔註156〕

此詩亦爲閨怨風格之作，美人愁思藉子規夜啼烘托濃濃的孤寂之感，徹夜未眠，盼人早歸的心緒藉「子規」（子歸）點破。

（二）懷鄉

潘咸〈長安春暮〉：

> 客在關西春暮夜，還同江外已清明。三更獨立看花月，惟欠子規啼
> 一聲。〔註157〕

首句點明了客居的身份，「惟欠子規啼一聲」是因子規一啼便能道出自己思歸的想望。

溫庭筠〈碧澗驛曉思〉：

> 香燈伴殘夢，楚國在天涯。月落子規歇，滿庭山杏花。〔註158〕

此詩描寫作者的思楚之情。作者在「香燈」與「殘夢」之間，著一「伴」字，不僅透露出自己的孤子無伴，而且將夜夢時間無形中延長了。夢之長是因夢到遠在天涯的楚地，溫庭筠是太原人，但在江南日久，以楚國爲故鄉了。

獨宿山驛，子規夜啼，更牽動自己羈愁歸思的心緒，「夜」、「月」、「子規」三者相連，皆爲思歸意象的表徵。

劉駕〈春夜〉：

> 一別杜陵歸未期，祇憑魂夢接親知。近來欲睡兼難睡，夜夜夜深聞
> 子規。〔註159〕

〔註155〕清聖祖御製：《全唐詩》卷六七一，頁 7668。
〔註156〕清聖祖御製：《全唐詩》卷七八五，頁 8862。
〔註157〕清聖祖御製：《全唐詩》卷五四二，頁 6264。
〔註158〕清聖祖御製：《全唐詩》卷五八一，頁 6747。
〔註159〕清聖祖御製：《全唐詩》卷五八五，頁 6785。

首二句說明了不能歸家的現實阻隔，自己只能在夢中和親人相會。後二句情
則淒切，失眠之苦讓自己連作夢的機會都沒有，深夜聞子規，情之慘然尤甚。
「夜夜夜深聞子規」三個「夜」字更凸顯暗夜煎熬的苦痛。

　　徐夤〈愁〉：

　　　　夜長偏覺漏聲遲，往往隨歌慘翠眉。黃葉落催砧杵日，子規啼破夢
　　　　魂時。明妃去泣千行淚，蔡琰歸梳兩鬢絲。四皓入山招不得，無家
　　　　歸客最堪欺。〔註160〕

上面所提徐夤同類之作〈忙〉，獨以聽覺意象烘托鄉愁，此詩加入夜啼意象，
更凸顯深夜不寐、愁思滿懷的心緒。明妃、蔡琰之典都在呼應文末「無家歸
客最堪欺」的主旨。「黃葉落催砧杵日，子規啼破夢魂時」二句，融花落、砧
聲、子規夜啼的淒涼意象，帶出作者亟欲思歸的鄉愁。而「子規啼破夢魂時」
與劉言史「杜鵑啼斷回家夢」意境相同。

　　張泌〈春江雨〉：

　　　　雨溟溟，風冷冷，老松瘦竹臨煙汀。空江冷落野雲重，村中鬼火微
　　　　如星。夜驚溪上漁人起，滴瀝篷聲滿愁耳。子規叫斷獨未眠，蓉岸
　　　　春濤打船尾。〔註161〕

此不僅以子規夜啼意象道出飄零羈旅的離愁，更融入雨景之淒迷以烘托作者
失落的心境。

　　陳陶〈子規思〉：

　　　　春山杜鵑來幾日，夜啼南家復北家。野人聽此坐惆悵，恐畏踏落東
　　　　園花。野人聽此坐惆悵，恐畏踏落東園花。〔註162〕

以春日鵑啼的自然意象帶出了「野人聽此坐惆悵」，暗寓了作者想家的惆悵
之情，「恐畏踏落東園花」以落花意象，道出作者深怕暮春將至，思歸之夢
又再蹉跎。

　　李中〈下蔡春暮旅懷〉與〈海上春夕旅懷寄左偓〉：

　　　　柳過春霖絮亂飛，旅中懷抱獨棲棲。月生淮上雲初散，家在江南夢
　　　　去迷。髮白每慙清鑑啓，心孤長怯子規啼。拜恩為養慈親急，願向
　　　　明朝捧紫泥。〔註163〕

〔註160〕清聖祖御製：《全唐詩》卷七一○，頁8176。
〔註161〕清聖祖御製：《全唐詩》卷七四二，頁8453。
〔註162〕清聖祖御製：《全唐詩》卷七四六，頁8489。
〔註163〕清聖祖御製：《全唐詩》卷七四八，頁8517。

> 柳過清明絮亂飛，感時懷舊思悽悽。月生樓閣雲初散，家在汀洲夢
> 去迷。髮白每慙清鑑啓，酒醒長怯子規啼。北山高臥風騷客，安得
> 同吟復杖藜。〔註164〕

兩詩極似，或爲同一首。但不管是「心孤長怯子規啼」或「酒醒長怯子規
啼」均以夜啼意象呼應「家在江南夢去迷」或「家在汀洲夢去迷」，道出思
歸之情。

（三）思人兼懷鄉

薛能〈麟中寓居寄蒲中友人〉：

> 蕭條秋雨地，獨院阻同羣。一夜驚爲客，多年不見君。邊心生落日，
> 鄉思羨歸雲。更在相思處，子規燈下聞。〔註165〕

此詩薛能寄友，表達對好友的相思之愁。頷聯「一夜驚爲客，多年不見君」
道出自己遊子身分，多年不見好友，呼應後文的「更在相思處」。頸聯「邊
心生落日，鄉思羨歸雲」，表明客居中既有思友之愁，亦有思鄉之愁，呼應
了末句「子規燈下聞」，以子規悲愁的啼鳴渲染全詩的結尾，使詩人的悲愁
無止盡的瀰漫，動人心脾。是以此詩中子規意象是友人相思與思鄉情愁的
交相指涉。

六、以植物意象帶出愁思

中唐白居易最擅以杜鵑花意象入詩，藉以烘托思友之情；晚唐詩人則進
一步以之流露思歸之情，並承白居易思友之抒情範式，用以思人兼懷鄉。

（一）懷鄉

司空圖〈漫書〉：

> 溪邊隨事有桑麻，盡日山程十數家。莫怪行人頻悵望，杜鵑不是故
> 鄉花。〔註166〕

在晚唐遍地戰火，白骨滿野之時，司空圖歸遯王官谷，過著逃名忘機的生活，
雖出於對世事的絕望，但畢竟還有明哲保身冷漠的一面。他在唐亡之後，絕
食而死。〔註167〕在司空圖手中，晚唐詩眞正做到漠然的、冷寂的心態來觀照

〔註164〕清聖祖御製：《全唐詩》卷七四九，頁8537。
〔註165〕清聖祖御製：《全唐詩》卷五五八，頁6471。
〔註166〕清聖祖御製：《全唐詩》卷六三四，頁7279。
〔註167〕余恕誠：〈晚唐兩大詩人群落及其風貌特徵〉，頁165。

社會的、歷史的以及個人生活的悲劇。〔註168〕此詩反映作者在退隱後仍流露難以排遣的感傷情緒。前二句頗有田園生活逍遙之樂，然第三句的「悵望」，引出了詩人埋藏心底深處的愁，「杜鵑不是故鄉花」道出了對故鄉的懷念，此懷念亦充滿一種人至暮年、理想幻滅後對鄉土的回歸，對生命省思的悵然。此詩雖言杜鵑不是故鄉花，但亦以「杜鵑」引出鄉愁。

　　方干〈杜鵑花〉：

　　　　未問移栽日，先愁落地時。疎中從間葉，密處莫燒枝。郊客教誰探，

　　　　胡蜂是自知。周回兩三步，常有醉鄉期。〔註169〕

從杜鵑花之栽植談起，最後以「醉鄉期」作結，表達出對故鄉的眷戀，亦是從杜鵑到杜鵑花對鄉愁指涉意義的延伸。

（二）思人兼懷鄉

　　韋莊〈江上逢故人〉：

　　　　前年送我曲江西，紅杏園中醉似泥。今日逢君越溪上，杜鵑花發鷓

　　　　鴣啼。來時舊里人誰在，別後滄波路幾迷。江畔玉樓多美酒，仲宣

　　　　懷土莫淒淒。〔註170〕

此詩爲韋莊客居婺州時作。〔註171〕韋莊客居婺州時，清貧的生活加上江西之行的失意，使他陷入進退維谷之中，醉酒和思鄉是此一時期詩作的主題。〔註172〕此詩詩人藉與友人相遇，抒發懷鄉之情。首聯回憶往昔友人相送，頷聯回到現在，與友人相遇，藉「杜鵑花發鷓鴣啼」表達喜極而悲的心情。然而遇友思昔，更觸發自己的鄉情。頸聯遙想故鄉尚有幾人在，並慨嘆離鄉遊子前程的悽迷，充滿無助之感。末聯更以眼前玉樓美酒反襯，「仲宣懷土莫淒淒」，大有以王粲自比之意。此詩中杜鵑花的意象，在襯托與友人相遇之景的悲愁中，含藏更多的懷土思鄉之情。

（三）其它

　　楊行敏〈失題〉：

　　　　杜鵑花裏杜鵑啼，淺紫深紅更傍溪。遲日霽光搜客思，曉來山路恨

〔註168〕沈檢江：〈晚唐詩：感傷情調的全方位滲透〉，頁69。

〔註169〕清聖祖御製：《全唐詩》卷六四九，頁7455。

〔註170〕清聖祖御製：《全唐詩》卷六九七，頁8025。

〔註171〕齊濤：《韋莊詩詞箋注》（下），頁425。

〔註172〕齊濤：《韋莊詩詞箋注》（上），頁15。

如迷。〔註173〕

作者此詩將杜鵑花鳥意象入詩，而凸顯植物意象，故言「淺紫深紅更傍溪」。三句的「客思」與四句的「恨如迷」均道出詩人客旅在外濃厚的離愁。

七、以莊周夢蝶和杜宇化鳥並列意象寄託離緒

　　最早將莊周夢蝶與杜宇化鳥之典並列是李白的「野禽啼杜宇，山蝶舞莊周」，中唐陳羽繼之，以「旅夢驚蝴蝶，殘芳怨子規」用於朋友贈別的主題上，不同於李白用以寄託精神的絕對自由。晚唐詩人尤喜融合此二意象，李商隱以「莊生曉夢迷蝴蝶，望帝春心托杜鵑」表達人生如夢、抱負成虛的悵惘之情；吳融以「蝴蝶有情牽晚夢，杜鵑無賴伴春愁」排遣自己懷才不遇的悲痛。尚有以下三首以之作爲相思離愁之觸媒：

（一）思人

李中〈暮春吟懷寄姚端先輩〉：

> 無奈詩魔旦夕生，更堪芳草滿長汀。故人還爽花前約，新月又生江
> 上亭。莊夢斷時燈欲燼，蜀魂啼處酒初醒。何時得見登龍客，隔却
> 千山萬仞青。〔註174〕

李中以「莊夢斷時燈欲燼，蜀魂啼處酒初醒」，藉莊周夢蝶之典表達人生如夢的虛幻感慨，藉杜宇化鳥之典暗喻啼鳴聲之悲愴淒冷，襯托寂寞之情，流露思友之慨。

（二）懷鄉

韋莊〈春日〉：

> 忽覺東風景漸遲，野梅山杏暗芳菲。落星樓上吹殘角，偃月營中挂
> 夕暉。旅夢亂隨蝴蝶散，離魂漸逐杜鵑飛。紅塵遮斷長安陌，芳草
> 王孫暮不歸。〔註175〕

此詩爲韋莊在黃巢之亂時作。〔註176〕詩人出身望族，然應舉十多年未第，乾符六年（879）他自江南回到長安，第二年冬天，黃巢起義破潼關，京師大亂，乾符八年春，他帶著弟妹東往洛陽。〔註177〕此詩詩人寫出顛沛流離中的思鄉

〔註173〕清聖祖御製：《全唐詩》卷七七五，頁8784。
〔註174〕清聖祖御製：《全唐詩》卷七五○，頁8542。
〔註175〕清聖祖御製：《全唐詩》卷六九六，頁8008。
〔註176〕齊濤：《韋莊詩詞箋注》（上），（濟南：山東教育出版社，2002年），頁165。
〔註177〕齊濤：《韋莊詩詞箋注》（上），頁4～5。

之愁。首聯寫春景，「漸遲」及「暗」字寫出亂離中無暇賞玩春景的心情。次聯寫戰亂中夜半仍聽到遠處軍營傳來的號角聲，「殘」與「夕暉」都暗示家園殘破的悲哀。三聯「旅夢亂隨蝴蝶散，離魂漸逐杜鵑飛」，寫出離鄉遊子思歸的夢，只能託蝴蝶與杜鵑四處飛散。末聯則以遠望不見長安，自己歸鄉無期作結，思歸的情愁哀婉動人。此詩「杜鵑」與「蝴蝶」並舉，是夢難圓欲藉之飛翔逐願的表徵，又是鄉愁意象的範式沿用。

　　崔涂〈春夕旅懷〉：

　　　水流花謝兩無情，送盡東風過楚城。蝴蝶夢中家萬里，杜鵑枝上月

　　　三更。故園書動經年絕，華髮春唯兩鬢生。自是不歸歸便得，五湖

　　　煙景有誰爭？〔註178〕

崔涂曾久在巴、蜀、湘、鄂、秦、隴等地為客，自稱是「孤獨異鄉人」，此詩是他旅居湘鄂時所作。〔註179〕首二句「水流花謝兩無情，送盡東風過楚城」，以落花流水感時傷春。「蝴蝶夢中家萬里，杜鵑枝上月三更」切入正題，日有所思，夜有所夢，故夜晚夢見自己回到千里外的故鄉，無奈夢醒之後，驚覺依舊身處異鄉，加上三更夜啼的杜鵑聲聲催歸，更是觸動作者思鄉的之愁。此二句寫得極為精粹，成了傳誦千古的名句。「故園書動經年絕，華髮春唯兩鬢生」，寫出詩人長期不得歸家，音訊亦斷絕，暗示社會的動盪不安，故因長久愁家憂國，以致白髮滿頭，道出他內心深處的愁苦。最後「自是不歸歸便得，五湖煙景有誰爭」，說明故鄉美好的風光是沒人與我相爭的，假如我要回去，依舊可以回去，只是自己不回去的，暗示自己在政治上走投無路、欲仕不能又欲罷難休的苦悶心情。此詩藉「蝴蝶」喻歸鄉之夢虛幻，藉「杜鵑」以聽覺烘托悲愁，並引出思鄉的情懷。當然詩人的悲愁是多層面的，除了思鄉、除了國亂，還有懷才不遇的感慨。

八、以湘妃與杜宇之並列意象渲染別情

　　將湘妃與杜宇意象並列始於武元衡「湘妃泣下竹成斑，子規夜啼江樹白」以之烘托個人悲愁，白居易繼之，以「杜鵑聲似哭，湘竹斑如血」融文化意象道出別友之哀。晚唐李群玉承前二人之書寫策略，以「月落山深哭杜鵑」（〈黃陵廟〉）、「子規啼血滴松風」（〈題二妃廟〉）詠娥皇、女英二妃，營造濃烈的

〔註178〕（清）徐倬編：《全唐詩錄》卷九十，輯入《文淵閣四庫全書》總1473冊，
　　　　頁580。

〔註179〕張淑瓊主編：《唐詩欣賞》第十五冊，（台北：地球出版社，1992年），頁241。

悲劇氛圍。除此,晚唐五代文人以之作為離愁之觸媒有下列四首:

張喬〈將離江上作〉:

> 白衣歸樹下,青草戀江邊。三楚足深隱,五陵多少年。寂寥聞蜀魄,
> 清絕怨湘弦。岐路在何處,西行心渺然。〔註180〕

詩人抒發即將離別的愁緒,以「寂寥聞蜀魄,清絕怨湘弦」道出自己的哀怨之情,此行遠去,不知何時而歸,深切的孤獨之感溢於字裡行間。

韋莊〈歲晏同左生作〉:

> 歲暮鄉關遠,天涯手重攜。雪埋江樹短,雲壓夜城低。寶瑟湘靈怨,
> 清砧杜魄啼。不須臨皎鏡,年長易淒淒。〔註181〕

此詩亦為韋莊客居婺州時作,〔註182〕字裡行間亦流露濃濃的鄉愁。首聯寫思鄉之念,頷聯寫思鄉之景,頸聯則寫思鄉之聲,末聯「年長易淒淒」道出因思鄉而淒涼悲傷的心情。不可諱言的,詩人的淒涼悲傷不僅僅因為思鄉,還有戰亂頻仍不斷遷徙的無奈,更有對自己久試不第、抱負無得伸展的多層感慨。此詩中「寶瑟湘靈怨,清砧杜魄啼」以湘妃和杜宇二典並用,同表哀怨;並以寶瑟、清砧、杜魄啼三種悲涼的聲音烘托全詩氛圍,使之瀰漫在感傷的情調中。在此,杜魄(子規)依舊是鄉愁意象的表徵。

張泌〈晚次湘源縣〉:

> 煙郭遙聞向晚雞,水平舟靜浪聲齊。高林帶雨楊梅熟,曲岸籠雲謝
> 豹啼。二女廟荒汀樹老,九疑山碧楚天低。湘南自古多離怨,莫動
> 哀吟易慘悽。〔註183〕

頗類李群玉〈黃陵廟〉、〈題二妃廟〉以謝豹(杜鵑)啼鳴烘托淒涼氛圍,最後「湘南自古多離怨,莫動哀吟易慘悽」寫出千古離愁儡人心魂的慘惻。

譚用之〈憶南中〉:

> 碧江頭與白雲門,別後秋霜點鬢根。長記學禪青石寺,最思共醉落
> 花村。林間竹有湘妃淚,窗外禽多杜宇魂。未棹扁舟重回首,采薇
> 收橘不堪論。〔註184〕

詩人回憶南中的一段快樂時光,「別後秋霜點鬢根」道出思念之情。三聯更以

〔註180〕清聖祖御製:《全唐詩》卷六三八,頁7318。
〔註181〕清聖祖御製:《全唐詩》卷七○○,頁8048。
〔註182〕齊濤:《韋莊詩詞箋注》(下),頁442。
〔註183〕清聖祖御製:《全唐詩》卷七四二,頁8451。
〔註184〕清聖祖御製:《全唐詩》卷七六四,頁8668。

「湘妃淚」、「杜宇魂」將湘妃、杜宇意象並列渲染淒清冷落的別後心情。

茲將此章所談運用杜宇神話意象入詩的作品整理如下表：

時代	意象	題旨	作者	詩名	詩句	《全唐詩》卷數
初唐	夜啼＋文化	懷鄉	沈佺期	〈夜宿七盤嶺〉	清夜子規啼	96
盛唐	悲啼（夜啼）＋文化	思人	王維	〈送楊長史赴果州〉	別後同明月，君應聽子規	126
	悲啼＋文化		王維	〈送梓州李使君〉	千山響杜鵑	126
	悲啼＋文化		王維	〈送崔五太守〉	子午山裡杜鵑啼	125
	悲啼＋文化	懷鄉	蘇頲	〈曉發方騫驛〉	方知向蜀者，偏識子規啼	73
	悲啼＋文化		杜甫	〈法鏡寺〉	冥冥子規叫	218
	悲啼（夜啼）＋文化		杜甫	〈子規〉	終日子規啼	229
	夜啼	思人	李白	〈書情寄從弟邠州長史昭〉	杜鵑夜鳴悲	173
	夜啼		杜甫	〈玄都壇歌寄元逸人〉	子規夜啼山竹裂	216
	悲啼（花落鵑啼）	思人	李白	〈聞王昌齡左遷龍標遙有此寄〉	楊花落盡子規啼	172
	悲啼（暮啼）	懷鄉	李白	〈奔亡道中其五〉	誰忍子規鳥，連聲向我啼	181
	花鳥（文化）	懷鄉	李白	〈宣城見杜鵑花〉	蜀國曾聞子規鳥，宣城還見杜鵑花	184
中唐	夜啼	思人	韋應物	〈子規啼〉	高林滴露夏夜清，南山子規啼一聲	193
	夜啼		顧況	〈送大理張卿〉	綠樹村邊謝豹啼	266
	夜啼		孟郊	〈春夜憶蕭子真〉	子規啼不歇	378
	夜啼（雨景）		張籍	〈和周贊善聞子規〉	秦城啼楚鳥，遠思更紛紛	384
	夜啼（雨景）		元稹	〈酬樂天舟泊夜讀微之詩〉	今夜通州還不睡，滿山風雨杜鵑聲	416
	夜啼	懷鄉	顧況	〈憶故園〉	杜鵑啼處淚沾衣	267
	夜啼		孟郊	〈聞砧〉	杜鵑聲不哀	374
	夜啼		元稹	〈宿石磯〉	半夜江風引杜鵑	414
	夜啼		李涉	〈竹枝〉	十二峰頭月欲低，空濛江上子規啼	28

悲啼	思人	韋應物	〈與盧陟同遊永定寺北池僧齋〉	子規啼更深	192
悲啼		朱慶餘	〈寄友人〉	蜀魄數聲新	515
悲啼		孟郊	〈連州吟〉	哀猿哭花死，子規裂客心	《全唐詩錄》50
悲啼	懷鄉	柳宗元	〈聞黃鸝〉	倦聞子規朝暮聲	353
悲啼		劉言史	〈泊花石浦〉	杜鵑啼斷回家夢	468
悲啼		竇常	〈杏山館聽子規〉	雲埋老樹空山裏，髣髴千聲一度飛	271
悲啼＋文化	思人	竇叔向	〈奉酬西川武相公晨興贈友見示之作〉	猶聞子規啼	271
悲啼＋文化		盧綸	〈送張郎中還蜀歌〉	荔枝花發杜鵑鳴	277
悲啼＋文化		李端	〈送夏侯審遊蜀〉	山空杜宇悲	277
悲啼＋文化		司空曙	〈送柳震入蜀〉	蜀鳥乳桐花	292
悲啼＋文化		白居易	〈江上送客〉	杜鵑聲似哭，湘竹斑如血	434
悲啼（夜啼）＋文化		白居易	〈十年三月三十日別微之……〉	月弔宵聲哭杜鵑	440
悲啼＋文化		姚合	〈送任畹及第歸蜀中覲親〉	子規啼欲死	496
悲啼＋文化（蝴蝶＋杜鵑）	思人	陳羽	〈西蜀送許中庸歸秦赴舉〉	旅夢驚蝴蝶，殘芳怨子規	384
悲啼＋文化		陸暢	〈成都贈別席夔〉	更被子規啼數聲	478
悲啼（含冤）＋文化		李頻	〈送于生入蜀〉	況又將冤抱，經春杜魄隨	588
悲啼（暮啼）＋文化	懷鄉	武元衡	〈夕次潘山下〉	旅情方浩蕩，蜀魄滿林啼	316
悲啼＋文化（夜啼、含冤）		武元衡	〈春曉聞鶯〉	猶疑蜀魄千年恨，化作冤禽萬囀聲	317
悲啼（啼血）＋文化		許孟容	〈奉和武相公春曉聞鶯〉	千囘萬囀盡愁思，疑是血魂哀困聲	330
悲啼＋文化（仁君）		楊巨源	〈和武相公春曉聞鶯〉	語恨飛遲天欲明，殷勤似訴有餘情	333
悲啼＋文化（夜啼、思歸）		元稹	〈西州院〉	牆上杜鵑鳥，又作思歸鳴	400
悲啼（夜啼）＋文化		元稹	〈望喜驛〉	子規驚覺燈又滅，一道月光橫枕前	412

	悲啼＋文化		熊孺登	〈湘江夜泛〉	無那子規知向蜀，一聲聲似怨春風	476
	暮啼	思人	李益	〈送人歸岳陽〉	岳陽歸路子規啼	283
	暮啼		武元衡	〈送柳郎中裴起居〉	學射山中杜魄哀	317
	花落鵑啼	思人	武元衡	〈同張惟送霍總〉	落花飛處杜鵑愁	317
	花落鵑啼		劉禹錫	〈酬浙東李侍郎越州春晚即事長句〉	山花半謝杜鵑啼	361
	花落鵑啼（暮啼）		賈島	〈寄武功姚主簿〉	卷簾黃葉落，鎖印子規啼	572
	花落鵑啼（夜啼）	懷鄉	戴叔倫	〈暮春感懷〉	「杜宇聲聲喚客愁」、「落花飛絮成春夢」	273
	啼血	思人	孟郊	〈答韓愈、李觀別因獻張徐州〉	古樹春無花，子規啼有血	378
	啼血	懷鄉	白居易	〈琵琶行〉	杜鵑啼血猿哀鳴	435
	植物	思人	白居易	〈雨中赴劉十九……〉	最惜杜鵑花爛熳	《白香山詩集》
	植物		白居易	〈山石榴寄元九〉	日射血珠將滴地，風翻焰焰欲燒人	435
	含冤	思人	戎昱	〈漢陰弔崔員外墳〉	荒墳遺漢陰，墳樹啼子規。存沒抱冤滯，孤魂意何依	270
	含冤（啼血、花鳥、夜啼、文化）	懷鄉	蔡京	〈詠子規〉	千年冤魄化爲禽，永逐悲風叫遠林。愁血滴花春艷死，月明飄浪冷光沈。	472
晚唐五代	悲啼	思人	羅隱	〈送朗州張員外〉	酒奠湘江杜魄哀	665
	悲啼		鄭谷	〈送進士盧棨東歸〉	猶有子規啼	674
	悲啼		貫休	〈別盧使君〉	杜宇聲聲急	830
	悲啼	懷鄉	徐夤	〈忙〉	春近杜鵑啼不斷	710
	雨景＋悲啼	思人	趙嘏	〈呂校書雨中見訪〉	馬嘶風雨又歸去，獨聽子規千萬聲	550
	雨景＋悲啼		李建勳	〈送人〉	雨逼清明日，花陰杜宇時	739
	雨景＋悲啼		貫休	〈春送僧〉	蜀魄關關花雨深	830
	雨景＋悲啼		徐鉉	〈泰州道中卻寄東京故人〉	「風緊雨淒淒」、「還聽子規啼」	853

雨景＋悲啼	思人	李商隱	〈燕臺四首——夏〉	「前閣雨簾愁不卷」、「蜀魂寂寞有伴未」	541
雨景＋悲啼	懷鄉	吳融	〈雨後聞思歸樂二首〉	「山禽連夜叫，兼雨未嘗休。儘道思歸樂，應多離別愁」、「一夜鳥飛鳴」、「未省愁雨暗」	684
雨景＋悲啼		黃滔	〈新野道中〉	越客歸遙春有雨，杜鵑啼苦夜無人	705
雨景＋悲啼		胡宿	〈山中有所思〉	「零零夜雨漬愁根」、「莫怪杜鵑飛去盡」	731
雨景＋悲啼		無名氏	〈雜詩〉	早是有家歸未得，杜鵑休向耳邊啼	785
花落鵑啼	思人	齊己	〈荆渚感懷寄僧達禪弟〉	春殘相憶荆江岸，一隻杜鵑頭上啼	844
花落鵑啼		李中	〈暮春有感寄宋維員外〉	「杜宇聲中老病心」、「西園雨過好花盡」	849
花落鵑啼（暮啼）		李中	〈鍾陵禁煙寄從弟〉	「落絮飛花日又西」、「忍聽黃昏杜宇啼」	849
花落鵑啼		無悶	〈暮春送人〉	杜鵑不解離人意，更向落花枝上啼	850
花落鵑啼	懷鄉	李商隱	〈三月十日流杯亭〉	暮春滴血一聲聲，花落年年不忍聽	539
花落鵑啼		來鵠	〈寒食山館書情〉	「滿地梨花昨夜風」、「蜀魄啼來春寂寞」	642
花落鵑啼	懷鄉	李中	〈子規〉	暮春滴血一聲聲，花落年年不忍聽	747
花落鵑啼（啼血）		李中	〈途中聞子規〉	「春殘杜宇愁」、「微風聲漸咽，高樹血應流」	747
悲啼＋文化	思人	李遠	〈送人入蜀〉	杜魄呼名語，巴江學字流	519
悲啼＋文化（啼血）		喻鳧	〈送友人罷舉歸蜀〉	悽然莫滴血，杜宇正哀春	543
悲啼＋文化（夜啼）		薛能	〈初發嘉州寓題〉	唯聞杜鵑夜，不見海棠時	560

悲啼＋文化（夜啼）	懷鄉	雍陶	〈聞子規〉	百鳥有啼時，子規聲不歇	518
悲啼＋文化（花鳥、思歸、啼血）		雍陶	〈聞杜鵑〉	高處已應聞滴血，山榴一夜幾枝紅。蜀客春城聞蜀鳥，思歸聲引未歸心	518
悲啼＋文化（花鳥、含冤）		溫庭筠	〈錦城曲〉	「花上千枝杜鵑血，杜鵑飞入岩下丛，夜叫思归山月中。杜鵑飛入岩下叢，夜叫思歸山月中」、「怨魄未歸芳草死」	575
悲啼＋文化		鄭谷	〈嘉陵〉	春愁腸已斷，不在子規啼	676
悲啼＋文化（夜啼）		鄭谷	〈蜀中〉	子規夜夜啼巴蜀	676
悲啼＋文化	懷鄉	鄭谷	〈遊蜀〉	唯應杜宇信春愁	676
悲啼＋文化		棲蟾	〈宿巴江〉	一汀巫峽月，兩岸子規天	848
悲啼＋文化	思人兼懷鄉	鄭谷	〈送進士王駕下第歸蒲中〉	應嗟我又巴江去，遊子悠悠聽子規	686
悲啼＋文化		齊己	〈送人自蜀迴南遊〉	蜀魂巴狄悲殘夜	845
夜啼	思人	唐彥謙	〈無題〉	杜鵑啼落枝頭月	671
夜啼		無名氏	〈雜詩〉	子規一夜啼到明	785
夜啼	懷鄉	潘咸	〈長安春暮〉	三更獨立看花月，惟欠子規啼一聲	542
夜啼		溫庭筠	〈碧澗驛曉思〉	月落子規歇	581
夜啼		劉駕	〈春夜〉	夜夜夜深聞子規	585
夜啼		徐夤	〈愁〉	子規啼破夢魂時	710
夜啼		張泌	〈春江雨〉	子規叫斷獨未眠	742
夜啼		陳陶	〈子規思〉	春山杜鵑來幾日，夜啼南家復北家	746
夜啼		李中	〈下蔡春暮旅懷〉	心孤長怯子規啼	748
夜啼		李中	〈海上春夕旅懷寄左偃〉	酒醒長怯子規啼	749

夜啼	思人兼懷鄉	薛能	〈鱗中寓居寄蒲中友人〉	更在相思處，子規燈下聞	558
植物	懷鄉	司空圖	〈漫書〉	杜鵑不是故鄉花	634
植物	懷鄉	方干	〈杜鵑花〉	周回兩三步，常有醉鄉期	649
植物	思人兼懷鄉	韋莊	〈江上逢故人〉	今日逢君越溪上，杜鵑花發鷓鴣啼	687
植物	離愁	楊行敏	〈失題〉	杜鵑花裏杜鵑啼	775
周蝶＋杜鵑	思人	李中	〈暮春吟懷寄姚端先輩〉	莊夢斷時燈欲燼，蜀魂啼處酒初醒	750
周蝶＋杜鵑	懷鄉	韋莊	〈春日〉	旅夢亂隨蝴蝶散，離魂漸逐杜鵑飛	696
周蝶＋杜鵑		崔涂	〈春夕旅懷〉	蝴蝶夢中家萬里，杜鵑枝上月三更	《全唐詩錄》90
湘妃＋杜宇	離愁	張喬	〈將離江上作〉	寂寥聞蜀魄，清絕怨湘弦	638
湘妃＋杜宇		韋莊	〈歲晏同左生作〉	寶瑟湘靈怨，清砧杜魄啼	700
湘妃＋杜宇		張泌	〈晚次湘源縣〉	「曲岸籠雲謝豹啼」、「二女廟荒汀樹老」	742
湘妃＋杜宇		譚用之	〈憶南中〉	林間竹有湘妃淚，窗外禽多杜宇魂	764

依上表，可得小結如下：

一、首將杜鵑意象作爲離愁之觸媒的詩人爲初唐沈佺期，其〈夜宿七盤嶺〉亦是唐詩中以子規意象入詩之濫觴，由「清夜子規啼」帶出鄉愁之書寫策略，對盛唐詩人多所啓發。首將子規悲啼意象用於相思（思友送別）者爲王維，其〈送楊長史赴果州〉「別後同明月，君應聽子規」、〈送梓州李使君〉「千山響杜鵑」、〈送崔五太守〉「子午山裡杜鵑啼」，雖暗示離愁，然詩意積極，哀而不傷，不同於後人用於送別時，多以之渲染全詩之悲愁氛圍。

二、以杜宇神話意象為相思離愁之觸媒，總計初唐一首，盛唐十一首，中唐四十三首，晚唐五代五十五首，故言盛唐為萌芽期，中唐為發展期，晚唐五代則為成熟期。由於創作愈多，詩家於意象擷取上益形豐富多樣。盛唐大多在聽覺意象上融入文化意象，強調其蜀地風物之人文內涵；中唐文人於意象擷取上善於綰和時間特色，以時間融入悲啼渲染氛圍，深化哀婉情緒之宣洩。配合季節律動，於杜鵑啼鳴之春夏，善取暮春花落時節，以花落鵑啼意象入詩；配合時間順序，於一天中取黃昏晦重冷涼的基調，以暮啼意象入詩；或以夜半不寐、萬籟俱寂，而子規獨鳴的對比特色，以夜啼意象入詩，使子規意象更形多彩。晚唐五代在中唐文人意象開拓的基礎上，更融入空間氛圍的結合，與悲涼雨景並置，帶出思人懷鄉的悲愁；而與蝴蝶、湘妃的並列意象作為離愁之觸媒則為晚唐文人較擅長的抒情範式。

三、以子規意象表現在思人懷鄉主題上，從盛唐而中唐、晚唐五代不僅意象發展更為多彩豐富，於杜鵑之名的使用上亦多不同，此可視為唐詩語彙之突破。盛唐僅以「杜鵑」、「子規」二詞出現，然中唐文人諸作則另有「蜀魄」、「杜宇」、「謝豹」、「楚鳥」、「蜀鳥」、「杜魄」、「冤禽」、「思歸」、「冤魄」之名，晚唐五代雖承中唐，偶用異稱，但仍以「杜鵑」、「子規」居多。

四、以子規意象表現在思人懷鄉主題上，不僅作品最多，其文化意象也最為豐富。詩人送友入蜀、經蜀，或自身離鄉入蜀、經蜀，作品中善用子規意象，均非巧合，蓋因蜀地杜宇神話的流傳廣遠，聞蜀鳥而思及「子歸」、「不如歸去」之情，在文人心中透過創作的制約現象慢慢形成了文化意象，甚至是社會意象，故自然而然表現在作品當中。初唐沈佺期濫觴之作即已呈現了文化意蘊，盛唐十一首作品中就有七首與文化意象結合，其中又以李白〈宣城見杜鵑花〉最為膾炙人口，以子規花鳥意象作為故鄉（三巴）的象徵，最能彰顯杜宇神話的文化內蘊。中唐四十二首中有十六首與文化意象結合，近三分之一，份量亦不少。晚唐五十五首中有十二首融合文化意象，不到五分之一，明顯有減少趨勢，此表示杜宇神話意象入詩已廣為文人接受，從文化意象逐漸發展而為社會意象，子規聲已然成為相思離愁的抒情符碼。

五、作為相思離愁觸媒的書寫策略上，子規意象之擷取則以聽覺（悲啼）為基調，除上所敘融合文化意象外，尚輔以神話情節含冤、啼血、花鳥、植

物等意象入詩，而以結合時間、空間特色爲大宗，如夜啼、暮啼、花落鵑啼、融雨景等意象入詩；另外與蝴蝶、湘妃各自形成並列意象，也在晚唐發展爲慣有的抒情符碼，指涉離愁。總計十二種意象的呈現方式中，除以悲啼融文化意象外，中唐、晚唐五代均以夜啼意象使用最多，各有十四首；晚唐則以與雨景並列意象次之，計有九首；花落鵑啼意象亦不少，也有八首之多。蓋與晚唐五代離亂時代，詩人流離漂泊無奈之心境藉由杜鵑悲鳴、雨景凄冷、花落失意意象彼此結合得以烘托而出。

六、與其他神話結合之並列意象上，作爲思人懷鄉主題的呈現上，仍以周蝶與湘妃兩神話爲主。

（一）蝴蝶與杜宇意象之並列，中唐陳羽〈西蜀送許中庸歸秦赴舉〉以「旅夢驚蝴蝶，殘芳怨子規」道出別友之情，晚唐李中「莊夢斷時燈欲燼，蜀魂啼處酒初醒」以思人，韋莊「旅夢亂隨蝴蝶散，離魂漸逐杜鵑飛」、崔涂「蝴蝶夢中家萬里，杜鵑枝上月三更」寫出亂離中的思鄉之情。胡仔《漁隱叢話》對崔涂二句尤其推崇〔註185〕，以爲膾炙人口之句。

（二）湘妃與杜宇意象之並列，張喬「寂寥聞蜀魄，清絕怨湘弦」、韋莊「寶瑟湘靈怨，清砧杜魄啼」、張泌「曲岸籠雲謝豹啼」及「二女廟荒汀樹老」、譚用之「林間竹有湘妃淚，窗外禽多杜宇魂」均以之深化離愁之表露。

七、以杜宇意象作爲思人懷鄉媒介的書寫策略上，盛唐以王維、李白、杜甫等大家最擅，中唐以武元衡、孟郊、元稹、白居易居多，晚唐五代則以李中和鄭谷使用最多，韋莊次之。

〔註185〕（宋）胡仔：《漁隱叢話》（三）後集卷二，（台北：廣文書局，1967年），頁1226。

第六章　借古諷今（借事諷諭）
——時代控訴之載體

胡震亨《唐音癸籤》云：

> 別創時事新題，杜甫始之，元、白繼之……各自命篇名，以寓其諷
> 刺之指，於朝政民風多所關切，言者不爲罪，而聞者可以戒。嗣後
> 曹鄴、劉駕、聶夷中、蘇拯、皮、陸之徒，相繼有作，風流益盛。
> 其辭旨之含鬱委婉，雖不必盡如杜陵之盡善無疵，然其得詩人詭諷
> 之義則均焉。〔註1〕

藉詩文以諷喻時政，正是中國詩歌現實主義傳統的繼承，其淵源肇端於《詩
經》、漢樂府，發展於杜甫、元結、元稹、白居易，歷代承傳，諷詠不絕，至
晚唐皮日休、杜荀鶴、聶夷中、陸龜蒙、曹鄴、羅隱等，蔚爲風潮，成爲詩
壇主流。此類社會詩，往往在世衰亂危的環境中產生，反映政治，指出問題，
敘人情，抒苦悶，怨刺世道，悲憫人生，是以在晚唐離亂的時代成爲獨樹一
格的別調。

　　杜宇神話的內蘊正好與諷諭詩的內容有某些契合處，《蜀王本紀》是最早
記載杜宇神話的文本，揚雄除了以蜀人身份記載蜀中掌故外，作爲一個漢賦
大家，其創作立意似乎是有政治諷喻的意涵所在的。第一章所提，唐驥在〈略
論兩漢雜史雜傳體志怪小說〉一文認爲其有儆誡帝王的用意在，李劍國於《唐
前志怪小說史》中亦認爲禪讓二字是因忌諱王莽篡位有意作的改動，亦隱含

〔註1〕　（明）胡震亨：《唐音癸籤》卷十五，輯入《景印文淵閣四庫全書》總 1482
　　　　冊，頁 619。

有政治意味（本論文二十一頁）。如此看來，杜宇神話的記載一開始便有政治的指涉意義，加上故事中「淫其相妻」的爭議，延伸出政治迫害之說，甚至在民間文學中發展出「杜鵑傳說」，深化「民貴」的主題思想，政治意涵更濃。

回到神話本身，諸多的元素均利於現實諷喻的揣想：杜宇的帝王身份即易於標誌對象（君王或領導人物）的指涉，其讓位而失勢悔恨亦是歷史由盛而衰強烈對比的同構基點；杜宇王朝的覆亡，開明王朝取而代之，成為朝代交替的典型例子，杜宇於是被冠上亡國的符碼；人化為鳥、實化為虛的物化無常則是現實不能掌控，徒嘆興悲的喻依載體；加上「不如歸去」的聽覺意涵與悲鳴淒涼的氛圍往往恰如離亂時代人民心中的痛苦哀嚎。是以擅用杜宇神話以諷喻現實、控訴時代成為唐代文人慣用的抒情範式。

第一節　盛唐

盛唐社會寫實風格的代表作家杜甫正是將杜宇神話作為諷諭詩之載體的第一人，他將「致君堯舜上，再使風俗淳」〔註2〕的政治理想體現在他的詩中，他的夔州歲月使他熟悉四川的民俗傳說，杜宇的仁君形象無疑打動了他，杜宇的失勢懺悔、故事結局的悽惋、君化為鳥的地位懸殊都成為他寫實詩的珍貴題材，作為諫君諷臣的喻依。在意象上，他以帝王意象和含冤意象為主體，表現在下列四首詩中：

一、以帝王意象諷喻政治

早在劉宋時期鮑照〈擬行路難〉：「中有一鳥名杜鵑，言是古時蜀帝魂，聲音哀苦鳴不息，羽毛憔悴似人髡，飛走樹間啄蟲蟻」一段的點染，將杜宇失位前後的形象做出強烈對比，杜鵑鳥遂逐漸衍化為失位帝王的象徵。〔註3〕杜甫是此一神話意象使用的高手，其〈杜鵑行〉：

> 君不見昔日蜀天子，化作杜鵑似老烏，寄巢生子不自啄，羣鳥至今與哺雛。雖同君臣有舊禮，骨肉滿眼身羈孤，業工竄伏深樹裏，四月五月偏號呼。其聲哀痛口流血，所訴何事常區區。爾豈摧殘始發憤，羞帶羽翮傷形愚。蒼天變化誰料得，萬事反覆何所無，萬事反

〔註2〕（唐）杜甫著、（清）楊倫箋注：《杜詩鏡詮》（上）卷一之〈奉贈韋左丞丈二十二韻〉，（台北：里仁書局，1981年），頁25。

〔註3〕黃玼：《杜甫心影錄》，（台北：漢欣文化公司，1990年），頁138。

　　覆何所無，豈憶當殿羣臣趨。〔註4〕

據《資治通鑑・唐紀》肅宗上元元年記載，玄宗喜歡興慶宮，自蜀中回長安後，就居住在興慶宮內。宦官李輔國對肅宗說：「上皇（玄宗）居興慶宮，日與外人交通，陳玄禮、高力士謀不利於陛下，今六軍將士，盡靈武勳臣，皆反仄不安，臣曉諭不能解，不敢不以聞。」七月，李輔國便以肅宗的名義，逼迫玄宗遷居大明宮，同時將高力士流放巫州，負責禁衛的大將軍陳玄禮也被免職，連玄宗妹妹玉眞公主亦被逼出居玉眞觀。玄宗很不高興，因此不吃不喝，最後積怨成疾。〔註5〕杜甫在上元元年（49歲）秋天於成都作此詩〔註6〕，詠物寫懷，其中更有此事的政治寄託。首四句以杜鵑鳥寄巢生子的特性，暗指骨肉乖離、親情淡薄的父子關係。再以「雖同君臣有舊禮」指玄宗移居大明宮時，數度差點從馬上摔下，高力士大聲斥責李輔國不宜對玄宗無禮之事〔註7〕；「骨肉滿眼身羇孤」則指玄宗親近遭黜流放，雖然眼前盡是自己的骨肉至親，自己卻如隻身旅人般孤獨。「業工竄伏深樹裏，四月五月偏號呼」隱射了玄宗失勢的悲痛嚎傷，其痛正如杜宇王被誣陷「淫其相妻」的政治迫害一般。「其聲哀痛口流血，所訴何事常區區」正說明了玄宗和杜宇一樣的椎心之痛只能藉啼血哀鳴抒發。「爾豈摧殘始發憤，羞帶羽翮傷形愚」藉喻高力士、陳玄禮等玄宗親近被罷黜流放，玄宗因而抑鬱成疾；「發憤」、「羞帶」將一個失位君王的窘迫、憤懣全盤托出〔註8〕。杜甫最後以「蒼天變化誰料得，萬事反覆何所無」凌空起慨，從玄宗個人遭遇，進而聯想到統治集團內部永無止盡的爭鬥與人事的變化無常。面對世事無常的深切慨嘆，讓杜甫忍不住再言「萬事反覆何所無，豈憶當殿羣臣趨」，以過去得勢時與當前的失意對比，其情感衝突引發的悲劇張力更大。

　　這種慨嘆明顯受了鮑照〈擬行路難〉中「飛走樹間啄蟲蟻，豈憶往日天子尊，念此死生變化非常理，中心惻愴不能言」的影響，兩人生發的感受是相同的。不過鮑照只是單純的人生感懷，杜甫則是以當時複雜的歷史爲背景，有著現實的關懷與深刻的揭露，其內蘊是更爲深沈含蓄的。

〔註4〕　清聖祖御製：《全唐詩》卷二一九，頁2303。
〔註5〕　（宋）司馬光撰、（宋）胡三省注：《新校資治通鑑注》卷二二一，（世界書局，1970年），頁7093～7096。
〔註6〕　李辰冬：《杜甫作品繫年》，（台北：東大圖書有限公司，1977年），頁62。
〔註7〕　錢謙益：《杜詩箋注》，（台北：世界書局，1998年），頁182。
〔註8〕　黃坤：《杜甫心影錄》，頁139。

　　杜甫受鮑照的影響是可以想見的，因為在西晉以後中斷的漢魏樂府寫實傳統，到元嘉詩人鮑照出現時才又重現曙光。他的〈擬行路難〉十八首到所有的樂府詩作，充滿鮮明的現實感，其寫實精神凌駕於西晉以下所有的同類詩作，而直逼「漢魏風骨」，並且直接影響盛唐詩人的創作，他無疑是漢魏六朝詩之中具體而微的「小杜甫」。甚至可以說，鮑照是漢魏之後，杜甫之前難得一見的寫實詩人。〔註9〕

　　杜甫另有一首〈杜鵑〉，意蘊亦十分相似，其文如下：

　　　　西川有杜鵑，東川無杜鵑。涪南無杜鵑，雲安有杜鵑。我昔遊錦城，
　　　　結廬錦水邊。有竹一頃餘，喬木上參天。杜鵑暮春至，哀哀叫其間。
　　　　我見常再拜，重是古帝魂。生子百鳥巢，百鳥不敢嗔。仍為喂其子，
　　　　禮若奉至尊。鴻雁及羔羊，有禮太古前。行飛與跪乳，識序如知恩。
　　　　聖賢古法則，付與後世傳。君看禽鳥情，猶解事杜鵑。今忽暮春間，
　　　　值我病經年。身病不能拜，淚下如迸泉。〔註10〕

此詩作於大曆元年寓居雲安（故城在今四川雲陽縣東北）之時，主要在指責當時蜀中刺史，不知君臣之禮，連禽鳥都不如。〔註11〕「有杜鵑」暗指仍尊君，如嚴武；「無杜鵑」暗指有叛變之心，不懂君臣之禮，如段子璋、崔旰、楊子琳等。「杜鵑暮春至，哀哀叫其間。我見常再拜，重是古帝魂」，以蜀民知杜鵑為杜宇王所化，見之必拜，對君王的尊敬並不因其化為禽鳥而有改變。下引鴻雁、羔羊進一步說明萬物均知這一忠君不貳的聖賢法則，唯獨萬物之靈的人類卻不知忠君，在世俗名利的追逐下竟將仁義之禮拋諸腦後，怎不令人悲嘆哀傷呢？

　　此詩藉杜宇神話諷刺現實政治的黑暗，杜鵑象徵的是君王，整首詩瀰漫在對現實政治悲痛憤慨的情緒氛圍裡。杜鵑從神話的原型裡，在杜甫現實感懷的融攝下作為君王的化身，更進一步在作者的敘事手法與現實場域的對照下，隱含對君臣關係的諷刺。

　　杜甫尚有〈虎牙行〉：

　　　　秋風欻吸吹南國，天地慘慘無顏色。洞庭揚波江漢迴，虎牙銅柱皆
　　　　傾側。巫峽陰岑朔漠氣，峰巒窈窕谿谷黑。杜鵑不來猿狖寒，山鬼

〔註9〕　呂正惠：《杜甫與六朝詩人》，（台北：大安出版社，1989年），頁73～84。
〔註10〕　清聖祖御製：《全唐詩》卷二二一，頁2331。
〔註11〕　錢謙益：《杜詩箋注》，頁260。

幽憂雪霜逼。楚老長嗟憶炎瘴，三尺角弓兩斛力。壁立石城橫塞起，
金錯旌竿滿雲直。漁陽突騎獵青丘，犬戎鏤甲聞丹極。八荒十年防
盜賊，征戍誅求寡妻哭，遠客中宵淚霑臆。〔註12〕

虎牙在宜昌境內。此詩作於代宗大曆三年，杜甫五十七歲，離夔州東下，抵
峽州。詩人有感於寒風猛烈而作，並且抒發世亂民貧的感嘆。〔註13〕首二句
以寒風猛烈，天地失色寫秋陰肅殺之氣，接著「洞庭揚波江漢回，虎牙銅柱
皆傾側，巫峽陰岑朔漠氣，峰巒窈窕谿谷黑」四句描寫戰事一起，城傾牆摧
和戰場上幽寒死寂，讓人寒凜的場景。「杜鵑不來猿狖寒，山鬼幽憂雪霜逼」
字面上寫此處幽冷死寂，杜鵑不來，唯有山鬼。此「杜鵑不來」大有暗諷君
恩無法眷顧，朝廷不能協助的意味，是以下文再鋪陳戰爭造成此地亂事不已，
民貧可悲的景象。此詩中「杜鵑」以帝王意象隱含著現實諷刺。

二、以含冤意象反映現實

杜甫〈客居〉：

客居所居堂，前江後山根，下塹萬尋岸，蒼濤鬱飛飜。蔥青眾木梢，
邪豎雜石痕，子規晝夜啼，壯士斂精魂。峽開四千里，水合數百源，
人虎相半居，相傷終兩存。蜀麻久不來，吳鹽擁荊門，西南失大將，
商旅自星奔。今又降元戎，已聞動行軒，舟子候利涉，亦憑節制尊。
我在路中央，生理不得論，臥愁病腳廢，徐步視小園，短畦帶碧草，
悵望思王孫。鳳隨其皇去，籬雀暮喧繁，覽物想故國，十年別荒邨。
日暮歸幾翼，北林空自昏，安得覆八溟，為君洗乾坤。稷契易為力，
犬戎何足吞，儒生老無成，臣子憂四番，篋中有舊筆，情至時復援。

〔註14〕

此詩作於大曆元年（55歲）在雲安時，〔註15〕首四句點明居住的環境，「蔥青
眾木梢，邪豎雜石痕，子規晝夜啼，壯士斂精魂」四句道出此地所見所聞。「峽
開四千里，水合數百源，人虎相半居，相傷終兩存」說明雲安特殊地勢，並
以人虎暗指此地官民，順逆雜處。「西南失大將，商旅自星奔」指郭英乂被催
旰所殺，導致蜀中大亂。「今又降元戎，已聞動行軒，舟子候利涉，亦憑節制

〔註12〕　清聖祖御製：《全唐詩》卷二二二，頁2364。
〔註13〕　（清）楊倫箋注：《杜詩鏡銓》，（台北：華正書局，1978年），頁873。
〔註14〕　清聖祖御製：《全唐詩》卷二二一，頁2331。
〔註15〕　李辰冬：《杜甫作品繫年》，頁144。

尊」則指杜鴻漸為山南西道劍南東西川副元帥、劍南西川節度使，平定蜀中之亂。詩的後半部則是杜甫說明客居之愁，除了病身，思鄉，更想起大將被殺，心憂國事，期盼蜀亂早日弭平，重見太平之日。〔註16〕

如此看來，此詩中「子規晝夜啼，壯士斂精魂」二句含攝了下文的意義，「壯士斂精魂」指被殺的大將，「子規晝夜啼」一則暗指大將之悲鳴有如杜宇愛民卻仍冤死，一則子規的叫聲正是「覽物想故國，十年別荒邨」的伏筆，其催歸的啼鳴聲引發離人遊子的思歸之情。是以此詩「子規」以其含冤意象融政治現實之可悲、國愁與思歸於一爐，其涵蓋的意象是相當豐富的。

第二節　中唐

中唐作家在創作上以盛唐詩人為典範，尤其是李白和杜甫等名家。回顧盛唐，在此則神話典故的運用上，最善於在作品中提到「子規」、「杜鵑」的非李白和杜甫莫屬了，這與他們倆人的人生經歷有著莫大的關係，一個是出蜀的文人，一個是入蜀的墨客。而杜甫的現實主義精神對中唐文人有諸多啟發，尤其是元白新樂府運動的支持者。

杜宇神話原型本身所包含的政治現實意義恰與中唐元白新樂府的精神有契合點，承繼杜甫現實精神的表現，白居易認為：「懲勸善惡之柄，執於文士褒貶之際；補察得失之端，操於詩人美刺之間焉。」〔註17〕「採詩官廢，上不以詩補察時政，下不以歌洩導人情，乃至於謟成之風動，救失之道缺。」〔註18〕表達出詩歌「補察時政」、「洩導人情」的功用。皮日休亦言：「元、白之心，本乎立教，乃寓意於樂府雍容婉轉之詞，為之諷喻。」〔註19〕也指出元、白繼承樂府「感於哀樂，緣事而發」的諷喻精神。

安史亂後，中央一蹶不振，接著發生的宦官專權、藩鎮跋扈、朋黨傾軋和邊患四起，使得朝政日益腐敗，給人民帶來了莫大的苦難，這些征戰民貧的現實感傷往往呈現在詩人的作品中，或悲憫或諷刺。承繼杜甫的現實精神，

〔註16〕　（唐）杜甫著、（清）楊倫箋注：《杜詩鏡銓》，頁584。
〔註17〕　（唐）白居易：《白居易集》（二）卷第六十五〈策林四·六十八議文章〉，（漢京文化事業有限公司，1984年），頁1369。
〔註18〕　（唐）白居易：《白居易集》（二）卷第四十五〈與元九書〉，頁960～961。
〔註19〕　蕭滌非：《皮子文藪》〈論白居易薦徐凝屈張祜〉，（上海：上海古籍出版社，1981年），頁240。

「杜鵑」意象正好是現實諷刺的素材；承繼哀愁的氛圍，其意象更易渲染詩文的淒清風格。

　　中唐詩人以杜鵑意象諷喻現實在第四章提到顧況〈露青竹杖歌〉（本論文114頁）中，藉竹枝抒發懷才不遇，已有諷刺現實環境炎涼的意味在，乃繼承杜甫以杜宇含冤意象作為諷喻媒介的創作手法，而李紳〈南梁行〉、〈杜鵑樓〉二首（本論文128、129頁），雖藉花鳥意象以詠懷，但就詩人創作風格而言，其諷喻性質亦當有之。除此，中唐文人以杜鵑的悲啼、啼血和思歸意象作為諷喻的載體，表現於下列詩作：

一、以悲啼意象渲染黍離之悲

　　孤獨及〈癸卯歲赴南豐道中聞京師失守寄權士繇韓幼深〉：

> 種田不遇歲，策名不遭時。胡塵晦落日，西望泣路岐。猛虎嘯北風，麕麚皆載馳。深泥駕疲牛，蹢躅余何之？詰屈白道轉，繚繞清溪隨。荒谷嘯山鬼，深林啼子規。長歎指故山，三奏歸來詞。不逢眼中人，調苦車逶遲。士繇松筠操，幼深瓊樹姿。別來平安否？何階一申眉。白雲失帝鄉，遠水恨天涯。昂藏雙威鳳，曷月還西枝？努力愛華髮，盛年振羽儀。但令迍難康，不負滄洲期。莫作新亭泣，徒使夷吾嗤。
> 〔註20〕

孤獨及此詩將戰爭離亂的景象具體地描繪出來，並表達了聽聞京師失守的悲痛心情。「荒谷嘯山鬼，深林啼子規」以聽覺的摹寫呈現了自己以及人民內心的創痛。子規意象是悲愁渲染，但更多的是對時事的感慨。面對失守的故園，心情正和失位不得歸故里的杜宇王一樣，充滿黍離之悲，故言「白雲失帝鄉，遠水恨天涯」。

二、以啼血意象控訴人民苦痛

　　李賀〈老夫採玉歌〉：

> 採玉採玉須水碧，琢作步搖徒好色。老夫飢寒龍為愁，藍溪水氣無清白。夜雨岡頭食蓁子，杜鵑口血老夫淚。藍溪之水厭生人，身死千年恨溪水。斜山柏風雨如嘯，泉腳挂繩青裊裊。村寒白屋念嬌嬰，古臺石磴懸腸草。〔註21〕

〔註20〕清聖祖御製：《全唐詩》卷二四六，頁2762。
〔註21〕清聖祖御製：《全唐詩》卷三九一，頁4414。

此詩反映採玉老人痛苦生活與悲慘命運，詩句洋溢著深沈的同情與不平的憤懣。「老夫飢寒龍爲愁，藍溪水氣無清白。夜雨岡頭食蓁子，杜鵑口血老夫淚。藍溪之水厭生人，身死千年恨溪水」這一部份描寫老人忍受饑寒之苦，下到藍田水中採玉，年復一年，日復一日，使得水中的龍也不得安寧，藍溪之水也難有清澈之日。詩人爲了深刻描繪老人的苦難命運，形象地勾勒了一幅悲苦的畫面：風雨交加的寒夜，食不裹腹、衣不遮體的採玉老人吃著野果露宿山頭，遠處還不時傳來杜鵑如泣如訴地哀啼，想起自己悲慘的身世，不禁老淚縱橫。老夫眼裡流出的淚正同杜鵑口中的血，杜鵑的啼聲「不如歸去」，更觸發採玉老人欲歸不得的悲哀。詩人用杜鵑啼血比喻老人的淒苦，渲染氣氛，有聲有色，有景有情。全詩深刻批判統治者爲了滿足自己驕奢淫逸生活、不惜逼迫民工冒著生命危險採玉的殘酷壓榨，具有深刻的現實意義。最末的懸腸草（又名思子蔓、離別草）揭示老夫思念幼子，卻有家不能歸的悲怨，正與杜鵑「不如歸去」互爲呼應。一以聽覺，一以視覺，深刻反映採玉老人的痛楚。

三、以思歸意象諷喻現實

〈蜀王本紀〉揭示杜鵑鳥「其鳴如曰不如歸」，而蜀人每聞鵑啼必思蜀王杜宇，於是從唐詩開始，杜鵑被賦予了思歸的意象，成爲了鄉愁的符號表徵。然而在元稹、白居易筆下卻企圖顛覆時人的書寫慣式，從思歸意象引發議論，發抒自己人生理念，隱含對現實的諷喻。元稹〈思歸樂〉：

> 山中思歸樂，盡作思歸鳴。爾是此山鳥，安得失鄉名。應緣此山路，
> 自古離人征。陰愁感和氣，俾爾從此生。我雖失鄉去，我無失鄉情。
> 慘舒在方寸，寵辱將何驚。浮生居大塊，尋丈可寄形。身安即形樂，
> 豈獨樂咸京。命者道之本，死者天之平，安問遠與近，何言殤與彭。
> 君看趙工部，八十支體輕，交州二十載，一到長安城。長安不須史，
> 復作交州行。交州又累歲，移鎭值江陵。歸朝新天子，濟濟爲上卿。
> 肌膚無瘴色，飲食康且寧。長安一晝夜，死者如實星。喪車四門出，
> 何關炎瘴縈。況我三十餘，百年未半程。江陵道途近，楚俗雲水清。
> 遐想玉泉寺，久聞峴山亭。此去盡綿歷，豈無心賞并。紅餐日充腹，
> 碧澗朝析酲。釀酒待賓客，寄書安弟兄。閒窮四聲韻，悶閲九部經。
> 身外皆委順，眼前隨所營。此意久已定，誰能苟求榮。所以官甚小，

不畏權勢傾。傾心豈不易，巧詐神之刑。萬物有本性，況復人至靈。
金埋無土色，玉墜無瓦聲。劍折有寸利，鏡破有片明。我可俘爲囚，
我可刃爲兵。我心終不死，金石貫以誠。此誠患不立，雖困道亦亨。
微哉滿山鳥，叫噪何足聽。〔註22〕

此詩作於元和五年，元稹由東臺監察御史貶江陵府士曹參軍途中。〔註23〕呂
惠貞〈元稹及其詩研究〉將此詩歸入「個人性諷喻詩」，個人的貶謫造成心境
的衝擊與挫傷，反映在詩作，往往呈現出複雜的感慨。〔註24〕明顯地，元稹
企圖以佛家、老莊思想化解貶謫的哀愁，所以大談「我雖失鄉去，我無失鄉
情。慘舒在方寸，寵辱將何驚」，心中拿捏好，自然不受寵辱影響，所以即便
離開故鄉，卻無離鄉遊子情愁。因此他顛覆杜鵑意象的使用，因其呼「不如
歸」，此思歸鳥鳴向來使離人聞之腸斷，元稹卻獨獨不以爲然。自己內心不爲
外物所役，將何適而非快，所以認爲此山鳥的聲音沒什麼好聽的。在杜鵑意
象的使用上，元稹是一個全新的突破，反神話原型的悲愁意象，跳脫鄉愁意
象的抒情範式。這當然是元稹消解遭貶憂愁的方法，可視爲一倒反的使用，
欲泯除自己思歸之愁，以此手法掩蓋之，不然三十二歲的詩人眞能寵辱偕忘？
應是對自己豁達人生的期勉，並隱含對好友白居易的勸慰之情。

白居易有〈和思歸樂〉應和好友元稹：

山中不棲鳥，夜半聲嚶嚶。似道思歸樂，行人掩泣聽。皆疑此山路，
遷客多南征。憂憤氣不散，結化爲精靈。我謂此山鳥，本不因人生。
人心自懷土，想作思歸鳴。孟嘗平居時，娛耳琴泠泠，雍門一言感，
未奏淚沾纓。魏武銅雀妓，日與歡樂并，一旦西陵望，欲歌先涕零。
峽猿亦何意，隴水復何情，爲入愁人耳，皆爲腸斷聲。請看元侍御，
亦宿此郵亭。因聽思歸鳥，神氣獨安寧。問君何以然？道勝心自平。
雖爲南遷客，如在長安城，云得此道來，何慮亦何營。窮達有前定，
憂喜無交爭。所以事君日，持憲立大庭。雖有迴天力，撓之終不傾。
況始三十餘，年少有直名。心中志氣大，眼前爵祿輕，君恩若雨露，
君威若雷霆，退不苟免難，進不曲求榮。在火辨玉性，經霜識松貞，
展禽任三黜，靈均長獨醒。獲戾自東洛，貶官向南荊，再拜辭闕下，

〔註22〕清聖祖御製：《全唐詩》卷三九六，頁 4449。
〔註23〕楊軍箋注：《元稹集編年箋注》，（西安：三秦出版社，2002 年），頁 226。
〔註24〕呂惠貞：〈元稹及其詩研究〉，（台灣大學中國文學研究所碩士論文，1993 年 6
　　　　月），頁 158。

長揖別公卿。荊州又非遠，驛路半月程，漢水照天碧，楚山插雲青。
江陵橘似珠，宜城酒如餳，誰謂譴謫去，未妨遊賞行。人生百歲內，
天地暫寓形，太倉一稊米，大海一浮萍。身委逍遙篇，心付頭陀經，
尚達死生觀，寧爲寵辱驚。中懷苟有主，外物安能縈，任意思歸樂，
聲聲啼到明。〔註25〕

白居易和好友元稹〈思歸樂〉而作，內容與之相似，但對杜鵑鳥的來歷，描寫更傳神，「憂憤氣不散，結化爲精靈」更具神話原型色彩。「我謂此山鳥，本不因人生。人心自懷土，想作思歸鳴」呼應元稹「爾是此山鳥，安得失鄉名。應緣此山路，自古離人征」，直道鵑鳥悲愁是離人賦予的，與鳥自身無關。後面「人生百歲內，天地暫寓形，太倉一稊米，大海一浮萍。身委逍遥篇，心付頭陀經，尚達死生觀，寧爲寵辱驚。中懷苟有主，外物安能縈」其佛老曠達思想甚明，是元稹「雖困道亦亨」的進一步說明，最後「任意思歸樂，聲聲啼到明」呼應元稹「微哉滿山鳥，叫噪何足聽。」坦言不受子規影響，任其啼到天明。白居易亦藉著對思歸意象的批判，表達了以佛老思想化解人生衝突矛盾的理想。

在唐詩中「思歸樂」用例極少，可以說是偶然使用。〔註26〕在中唐只見於白居易和元稹的兩位知交好友相互贈答的作品中，成爲專屬於他們兩人的知音符碼，而其「思歸樂」亦有深刻的諷諭思想〔註27〕。兩人面對遭貶別離，沒有感慨哀嘆，反而顛覆一般人對「思歸樂」的感受，其對現實的嘲諷正是元和詩人常有的敘事模式。對兩人而言，「思歸樂」是個人生命情調的抒發，也是專屬兩人的知交符碼，更是他們對現實諷諭的隱喻策略。

第三節　晚唐五代

唐王朝的衰敗給詩壇籠罩了濃厚的悲劇色彩，折射成一種獨特的悲傷氛圍，以致整個晚唐詩作的表層主調是由逃避現實和抨擊現實兩個側面構成，這正是他們人生觀的悲觀性和社會觀的逆反性之突出反映，故其詩作字裡行

〔註25〕清聖祖御製：《全唐詩》卷四二五，頁 4680。

〔註26〕戴偉華：〈唐詩中「杜鵑」內涵辨析——以「杜鵑啼血」和「望帝春心托杜鵑」爲例〉，（《華南師範大學學報》，2007 年第 3 期），頁 67。

〔註27〕謝思煒將白居易〈思歸樂〉歸入諷諭詩。謝思煒：《白居易詩集校注》（一），頁 214。

間洋溢一種的感傷情調。〔註 28〕詩壇主要代表人物杜牧、李商隱多抒憂生念亂、感慨身世之慨。杜荀鶴、聶夷中、皮日休、陸龜蒙則對中唐白居易現實主義的傳統加以繼承，其憤世嫉俗的逆反性不斷深化，詩作反映人民的悲慘生活、揭露黑暗混亂的現實，依舊充滿絕望的感傷情調。〔註 29〕鄧小軍《唐代文學的文化精神》指出：「晚唐後期詩的主要取向，乃是風骨的挺立……晚唐風骨體現了詩人的安身立命，體現了晚唐詩的真精神。」〔註 30〕對現實的揭露、譴責，對貧民的同情哀憐，就是詩人風骨的表現。

　　晚唐的感傷色彩並沒有隨著唐的滅亡而結束，進入五代，更是戰亂不息，干戈紛爭，人民陷於極度痛苦黑暗的深淵中。牛運震〈五代詩話序〉云：「五代之亂極矣，政紀解散，才士凌夷，干戈紛擾，文藝闕如，即詩歌間有之，亦多比於浮靡噍殺，嗷然亡國之音者皆是。」〔註 31〕正說明了當時的狀況。不過「文藝闕如」是與整個唐朝相比，鄙陋不堪的作品雖不少，但清麗可喜、沈鬱悲憤之作亦有之。其中又以抒發時代痛苦、亡國之恨的詩作尤為頓挫感人。

　　下列詩作即為晚唐五代善用杜宇意象入詩以諷喻的詩作，分別使用神話中的啼血意象、帝王意象、含冤意象、亡國意象、悲啼意象與花鳥意象作為時代控訴之載體。

一、以啼血意象譏諷時事

　　張祜〈散花樓〉：

　　　　錦江城外錦城頭，回望秦川上軫憂。正值血魂來夢裏，杜鵑聲在散

　　　　花樓。〔註 32〕

散花樓在古代成都錦江樓，建於隋，毀於明末。此詩諷人君唐玄宗貪色誤國，安史亂起，避亂奔蜀，玉環賜死於馬嵬坡，國家幾近滅亡。玄宗在成都回望秦川，軫懷痛念，悲苦不堪，夜來杜宇血魂入夢，驚醒之後更加悵惘，猶聞滿樓啼鵑之聲。此詩寫得低迴婉轉，令人感慨萬端，作者把兩件史實聯繫起

〔註 28〕　沈檢江：〈晚唐詩：感傷情調的全方位滲透〉，（《求是學刊》，1994 年第 5 期），
　　　　　頁 68。

〔註 29〕　沈檢江：〈晚唐詩：感傷情調的全方位滲透〉，（《求是學刊》，1994 年第 5 期），
　　　　　頁 69。

〔註 30〕　鄧小軍：《唐代文學的文化精神》，頁 506。

〔註 31〕　（清）王士禎：《五代詩話》，（北京：人民文學出版社，1998 年），頁 1。

〔註 32〕　清聖祖御製：《全唐詩》卷五一〇，頁 5848。

來，讓「杜鵑啼血」的底蘊充分輻射出它的現實意義，故其聲色皆爲凄楚。
作者藉杜宇典故憐憫譏諷玄宗，二事交叉變換，入景入情入理，融國難、傷
亡之情於其間，醞藉無比，其悲劇審美價值愈濃。

二、以帝王意象諷諭時政

李商隱〈北禽〉：

> 爲戀巴江好，無辭瘴霧蒸。縱能朝杜宇，可得値蒼鷹？石小虛塡海，
> 蘆銛未破繒。知來有乾鵲，何不向雕陵？〔註33〕

此詩李商隱作於梓州幕府其間，以「北禽」自況。首聯說自己跟隨柳仲郢到
東川以求託庇，二聯言雖得柳仲郢辟置，恐怕還是難免被牛黨排擠。故此處
「杜宇」暗指柳仲郢，「蒼鷹」則喻牛黨。三聯以精衛和鴻雁之典哀傷自己雖
有精衛鳥的意志，但卻無力自我保全，大有憂讒畏譏之意。末聯以自己若能
預知未來，當學乾鵲向雕陵的典故以遠避其害作結。〔註34〕故此詩以「杜宇」
比喻東川節度柳仲郢，在其意象的使用上與杜甫的〈杜鵑〉十分相似，不過
杜甫指一國之君，李商隱指東川節度使，在對象的比喻上職分降低，此一反
映則保留了神話出自四川的地域色彩。

李商隱〈井絡〉：

> 井絡天彭一掌中，漫誇天設劍爲峰。陣圖東聚燕江石，邊柝西懸雪
> 嶺松。堪歎故君成杜宇，可能先主是眞龍。將來爲報姦雄輩，莫向
> 金牛訪舊蹤。〔註35〕

此詩主要警戒當時藩鎮割據的奸雄。前四句極言蜀中險阻，然「漫誇」二字道
出雖險阻但仍不足爲恃。「堪歎故君成杜宇，可能先主是眞龍」，援引杜宇與諸
葛亮兩例爲證，杜宇失國傷亡，諸葛亮才略傑出，但仍不得據蜀成事。〔註36〕
是以蜀地雖坐擁天險亦不足恃，由此可知，竊據國土的藩鎮必定失敗，不會有
好下場的。故此以「杜宇」作爲亡國之君的代稱，作用在警戒當時的藩鎮。

三、以含冤意象諷刺史實

李商隱〈哭遂州蕭侍郎二十四韻〉：

〔註33〕清聖祖御製：《全唐詩》卷五三九，頁6153。
〔註34〕劉學鍇、余恕誠：《李商隱詩歌集解》（中冊），頁1193～1196。
〔註35〕清聖祖御製：《全唐詩》卷五四〇，頁6216。
〔註36〕劉學鍇、余恕誠：《李商隱詩歌集解》（中冊），頁1183。

遙作時多難，先令禍有源。初驚逐客議，旋駭黨人冤。密侍榮方入，
司刑望愈尊。皆因優詔用，實有諫書存。苦霧三辰没，窮陰四塞昏。
虎威狐更假，隼擊鳥踰喧。徒欲心存闕，終遭耳屬垣。遺音和蜀魄，
易簀對巴猿。有女悲初寡，無男泣過門。朝爭屈原草，廟餒莫敖魂。
迴閣傷神峻，長江極望翻。青雲寧寄意，白骨始霑恩。早歲思東閣，
爲邦屬故園。登舟慚郭泰，解榻愧陳蕃。分以忘年契，情猶錫類敦。
公先眞帝子，我系本王孫。嘯傲張高蓋，從容接短轅。秋吟小山桂，
春醉後堂萱。自歎離通籍，何嘗忘叫閽。不成穿壙入，終擬上書論。
多士還魚貫，云誰正駿奔。暫能誅儵忽，長與問乾坤。蟻漏三泉路，
螿啼百草根。始知同泰講，徼福是虛言。〔註37〕

此詩作者爲好友蕭澣的死哀悼。李商隱處於牛李黨爭的漩渦中，對此洞察深
微，涇渭是非，並明目張膽地予以批判，此詩即是代表作之一。〔註38〕大和
九年，蕭澣因受宰相李宗閔連累，被貶遂州，不久即過世，李商隱不僅爲其
哀慟，更爲其抱屈。詩分五段，第一段總提受冤之由，第二段說被逐時事，
第三段敘死後情事，第四段回想交情，末段自歎不能爲其白冤，更加傷痛。「苦
霧三辰没，窮陰四塞昏。虎威狐更假，隼擊鳥踰喧。徒欲心存闕，終遭耳屬
垣。遺音和蜀魄，易簀對巴猿」爲第二段，以「遺音和蜀魄，易簀對巴猿」
敘述死於遂州的淒涼，「遺音」、「蜀魄」和「巴猿」都是悲哀淒涼的聲音，以
聽覺的摹寫渲染淒涼的心境，並與下一段的「迴閣傷神峻，長江極望翻」呼
應，以蜀中山水亦爲之傷神激憤。〔註39〕從「蜀魄」故事本身的內蘊和蕭澣
含冤而死的史實來看，此一意象有諷刺史實並爲其申冤的用意在。

雍陶〈蜀中戰後感事〉：

蜀道英靈地，山重水又回。文章四子盛，道路五丁開。詞客題橋去，
忠臣叱馭來。臥龍同駭浪，躍馬比浮埃。已謂無妖土，那知有禍胎。
蕃兵依濮柳，蠻斾指江梅。戰後悲逢血，燒餘恨見灰。空留犀獸怪，
無復酒除災。歲積萇弘怨，春深杜宇哀。家貧移未得，愁上望鄉臺。

〔註40〕

〔註37〕　清聖祖御製：《全唐詩》卷五四一，頁6235。
〔註38〕　曾進豐：《晚唐詩的鋒芒與光彩》，頁136。
〔註39〕　劉學鍇、余恕誠：《李商隱詩歌集解》（上冊），頁209～220。
〔註40〕　清聖祖御製：《全唐詩》卷五一八，頁5917。

雍陶此詩描寫蜀中戰後悲慘的情狀，末二句「家貧移未得，愁上望鄉臺」道出心中感受，民貧亂離，一心想歸家的深切渴望。而「歲積萇弘怨，春深杜宇哀」二句將杜鵑悲鳴意象與萇弘之典並列，無異脫胎自左思〈蜀都賦〉的「碧出萇弘之血，鳥生杜宇之魂」，此一方面以文化意象透顯蜀地人文背景，二方面則以萇弘和杜宇的哀怨象徵身處之亂離時代人民心中的不平與深沈苦痛。

　　杜牧〈杜鵑〉：

　　　　杜宇竟何冤，年年叫蜀門。至今銜積恨，終古弔殘魂。芳草迴腸結，

　　　　紅花染血痕。山川盡春色，嗚咽復誰論。〔註41〕

杜牧最擅詠史諷喻詩的書寫，總把歷史與現狀緊密結合加以理性考察，深寓對現實的不滿與諷刺，《新唐書》言其：「剛直有奇節，不爲齷齪小謹，敢論列大事，指陳病利尤切至。」〔註42〕此詩乃藉神話原型詠杜鵑鳥，以「冤」、「恨」、「殘魂」、「染血」等字眼將杜鵑鳥含冤的悲啼具體呈現出來，完整揭示了此則典故的神話意蘊。但也藉此表達對時代的控訴，對一個懷抱儒家治國理念的文人來說，生逢此亂世，心中自然充滿憾恨，杜鵑鳥的啼叫就好比是讀書人心中的不平之鳴。最後「山川盡春色，嗚咽復誰論」，杜鵑啼血衍化出「警示」之蘊，是杜牧面對晚唐社會現實所作歷史的理性思考，控訴統治者不會從享樂淫靡中驚醒，來理會杜鵑嗚咽之聲。此詩藉杜鵑抒發胸中的不平之鳴，表達對時代的控訴。

　　裴澈〈弔孟昌圖〉：

　　　　一章何罪死何名，投水惟君與屈平。從此蜀江煙月夜，杜鵑應作兩

　　　　般聲。〔註43〕

裴澈弔孟昌圖，爲其冤死抱屈，以屈原爲喻，輔以杜鵑悲鳴渲染氛圍。蓋孟昌圖、屈原、杜宇三者同爲含冤意象表徵，是以詩人以爲杜鵑應作兩種不同的啼鳴聲，一爲杜宇抱屈，一爲投水自清的屈原和孟昌圖抱屈。

四、以亡國意象控訴末世之悲

　　李山甫〈聞子規〉：

〔註41〕　清聖祖御製：《全唐詩》卷五二五，頁 6015。

〔註42〕　（北宋）歐陽修、宋祁：《新唐書》卷一六六〈杜牧傳〉，（台北：藝文印書館，1955 年），頁 1972。

〔註43〕　清聖祖御製：《全唐詩》卷六○○，頁 6938。

冤禽名杜宇，此事更難知。昔帝一時恨，後人千古悲。斷腸思故國，

啼血濺芳枝。況是天涯客，那堪獨聽時。〔註44〕

身處唐代末世，李山甫將杜宇神話意象中含冤與亡國意象入詩，用以控訴末世的悲涼，而「昔帝一時恨，後人千古悲」隱含對昏庸帝王的警示作用，「斷腸思故國，啼血濺芳枝」更以杜宇亡國後啼血染花的椎心之痛，表達對唐王朝覆亡的無限感傷。

胡曾〈成都〉：

杜宇曾爲蜀帝王，化禽飛去舊城荒。年年來叫桃花月，似向春風訴

國亡。〔註45〕

胡曾，咸通中屢舉不第，歷遊方鎮幕府以終。後入蜀。爲人上交不諂，下交不瀆，天分高爽，意度不凡。善詠史，其律絕「哀怨清楚，曲盡幽情」〔註46〕。此詩藉蜀王杜宇的故事抒寫興亡感慨。首二句以今昔對比，暗喻興亡之慨；後二句以子規鳥每年春天的啼叫聲，似乎是杜宇王在哀訴亡國之悲。身處晚唐亂世，詩人善以詠史詩抒發對當朝的諷刺，流露末世之哀，此詩亦以子規意象表達自己身逢亂世的痛楚。

吳融〈岐下聞子規〉：

化去蠻鄉北，飛來渭水西。爲多亡國恨，不忍故山啼。怨已驚秦鳳，

靈應識漢雞。數聲煙漠漠，餘思草萋萋。樓迥波無際，林昏日又低。

如何不腸斷，家近五雲溪。〔註47〕

此詩抒發遊子思鄉之愁，「如何不腸斷，家近五雲溪」點出詩旨。首二句「化去蠻鄉北，飛來渭水西」，寫出輾轉流離的辛苦。「爲多亡國恨，不忍故山啼」暗喻唐王朝的繁華一去無蹤，黎庶不安。〔註48〕

吳融〈岐下聞子規〉：

劍閣西南遠鳳臺，蜀魂何事此飛來。偶因隴樹相迷至，惟恐邊風却

送回。只有花知啼血處，更無猨替斷腸哀。誰憐越客曾聞處，月落

江平曉霧開。〔註49〕

〔註44〕清聖祖御製：《全唐詩》卷六四三，頁6372。

〔註45〕清聖祖御製：《全唐詩》卷六四七，頁7423。

〔註46〕（元）辛文房：《唐才子傳》卷八，頁186。

〔註47〕清聖祖御製：《全唐詩》卷六八四，頁7858。

〔註48〕張豔輝：〈論吳融的詩兼論晚唐士人仕、隱、逸的離合〉，（西北師範大學文學院碩士論文，2004年6月），頁15。

〔註49〕清聖祖御製：《全唐詩》卷六八四，頁7858。

此詩亦以子規悲啼不堪聞的意象寫出詩人離鄉的悲愁,「只有花知啼血處,更無猿替斷腸哀」,亦表達對唐王朝繁華逝去的哀痛。

吳融〈送杜鵑花〉:

> 春紅始謝又秋紅,息國亡來入楚宮。應是蜀冤啼不盡,更憑顏色訴西風。〔註50〕

吳融以杜鵑花鳥二重意象入詩,將春天和秋天盛開的杜鵑先以亡國的息夫人為喻,再以杜宇神話角度詮釋,認為是啼不盡的蜀冤藉花訴向西風。吳融所用的兩個典故,息夫人與杜宇都在泣訴亡國的悲痛,故詩中啼不盡的「冤」其實便是詩人對唐王朝繁華的沒落所興發的慨嘆。

吳融〈秋聞子規〉:

> 年年春恨化冤魂,血染枝紅壓疊繁。正是西風花落盡,不知何處認啼痕。〔註51〕

子規於年年春天啼鳴,所泣口血染紅枝頭鮮花,而現時正是西風吹盡落花的時節,又不知再於何處認得那啼痕,意謂唐之將亡,亦不知我將於何處啼亡國之血,無限淒涼盡含其中。故子規意象仍蘊含時代之悲。

吳融〈子規〉:

> 舉國繁華委逝川,羽毛飄蕩一年年。他山叫處花成血,舊苑春來草似煙。雨暗不離濃綠樹,月斜長弔欲明天。湘江日暮聲淒切,愁殺行人歸去船。〔註52〕

吳融是越州山陰人,在唐昭宗時在朝任職,一度受牽累罷官,流寓荊南,本詩寫於此時,〔註53〕反映了他仕途失意又遠離故鄉的痛苦心情。這首詩抓住子規啼聲淒切的特點,創造出一個個意境,藉詠物抒寫作者的胸懷。以「舉國繁華委逝川」反襯子規的孤獨和冷落,「飄蕩」寫出羽毛被秋風吹落的狀態,也十分貼切描寫了子規一年年到處漂泊流浪、無處安身的處境。後三聯中,詩人從不同層面描繪子規的叫聲,「他山叫處花成血,舊苑春來草似煙」,不僅給人聽覺上的悲傷之感,更讓讀者在這悲鳴中想像出子規內心的悲楚。上句借用杜宇化鵑啼血,血漬草木的典故,抒發遊子漂泊的心境;下句以舊苑的春草漠不關心子規的傷痛,反映遊子征人不被關心的淒涼寂寞。「雨暗

〔註50〕 清聖祖御製:《全唐詩》卷六八五,頁7873。
〔註51〕 清聖祖御製:《全唐詩》卷六八六,頁7882。
〔註52〕 清聖祖御製:《全唐詩》卷六八六,頁7889。
〔註53〕 張淑瓊主編:《唐詩欣賞》第十五冊,頁160。

不離濃綠樹，月斜長弔欲明天」二句，詩人抓住典型環境中的典型情景，寫子規處境的艱辛，上句是一年中最艱辛的處境，下句是一天中最難熬的處境。末聯「湘江日暮聲淒切，愁殺行人歸去船」，則選用特定的環境、時間、人物，日暮時分的湘江，最引行人傷悲，又聽到子規啼，更加愁煞船上的遠行人。〔註54〕吳融在唐王朝傾覆之際，藉此哀時傷世，故此詩藉子規意象表達自己流落異鄉之苦。

五、以悲啼意象烘托哀情

劉滄〈題吳宮苑〉與〈經古行宮〉二首：

吳苑荒涼故國名，吳山月上照江明。殘春碧樹自留影，半夜子規何處聲。蘆葉長侵洲渚暗，蘋花開盡水烟平。〔註55〕

玉輦西歸已至今，古原風景自沉沉。御溝流水長芳草，宮樹落花空夕陰。蝴蝶翅翻殘露滴，子規聲盡野烟深。路人不記當年事，臺殿寂寥山影侵。〔註56〕

兩詩均藉子規悲啼的聽覺意象烘托古宮舊苑的淒涼景象，〈題吳宮苑〉以「殘春碧樹自留影，半夜子規何處聲」花落鵑啼的意象烘托故國荒涼的景象；〈經古行宮〉則以「蝴蝶翅翻殘露滴，子規聲盡野烟深」融蝴蝶與子規的並列意象渲染古行宮的淒清冷落。同是撫今追昔，表達離亂時代的末世之悲。

曹鄴〈四望樓〉：

背山見樓影，應合與山齊。座上日已出，城中未鳴雞。無限燕趙女，吹笙上金梯。風起洛陽東，香過洛陽西。公子長夜醉，不聞子規啼。

〔註57〕

四望樓在洛陽東，秦時有貴公子賈虛每日設宴其上，唐時已廢。詩的前四句在形容四望樓之高，「無限燕趙女，吹笙上金梯。風起洛陽東，香過洛陽西。」寫四望樓的繁華熱鬧，最後兩句「公子長夜醉，不聞子規啼」，生發慨嘆，慨嘆醉身歌伎繁華的公子哥兒不聞水深火熱中人民的呼號哭泣聲。〔註58〕故此詩以子規啼借代人民的痛苦哀嚎。

〔註54〕同上注。
〔註55〕清聖祖御製：《全唐詩》卷五八六，頁6794。
〔註56〕清聖祖御製：《全唐詩》卷五八六，頁6795。
〔註57〕清聖祖御製：《全唐詩》卷五九二，頁6864。
〔註58〕毛水清、梁超然：《曹鄴詩注》，（上海古籍出版社，1982年），頁9。

鄭谷〈荔枝樹〉：

> 二京曾見畫圖中，數本芳菲色不同。孤櫂今來巴徼外，一枝煙雨思無窮。夜郎城近含香瘴，杜宇巢低起暝風。腸斷渝瀘霜霰薄，不教葉似灞陵紅。〔註59〕

此詩作於景福二年，鄭谷向瀘州省拜座主柳玭時，藉詠荔枝樹而抒發感懷。此為詩人第四次入蜀，又蜀中盛產荔枝，在中晚唐時荔枝尚為罕見之物，故頗受詩人、畫家喜愛。〔註60〕詩的首聯即寫出詩人在圖畫中曾見過荔枝的獨特，二聯道出它來自巴蜀蠻荒之地，予人無限的想像。三聯則進入想像，想像夜郎瘴氣中四處洋溢荔枝香以及杜鵑鳥巢迎風吹拂的景象。末聯筆鋒一轉，因見荔枝於秋日，故而想起長安的灞陵紅葉，才會「斷腸」。詩人青年時期曾在長安度過十年（咸通十二年至廣明元年）〔註61〕，雖因寒門無法順利登第，然有文才，與薛能、張喬等號稱「咸通十哲」〔註62〕。是以長年因戰亂而奔亡的鄭谷對於長安一段歲月是十分懷念的。另外一方面，在長安一次又一次遭黃巢、李克用等進逼後，四處殘破不堪，因此詩人對長安的懷念中，還飽含對時代的同情，對家國殘破的沈痛。此詩當中在點出個人感懷、時代悲愁前仍以「杜宇」帶出，並非巧合，仍是此一抒情範式的具體呈現。

陳陶〈吳苑思〉：

> 今人地藏古人骨，古人花為今人發。江南何處葬西施，謝豹空聞采香月。〔註63〕

此詩藉吳苑興發對歷史興亡的感慨，首二句重複以古今對比，反襯出盛衰的必然定律，最後藉謝豹（杜鵑）啼鳴渲染繁華興盛終歸塵土的無限悲涼。

李中〈獻喬侍郎〉：

> 位望誰能並，當年志已伸。人間傳鳳藻，天上演龍綸。賈馬才無敵，襃雄譽益臻。除奸深繫念，致主迥忘身。諫疏縱橫上，危言果敢陳。忠貞雖貫世，消長豈由人。慷慨辭朝闕，迢遙涉路塵。千山明夕照，孤櫂渡長津。杜宇聲方切，江蘺色正新。卷舒唯合道，喜慍不勞神。禪客陪清論，漁翁作近鄰。靜吟窮野景，狂醉養天真。格論思名士，

〔註59〕清聖祖御製：《全唐詩》卷六七五，頁7738。
〔註60〕嚴壽澂、黃明、趙昌平：《鄭谷詩集箋注》，頁278。
〔註61〕嚴壽澂、黃明、趙昌平：《鄭谷詩集箋注》，頁1。
〔註62〕同上註。
〔註63〕清聖祖御製：《全唐詩》卷七四六，頁8487。

興情渴直臣。九霄恩復降，比戶意皆忻。却入鴛鸞序，終身顧問頻。
漏殘丹禁曉，日暖玉墀春。鑒物心如水，憂時鬢若銀。惟期康庶事，
永要敘彝倫。貴賤知無間，孤寒必許親。幾多沈滯者，拭目望陶鈞。
〔註64〕

詩人與喬侍郎的贈答，從兩人交往遇合道出亂離時代文人心中共同的悲愁。「杜
宇聲方切，江蘺色正新」以杜鵑悲鳴的離愁意象與「江蘺」的諧音雙關象徵去
鄉遊子的無奈，最後「幾多沈滯者，拭目望陶鈞」流露更多的末世之悲。

劉兼〈蜀都春晚感懷〉：

> 蜀都春色漸離披，夢斷雲空事莫追。宮闕一城荒作草，王孫猶自醉
> 如泥。誰家玉笛吹殘照，柳市金絲拂舊堤。可惜錦江無錦濯，海棠
> 花下杜鵑啼。〔註65〕

首聯寫美好逝去、往事難追的無奈，二聯寫宮闕荒蕪、人事已非的景象，三
聯藉斜照、笛聲、拂柳寄寓傷春之情，末聯則以杜鵑的悲啼聲烘托亡國的淒
涼之情。

姚揆〈村行〉：

> 天淡雨初晴，遊人恨不勝。亂山啼蜀魄，孤櫂宿巴陵。影暗村橋柳，
> 光寒水寺燈。罷吟思故國，窗外有漁罾。〔註66〕

春景雖美，遊人卻憾恨到無力承受，實因「思故國」之故。二聯「亂山啼蜀
魄，孤櫂宿巴陵」，一個「亂」字點出世亂的無奈，「啼蜀魄」則以杜宇悲鳴
隱含亡國之哀，「孤」字道出作者孤零飄落之慨，「宿巴陵」說明了所在地四
川，透顯了蜀魄的文化意象。

貫休〈聞杜宇〉：

> 咽雨哀風更不停，春光於爾豈無情？宜須喚得謝豹出，方始年年無
> 此聲。〔註67〕

貫休，婺州人。七歲出家，先投吳越王，後入蜀，蜀主賜號「禪月大師」。一
生顛簸，入世頗深，詩中常能關心百姓疾苦。〔註68〕此詩貫休以「謝豹」淒
絕的悲啼聲代表亂世中人民的痛苦哀嚎，故言只有杜鵑的啼叫才能蓋過風雨

〔註64〕 清聖祖御製：《全唐詩》卷七四八，頁8522。
〔註65〕 清聖祖御製：《全唐詩》卷七六六，頁8687。
〔註66〕 清聖祖御製：《全唐詩》卷七七四，頁8777。
〔註67〕 清聖祖御製：《全唐詩》卷八三〇，頁9433。
〔註68〕 陸永峰：《禪月集校注》，（四川：巴蜀書社，2006年），頁1。

的哀咽聲，足見人民哀痛之慘烈。

　　章江書生〈吟〉：

　　　　西去長沙東上船，思量此事已千年。長春殿掩無人掃，滿眼梨花哭
　　　　杜鵑。〔註69〕

此詩亦藉杜鵑悲鳴般的哭聲渲染悲愁，道出亡國後人去樓空的悽愴之情。

六、以花鳥意象疊加流離之苦

　　杜荀鶴〈酬張員外見寄〉：

　　　　分應天與吟詩老，如此兵干不廢詩。生在世間人不識，死於泉下鬼
　　　　應知。啼花蜀鳥春同苦，叫雪巴猿畫共飢。今日逢君惜分手，一枝
　　　　何校一年遲。〔註70〕

杜荀鶴的七律是對杜甫傳統的創造性運用，也是對元白別出心裁的改造變
形，從而極大地增強了詩歌在抨擊時政、揭露現實方面的力度，使無望的諷
刺之作成爲晚唐詩界的重要一脈。〔註71〕此詩藉酬友寫出戰亂中人民流離之
苦，「啼花蜀鳥春同苦，叫雪巴猿畫共飢」中「啼花」指的是杜鵑花，「蜀鳥」
指的是杜鵑鳥，兩者同爲春愁的代表，相應於「叫雪巴猿畫共飢」，一樣表示
動亂中人民飽受飢荒與流離的痛苦不堪。是以此詩中在杜鵑的書寫策略上，
以花鳥二重哀怨的意象代表亂世中人民的痛苦哀嚎。

　　茲將此章所敘之詩作整理如下表：

時代	意象	題旨	作者	詩名	詩句	《全唐詩》卷數
盛唐	帝王（文化、啼血）	諷諭時政	杜甫	〈杜鵑行〉	君不見昔日蜀天子，化作杜鵑似老烏……其聲哀痛口流血……	219
	帝王（文化）		杜甫	〈杜鵑〉	西川有杜鵑，東川無杜鵑。涪南無杜鵑，雲安有杜鵑……我見常再拜，重是古帝魂	221
	帝王（杜鵑＋山鬼）		杜甫	〈虎牙行〉	杜鵑不來猿狖寒，山鬼幽憂雪霜逼	222
	含冤（文化）		杜甫	〈客居〉	子規畫夜啼，壯士斂精魂	221

〔註69〕清聖祖御製：《全唐詩》卷八六二，頁 9745。
〔註70〕清聖祖御製：《全唐詩》卷六九二，頁 7961。
〔註71〕沈檢江：〈晚唐詩：感傷情調的全方位滲透〉，頁 71。

中唐	悲啼（杜鵑＋山鬼）	黍離之悲	孤獨及	〈癸卯歲赴南豐道中聞京師失守寄權士繇韓幼深〉	荒谷嘯山鬼，深林啼子規	246
	啼血	人民悲苦	李賀	〈老夫採玉歌〉	杜鵑口血老夫淚	391
	思歸	諷諭	元稹	〈思歸樂〉	山中思歸樂，盡作思歸鳴。爾是此山鳥，安得失鄉名	396
	思歸		白居易	〈和思歸樂〉	中懷苟有主，外物安能縈，任意思歸樂，聲聲啼到明	425
晚唐五代	啼血	諷諭時政	張祜	〈散花樓〉	正值血魂來夢裏，杜鵑聲在散花樓	510
	帝王		李商隱	〈北禽〉	縱能朝杜宇，可得值蒼鷹	539
	帝王		李商隱	〈井絡〉	堪歎故君成杜宇	540
	含冤		李商隱	〈哭遂州蕭侍郎二十四韻〉	遺音和蜀魄，易簀對巴猿	541
	含冤（萇弘＋杜宇、文化）		雍陶	〈蜀中戰後感事〉	歲積萇弘怨，春深杜宇哀	518
	含冤（啼血、花鳥）		杜牧	〈杜鵑〉	「杜宇竟何冤，年年叫蜀門。至今銜積恨，終古弔殘魂」、「紅花染血痕」	525
	含冤		裴澈	〈弔孟昌圖〉	從此蜀江煙月夜，杜鵑應作兩般聲	600
	亡國（含冤、啼血）	末世之悲	李山甫	〈聞子規〉	「冤禽名杜宇」、「斷腸思故國，啼血濺芳枝」	643
	亡國（含冤、化鳥）		胡曾	〈成都〉	杜宇曾為蜀帝王，化禽飛去舊城荒。年年來叫桃花月，似向春風訴國亡	647
	亡國		吳融	〈岐下聞子規〉	為多亡國恨，不忍故山啼	684
	亡國（啼血、花鳥）		吳融	〈岐下聞子規〉	「蜀魂何事此飛來」、「只有花知啼血處，更無猨替斷腸哀」	684
	亡國（含冤）		吳融	〈送杜鵑花〉	應是蜀冤啼不盡，更憑顏色訴西風	685

亡國（含冤、啼血）	末世之悲	吳融	〈秋聞子規〉	年年春恨化冤魂，血染枝紅壓疊繁	686
亡國（啼血、花鳥）		吳融	〈子規〉	他山叫處花成血，舊苑春來草似煙	686
悲啼（夜啼）		劉滄	〈題吳宮苑〉	殘春碧樹自留影，半夜子規何處聲	586
悲啼（蝴蝶＋子規）		劉滄	〈經古行宮〉	蝴蝶翅翻殘露滴，子規聲盡野烟深	586
悲啼（文化）		曹鄴	〈四望樓〉	公子長夜醉，不聞子規啼	592
悲啼		鄭谷	〈荔枝樹〉	杜宇巢低起暝風	675
悲啼		陳陶	〈吳苑思〉	謝豹空聞采香月	746
悲啼		李中	〈獻喬侍郎〉	杜宇聲方切，江蘺色正新	748
悲啼（文化）		劉兼	〈蜀都春晚感懷〉	海棠花下杜鵑啼	766
悲啼（文化）		姚揆	〈村行〉	亂山啼蜀魄，孤櫂宿巴陵	774
悲啼		貫休	〈聞杜宇〉	宜須喚得謝豹出，方始年年無此聲	830
悲啼		章江書生	〈吟〉	滿眼梨花哭杜鵑	862
花鳥		杜荀鶴	〈酬張員外見寄〉	啼花蜀鳥春同苦，叫雪巴猿畫共飢	692

依上表整理，可歸納出幾點小結：

一、在杜鵑意象的使用上，杜甫是首度將之視為帝王、甚至是失位帝王的象徵，飽含的政治諷刺與忠忱的愛國精神，使杜鵑的文化內涵更加確立，並深深影響後代詩人的創作，是其對詩歌史的偉大貢獻之一。他也是第一位以「其聲哀痛口流血」將「杜鵑啼血」意象寫入詩中的作者，使其意象更加開拓，內蘊更為豐富。盛唐此類之作，以杜甫獨占鰲頭，其〈杜鵑行〉「君不見昔日蜀天子，化作杜鵑似老烏」、〈杜鵑〉「我見常再拜，重是古帝魂」均以神話中的帝王意象入詩，前者強調失位前後的對比，後者著重在君臣之禮。〈虎牙行〉的「杜鵑不來猿狖寒」則進入了帝王的象徵意涵，至〈客居〉「子規晝夜啼，壯士斂精魂」改以其含冤意象諷刺政治現實的可悲。另外，杜甫此四首中，亦有三首表現出蜀地的文化色彩。

二、中唐文人以杜鵑意象作為諷喻之載體，除顧況〈露青竹杖歌〉繼承杜甫的含冤意象外，更尚有李紳〈南梁行〉、〈杜鵑樓〉以花鳥二重哀怨意象於詠懷中隱含諷喻。另外，孤獨及以悲啼意象烘托戰時黍離之悲；李賀「杜鵑口血老夫淚」以啼血意象為採玉老人的悲苦命運哀鳴，反映人民的痛苦

心聲。其中最具新意的乃出於元、白之手的思歸意象，兩人〈思歸樂〉、〈和思歸樂〉不僅是詩文中首度從杜宇神話中衍化出「思歸樂」之名，也表現出對悲愁意象徹底顛覆。對杜鵑悲啼的顛覆正表露兩人對現實環境的顛覆態度，與其新樂府的精神正不謀而合。總計中唐文人於此類書寫策略中，共有含冤、花鳥、悲啼、啼血、思歸五種意象，仍以聽覺融神話意象為其基調而開展。

三、晚唐五代此類作品最多，總計二十三首。其意象之擷取共有啼血、帝王、含冤、亡國、悲啼、化鳥、花鳥、夜啼等，承繼盛唐、中唐而有新創，如亡國意象便是應運其時代氛圍而產生的，共計有七首，而以吳融為主要作家。純以悲啼意象烘托末世之悲共有九首，雖未直接指涉神話意蘊，然更可證明杜鵑在中國文學中，到晚唐五代已逐漸從神話中走出，以其聲聲淒屬的聽覺意象化入作品，使作品籠罩在淒婉哀傷的美學氛圍裡，作為諷喻之載體。

四、與其他神話結合之並列意象上，作為時代控訴之載體，表現在與萇弘和山鬼、蝴蝶的結合上。

（一）杜宇與萇弘之並列，必表現在含冤之意象上，兩者以含冤和蜀地為其同構之點，雍陶〈蜀中戰後感事〉寫蜀中戰後悲慘情狀，以「歲積萇弘怨，春深杜宇哀」表達控訴。

（二）杜鵑與山鬼，此二神話意象的並列出於杜甫之手，其〈虎牙行〉「杜鵑不來猿狖寒，山鬼幽憂雪霜逼」以杜鵑、山鬼並列意象抒世亂民貧之慨，孤獨及「荒谷嘯山鬼，深林啼子規」承之。蓋屈原筆下的山鬼為一對愛情痴守悵望、等待落空的女神形象，正是屈原忠君愛國、屢遭黜斥卻仍執著不悔的寫照。杜宇將愛民之願以悲啼聲代代相傳，和屈原的山鬼痴愛不悔形成同構的並列意象，作為詩人憂國憂民的專屬符碼。

（三）杜鵑與蝴蝶的並列，僅有晚唐劉滄〈經古行宮〉以「蝴蝶翅翻殘露滴，子規聲盡野烟深」渲染場景的淒涼，撫今追昔。但兩個意象的神話性質均已淡薄，亦突顯此二並列意象從神話開展，在文學意象使用中，雖逐漸褪其神話色彩，但其並列意象卻成為固定的書寫策略。

結　論

　　將神話從古籍中一一抽絲剝繭，結合出土文獻之二重證據與民間文學的三重證據以釐清其脈絡發展、情節演變，進一步探析其形成背景與內在意涵，是神話研究工作之近程。明瞭神話與文學不可分割之命運，神話透過作家作品典故之運用，以「原型」置換出不同的文學意象，代代傳承，出奇轉精，使神話生命可以跨越時空，不斷延續，乃神話研究之遠程。

　　本論文以「杜宇神話」爲研究重點，既探求其情節演變、形成背景與內在意涵，又以「唐詩」爲範疇，細究其文學意象使用之情況。其研究成果如下：

一、明晰杜宇神話的文本（古籍）生命

　　杜宇神話首見於西漢揚雄《蜀王本紀》，雖揭示杜宇「從天墮」的神奇身份與「鱉靈復生」的靈異情節，卻無杜宇「死化爲鳥」的記載。「死化爲鳥」情節首見於東漢許愼之《說文解字》，但《說文解字》僅幾句交代而過，並無完整故事記載。結合「死化爲鳥」而有完整故事呈現則首見東漢李膺《蜀志》，後經來敏《本蜀論》、常璩《華陽國志》之歷史化一度泯除「化鳥」之說，闞駰《十三州志》復其面貌。

　　唐宋典籍所載仍以漢魏爲底本，情節變異不大，大抵保留「化鳥」之說。但杜宇「淫其相妻」的記載在許愼之後以迄唐宋，幾乎不被接受。關於「鱉靈復生」的情節，由於故事以杜宇英雄神爲主，故宋代此情節有逐漸抽離的現象，至《路史》更直接在杜宇神話外獨立出鱉靈神話，一分爲二。而古籍中僅以羅列杜鵑鳥特性，而未直接與故事結合的「啼血」與「啼血染花」情

節則有賴唐詩的佐證，得以明晰唐時早已流傳此二情節。一是杜甫〈杜鵑行〉「君不見昔日蜀天子，化作杜鵑似老烏……其聲哀痛口流血」，可證杜甫時杜宇神話中「啼血」的情節早已流傳蜀地；一是白居易〈山石榴寄元九〉「山石榴，一名山躑躅，一名杜鵑花，杜鵑啼時花撲撲。九江三月杜鵑來，一聲催得一枝開」與成彥雄〈杜鵑花〉「杜鵑花與鳥，怨艷兩何賒。疑是口中血，滴成枝上花」，白居易已將杜鵑鳥與杜鵑花結合，成彥雄則已透露「啼血染花」情節，可知最晚於晚唐五代時已流傳。

　　元明清眾多典籍記載以承宋代《太平御覽》、《太平寰宇記》、《路史》居多，「化鳥」之說已定型，但仍有少數學者以科學精神駁斥之；另外，由於道教仙化思想的影響，少數典籍出現杜宇「得道昇天」的結局，不取「化鳥」情節。不同於唐宋學者，除地理志不接受「淫其相妻」之說外，其它典籍大抵以中立立場保留。「鼈靈復生」情節亦回復杜宇神話的記載中，呈現最初的原貌。而「杜鵑啼血」在元明清典籍中亦有了分歧的看法，二十幾本中僅有六本提及，此反映出「啼血」，甚至是「啼血染花」情節，活躍在唐詩中，逐漸走入文學或民間傳說，不在典籍中出現。在元明清典籍中所載杜宇神話較為完整的為《說郛》、《蜀中廣記》、《巵林》、《天中記》、《格致鏡原》等。

二、蒐羅杜宇神話的民間文學定本

　　除了古籍所載杜宇神話，民間傳說透過人民口耳相傳的杜宇故事在後世經文字記載寫成定本，尚可蒐羅到諸多材料。

　　英雄化的杜宇神話中蒐羅到兩則，一則是在成都市金牛區流傳的「杜鵑聲聲春啼血」故事，一則是袁珂《古神話選釋》輯錄的「杜宇與龍妹」故事，其變異表現均在「務農」主題思想的深化，情節豐富動人，更符合英雄神話的原型模式。另外，「杜鵑聲聲春啼血」故事中杜鵑啼血染花而成杜鵑花的情節，不僅具濃厚的推原性質，更可補古籍所載之不足；「杜宇與龍妹」故事中愛情元素的加入、人物身份的下降、英雄事蹟的改變（杜宇治水），均反映民間文學的集體願望。

　　政治化的杜宇神話中亦蒐羅到二則，一是陶陽、鍾秀《中國神話》的「杜鵑傳說」，一是《四川民間文學資料彭縣集成卷》的「鼈靈的故事」。前者的變異表現在「民貴」思想的主題深化，杜宇回城、化鳥一段情節的豐富生動，故事結尾並隱含強烈的政治諷刺意味。後者的變異則表現在「父位子承」封建思想的主題思想，主次角色的更換與鼈靈英雄事蹟的傳奇化。「鼈靈的故事」

的變異性大於「杜鵑傳說」，鱉靈替換了杜宇，變成故事中的主要人物。

　　愛情化的杜宇神話中蒐羅了三則，一是流傳都江堰市的「杜鵑仙子」，一是「鱉靈與夜合樹」的故事，一是「望叢祠的傳奇」，均是愛情思想主題深化的表現。另外，「杜鵑仙子」的變異尚有推原性質的濃厚，並呈現了民間故事愛情「傳奇性情節」的重複現象。「鱉靈與夜合樹」變異極大，表現在主次角色的互換，英雄形象更具體，且反映了四川地方「水葬」信仰和樹神崇拜的粘附。「望叢祠的傳奇」不僅表現當地人對「望叢祠」信仰的崇拜，其變異尚有人物角色混同，將古籍中杜宇之妻「朱利」演變成鱉靈之妻「朱莉」，而發展出三角戀情，情節浪漫淒惋。

　　整體而言，以古籍本所載情節爲本而展開變異，傳承性較爲濃厚的僅有「杜鵑聲聲春啼血」、「杜鵑傳說」兩個故事，而以「鱉靈的故事」和「鱉靈與夜合樹」變異性最大，變成了「鱉靈神話」，而非「杜宇神話」了。

三、探究杜宇神話之文化意涵

　　杜宇神話是一則蜀地神話，其形成背景與內在意涵和蜀地文化有著深厚的關係。其形成與蜀地之歷史、地理與農業發展均有淵源；其內在意涵揭露了蜀民的鳥崇拜、農神信仰與原型回歸的思維。

（一）形成背景

　　就歷史背景而言，《華陽國志》揭示的古蜀五祖：蠶叢、伯濩、魚鳧、杜宇、開明，杜宇爲第四代，其文治武功與教化之德在古蜀歷史是空前絕後的，可見其在古蜀歷史的地位之高，自然受到蜀民高度的崇敬，而能升格爲神話人物。因此就蜀民來說，杜宇神話不僅僅是一則英雄神話，亦是一則帝王神話、祖先神話。

　　就地理背景而言，成都平原地理位置造成的水患問題，治水工程成爲歷代蜀地之大事。鱉靈決玉壘山、開金堂峽，治水成功之事在《輿地紀勝》、《金堂縣續志》均有記載，並非虛構，是以杜宇神話中「鱉靈治水」成爲故事中相當重要而富神奇色彩的一段。

　　就農業發展來說，四川平原的地理優勢提供農業發展的有利因素，是以至少在商周之際，古蜀國所據的成都平原已發展爲中國水稻栽培的中心之一了。杜宇時代約相當於西周至春秋時期，其王朝統治是蜀先民從漁獵進入農耕的重要轉折，是杜宇神話強調其「教民務農」偉大貢獻，並在死後化鳥啼鳴，每年三月提醒人民該耕種了。

（二）鳥崇拜

「化鳥」是杜宇神話最重要的部分，其內涵根源於古蜀一段鳥崇拜信仰的歷史，古蜀五祖中的伯濩、魚鳧、杜宇三朝，諸多巴蜀文化研究者均認為他們是鳥崇拜的部落，從其命名再考諸三星堆出土文物，均可得到證實。

然而鳥崇拜不惟存在巴蜀先民的信仰中，早在東夷的太陽崇拜的民族便有鳥崇拜的觀念，《世本》言蜀的先祖是黃帝的後代，《華陽國志》記載是黃帝孫子帝嚳（帝俊）封其支庶在此，才有蜀國。故就此觀點來看，學者亦揣測蜀為東方太陽神（鳥崇拜）的一支，但定居於蜀地之後，承繼太陽神系的崇鳥觀念，經而與當地自然崇拜結合，逐漸發展出一套獨特的鳥崇拜思維。表現在杜宇神話中，便是蜀民對杜鵑鳥的崇拜，杜甫詩中「我見常再拜，重是古帝魂」，表現了唐代蜀民仍留有見到杜鵑鳥便膜拜的習俗。

（三）農神信仰

蜀地與農業，鳥與農神的特殊關聯均在杜宇神話中透顯其文化意涵。將候鳥視為民族的穀神（農神），在許多民族的神話傳說裡都有，乃因候鳥的春來秋去與季節循環相為表裡，正與播種收割時令相合，於是鳥崇拜成為農業民族的一種象徵。杜宇的化鳥與升格為農神的民間信仰正透顯了此種「原始意象」的表徵。

蜀地的農神信仰不只表現在杜宇神話中，在農神后稷身上尤其明顯。據《山海經》，后稷既與蜀先祖同為帝俊之後，其歸葬又在「都廣之野」，即成都平原的中心。農神葬於此，於是從此「百穀自生」。杜宇神話中透顯的農神信仰正賴蜀地此種信仰優勢。其滲透在民間傳說中尤其濃厚，成都市金牛區流傳的「杜鵑聲聲春啼血」故事與袁珂《古神話選釋》輯錄的「杜宇與龍妹」故事均不斷深化「務農」的主題思想，透過杜宇死化為鳥聲聲催耕的啼鳴，表達出當地農神信仰的思維。

（四）死而復生

杜宇化鳥藉變形而復生乃透過不同形式以跨越生死，是對俗性時間的消解，以達到化入聖性時間的永恆，此為宗教儀式、神話思維裡經常呈現的「原型回歸」。

杜宇神話中杜宇死亡乃化入循環、成為永恆之必要；其變形是復生的行為，代表轉折、突破和超越。古蜀先民以「生命一體化」的熱情將杜宇變為杜鵑鳥，化入周而復始的循環節奏，以跳脫現實時間的有限，在神話時間的

無限裡貫徹他生前的意志。

　　杜宇神話中的啼血隱喻，紅色的血是生命熱烈、執著、希望的表徵；在古代宗教信仰裡，血是重回生命起點的開始，亦是復生、永恆回歸的媒介。其啼血染花而成杜鵑花，是以紅杜鵑的植物榮枯化入季節流轉的原型時間，達到永生的象徵。

　　杜宇神話中的鱉靈復生反映出巴蜀古族的水中轉生現象，是一種非常獨特的水緣文化。由水崇拜而認為水具有催生和起死回生的功能。鱉靈的「自井中出」、「尸反泝流」而復生均表現此種思維。

四、確立唐詩中杜宇神話象徵的思想主題

　　以所蒐羅的將近兩百首唐詩來看，文人藉由化用杜宇神話或杜鵑啼鳴不外彰顯愁緒的抒發，依其主題思想分成三大類：一是托物詠懷——個人情志之寄託，二是思人懷鄉——相思離愁之觸媒，三是借古諷今——時代控訴之載體。唐詩以之為材，不出此三種抒情範式。

　　就托物詠懷而言，神話中杜宇王一生由盛而衰的強烈對比，充滿悲劇色彩，正與失意文人的際遇相同；「淫其相妻」的指控、退位後憂憤而死，其不白之冤正與文人懷才不遇之屈相類；其「化鳥」彰顯的神話思維，以變形化入時間的流轉，成為永恆的回歸，正與道家齊物逍遙、與萬化冥合的生命情境相通，故能成為文人哲思體悟闡發的素材。因此藉杜宇神話或杜鵑啼鳴詠懷，可以烘托個人悲愁、指涉冤屈、象徵懷才不遇、疊加哀怨，並寄託生命無常的哲思與精神的絕對自由、人與自然和諧共處的逍遙自在。

　　就思友懷鄉而言，神話中杜宇王退位隱居後對人民的思念使他死化為鳥，飛回故國；杜宇王離去後，人民對望帝的深深思念，讓他們聽聞鵑啼便認定是望帝回來了。故事中蜀民與望帝在「思念」中彼此心意相通，架構成淒美的故事。另外，《異苑》揭示的杜鵑「主離別」意蘊與《蜀王本紀》言其啼鳴若曰「不如歸」，而子規又與「子歸」諧音，這些元素都使其在文人筆下以之為相思離愁之觸媒。因此文人大量在其作品中，以杜鵑意象表達思友、贈友、別友，甚至是思親之情；更廣泛地，將其意象視為思鄉文學中非常重要的元素。鄉愁之抒發，每每輔以杜鵑啼鳴以烘托思念之情。

　　就借古諷今而言，神話中杜宇帝王身份易於標誌對象（君王或領導人物）的指涉，退位失勢的悔恨乃諸多朝代君王之共同經驗，適宜提供為政者反思與前鑑的警惕；杜宇王朝之覆亡，於是在歷史上被冠上亡國的符碼，成為文

人每逢末世之悲的抒情載體；人化爲鳥、物化無常，現實的無法掌控，亦爲文人面對政壇無奈徒嘆興悲的寄寓媒介；加上「不如歸去」的聽覺意涵與悲鳴淒涼氛圍恰如離亂時代人民心中的痛苦哀嚎。因此藉杜宇神話與杜鵑啼鳴借古諷今，往往表露在現實環境的不滿、指涉君臣的無能顢頇，或是渲染黍離之悲、象徵末世之哀、反映人民苦痛、譏諷時政、控訴不平。

上述三類之中，以相思離愁之觸媒使用最爲廣泛，作品作家數量最多；作爲個人情志之寄託次之；而以時代控訴之載體較寡。

五、細列唐詩中杜宇意象使用的機制

以杜宇神話以詠懷、抒愁、諷喻，在文人的巧思創意中，以多樣的擷取角度而突顯出不同的心理機制。

（一）托物詠懷——含冤、啼血、花鳥意象為主

整理盛唐至晚唐五代以杜宇神話用於「托物詠懷——個人情志之抒發」，其意象如下表：

盛　唐	中　唐	晚唐五代
悲啼 化鳥	含冤 啼血 悲啼 花鳥	含冤 啼血 悲啼 花鳥+啼血 植物 化鳥 飛鳥

就托物詠懷來看，從神話中擷取入詩之意象有悲啼、化鳥、含冤、啼血、花鳥、植物、飛鳥等，其中以含冤意象使用最多，啼血次之，花鳥其次。蓋神話中杜宇含冤而死，其愛民之心生前不得彰顯，待死後始可逐願，正是詩家懷才不遇、人生失意的寫照，其不平之鳴藉杜宇神話的含冤意象帶出，委婉含蓄，直而不露。神話中鵑鳥啼血，是望帝悲之極致，血亦是旺盛生命力、熱情、執著不悔的表徵，詩人以啼血意象入詩，不僅表現自己極度失意悵惘，亦藉血的紅色意象，象徵自己對生命的熱情不悔，正因其熱情執著，才會在挫折失意時受到莫大的打擊。神話中啼血染花而成杜鵑花，使杜宇以候鳥和植物化入時間的流轉中，超越現實，於是文學中杜鵑以花鳥重意象出現，一則疊加詩人哀怨的程度，二則隱含詩人亟欲擺脫現實的強烈願望。

（二）思人懷鄉——悲啼融文化、夜啼、雨中鵑啼、花落鵑啼意象為主

整理盛唐至晚唐五代以杜宇神話用於「思人懷鄉——相思離愁之觸媒」，其意象如下表：

盛　唐	中　唐	晚唐五代
悲啼+文化	悲啼+文化	悲啼+文化
夜啼	夜啼	夜啼
悲啼	悲啼	悲啼
花鳥	花落+鵑啼	花落+鵑啼
	植物	植物
	暮啼	雨景+悲啼
	啼血	蝴蝶+杜宇
	含冤	湘妃+杜宇

就思人懷鄉來看，從杜鵑傳說擷取悲啼、暮啼、夜啼、花鳥、含冤、植物、花落鵑啼、悲啼融文化、悲啼融雨景、周蝶與杜鵑並列、湘妃與杜宇並列等意象，其套用神話意象的意味不若托物詠懷濃厚，而與杜鵑相關傳說，如「出蜀中」、「主離別」、「夜啼達旦」等較有關聯。這些意象大抵以聽覺意象為前提，以融入文化意象使用最頻繁，夜啼、雨中鵑啼、花落鵑啼次之。蓋古籍記載與口傳文學中已賦予杜鵑、杜宇神話為蜀地特有風物的文化意涵，故舉凡文人出蜀、入蜀、送友入蜀、送友出蜀，進而凡其詩中場景與巴蜀有關的，均將杜鵑悲啼聲寫入詩中，烘托離愁。故此一抒情範式上，大抵仍以巴蜀文化意象為杜宇神話或杜鵑的內在意蘊。夜啼意象則更能側面寫出文人夜半不寐，獨聞鵑啼的情狀，思人、鄉愁正是不寐的主因，而以子規啼鳴烘托之。雨景的淒冷朦朧色調恰與悲啼聲的憂傷哀怨互為表裡，花落的失意悵惘正與鵑啼的悲情底醞形成視覺、聽覺的通感效果，於是在離亂的晚唐五代更為大放異彩。

（三）借古諷今——亡國、含冤、帝王意象為主

整理盛唐至晚唐五代以杜宇神話用於「借古諷今——時代控訴之載體」，其意象如下表：

盛　唐	中　唐	晚唐五代
帝王	含冤	帝王
含冤	啼血	含冤
	花鳥	啼血

	悲啼	花鳥
	思歸	悲啼
		亡國

　　就借古諷今而言，從杜宇神話擷取帝王、含冤、悲啼、思歸、啼血、亡國、花鳥等意象，大抵仍以聽覺意象爲主體，而以亡國、含冤、帝王意象使用最多。晚唐五代此類之作最多，時代亂離造成文化場域的悲涼氛圍籠罩，於是藉神話亡國的符碼以表露詩人強烈的末世之哀；時代造成文人的抑鬱，現實斷送一生的抱負理想，其含冤意象正可爲控訴主體，子規的哀鳴正似人民的呻吟與指控。帝王意象的使用則以盛唐杜甫最擅，寓居四川的詩人，既思及朝廷腐敗、政治現實，又聽聞當地望帝傳說的警戒，故將二者縮和，成爲諷喻之載體。

六、梳理唐代作家對其意象開拓的貢獻

　　綜觀所有唐詩，可以發現杜宇意象之開拓成於某些詩人之手，又加上一些詩人的喜愛，使得中唐已迄晚唐五代，這一意象的使用逐漸成爲固定的抒情範式。

（一）沈佺期

　　其〈夜宿七盤嶺〉是唐代以子規聲入詩的第一人，既以之抒發鄉愁，亦藉入蜀帶出子規的文化意象，筆者以爲其與平仲（銀杏）並列，均有「清白」的寄寓。若以此角度來看，此詩是有套用杜宇神話含冤意味在的。但就文字上，其意味甚爲淡薄。沈佺期寄寓的眞意已無從考辨，只可揣測，但以子規悲啼融文化意象以帶出懷鄉之情在唐詩中乃發軔之作。

（二）王維

　　盛唐王維承繼沈佺期的悲啼與文化意象之使用，但王維用於贈友、別友，其〈送崔五太守〉、〈送楊長史赴果州〉、〈送梓州李使君〉三首均因友人赴蜀而作，文化意涵特別濃厚；且王維於此一意象的使用上並無悲愁的渲染，多是積極正面的祝福，與其坦然寬慰的詩風相合。故杜鵑意象在文人的書寫過程中，一開始並不一定是悲愁的象徵，其悲愁象徵是在王維之後大量詩人創作中積累而成的。

（三）李白

　　李白對杜鵑意象的開拓居功厥偉，其份量在盛唐詩人僅次於杜甫，加上

他對後代詩人的影響，同樣也帶動了文人對子規意象的關注。其〈斷句〉以化鳥意象寄託精神的絕對自由，其〈蜀道難〉以夜啼融文化意象以詠懷，最為膾炙人口。〈聞王昌齡左遷龍標遙有此寄〉已用到了花落鵑啼的意象，〈書情寄從弟邠州長史昭〉更強調夜啼意象，均用以思人懷友，無疑啟發了後人的創作。〈奔亡道中其五〉已融入了黃昏場景以暮啼意象為之，道出深切的懷鄉之情；〈宣城見杜鵑花〉尤受推崇，以杜鵑花鳥意象疊加哀愁，道出對故鄉四川的思念，更可明瞭一個蜀地作家對故鄉風物、傳說之熟稔。

（四）杜甫

杜甫對杜鵑意象的開拓不亞於李白，其最大的貢獻乃在現實精神的表現。他以帝王意象和含冤意象指涉政治現實，飽含愛國精神，不僅引用神話意象最為濃烈，亦使杜鵑的蜀地文化意蘊擴大為民生關懷的人文意義，是詩歌史上偉大的貢獻。其〈杜鵑行〉、〈杜鵑〉、〈客居〉、〈虎牙行〉均為此類之作。杜甫亦以子規意象以思人懷鄉，〈玄都壇歌寄元逸人〉以之思人，〈法鏡寺〉、〈子規〉則為鄉愁的渲染。

杜甫的另一個貢獻則在「啼血意象」的開拓，其「其聲哀痛口流血」是首將「杜鵑啼血」寫入作品中的詩人，也是將杜宇神話與啼血之說縊和的第一份材料，補足了古籍中記載不明的口傳故事情節。

（五）顧況

顧況亦善於以杜宇意象入詩，其〈露青竹杖歌〉、〈子規〉藉含冤意象以詠懷，〈攝山聽子規〉已能承繼杜甫開拓的啼血意象寄託個人冤屈，〈送大理張卿〉、〈憶故園〉則以夜啼意象烘托離愁。〈露青竹杖歌〉中「碧鮮似染萇弘血，蜀帝城邊子規咽」為唐代詩人中首位關注到萇弘與杜宇兩神話之異質同構，而繼承左思「碧出萇弘之血，鳥生杜宇之魂」之用法，以其並列意象入詩者。

（六）武元衡

武元衡由於曾任西川節度使，故亦善於以杜宇意象入詩，其〈望夫石〉藉悲啼意象詠古抒懷，〈夕次潘山下〉、〈春曉聞鶯〉融入蜀地文化意象以懷鄉，〈送柳郎中裴起居〉、〈同張惟送霍總〉則以暮啼和花落鵑啼意象作為別友之相思離愁烘托。而其〈望夫石〉中「湘妃泣下竹成斑，子規夜啼江樹白」首將湘妃與杜鵑悲鳴意象並列，影響了中、晚唐詩人對此並列意象之繼承。

（七）元稹

元稹曾於三十一歲充任劍南東川詳覆使，由於身在四川，對杜鵑傳說之熟稔，故亦善以其意象入詩。表現其新樂府諷喻精神有〈思歸樂〉，是詩人作品中首次以「思歸樂」之名入詩，亦是子規「思歸」之意的顛覆批判，使之暫時跳脫了相思離愁的悲愁意蘊。〈西州院〉、〈望喜驛〉均以悲啼融文化意象表懷鄉之情，〈宿石磯〉、〈酬樂天舟泊夜讀微之詩〉則以夜啼意象烘托離愁。

（八）白居易

白居易以杜鵑意象入詩居中唐文人之冠，與好友元稹同表新樂府諷喻精神之作有〈和思歸樂〉，用法、意蘊亦如元稹。〈郊下〉以悲啼意象詠懷，〈江上送客〉融文化意象以別友，〈送春歸〉則以花鳥意象詠懷，〈琵琶行〉又藉啼血意象以懷鄉，〈雨中赴劉十九二林之期及到寺劉已先去因以四韻寄之〉、〈山石榴寄元九〉獨取植物（杜鵑花）意象以思友，〈十年三月三十日別微之於澧上十四年三月十一日夜遇微之於峽中停舟夷陵三宿而別言不盡者以詩終之因賦七言十七韻以贈且欲記所遇之地與相見之時為他年會話張本也〉亦藉悲啼融文化意象以思友，其中「月弔宵聲哭杜鵑」一句尤其感人，一個「哭」字以通俗的用法將神話原型與作者心境點染而出。白居易亦是首位獨取杜鵑花植物意象為歌詠之主體的詩人，而其杜鵑意象之使用亦橫跨托物詠懷、思人懷鄉、藉事諷喻三類主題。

（九）李商隱

李商隱是晚唐詩人中使用杜宇意象入詩相當廣泛且成功受到讚賞的一位，其主題的抒發亦橫跨托物詠懷、思人懷鄉、藉事諷喻三類。〈錦瑟〉、〈哀箏〉以含冤意象詠懷，〈井泥四十韻〉以化鳥意象抒情，〈三月十日流杯亭〉藉花落鵑啼意象以懷鄉，〈燕臺四首——夏〉融雨景與杜鵑悲啼以思人，〈北禽〉、〈井絡〉則藉帝王意象諷喻時政，〈哭遂州蕭侍郎二十四韻〉藉含冤意象控訴不平。其周蝶與杜宇並列意象「莊生曉夢迷蝴蝶，望帝春心托杜鵑」和湘妃和杜鵑並列意象「湘波無限淚，蜀魄有餘冤」均受讚揚，對晚唐五代詩人承此意象的書寫策略影響甚大。

（十）薛能

以杜鵑意象入詩，薛能亦有四首，〈麟中寓居寄蒲中友人〉藉夜啼意象以思友，〈初發嘉州寓題〉則融入文化意象表達別友之情，其中最具開創意義的

是〈題開元寺閣〉和〈嘉陵驛〉，將杜宇轉爲一般飛鳥意象，表露人與自然和
諧相處的境界追求。

（十一）鄭谷

在晚唐五代詩人中，鄭谷是以杜宇意象爲離愁象徵且融入文化意象意味
相當濃厚的一位，其六首詩作，除了〈荔枝樹〉以悲啼隱含諷喻之外，〈送進
士盧棨東歸〉、〈嘉陵〉、〈蜀中〉、〈遊蜀〉、〈送進士王駕下第歸蒲中〉五首均
以烘托離愁，或思友，或懷鄉，五首中有四首以悲啼與文化意象交融，這當
然與鄭谷曾經歷一段很長的蜀中歲月有關。

（十二）吳融

在唐人詩作中，吳融是以杜宇亡國意象烘托末世之悲最爲濃烈的一位，
七首中，除〈玉女廟〉、〈聞杜鵑〉以詠懷外，餘皆以亡國意象表露時代之哀。
不僅如此，其神話意象的使用最爲濃厚，〈岐下聞子規〉、〈子規〉中同時以亡
國、啼血和花鳥意象入詩，〈秋聞子規〉亦以亡國、含冤、啼血意象表露，其
疊加的哀怨不平尤甚。

（十三）李中

以子規意象入詩，李中有八首之多，在晚唐五代亦屬大家，但其主題的
呈現均表露一致，全作爲離愁之觸媒。在李中筆下，更可見此一範式在晚唐
五代已趨成熟。〈子規〉、〈途中聞子規〉、〈暮春有感寄宋維員外〉、〈鍾陵禁煙
寄從弟〉均藉花落鵑啼意象烘托離愁，〈暮春吟懷寄姚端先輩〉藉周蝶、杜鵑
並列意象以思人，〈下蔡春暮旅懷〉、〈獻喬侍郎〉、〈海上春夕旅懷寄左偓〉則
藉夜啼意象而懷鄉。

茲將上敘詩人對杜宇意象之貢獻表列如下：

	首　　用	居　　冠	蜀　人	曾入蜀
沈佺期	抒發鄉愁 夜啼意象＋文化意象			○
王維	思人 積極意義			
李白	用化鳥意象以詠懷 花鳥意象 周蝶＋杜宇 花落＋鵑啼 黃昏＋鵑啼	盛唐詠懷之作 盛唐思人懷鄉之作	○	

杜甫	以帝王意象諷喻 以含冤意象諷喻 杜鵑＋山鬼	盛唐借古諷今之作	○
顧況	萇弘＋杜宇	中唐詠懷之作	
武元衡	湘妃＋杜鵑		○
元稹	思歸意象		○
白居易	植物意象	中唐杜宇意象入詩	○
李商隱		晚唐五代以杜宇意象入詩 晚唐詠懷之作	○
薛能	飛鳥意象		
鄭谷		晚唐五代融悲啼和文化意象以思人懷鄉之作	○
吳融	亡國意象	晚唐五代以亡國意象以諷喻之作	
李中		晚唐五代思人懷鄉之作	

七、彰顯杜宇意象之四川文化意義

　　杜宇神話源於《蜀王本紀》，其形成之歷史、地理與人文背景無不與蜀地有著深刻淵源，加上杜宇意象廣泛使用乃從唐代詩人開始，這些唐代詩人與其出蜀、入蜀、經蜀的際遇有著深厚的關係，故往往在作品中刻意以杜宇意象入詩，或托物詠懷，或思人懷鄉，或藉事諷諭。

　　唐代之前，左思〈蜀都賦〉之首用已揭示其文化意義，以「鳥生杜宇之魂」敘述蜀都活躍歷史長河中之夐遠。從初唐到初、盛唐之際，沈佺期〈夜宿七盤嶺〉與蘇頲〈曉發方騫驛〉延續左思的用法，均於典故中涵蓋四川文化意義。至盛唐，李白、杜甫為此一意象使用的大家，一是出蜀文人，一是入蜀文人，兩者身份亦離不開四川的地域關係。李白以半個蜀人的身份，自幼年至青年均居蜀地，自然對蜀地風物傳說相當熟稔，以杜宇意象入詩更人彰顯對四川特有的「鄉愁」，其以之入詩共計六首，用以思人懷鄉即有四首。杜甫在安史之亂時，隨玄宗入蜀，蜀地不同於中原的文化特色對一個敏感的詩人來說，自然吸引其關注的目光；加上國事之糜爛，人民飽受流離之苦，看在杜甫眼中，悲戚的杜宇神話好似訴說了這一切，於是這現實風格的代表作家在其筆下將懷鄉的主題思想轉而為對時政的控訴。他的作品共有七首，三首思人懷鄉之作，四首用於借古諷今，其中有五首均融文化意象於詩中表現深刻的四川意義。而另一大家王維雖非蜀人，亦無入蜀，然其〈送崔五太守〉、〈送楊長史赴果州〉、〈送梓州李使君〉三首均在友人入蜀之際，用杜宇

意象入詩以贈友，自有其文化意涵。

　　至中唐，最能彰顯杜宇意象的四川文化意義者乃武元衡，武元衡首次以宰相身份入蜀時，寫下〈夕次潘山下〉，即以「旅情方浩蕩，蜀魄滿林啼」杜宇的悲啼意象與地域色彩以表達懷鄉之情；後爲西川節度使任內，又以〈春曉聞鶯〉：「猶疑蜀魄千年恨，化作冤禽萬囀聲」反映自己遠隔在外，思鄉且含冤的埋怨之情。其幕僚與同朝群臣奉和之作，許孟容〈奉和武相公春曉聞鶯〉和楊巨源〈和武相公春曉聞鶯〉均同在杜宇意象的使用上反映出神話的地域色彩。另外，元稹出使東川時，亦在〈西州院〉、〈望喜驛〉二詩中，藉杜宇意象流露思歸之情；白居易亦在元和十四年前往忠州（在四川）途中寫下〈十年三月三十日別微之於澧上十四年三月十一日夜遇微之於峽中停舟夷陵三宿而別言不盡者以詩終之因賦七言十七韻以贈且欲記所遇之地與相見之時爲他年會話張本也〉，以「風凄暝色愁楊柳，月弔宵聲哭杜鵑」襯托離情，十五年在忠州時寫下〈江上送客〉，以「杜鵑聲似哭，湘竹斑如血」烘托離愁，同樣在杜宇意象的使用上不脫杜宇神話源頭的地域色彩。

　　進入晚唐五代，出蜀文人雍陶亦將其文化意涵彰顯，其〈聞子規〉和〈聞杜鵑〉中均以杜鵑聲爲鄉音的代表；鄭谷曾因黃巢之亂入蜀，前後三次，其蜀中經歷亦相當豐富，故其作品使用杜宇及其文化意象者比雍陶還多，計有〈嘉陵〉、〈蜀中〉、〈遊蜀〉、〈送進士王駕下第歸蒲中〉四首，前三首表達懷鄉之情，末一首兼有思友之情，均爲蜀中歲月之作，深蘊濃厚的地域色彩。另外，李遠〈送人入蜀〉、喻鳧〈送友人罷舉歸蜀〉、齊己〈送人自蜀迴南遊〉均爲送人入蜀、出蜀時運用杜宇意象的作品，而溫庭筠〈錦城曲〉、薛能〈初發嘉州寓題〉、棲蟾〈宿巴江〉亦以杜宇意象表達身在四川時思人懷鄉之情。羅隱〈子規〉、曹鄴〈四望樓〉、劉兼〈蜀都春晚感懷〉、姚揆〈村行〉點明身在四川，在杜宇意象的使用上，一樣彰顯地域色彩。

　　在文化意象的表現上，共計初盛唐有十二首，中唐十七首，晚唐五代十七首。其與各階段詩總數之比較如下表：

	盛　唐	中　唐	晚唐五代
杜宇意象詩總數	18	69	108
文化意象詩總數	12	17	17

　　由上表可清楚看出，將文化意象融入杜宇意象當中以突顯四川的文化地域色彩，在盛唐佔三分之二，中唐約佔四分之一，晚唐五代約爲六分之一。

此突顯杜宇意象開始使用時其地域色彩是相當濃厚的，然由於使用的廣泛，其地域色彩會逐漸褪色，當其成為文人慣用的書寫策略時，其悲啼意象不斷被強化，而其文化意象不斷被削弱。

另外，再看文化意象使用的主題抒發比較如下：

	盛　唐	中　唐	晚唐五代	總　計
托物詠懷	1	0	1	2
思人懷鄉	8	17	13	38
借古諷今	3	0	3	6

總共四十六首融地域色彩於其中的詩裡，用於思人懷鄉的便有三十六首，足見將文化意象入詩，在唐詩中幾可視為藉杜宇意象以思人懷鄉的抒情範式。

八、開展杜宇意象的後續研究

以杜宇神話或杜鵑意象入詩如本論文所敘，從唐代詩家作品中已確立「托物詠懷」、「思人懷鄉」、「借事諷喻」三類，後代文人繼之。然而由於時代變異，文化場域的改變，加上不同文類風格的轉變，杜宇意象的使用也出現了變化。如從五代花間詞人大量的作品當中，便可窺見其意象已逐漸隨著詩風的轉變而往「男女相思閨怨」的主題路線走。此路線可說是從「思人」這一主題細分而出的，當然也與杜鵑傳說中愛情化的故事有契合之處。傳說故事中的男女之情、死後相思都直接可作情人、夫妻別後相思的指涉，其「催歸」、「思歸」的內蘊亦飽含深刻挽留不捨之情。試看下列晚唐五代詞作，其風格已甚為明確：

溫庭筠〈菩薩蠻〉：

　　玉樓明月長相憶，柳絲嫋娜春無力。門外草萋萋，送君聞馬嘶。畫
　　羅金翡翠，香燭銷成淚。花落子規啼，綠窗殘夢迷。〔註1〕

此詞寫美人送別情侶後的相思之情。上片由現實憶及往昔，寫出送別的情景，景中有情，情中有景。正因「長相憶」，相思無奈，才使「春無力」，實則無力的是人而非春。三四句正面點出送別，馬鳴與芳草萋萋都是悲愁的渲染。下片重回現實，從周圍環境氛圍來表現閨中女子的相思之愁。「畫羅金翡翠，香燭銷成淚」，寫出女子獨守空閨的孤寂，上句反襯，下句正襯。「花落子規

〔註1〕　清聖祖御製：《全唐詩》卷八九一，頁10063。

啼，綠窗殘夢迷」，以春景衰頹、美人夢殘作結。「花落」點出暮春，也暗示
美人凋零的夢想，呼應後面的「殘夢」，「子規啼」則以聽覺的悲苦象徵美人
心中的淒涼，最後「綠窗」的精美與「殘夢」的縹緲終將化爲一個「迷」字
作結。〔註2〕全詞瀰漫在痴迷悵惘的相思情懷中，以「子規」意象入男女相思
之愁。

溫庭筠〈河瀆神〉：

　　河上望叢祠，廟前春雨來時。楚山無限鳥飛遲，蘭橈空傷別離。　何
　　處杜鵑啼不歇？豔紅開盡如血。蟬鬢美人愁絕，百花芳草佳節。〔註3〕

溫庭筠一改〈河瀆神〉迎神詞調的本意，全詞以寫景爲主，藉景抒情，在
此一詞牌的寫法上是一大創新。上片以「河上望叢祠，廟前春雨來時」，緣
題而詠祠廟，寫主人翁乘船而行，在船中望見山上綠樹掩映中的祠廟，被
濛濛煙雨所籠罩，顯得淒迷朦朧。「楚山無限鳥飛遲，蘭橈空傷別離」，由
景生情，言似乎連飛鳥也好像被雨水打濕了翅膀，飛行速度變慢，遲遲衝
不出山的包圍，就好像離鄉的親人想要早日回故鄉，卻怎麼也飛越不了重
山的阻隔，空被離愁封鎖。下片進一步渲染思鄉之情，以「何處杜鵑啼不
歇？豔紅開盡如血」化用杜宇神話的原型，將花鳥二重意象寫入。杜鵑鳥
悲切的啼聲彷彿啼血灑在殷紅的花上，灑滿了整個山野間。最後「蟬鬢美
人愁絕，百花芳草佳節」，設想心上人亦爲離別憂愁，上句於美艷中帶著感
傷的色彩，下句則以百花盛開反襯別情之苦。〔註4〕故此詞以杜鵑花鳥二重
意象象徵別情之苦。

溫庭筠另一首〈河瀆神〉：

　　孤廟對寒潮，西陵風雨瀟瀟。謝娘惆悵倚蘭橈，淚流玉筯千條。　暮
　　天愁聽思歸樂，早梅香滿山郭。回首兩情蕭索，離魂何處飄泊？〔註5〕

此詞與上首相似，亦以河邊祠廟爲背景，抒發離愁。上片由「孤廟」寫到「寒
潮」，又拓展到「風雨瀟瀟」，盡是淒冷、孤寂的情調。「謝娘惆悵倚蘭橈，淚
流玉筯千條」，則寫人物的淒零，謝娘因情人遠在異鄉，相見無期而愁腸百結。
下片仍以子規渲染離愁，不用前一首的「杜鵑」之名，而改用「思歸樂」，由
鳥「不如歸去」引人思歸的悲鳴聲入情，帶出「回首兩情蕭索，離魂何處飄

〔註2〕　張紅編著：《溫庭筠詞新釋輯評》，（北京：中國書店，2003 年），頁 33～36。
〔註3〕　清聖祖御製：《全唐詩》卷八九一，頁 10066。
〔註4〕　張紅編著：《溫庭筠詞新釋輯評》，頁 207～210。
〔註5〕　清聖祖御製：《全唐詩》卷八九一，頁 10066。

泊」點題，說出兩人闊別許久，音訊杳然的離別之情。〔註6〕此詞仍以子規意象作爲離別相思悲愁的渲染。

韋莊〈天仙子〉：

　　夢覺雲屏依舊空，杜鵑聲咽隔簾櫳。玉郎薄倖去無蹤，一日日恨重
　　重，淚界蓮顋兩線紅。〔註7〕

此詞乃爲閨怨詞，表達女子對情郎相思之愁。首二句寫出女子久候男子未歸的落寞，「杜鵑聲咽隔簾櫳」以杜鵑的悲咽聲隱喻女子的悲傷。下文的「恨重重」、「淚界蓮顋兩線紅」都將女子的情愁具體呈現。故此詞杜鵑的意象亦同溫庭筠的書寫策略，將之作爲男女相思的悲愁氛圍渲染。

韋莊〈酒泉子〉：

　　月落星沈，樓上美人春睡，綠雲欹，金枕膩，畫屏深。　　子規啼
　　破相思夢，曙色東方纔動。柳煙輕，花露重，思難任。〔註8〕

此詞與〈天仙子〉風格相似，亦在抒發閨中女子相思之愁。上片敘美人春睡，下片一句「子規啼破相思夢」驚醒了睡夢中的美人，子規聲引人相思，伊人不在，長夜孤寂，美人難堪相思之愁，故言「思難任」。此詩中子規意象亦是男女相思的表徵。

　　鈿轂香車過柳堤，樺煙分處馬頻嘶。爲他沈醉不成泥。　　花滿驛
　　亭香露細，杜鵑聲斷玉蟾低，含情無語倚樓西。〔註9〕（張泌〈浣
　　溪沙〉）

　　柳色遮樓暗，桐花落砌香。畫堂開處遠風涼。高卷水精簾額，襯斜
　　陽。　　岸柳拖烟綠，庭花照日紅，數聲蜀魄入簾櫳。驚斷碧窗殘
　　夢，畫屏空。　　錦薦紅鸂鶒，羅衣繡鳳皇，綺疏飄雪北風狂。簾
　　幕盡垂無事，鬱金香。〔註10〕（張泌〈南歌子〉）

　　等閒將度三春景，簾垂碧砌參差影。曲檻日初斜，杜鵑啼落花。恨
　　君容易處，又話瀟湘去。凝思倚屏山，淚流紅臉斑。〔註11〕（李珣
　　〈菩薩蠻〉）

〔註6〕　張紅編著：《溫庭筠詞新釋輯評》，頁 211～214。
〔註7〕　全詞四段，此乃節錄其中一段。清聖祖御製：《全唐詩》卷八九二，頁 10073。
〔註8〕　清聖祖御製：《全唐詩》卷八九二，頁 10073。
〔註9〕　清聖祖御製：《全唐詩》卷八九八，頁 10145。
〔註10〕　清聖祖御製：《全唐詩》卷八九八，頁 10148。
〔註11〕　清聖祖御製：《全唐詩》卷八九六，頁 10121。

春夜闌，春恨切，花外子規啼月。人不見，夢難憑，紅紗一點燈。

偏怨別，是芳節，庭下丁香千結。宵霧散，曉霞暉，梁間雙燕飛。〔註12〕（毛文錫〈更漏子〉）

月沈沈，人悄悄，一炷後庭香嫋。風流帝子不歸來，滿地禁花慵掃。

離恨多，相見少，何處醉迷三島。漏清宮樹子規啼，愁鎖碧窗春曉。〔註13〕（尹鶚〈滿宮花〉）

這些作品閨怨風格均甚為甚濃厚。

　　韋應物〈子規啼〉以此意象思念亡妻之後便不復見用於男女相思，李商隱〈燕臺四首——夏〉將之直指所思念的女子，則是男女相思意象的開創。到溫庭筠、韋莊、及花間詞人嘗試將之入於詞作後，其悲愁氛圍用於渲染男女相思之情尤為哀婉淒絕，可見其閨怨風格的開拓，並對宋代詞人的創作有了深遠的影響。宋代文人使用杜宇意象入詩詞的現象不亞於唐代，有待後續進一步的研究；元明清文人亦有所繼承，足供豐富的探討空間。

　　盱衡浩瀚文海，環視學術殿堂，本論文以「杜宇神話」為題展開研究，雖在荒漠中走出小徑，然而不足之處甚夥，續待後進致力研究，齊開出炫麗花朵。不足之處如下：

一、本論文於資料的蒐集以在台灣的傳世文獻為主，受限於地域阻隔，田野調查與當地尚未形諸文字之口傳資料的缺少，在民間傳說的蒐羅上實屬薄弱。期後續研究在田野調查、口傳資料取得的便利條件下，蒐羅完整，以作更廣泛確實地探討。

二、文學意象的分類上，由於作家指涉的豐富或不明確，一些詩作主題思想呈現模稜兩可的的模糊地帶，如抒懷與諷喻之間，當詩家的箋注資料缺乏，文字意義又不明確時，筆者的解讀可能落入主觀的臆測。然願以寬闊的胸襟，傾聽不同的批判，提供更正確的解讀方向。

三、作品的解讀上，由於兩百多首唐詩中，跨越九十幾位作家，分析上需從其生平繫年、時代氛圍、文化場域探索其創作動機，以明晰其意象指涉，方能做出完整而明確的詮釋。然而作家眾多，無法個個深入；加上晚唐五代諸多作家不受重視，缺乏箋注與生平資料，作品無法繫年，故於解讀上只能藉由鳳毛麟爪的揣測資料切入，論證不足；或由於作家名氣甚微，作

〔註12〕清聖祖御製：《全唐詩》卷八九三，頁 10102。
〔註13〕清聖祖御製：《全唐詩》卷八九五，頁 10112。

　　品在文學史未曾受到關注，故無任何資料提供註解。筆者大膽解讀下，可能落入一味的臆測，期後續在蒐羅更多的作家研究資料後，予以補充指正。

　　此研究從資料的蒐集到解讀，從點線的接合到成章成冊之集結，歷時二載，深刻體認到集腋成裘、滴水穿石的道理。蓋學問之道無他，惟堅持以之而已。憶王安石〈遊褒禪山記〉：「世之奇偉瑰怪非常之觀，常在於險遠，而人之所罕至焉。故非有志者不能至也。有志矣，不隨以止也，然力不足者，亦不能至也。有志與力，而又不隨以怠，至於幽暗昏惑，而無物以相以，亦不能至也。」心有戚戚！深入一個狹隘的研究領域需要勇氣，除了勇氣，志、力、物三者兼備，方能突破萬難，衝破橫逆，一覽險遠之域的美景。此景雖未必奇偉瑰怪，舉世稱奇，然用生命、用歲月走出的小徑，當足以引領更多同好問津，為杜宇神話與杜宇意象的研究開出更炫麗的扉頁。

參考書目

一、專書

（一）古籍及注解

1. 丁度：《集韻》，《景印文淵閣四庫全書》總 236 冊，（台北：台灣商務印書館，1986 年）

2. 干寶：《搜神記》，（台北：木鐸出版社，1958 年）

3. 孔凡禮點校：《蘇軾文集》（五），（北京：中華書局，1986 年）

4. 孔安國傳、孔穎達疏：《尚書》，《景印文淵閣四庫全書》總 54 冊，（台北：台灣商務印書館，1986 年）

5. 方以智《通雅》，《景印文淵閣四庫全書》總 857 冊，（台北：台灣商務印書館，1986 年）

6. 方回：《瀛奎律髓》，《景印文淵閣四庫全書》總 1366 冊，（台北：台灣商務印書館，1986 年）

7. 毛水清、梁超然：《曹鄴詩注》，（上海：上海古籍出版社，1982 年）

8. 王士禎《五代詩話》，（北京：人民文學出版社，1998 年）

9. 王夫之等：《清詩話》下冊，（上海：上海古籍出版社，1978 年）

10. 王充：《論衡》，（台北：世界書局，1962 年）

11. 王旋伯：《李紳詩注》，（上海：上海古籍出版社，1985 年）

12. 王弼、（晉）韓康伯注：《周易註》，《景印文淵閣四庫全書》總 7 冊，（台北：台灣商務印書館，1986 年）

13. 王弼：《周易略例》，《景印文淵閣四庫全書》總 7 冊，（台北：台灣商務印書館，1986 年）

14. 王琦：《李太白集注》，（台北：正光書局，1969 年）

15. 王嘉：《拾遺記》，《景印文淵閣四庫全書》總 1042 冊，（台北：台灣商務印書館，1986 年）

16. 王先謙：《後漢書集解》，（台北：中華書局，1984 年）

17. 司空圖撰、（清）鍾寶學課鈔：《司空圖詩品詩課鈔》，（台北：廣文書局，1982 年）

18. 司馬光撰、胡三省注：《新校資治通鑑注》，（台北：世界書局，1970 年）

19. 司馬遷：《史記》，（台北：鼎文書局，1983 年）

20. 白居易：《白居易集》，（台北：漢京文化事業有限公司，1984 年）

21. 白居易：《白香山詩集》，（台北：世界書局，1961 年）

22. 何景明：《大復集》，《景印文淵閣四庫全書》總 1267 冊，（台北：台灣商務印書館，1986 年）

23. 李元《蜀水經》，（四川：巴蜀書社，1985 年）

24. 李光地等：《御定月令輯要》，《景印文淵閣四庫全書》總 467 冊，（台北：台灣商務印書館，1986 年）

25. 李西月著、方春陽點校：《張三豐全集》，（浙江：浙江古籍出版社，1990 年）

26. 李辰冬：《杜甫作品繫年》，（台灣：東大圖書有限公司，1977 年）

27. 李延壽：《北史》，《景印文淵閣四庫全書》總 266 冊，（台北：台灣商務印書館，1986 年）

28. 李昉：《太平御覽》，《景印文淵閣四庫全書》總 894 冊，（台北：台灣商務印書館，1986 年）

29. 李昉等：《太平御覽》，《景印文淵閣四庫全書》總 901 冊，（台北：台灣商務印書館，1986 年）

30. 李昉等：《太平廣記》第十冊，（北京：中華書局，1996 年）

31. 李建崑：《張籍詩集校注》，（台北：華泰文化事業公司，2001 年）

32. 李時珍：《本草綱目》，《景印文淵閣四庫全書》總 774 冊，（台北：台灣商務印書館，1986 年）

33. 李賢等：《明一統志》，《景印文淵閣四庫全書》總 473 冊，（台北：台灣商務印書館，1986 年）

34. 杜甫著、楊倫箋注：《杜詩鏡銓》，（台北：華正出版社，1987 年）

35. 汪灝、張逸少：《御定廣群芳譜》，《景印文淵閣四庫全書》總 846 冊，（台北：台灣商務印書館，1986 年）

36. 辛文房：《唐才子傳》，（台北：金楓出版社，1999 年）

37. 周嬰：《卮林》，《景印文淵閣四庫全書》總 858 冊，（台北：台灣商務印書館，1986 年）

38. 屈原等：《楚辭四種》，（台北：華正書局，1974 年）

39. 邱燮友、李建崑：《孟郊詩集校注》，（台北：新文豐出版公司，1997 年）

40. 金聖嘆：《聖嘆選批唐才子詩》，（台北：正中書局，1965 年）

41. 姚寬：《西溪叢語》，《景印文淵閣四庫全書》總 850 冊，（台北：台灣商務印書館，1986 年）

42. 洪興祖：《楚辭補注》，（台北：漢京文化事業有限公司，1983 年）

43. 皇甫謐：《帝王世紀》，（台北：藝文出版社，1967 年）

44. 紀昀等：《四庫全書總目》，《景印文淵閣四庫全書》總 2 冊，（台北：台灣商務印書館，1986 年）

45. 胡仔：《漁隱叢話》，（台北：廣文書局，1967 年）

46. 胡震亨：《唐音癸籤》，《景印文淵閣四庫全書》總 1482 冊，（台北：台灣商務印書館，1986 年）

47. 范之麟：《李益詩注》，（上海：上海古籍出版社，1982 年）

48. 計有功：《唐詩紀事》卷三十九，（台北：木鐸出版社，1982 年）

49. 凌迪知：《萬姓統譜》，《景印文淵閣四庫全書》總 957 冊，（台北：台灣商務印書館，1986 年）

50. 唐汝詢選釋、王振漢點校：《唐詩解》，（河北：河北大學出版社，2001 年）

51. 唐慎微：《證類本草》，《景印文淵閣四庫全書》總 740 冊，（台北：台灣商務印書館，1986 年）

52. 孫望：《韋應物詩集繫年校箋》，（北京：中華書局，2002 年）

53. 師曠撰、張華注：《禽經》，《景印文淵閣四庫全書》總 847 冊，（台北：台灣商務印書館，1986 年）

54. 徐倬：《全唐詩錄》，《文淵閣四庫全書》總 1472 冊，（台北：台灣商務印書館，1986 年）

55. 徐應秋：《玉芝堂談薈》，《景印文淵閣四庫全書》總 883 冊，（台北：台灣商務印書館，1986 年）

56. 浦起龍：《史通通釋》，《景印文淵閣四庫全書》總 685 冊，（台北：台灣商務印書館，1986 年）

57. 班固：《白虎通義》，《景印文淵閣四庫全書》總 850 冊，（台北：台灣商務印書館，1986 年）

58. 班固：《漢書》，《景印文淵閣四庫全書》總 251 冊，（台北：台灣商務印書館，1986 年）

59. 祝穆：《古今事文類聚》，《景印文淵閣四庫全書》總 926 冊，（台北：台灣商務印書館，1986 年）

60. 袁康：《越絕書》，《景印文淵閣四庫全書》總 463 冊，（台北：台灣商務印書館，1986 年）

61. 馬茂元：《楚辭注釋》，（台北：文津出版社，1993 年）

62. 高似孫：《剡錄》，《景印文淵閣四庫全書》總 485 冊，（台北：台灣商務印書館，1986 年）

63. 高志忠：《劉禹錫詩編年校注》第四冊，（哈爾濱：黑龍江人民出版社，2005 年）

64. 高棟：《唐詩品彙》，（學海出版社，1983 年）

65. 乾隆御製：《大清一統志》，《景印文淵閣四庫全書》總 481 冊，（台北：台灣商務印書館，1986 年）

66. 常璩撰、劉琳校注：《華陽國志校注》，（台北：新文豐出版公司，1988 年）

67. 張吳、王士禛等：《淵鑑類函》，《景印文淵閣四庫全書》總 993 冊，（台北：台灣商務印書館，1986 年）

68. 張爲等：《主客圖及其他五種》，（台北：台灣商務印書館，1966 年）

69. 張紅：《溫庭筠詞新釋輯評》，（北京：中國書店，2003 年）

70. 張揖：《廣雅》，《景印文淵閣四庫全書》總 221 冊，（台北：台灣商務印書館，1986 年）

71. 張溥：《漢魏六朝百三家集》卷六十九，《景印文淵閣四庫全書》總 1414 冊，（台北：台灣商務印書館，1986 年）

72. 張萱：《疑耀》，《景印文淵閣四庫全書》總 856 冊，（台北：台灣商務印書館，1986 年）

73. 張澍：《世本》，（上海：上海商務印書館，1937 年）

74. 張澍《蜀典》，（線裝書，不著錄出版社、出版年）

75. 曹學佺：《蜀中廣記》，《景印文淵閣四庫全書》總 592 冊，（台北：台灣商務印書館，1986 年）

76. 清聖祖：《全唐詩》，（台北：宏業出版社，1977 年）

77. 脫脫：《宋史》，（台北：洪氏出版社，1975 年）

78. 許慎：《說文解字》，（台北：書銘出版事業有限公司，1986 年）

79. 陳元龍：《格致鏡原》，《景印文淵閣四庫全書》總 1032 冊，（台北：台灣商務印書館，1986 年）

80. 陳元籠：《格致鏡原》，《景印文淵閣四庫全書》總 1031 冊，（台北：台灣商務印書館，1986 年）

81. 陳厚耀：《春秋戰國異辭》，《景印文淵閣四庫全書》總 403 冊，（台北：台灣商務印書館，1986 年）

82. 陳橋驛：《水經注校釋》，（杭州：杭州大學出版社，1999 年）

83. 陳耀文：《天中記》，《景印文淵閣四庫全書》總 967 冊，（台北：台灣商務印書館，1986 年）

84. 陸永峰：《禪月集校注》，（四川：巴蜀書社，2006 年）

85. 陸佃：《埤雅》，《景印文淵閣四庫全書》總 222 冊，（台北：台灣商務印書館，1986 年）

86. 陶宗儀：《說郛》，《景印文淵閣四庫全書》總 879 冊，（台北：台灣商務印書館，1986 年）

87. 彭大翼：《山堂肆考》，《景印文淵閣四庫全書》總 978 冊，（台北：台灣商務印書館，1986 年）

88. 彭遵泗：《蜀故》，（江蘇：江蘇廣陵古籍刻印社，出版年不詳）

89. 曾益：《溫飛卿詩集箋注》，（台北：里仁書局，1981 年）

90. 黃清泉注譯：《新譯駱賓王文集》，（台北：三民書局，2003 年）

91. 楊軍箋注：《元稹集編年箋注》，（西安：三秦出版社，2002 年）

92. 楊倫箋注：《杜詩鏡銓》，（台北：華正書局，1978 年）

93. 葉廷珪：《海錄碎事》，《景印文淵閣四庫全書》總 921 冊，（台北：台灣商務印書館，1986 年）

94. 詹鍈：《李白全集校注彙釋集評》，（台北：百花文藝出版社，1993 年）

95. 趙殿成：《王右丞集箋注》，《景印文淵閣四庫全書》總 1071 冊，（台北：台灣商務印書館，1986 年）

96. 齊文榜：《賈島集校注》，（北京：人民文學出版社，2001 年）

97. 齊濤：《韋莊詩詞箋注》（上），（濟南：山東教育出版社，2002 年）

98. 劉安著、高誘註：《淮南鴻烈解》，《景印文淵閣四庫全書》總 848 冊，（台北：台灣商務印書館，1986 年）

99. 劉知幾：《史通》，《景印文淵閣四庫全書》總 685 冊，（台北：台灣商務印書館，1986 年）

100. 劉勰著、王更生注譯：《文心雕龍讀本》，（台北：文史哲出版社，1991 年）

101. 樂史：《太平寰宇記》，《景印文淵閣四庫全書》總 469 冊，（台北：台灣商務印書館，1986 年）

102. 歐陽修、宋祁：《新唐書》，（台北：藝文印書館，1955 年）

103. 歐陽詢：《藝文類聚》，《景印文淵閣四庫全書》總 887、888 冊，（台北：台灣商務印書館，1986 年）

104. 潘自牧：《記纂淵海》，《景印文淵閣四庫全書》總 932 冊，（台北：台灣商務印書館，1986 年）

105. 蕭統：《昭明文選》，（台北：五南圖書出版有限公司，1991 年）

106. 錢大昕：《十駕齋養新錄》，（台北：台灣商務印書館，1968 年）

107. 錢謙益：《杜詩箋注》，（台北：世界書局，1998 年）

108. 閻琦等：《李白全集編年註釋》，（四川：巴蜀書社，1990 年）

109. 儲仲君：《劉長卿詩編年箋注》，（北京：中華書局，1996 年）

110. 謝思煒：《白居易詩集校注》，（北京：中華書局，2006 年）

111. 韓兆琦：《唐詩選註集評》，（台北：文津出版社，2000 年）

112. 羅泌：《路史》，《景印文淵閣四庫全書》總 383 冊，（台北：台灣商務印書館，1986 年）

113. 羅願：《爾雅翼》，《景印文淵閣四庫全書》總 222 冊，（台北：台灣商務印書館，1986 年）

114. 瀧川龜太郎：《史記會注考證》，（台北：洪氏出版社，1986 年）

115. 嚴可均：《全上古三代秦漢三國六朝文》，（北京：中華書局，1958 年）

116. 嚴羽著、郭紹虞校釋：《滄浪詩話校釋》，（台北：正生書局，1972 年）

117. 嚴壽澂、黃明、趙昌平：《鄭谷詩集箋注》，（上海古籍出版社，1991 年）

118. 顧起元：《說畧》，《景印文淵閣四庫全書》總 964 冊，（台北：台灣商務印書館，1986 年）

119. 黃廷桂等：《四川通志》，《景印文淵閣四庫全書》總 560、561 冊，（台北：台灣商務印書館，1986 年）

（二）中文專著

1. 丁寧：《接受之維》，（天津：百花文藝出版社，1990 年）

2. 方瑜：《唐詩論文集及其他》，（台北：里仁書局，2005 年）

3. 王立：《中國古代文學十大主題──文學與流變》，（台北：文史哲出版社，1994 年）

4. 王孝廉：《花與花神》，（台北：洪範書店有限公司，2003 年）

5. 王孝廉：《神話與小說》，（台北：時報文化出版企業有限公司，1986 年）

6. 王國維：《觀堂集林》（二），（北京：中華書局，1999 年）

7. 王暨英修、曾茂林等：《金堂縣續志》（一），（台北：學生書局，1967 年）

8. 四川省文聯組織編寫：《四川民俗大典》，（四川：四川人民出版社，1999 年）

9. 任乃強：《四川上古史新探》，（四川：四川人民出版社，1986 年）

10. 成都市金牛區地方志編纂委員會：《金牛掌故》，（四川：巴蜀書社，2004 年）

11. 朱狄：《原始文化研究——對審美發生問題的思考》，（北京：生活‧讀書‧新知三聯書店，1988 年）

12. 何星亮：《中國自然神與自然崇拜》，（北京：生活‧讀書‧新知三聯書店，1992 年）

13. 何新：《諸神的起源》，（台北：木鐸出版社，1987 年 6 月初版）

14. 余恕誠：《唐詩風貌及其文化底蘊》，（台北：文津出版社，1999 年）

15. 呂正惠：《杜甫與六朝詩人》，（台北：大安出版社，1989 年）

16. 宋希尚：《長江通考》，（台北：中華叢書編審委員會，1963 年）

17. 李文鈺：《宋詞中的神話特質與運用》，（台北：台灣大學出版社，2006 年）

18. 李正治：《與爾同銷萬古愁——李白詩賞析》，（台北：偉文圖書公司，1978 年）

19. 李紹明、林向、徐南洲主編《巴蜀歷史‧民族‧考古‧文化》，（四川：《巴蜀書社》，1991 年）

20. 李劍國：《唐前志怪小說史》，（天津：南開大學出版社，1984 年）

21. 周鎮：《鳥與史料》，（台北：中國保護動物協會，1990 年）

22. 宗白華：《美學散步》，（上海：上海人民出版社，1981 年）

23. 屈小強、李殿元、段渝主編：《三星堆文化》，（四川：四川人民出版社，1993 年）

24. 柳晟俊：《王維詩研究》，（台灣：黎明文化事業公司，1987 年）

25. 段渝：《巴蜀文化研究——巴蜀文化研究新趨勢國際研討會論文集》第三輯，（四川：巴蜀書社，2005 年）

26. 段渝：《政治結構與文化模式——巴蜀古代文明研究》，（上海：學林出版社 1999 年）

27. 胡可先：《政治興變與唐詩演化》，（北京：中國社會科學出版社，2003 年）

28. 胡雲翼：《唐詩研究》，（台北：台灣商務印書館，1965 年）

29. 徐中舒：《徐中舒歷史論文選輯》，（北京：中華書局，1998 年）

30. 徐旭生：《中國古史的傳說時代》，（台北：里仁書局，1999 年）

31. 袁廷棟：《巴蜀文化》，（遼寧：遼寧教育出版社，1991 年）

32. 袁珂：《古神話選釋》，（台北：長安出版社，1982 年）

33. 馬昌儀：《中國靈魂信仰》，（台北：雲龍出版社，1999 年）

34. 張秉戍、張國臣主編：《花鳥詩歌鑑賞辭典》，（北京：中國旅遊出版社，1990 年）

35. 張高評：《宋詩之傳承與開拓》，（台北：文史哲出版社，1990 年）

36. 張淑瓊主編：《唐詩欣賞》，（台北：地球出版社，1992 年）

37. 莊蕙綺：《中唐詩歌的美學意涵》，（台北：新文豐出版公司，2006 年）

38. 陳世松：《四川簡史》，（四川：四川社會科學院，1986 年）

39. 陳勤建：《中國鳥信仰：關於鳥化宇宙觀的思考》，（上海：學林出版社，1996 年）

40. 陶陽、鍾秀：《中國神話》，（上海：上海文藝出版社，1990 年）

41. 傅璇琮：《唐代詩人叢考》，（北京：中華書局，1980 年）

42. 傅璇琮：《唐詩論學叢稿》，（台北：文史哲出版社，1995 年）

43. 傅錫壬：《中國神話與類神話研究》，（台北：文津出版社，2005）

44. 曾進豐：《晚唐詩的鋒芒與光彩》，（台北：漢風出版社，2003 年）

45. 童恩正：《古代的巴蜀》，（四川：重慶出版社，1998 年）

46. 馮舉、譚繼和、馮廣宏：《成都府南兩河史話》，（四川：四川民族出版社，1998 年）

47. 黃奕珍：《杜甫自秦入蜀詩歌析評》，（台北：里仁書局，2005 年）

48. 黃珅：《杜甫心影錄》，（台北：漢欣文化公司，1990 年）

49. 黃劍華：《古蜀的輝煌——三星堆文化與古蜀文明的遐想》，（四川：巴蜀書社，2002 年）

50. 新文豐出版公司編輯部：《正統道藏》第八冊，（台北：新文豐出版公司，1985 年）

51. 楊和森《圖騰層次論》，（雲南：雲南人民出版社，1987 年）

52. 楊義：《中國敘事學》，（嘉義：南華管理學院，1998 年）

53. 葉舒憲：《英雄與太陽——中國上古史詩的原型重構》，（上海：上海社會科學院，1991 年）

54. 葉舒憲：《探索非理性的世界》，（四川：四川人民出版社，1988 年）

55. 葉嘉瑩：《迦陵論詩叢稿》，（台北：桂冠圖書股份有限公司，2000 年）

56. 葉慶炳：《中國文學史》，（台北：學生書局，1986 年）

57. 葛賢寧：《中國詩史》，（台北：中華文化出版事業委員會，1956 年）

58. 葛曉音：《唐詩宋詞十五講》，（北京：北京大學出版社，2003 年）

59. 聞一多：《唐詩雜論》，（上海：上海古籍出版社，1998 年）

60. 蒙文通：《巴蜀古史論述》，（四川：四川大學人民出版社，1993 年）

61. 劉枝萬：《中國民間信仰論集》，（台北：中央研究院民族學研究所專刊之二十二，1974 年）

62. 劉初棠：《盧綸詩集校注》，（上海：上海古籍出版社，1989 年）

63. 劉學鍇、余恕誠：《李商隱詩歌集解》，（台北：洪葉文化事業有限公司，1992 年）

64. 樂蘅軍：《古典小說散論》，（台北：純文學出版社，1984 年）

65. 潘麗珠：《詩筆映千古──唐宋詩選粹》，（台北：幼獅文化事業有限公司，1991 年）

66. 鄧小軍：《唐代文學的文化精神》，（台北：文津出版社，1993 年）

67. 蕭兵：《太陽英雄神話的奇蹟（四）》，（台北：桂冠圖書股份有限公司，1992 年）

68. 蕭滌非等：《唐詩鑑賞集成》，（台北：五南圖書出版公司，1990 年）

69. 蕭麗華：《唐代詩歌與禪學》，（台北：東大圖書股份有限公司，1997 年）

70. 顏崑陽：《月是故鄉明》，（台北：月房子出版社，1994 年）

71. 蘇雪林：《唐詩概論》，（台北：商務印書館，1933 年）

72. 顧頡剛：《論巴蜀與中原的關係》，（四川：四川人民出版社，1981 年）

（三）外文譯著

1. 弗洛依德著、楊庸一譯：《圖騰與禁忌》，（北京：中國民間文藝出版社，1986 年）

2. 弗萊著、陳慧等譯：《批評的解剖》，（天津：百花文藝出版社，2006 年）

3. 坎伯著、朱侃如譯：《千面英雄》，（台北：立緒文化事業有限公司，1997 年）

4. 拉德克里夫・布朗著，潘蛟、王賢海、劉文遠、知寒譯：《原始社會的結構與功能》，（北京：中央民族大學出版社，2002 年）

5. 科斯文著、張錫彤譯：《原始文化史綱》，（北京：人民出版社，1955 年）

6. 耶律亞德著、楊儒賓譯：《宇宙與歷史──永恆回歸的神話》，（台北：聯經出版社，2000 年）

7. 恩斯特・卡西勒著、甘陽譯：《人論》，（台北：桂冠出版社，1994 年）

8. 泰勒著、連樹聲譯：《原始文化》，（上海：上海文藝出版社，1992 年）

9. 海通著、何星亮譯：《圖騰崇拜》，（上海：上海文藝出版社 ，1993 年）

10. 涂爾幹著、芮傳明、趙學元譯：《宗教生活的基本形式》，（台北：桂冠圖書公司，1992 年）

11. 戴納・李普斯著、陳永麟譯：《美學概論與藝術哲學》，（台北：正文書局，1971 年）

12. 蘇珊・朗格著、劉大基等譯《情感與形式》，（台北：商鼎文化出版社，1991 年）

二、學術論文

（一）學位論文

1. 何金蘭：《五代詩人及其詩》，（國立台灣大學中國文學研究所博士論文，1977 年 6 月）

2. 呂惠貞：《元稹及其詩研究》，（國立台灣大學中國文學研究所碩士論文，1993 年 6 月）

3. 胡雅嵐：《吳融生平及其詩作研究》，（私立逢甲大學中國文學研究所碩士論文，2004 年 6 月）

4. 涂佳儒：《顧況其及詩研究》，（私立靜宜大學中文研究所碩士論文，2006 年）

5. 陳忠信：《先秦兩漢水思維研究——神話、思想與宗教三種視野之綜合分析》，（國立彰化師範大學中國文學研究所博士論文，2006 年 7 月）

6. 許秀美：《巴蜀神話研究》，（國立台灣師範大學國文研究所碩士論文，2001 年 5 月）

7. 黃君琦：《「死而復生」神話意涵之研究》，（國立中興大學中國文學研究所碩士論文，2005 年 6 月）

8. 張豔輝：《論吳融的詩兼論晚唐士人仕、隱、逸的離合》，（西北師範大學文學院碩士論文，2004 年 6 月）

9. 劉道軍：《論巴蜀文字與古蜀王》，（四川省社會科學院歷史研究所碩士論文，2007 年 5 月）

10. 鄭雅芬：《武元衡詩研究》，（國立中興大學中文研究所碩士論文，1997 年）

11. 魯瑞菁：《〈高唐賦〉的民俗神話底蘊研究》，（國立台灣大學中國文學研究所博士論文，1996 年）

12. 鍾宗憲：《炎帝神農的神話傳說與信仰》，（私立輔仁大學中國文學研究所碩士論文，1993 年）

（二）期刊論文：

1. 于俊利：〈論晚唐時局中詩人李群玉的心態〉，（西安：《西北工業大學學報》第 27 卷第 1 期，2007 年 3 月）

2. 王明珂：〈歷史事實、歷史記憶與歷史心性〉，（台北：《歷史研究》第五期，2001 年）

3. 王春淑：〈揚雄著述考略〉，（四川：《四川師範大學學報》，第 23 卷第 3 期，1996 年 7 月）

4. 王培俠：〈杜荀鶴詩悲情探微〉，（安徽：《安徽農業大學學報》第 17 卷第 2 期，2008 年 3 月）

5. 由興波：〈羅隱詩歌探微〉，（齊齊哈爾：《齊齊哈爾大學學報》，2003 年 1 月）

6. 伏元杰〈蜀王開明氏考〉，（四川：《四川文物》，1998 年第 1 期）

7. 余恕誠：〈晚唐兩大詩人群落及其風貌特徵〉，（安徽：《安徽師大學報》第 24 卷，1996 年第 2 期）

8. 吳學良：〈略論中國古典詩詞中的杜鵑意象〉，（貴州：《六盤水師範高等專科學校學報》，1995 年 01 期）

9. 李定廣：〈論唐末五代的「普遍苦吟現象」〉，（北京：《文學遺產》，2004 年第 4 期）

10. 李亮偉：〈論中國文學傳統景物題材——「杜鵑啼血」之審美底蘊〉，（四川：《自貢師專學報》，1995 年第 3 期）

11. 李炳海：〈巴蜀古族水中轉生觀念及伴生的宗教事象〉，（北京：《世界宗教研究》，1995 年 1 月）

12. 李軍：〈來鵠詩簡論〉，（江蘇：《江蘇廣播電視大學學報》，第 10 卷第 3 期，1999 年 9 月）

13. 李豐楙：〈先秦變化神話的結構性意義——一個「常與非常」觀點的考察〉，（台北：《中國文哲研究所集刊》，1994 年 3 月）

14. 李麗：〈論趙嘏詩歌中的悲情意識〉，（江蘇：《岱宗學刊》，第 11 卷第 3 期，2007 年 9 月）

15. 沈檢江：〈晚唐詩：感傷情調的全方位滲透〉，（哈爾濱：《求是學刊》，1994 年第 5 期）

16. 周生杰：〈《蜀王本紀》文獻學考論〉，（四川：《四川圖書館學報》，2008 年 1 期，總第 161 期）

17. 周明秀：〈逸歌長句、駿發踔屬——對顧況詩風的再評價〉，（《許昌師專學報》，第 26 卷第 6 期）

18. 周建軍、伍玖清：〈李群玉及其詩歌考論〉，（《中國韻文學刊》第 20 卷第 3 期，2006 年 9 月）

19. 季平：〈司空曙生平與創作考論〉，（《新鄉師範高等專科學校學報》，2000 年 8 月）

20. 岳五九：〈薛能詩歌簡論〉，（合肥：《合肥學院學報》第 25 卷第 3 期，2008 年 5 月）

21. 武文玉：〈杜鵑與古典詩詞〉，（湖北：《財政監督》2003 年第 9 期，總第 27 期）

22. 邱夢：〈我國民俗中的鳥文化瑣談〉，（青海：《青海民族研究》，1996 年第 2 期）

23. 侯美靈：〈杜宇聲聲憶思歸——李白與黃庭堅詩淺論〉，（山西：《滄桑》，2007 年 1 月）

24. 胡筠：〈李洞蜀中詩歌創作研究〉，（《綿陽師範學院學報》第 26 卷第 3 期，2007 年 3 月）

25. 唐驥：〈略論兩漢雜史雜傳體志怪小說〉，（寧夏：《寧夏大學學報》第 20 卷，1998 年第 4 期）

26. 孫華：〈蜀人淵源考〉，（四川：《四川文物》，1990 年第 5 期）

27. 柴扉：〈杜鵑鳥的鳴聲〉，（《禽鳥天地》第 21 期，1996 年 9 月）

28. 高大倫：〈古蜀國魚鳧世鉤沈〉，（四川：《四川文物》，1998 年第 3 期）

29. 崔榮昌：〈蜀王望帝與杜宇化鵑〉，（四川：《文史雜誌》，1997 年 5 月）

30. 張子清：〈時來天地皆同力，運來英雄不自由——試論羅隱詠史詩中的進步歷史觀〉，（《中國韻文學刊》第 21 卷第 4 期，2007 年 12 月）

31. 傅錫壬：〈「圖騰詮釋」在古史神話上的運用〉，輯入《慶祝莆田黃錦鋐教授八秩嵩壽論文集》，（文史哲出版社，2001 年）

32. 郭素華：〈從李洞的詩歌創作看晚唐苦吟詩風〉，（泉州師範學院：《美與時代》，2007 年 8 月）

33. 郭聲波：〈巴蜀先民的分布與農業的起源試探〉，（四川：《四川文物》，1993 年第 3 期）

34. 賀利：〈論晚唐詩人的憂鬱情結〉，（《內蒙古社會科學》，第 25 卷第 5 期，2004 年 9 月）

35. 黃桂蘭：〈淺談民間文學的變異性〉，（《黔東南民族師專學報》第 12 卷第 1 期，1994 年 3 月）

36. 黃劍華：〈太陽神鳥的絕唱——金沙遺址出土太陽神鳥金箔飾探析〉，（《社會科學研究》，2004 年第 1 期）

37. 楊智慧：〈漫話「杜鵑」〉，（湖南：《語文天地》，2001 年 09 期）

38. 葉舒憲：〈英雄與太陽——〈吉爾伽美什史詩〉的原型結構〉，（《民間文學論壇》，1986 年第 1 期）

39. 蒲生華：〈杜鵑：中國古典悲情詞中的一個顯性情感符號〉，（青海：《青海師範大學民族師範學院學報》，2001 年 01 期）

40. 趙庚奎：〈詩化的「子規鳥」〉，（山西：《中學課程輔導》，2006 年 11 月）

41. 趙賀、劉九偉：〈大曆十才子詩歌創作的個性特徵〉，（《天中學刊》，第 14 卷第 1 期）

42. 潘嘯龍：〈評楚辭研究中的圖騰說〉，（《安徽師範大學學報》，2001 年 01 期）

43. 魯剛：〈神話與文學〉，（《民間文學論壇》，1989 年第 1 期）

44. 閻品芹、張勇：〈千古鄉思之魂——杜鵑——漫話杜鵑詩〉,（江蘇：《語文知識》,2001 年 07 期）

45. 龍騰：〈蒲江新出土巴蜀圖語印章探索〉,（《四川文物》,1999 年第 6 期）

46. 戴偉華：〈唐詩中「杜鵑」內涵辨析——以「杜鵑啼血」和「望帝春心托杜鵑」爲例〉,（《華南師範大學學報》,2007 年第 3 期）

47. 謝旻佳：〈唐宋詩詞中杜鵑的象徵意蘊〉,（台北：《問學集》,2008 年 4 月）

48. 韓學宏：〈漢詩中的「杜鵑」〉,台北：《中華民國野鳥學會年刊》,1998 年 4 月

49. 瞿澤仁：〈「杜鵑啼血」和「飛越瘋人院」——關於「杜鵑」的東西文化符號的對話〉,（四川：《文史雜誌》,1996 年 4 月）

50. 羅澤賢：〈杜鵑鳥別名考——兼論杜鵑與古代詩詞的關係〉,（湖南：《株洲師範高等專科學校學報》第 12 卷第 4 期,2007 年 8 月）

51. 譚繼和：〈巴蜀文化研究的現狀與未來〉,（四川：《四川文物》,2002 年 2 月）

52. 顧友澤：〈試論杜甫杜鵑詩意蘊的拓展及其影響〉,（《杜甫研究季刊》,2005 年第 3 期）

三、電子資料與網路資源

1. 三星堆博物館 http：//www.sxd.cn

2. 四川新聞網
   http：//big5.cri.cn/gate/big5/gb.cri.cn/3601/2004/08/15/342@266587.htm

3. 《文淵閣四庫全書電子版》,（迪志文化出版有限公司,1999 年）

4. 《中國基本古籍資料庫》,（北京愛如生文化交流有限公司,1997 年）

5. 中國經濟網
   http：//big5.ce.cn/culture/archeology/200803/31/t20080331_15010397.shtml

附　錄

（茲將本論文談及之詩作，依《全唐詩》卷期順序及時代先後表列之）

意　象	主　題	作　者	詩名（篇名）	詩句（文句）	《全唐詩》卷數
化鳥＋文化	傳說之奇	左思	〈蜀都賦〉	碧出萇弘之血，鳥生杜宇之魂	
帝王	死生無常	鮑照	〈擬行路難〉	中有一鳥名杜鵑，言是古時蜀帝魂	
化鳥	英雄神靈	駱賓王	兵部奏姚州破賊設蒙儉等露布〉	困獸猶鬥，如戰廩郡之魂；窮鳥尚飛，如驚杜宇之魄	
悲啼＋文化	懷鄉	蘇頲	〈曉發方騫驛〉	方知向蜀者，偏識子規啼	73
夜啼＋文化	懷鄉	沈佺期	〈夜宿七盤嶺〉	清夜子規啼	96
悲啼＋文化	思人	王維	〈送崔五太守〉	子午山裡杜鵑啼	125
悲啼（夜啼）＋文化	思人	王維	〈送楊長史赴果州〉	別後同明月，君應聽子規	126
悲啼＋文化	思人	王維	〈送梓州李使君〉	千山響杜鵑	126
含冤	詠懷	劉長卿	〈經漂母墓〉	山木杜鵑愁	147
化鳥（周蝶＋杜鵑）	詠懷	李白	〈斷句〉	野禽啼杜宇，山蝶舞莊周	《李太白集注》30
悲啼＋文化	詠懷	李白	〈蜀道難〉	又聞子規啼夜月，愁空山	162
悲啼（花落鵑啼）	思人	李白	〈聞王昌齡左遷龍標遙有此寄〉	楊花落盡子規啼	172

夜啼	思人	李白	〈書情寄從弟邠州長史昭〉	杜鵑夜鳴悲	173
悲啼（暮啼）	懷鄉	李白	〈奔亡道中其五〉	誰忍子規鳥，連聲向我啼	181
花鳥（文化）	懷鄉	李白	〈宣城見杜鵑花〉	蜀國曾聞子規鳥，宣城還見杜鵑花	184
悲啼	思人	韋應物	〈與盧陟同遊永定寺北池僧齋〉	子規啼更深	192
夜啼	思人	韋應物	〈子規啼〉	高林滴露夏夜清，南山子規啼一聲	193
悲啼	詠懷	李嘉祐	〈暮春宜陽郡齋愁坐忽枉劉七侍御新詩因以酬答〉	子規夜夜啼櫹葉	207
夜啼	思人	杜甫	〈玄都壇歌寄元逸人〉	子規夜啼山竹裂	216
悲啼＋文化	懷鄉	杜甫	〈法鏡寺〉	冥冥子規叫	218
帝王（文化、啼血）	諷諭時政	杜甫	〈杜鵑行〉	君不見昔日蜀天子，化作杜鵑似老烏……其聲哀痛口流血……	219
帝王（文化）	諷諭時政	杜甫	〈杜鵑〉	西川有杜鵑，東川無杜鵑。涪南無杜鵑，雲安有杜鵑……我見常再拜，重是古帝魂	221
含冤（文化）	諷諭時政	杜甫	〈客居〉	子規晝夜啼，壯士斂精魂	221
帝王（杜鵑＋山鬼）	諷諭時政	杜甫	〈虎牙行〉	杜鵑不來猿狖寒，山鬼幽憂雪霜逼	222
悲啼（夜啼）＋文化	懷鄉	杜甫	〈子規〉	終日子規啼	229
悲啼（杜鵑＋山鬼）	黍離之悲孤獨及		〈癸卯歲赴南豐道中聞京師失守寄權士繇韓幼深〉	荒谷嘯山鬼，深林啼子規	246
含冤（萇弘＋杜宇）	詠懷（諷喻）	顧況	〈露青竹杖歌〉	碧鮮似染萇弘血，蜀帝城邊子規咽	265
夜啼	思人	顧況	〈送大理張卿〉	綠樹村邊謝豹啼	266
含冤（啼血）	詠懷	顧況	〈子規〉	杜宇冤亡積有時，年年啼血動人悲。若叫恨魂皆能化，何樹何山著子規	267

啼血	詠懷	顧況	〈攝山聽子規〉	棲霞山中子規鳥，口中血出啼不了	267
夜啼	懷鄉	顧況	〈憶故園〉	杜鵑啼處淚沾衣	267
悲啼	詠懷	耿湋	〈登鍾山館〉	子規何處發，青樹滿高岑	268
含冤	思人	戎昱	〈漢陰弔崔員外墳〉	荒墳遺漢陰，墳樹啼子規。存没抱冤滯，孤魂意何依	270
悲啼＋文化	思人	竇叔向	〈奉酬西川武相公晨興贈友見示之作〉	猶聞子規啼	271
悲啼	懷鄉	竇常	〈杏山館聽子規〉	雲埋老樹空山裏，髣髴千聲一度飛	271
花落鵑啼（夜啼）	懷鄉	戴叔倫	〈暮春感懷〉	「杜宇聲聲喚客愁」、「落花飛絮成春夢」	273
悲啼＋文化	思人	盧綸	〈送張郎中還蜀歌〉	荔枝花發杜鵑鳴	277
悲啼＋文化	思人	李端	〈送夏侯審遊蜀〉	山空杜宇悲	285
暮啼	思人	李益	〈送人歸岳陽〉	岳陽歸路子規啼	283
悲啼＋文化	思人	司空曙	〈送柳震入蜀〉	蜀鳥乳桐花	292
含冤（啼血）	詠懷	司空曙	〈杜鵑行〉	全詩	293
啼血	詠懷	王建	〈夜聞子規〉	子規啼不歇，到曉口應穿	301
悲啼	詠懷	劉迴	〈遊爛柯山〉	雙林春色上，正有子規啼	312
悲啼	詠懷	朱放	〈山中聽子規〉	窗中有個長松樹，半夜子規來上啼	315
悲啼（湘妃＋杜鵑）	詠懷	武元衡	〈望夫石〉	湘妃泣下竹成斑，子規夜啼江樹白	316
悲啼（暮啼）＋文化	懷鄉	武元衡	〈夕次潘山下〉	旅情方浩蕩，蜀魄滿林啼	316
悲啼＋文化（夜啼、含冤）	懷鄉	武元衡	〈春曉聞鶯〉	猶疑蜀魄千年恨，化作冤禽萬囀聲	317
暮啼	思人	武元衡	〈送柳郎中裴起居〉	學射山中杜魄哀	317
花落鵑啼	思人	武元衡	〈同張惟送霍總〉	落花飛處杜鵑愁	317

悲啼（啼血）＋文化	懷鄉	許孟容	〈奉和武相公春曉聞鶯〉	千囘萬囀盡愁思，疑是血魂哀困聲	330
悲啼	詠懷	羊士諤	〈汎舟入後谿〉	惟有啼鵑似留客，桃花深處更無人	332
悲啼＋文化（仁君）	懷鄉	楊巨源	〈和武相公春曉聞鶯〉	語恨飛遲天欲明，殷勤似訴有餘情	333
悲啼＋文化（蝴蝶＋杜鵑）	思人	陳羽	〈西蜀送許中庸歸秦赴舉〉	旅夢驚蝴蝶，殘芳怨子規	348
悲啼	懷鄉	柳宗元	〈聞黃鸝〉	倦聞子規朝暮聲	353
花落鵑啼	思人	劉禹錫	〈酬浙東李侍郎越州春晚即事長句〉	山花半謝杜鵑啼	361
悲啼	詠懷	劉禹錫	〈後梁宣明二帝碑堂下作〉	暮雨蕭蕭聞子規	365
啼血	詠懷	呂溫	〈道州月歎〉	子規啼是血	371
夜啼	懷鄉	孟郊	〈聞砧〉	杜鵑聲不哀	374
夜啼	思人	孟郊	〈春夜憶蕭子真〉	子規啼不歇	378
啼血	思人	孟郊	〈答韓愈、李觀別因獻張徐州〉	古樹春無花，子規啼有血	378
悲啼	思人	孟郊	〈連州吟〉	哀猿哭花死，子規裂客心	《全唐詩錄》50
夜啼（雨景）	思人	張籍	〈和周贊善聞子規〉	秦城啼楚鳥，遠思更紛紛	384
啼血	人民悲苦	李賀	〈老夫採玉歌〉	杜鵑口血老夫淚	391
思歸	諷諭	元稹	〈思歸樂〉	山中思歸樂，盡作思歸鳴。爾是此山鳥，安得失鄉名	396
悲啼＋文化（夜啼、思歸）	懷鄉	元稹	〈西州院〉	牆上杜鵑鳥，又作思歸鳴	400
悲啼（夜啼）＋文化	懷鄉	元稹	〈望喜驛〉	子規驚覺燈又滅，一道月光橫枕前	412
夜啼	懷鄉	元稹	〈宿石磯〉	半夜江風引杜鵑	414
夜啼（雨景）	思人	元稹	〈酬樂天舟泊夜讀微之詩〉	今夜通州還不睡，滿山風雨杜鵑聲	416
思歸	諷諭	白居易	〈和思歸樂〉	中懷苟有主，外物安能縈，任意思歸樂，**聲聲啼到明**	425

悲啼	詠懷	白居易	〈郊下〉	西日照高樹，樹頭子規鳴	434
悲啼＋文化	思人	白居易	〈江上送客〉	杜鵑聲似哭，湘竹斑如血	434
花鳥	詠懷	白居易	〈送春歸〉	今年杜鵑花落子規啼	435
啼血	懷鄉	白居易	〈琵琶行〉	杜鵑啼血猿哀鳴	435
植物	思人	白居易	〈山石榴寄元九〉	日射血珠將滴地，風翻焰火欲燒人	435
悲啼（夜啼）＋文化	思人	白居易	〈十年三月三十日別微之……〉	月弔宵聲哭杜鵑	440
植物	思人	白居易	〈雨中赴劉十九……〉	最惜杜鵑花爛熳	《白香山詩集》
夜啼	懷鄉	李涉	〈竹枝〉	十二峰頭月欲低，空濛江上子規啼	28
悲啼	懷鄉	劉言史	〈泊花石浦〉	杜鵑啼斷回家夢	468
含冤（啼血、花鳥、夜啼、文化）	懷鄉	蔡京	〈詠子規〉	千年冤魄化為禽，永逐悲風叫遠林。愁血滴花春艷死，月明飄浪冷光沈。	472
花鳥	詠懷	徐凝	〈沅花〉	誰為蜀王身作鳥，自啼還自有花開。	474
悲啼＋文化	懷鄉	熊孺登	〈湘江夜泛〉	無那子規知向蜀，一聲聲似怨春風	476
悲啼＋文化	思人	陸暢	〈成都贈別席夔〉	更被子規啼數聲	478
花鳥	詠懷（諷喻）	李紳	〈南梁行〉	杜鵑啼咽花亦殷，聲悲絕艷連空山	480
花鳥	詠懷（諷喻）	李紳	〈杜鵑樓〉	「繁艷向人啼宿露，落英飄砌怨春風」、「惟有此花隨越鳥，一聲啼處滿山紅」	481
啼血（含冤）	詠懷	鮑溶子規（唐）鮑溶	〈子規〉	「中林子規啼，雲是古蜀帝。蜀帝胡為鳥，驚急如罪戾。蜀帝胡為鳥，驚急如罪戾」、「泣血經世世」、「誰聞子規苦」	485

悲啼	詠懷	施肩吾	〈越中遇寒食〉	信知天地心不易，還有子規依舊啼	494
悲啼＋文化	思人	姚合	〈送任畹及第歸蜀中覲親〉	子規啼欲死	496
啼血	諷諭時政	張祜	〈散花樓〉	正值血魂來夢裏，杜鵑聲在散花樓	510
悲啼	思人	朱慶餘	〈寄友人〉	蜀魄數聲新	515
悲啼＋文化（夜啼）	懷鄉	雍陶	〈聞子規〉	百鳥有啼時，子規聲不歇	518
悲啼＋文化（花鳥、思歸、啼血）	懷鄉	雍陶	〈聞杜鵑〉	高處已應聞滴血，山榴一夜幾枝紅。蜀客春城聞蜀鳥，思歸聲引未歸心	518
含冤（萇弘＋杜宇）	諷諭時政	雍陶	〈蜀中戰後感事〉	歲積萇弘怨，春深杜宇哀	518
悲啼＋文化	思人	李遠	〈送人入蜀〉	杜魄呼名語，巴江學字流	519
含冤（啼血、花鳥）	諷諭時政	杜牧	〈杜鵑〉	「杜宇竟何冤，年年叫蜀門。至今銜積恨，終古弔殘魂」、「紅花染血痕」	525
悲啼	詠懷	杜牧	〈惜春〉	滿山啼杜鵑	526
含冤（周蝶＋杜鵑）	詠懷	李商隱	〈錦瑟〉	莊生曉夢迷蝴蝶，望帝春心托杜鵑	539
花落鵑啼	懷鄉	李商隱	〈三月十日流杯亭〉	暮春滴血一聲聲，花落年年不忍聽	539
帝王	諷諭時政	李商隱	〈北禽〉	縱能朝杜宇，可得值蒼鷹	539
帝王	諷諭時政	李商隱	〈井絡〉	堪歎故君成杜宇	540
含冤（湘妃＋杜鵑）	詠懷	李商隱	〈哀箏〉	湘波無限淚，蜀魄有餘冤	540
化鳥	詠懷	李商隱	〈井泥四十韻〉	蜀王有遺魄，今在林中啼	541
雨景＋悲啼	思人	李商隱	〈燕臺四首——夏〉	「前閣雨簾愁不卷」、「蜀魂寂寞有伴未」	541
含冤	諷諭時政	李商隱	〈哭遂州蕭侍郎二十四韻〉	遺音和蜀魄，易簀對巴猿	541
夜啼	懷鄉	潘咸	〈長安春暮〉	三更獨立看花月，惟欠子規啼一聲	542

悲啼＋文化（啼血）	思人	喻鳧	〈送友人罷舉歸蜀〉	悽然莫滴血，杜宇正哀春	543
雨景＋悲啼	思人	趙嘏	〈呂校書雨中見訪〉	馬嘶風雨又歸去，獨聽子規千萬聲	550
夜啼	思人兼懷鄉	薛能	〈麟中寓居寄蒲中友人〉	更在相思處，子規燈下聞	558
飛鳥	詠懷	薛能	〈題開元寺閣〉	啼林杜宇還	560
飛鳥	詠懷	薛能	〈嘉陵驛〉	稠樹蔽山聞杜宇	560
悲啼＋文化（夜啼）	思人	薛能	〈初發嘉州寓題〉	唯聞杜鵑夜，不見海棠時	560
含冤（湘妃＋杜鵑）	詠懷	李群玉	〈黃陵廟〉	月落山深哭杜鵑	569
含冤（湘妃＋杜鵑）	詠懷	李群玉	〈題二妃廟〉	子規啼血滴松風	570
植物	詠懷	李群玉	〈歎靈鷲寺山榴〉	「露紅凝艷數千枝」、「即是杜鵑催落時」	570
花落鵑啼（暮啼）	思人	賈島	〈寄武功姚主簿〉	卷簾黃葉落，鎖印子規啼	572
花鳥（啼血）	詠懷	賈島	〈子規〉	「遊魂自相叫，寧復記前身」、「自有霑花血，相和淚滴新」	573
悲啼＋文化（花鳥、含冤）	懷鄉	溫庭筠	〈錦城曲〉	「花上千枝杜鵑血，杜鵑飛入岩下叢，夜叫思歸山月中。杜鵑飛入岩下叢，夜叫思歸山月中」、「怨魄未歸芳草死」	575
夜啼	懷鄉	溫庭筠	〈碧澗驛曉思〉	月落子規歇	581
夜啼	懷鄉	劉駕	〈春夜〉	夜夜夜深聞子規	585
悲啼（夜啼）	末世之悲	劉滄	〈題吳宮苑〉	殘春碧樹自留影，半夜子規何處聲	586
悲啼（蝴蝶＋子規）	末世之悲	劉滄	〈經古行宮〉	蝴蝶翅翻殘露滴，子規聲盡野烟深	586
悲啼（含冤）＋文化	思人	李頻	〈送于生入蜀〉	況又將冤抱，經春杜魄隨	588
含冤	詠懷	李頻	〈哭賈島〉	恨聲流蜀魄，冤氣入湘雲	589
含冤	詠懷	李頻	〈過長江傷賈島〉	到得長江聞杜宇，想君魂魄也相隨	589
悲啼（文化）	末世之悲	曹鄴	〈四望樓〉	公子長夜醉，不聞子規啼	592

含冤	諷諭時政	裴澈	〈弔孟昌圖〉	從此蜀江煙月夜，杜鵑應作兩般聲	600
花鳥+啼血	詠懷	陸龜蒙	〈子規〉	高處已應聞滴血，山榴一夜幾枝紅	628
植物	懷鄉	司空圖	〈漫書〉	杜鵑不是故鄉花	634
湘妃＋杜宇	離愁	張喬	〈將離江上作〉	寂寥聞蜀魄，清絕怨湘弦	638
花鳥+啼血	詠懷	來鵠	〈子規〉二首	「雨恨花愁同此冤」、「千聲萬血誰哀爾」、「口畔血流應始聽」	642
花落鵑啼	懷鄉	來鵠	〈寒食山館書情〉	「滿地梨花昨夜風」、「蜀魄啼來春寂寞」	642
亡國（含冤、啼血）	諷諭時政	李山甫	〈聞子規〉	「冤禽名杜宇」、「斷腸思故國，啼血濺芳枝」	643
植物	詠懷	李咸用	〈同友生題僧院杜鵑花〉	若比眾芳應有在，難同上品是中春	646
飛鳥	詠懷	李咸用	〈題王處士山居〉	蜀魄叫迴芳草色	646
亡國（含冤、化鳥）	諷諭時政	胡曾	〈成都〉	杜宇曾爲蜀帝王，化禽飛去舊城荒。年年來叫桃花月，似向春風訴國亡	647
植物	懷鄉	方干	〈杜鵑花〉	周回兩三步，常有醉鄉期	649
花鳥＋啼血	詠懷	羅鄴	〈聞子規〉	蜀魄千年尚怨誰，聲聲啼血向花枝	654
含冤	詠懷	羅隱	〈子規〉	一種有冤猶可報，不如銜石疊滄溟	658
含冤（蝴蝶＋杜鵑）	詠懷	羅隱	〈下第寄張坤〉	蝴蜨有情牽晚夢，杜鵑無賴伴春愁	664
悲啼	思人	羅隱	〈送朗州張員外〉	酒奠湘江杜魄哀	665
夜啼	思人	唐彥謙	〈無題〉	杜鵑啼落枝頭月	671
悲啼	思人	鄭谷	〈送進士盧棨東歸〉	猶有子規啼	674
悲啼	諷喻	鄭谷	〈荔枝樹〉	杜宇巢低起暝風	675
悲啼＋文化	懷鄉	鄭谷	〈嘉陵〉	春愁腸已斷，不在子規啼	676
悲啼＋文化（夜啼）	懷鄉	鄭谷	〈蜀中〉	子規夜夜啼巴蜀	676

悲啼＋文化	懷鄉	鄭谷	〈遊蜀〉	唯應杜宇信春愁	676
悲啼＋文化	思人兼懷鄉	鄭谷	〈送進士王駕下第歸蒲中〉	應嗟我又巴江去，遊子悠悠聽子規	676
花鳥＋啼血	詠懷	韓偓	〈淨興寺杜鵑一枝繁豔無比〉	蜀魄未歸長滴血，祗應偏滴此叢多	680
雨景＋悲啼	懷鄉	吳融	〈雨後聞思歸樂二首〉	「山禽連夜叫，兼雨未嘗休。儘道思歸樂，應多離別愁」、「一夜鳥飛鳴」、「未省愁雨暗」	684
亡國	末世之悲	吳融	〈岐下聞子規〉	爲多亡國恨，不忍故山啼	684
亡國（啼血、花鳥）	末世之悲	吳融	〈岐下聞子規〉	「蜀魂何事此飛來」、「只有花知啼血處，更無猨替斷腸哀」	684
亡國（含冤）	末世之悲	吳融	〈送杜鵑花〉	應是蜀冤啼不盡，更憑顏色訴西風	685
悲啼	詠懷	吳融	〈玉女廟〉	窗裏紅枝杜宇啼	686
亡國（含冤、啼血）	末世之悲	吳融	〈秋聞子規〉	年年春恨化冤魂，血染枝紅壓疊繁	686
亡國（啼血、花鳥）	末世之悲	吳融	〈子規〉	他山叫處花成血，舊苑春來草似煙	686
含冤	詠懷	吳融	〈聞杜鵑〉	「明月東風叫杜鵑」、「汝身哀怨猶如此」	《全唐詩錄》92
花鳥	末世之悲	杜荀鶴	〈酬張員外見寄〉	啼花蜀鳥春同苦，叫雪巴猿晝共飢	692
啼血	詠懷	杜荀鶴	〈聞子規〉	「蜀魄聲聲似告人」、「啼得血流無用處」	693
周蝶＋杜鵑	懷鄉	韋莊	〈春日〉	旅夢亂隨蝴蝶散，離魂漸逐杜鵑飛	696
植物	思人兼懷鄉	韋莊	〈江上逢故人〉	今日逢君越溪上，杜鵑花發鷓鴣啼	697
湘妃＋杜宇	離愁	韋莊	〈歲晏同左生作〉	寶瑟湘靈怨，清砧杜魄啼	700
周蝶＋杜鵑	懷鄉	崔涂	〈春夕旅懷〉	蝴蝶夢中家萬里，杜鵑枝上月三更	《全唐詩錄》90
雨景＋悲啼	懷鄉	黃滔	〈新野道中〉	越客歸遙春有雨，杜鵑啼苦夜無人	705
悲啼	懷鄉	徐夤	〈忙〉	春近杜鵑啼不斷	710
夜啼	懷鄉	徐夤	〈愁〉	子規啼破夢魂時	710

植物	詠懷	曹松	〈寒食日題杜鵑花〉	誰家不禁火，總在此花枝	717
啼血	詠懷	李洞	〈聞杜鵑〉	化爲流血杜鵑身	723
雨景＋悲啼	懷鄉	胡宿	〈山中有所思〉	「零零夜雨漬愁根」、「莫怪杜鵑飛去盡」	731
雨景＋悲啼	思人	李建勳	〈送人〉	雨逼清明日，花陰杜宇時	739
夜啼	懷鄉	張泌	〈春江雨〉	子規叫斷獨未眠	742
湘妃＋杜宇	離愁	張泌	〈晚次湘源縣〉	「曲岸籠雲謝豹啼」、「二女廟荒汀樹老」	742
夜啼	懷鄉	陳陶	〈子規思〉	春山杜鵑來幾日，夜啼南家復北家	746
悲啼	末世之悲	陳陶	〈吳苑思〉	謝豹空聞采香月	746
花落鵑啼	懷鄉	李中	〈子規〉	暮春滴血一聲聲，花落年年不忍聽	747
花落鵑啼（啼血）	懷鄉	李中	〈途中聞子規〉	「春殘杜宇愁」、「微風聲漸咽，高樹血應流」	747
夜啼	懷鄉	李中	〈下蔡春暮旅懷〉	心孤長怯子規啼	748
悲啼	末世之悲	李中	〈獻喬侍郎〉	杜宇聲方切，江蘺色正新	748
夜啼	懷鄉	李中	〈海上春夕旅懷寄左偃〉	酒醒長怯子規啼	749
花落鵑啼	思人	李中	〈暮春有感寄宋維員外〉	「杜宇聲中老病心」、「西園雨過好花盡」	749
花落鵑啼（暮啼）	思人	李中	〈鍾陵禁煙寄從弟〉	「落絮飛花日又西」、「忍聽黃昏杜宇啼」	749
周蝶＋杜鵑	思人	李中	〈暮春吟懷寄姚端先輩〉	莊夢斷時燈欲燼，蜀魂啼處酒初醒	750
植物	詠懷	成彥雄	〈杜鵑花〉	杜鵑花與鳥，怨艷兩何賒。疑是口中血，滴成枝上花	759
湘妃＋杜宇	離愁	譚用之	〈憶南中〉	林間竹有湘妃淚，窗外禽多杜宇魂	764
悲啼（文化）	末世之悲	劉兼	〈蜀都春晚感懷〉	海棠花下杜鵑啼	766
悲啼（文化）	末世之悲	姚揆	〈村行〉	亂山啼蜀魄，孤櫂宿巴陵	774

植物	離愁	楊行敏	〈失題〉	杜鵑花裏杜鵑啼	775
啼血	詠懷	無名氏	〈聽琴〉	子規啼血哀猿死	785
雨景＋悲啼	懷鄉	無名氏	〈雜詩〉	早是有家歸未得，杜鵑休向耳邊啼	785
夜啼	思人	無名氏	〈雜詩〉	子規一夜啼到明	785
飛鳥	詠懷	貫休	〈聞新蟬寄桂雍〉	杜宇仍相雜	830
悲啼	思人	貫休	〈別盧使君〉	杜宇聲聲急	830
雨景＋悲啼	思人	貫休	〈春送僧〉	蜀魄關關花雨深	830
悲啼	末世之悲	貫休	〈聞杜宇〉	宜須喚得謝豹出，方始年年無此聲	830
花落鵑啼	思人	齊己	〈荊渚感懷寄僧達禪弟〉	春殘相憶荊江岸，一隻杜鵑頭上啼	844
悲啼＋文化	思人兼懷鄉	齊己	〈送人自蜀迴南遊〉	蜀魂巴狄悲殘夜	845
飛鳥	詠懷	齊己	〈春寄尙顏〉	杜宇新啼燕子来	846
飛鳥	詠懷	齊己	〈聞道林諸友嘗茶因有寄〉	穀雨初晴叫杜鵑	846
悲啼＋文化	懷鄉	棲蟾	〈宿巴江〉	一汀巫峽月，兩岸子規天	848
花落鵑啼	思人	無悶	〈暮春送人〉	杜鵑不解離人意，更向落花枝上啼	850
雨景＋悲啼	思人	徐鉉	〈泰州道中却寄東京故人〉	「風緊雨淒淒」、「還聽子規啼」	853
悲啼	末世之悲	章江書生	〈吟〉	滿眼梨花哭杜鵑	862
悲啼（夜啼）	詠懷	薛濤	〈贈楊蘊中〉	月明窗外子規啼	866
飛鳥（蝴蝶＋杜鵑）	詠懷	潘佑	〈感懷詩〉	幽禽喚杜宇，宿蝶夢莊周	《漁隱叢話》